宇宙人の独り言

The Monologue of an Extraterrestrial

至論 明恵井

東京図書出版

宇宙人の独り言

目　次

1 幼少期の思い出：買い物ゲーム

　子供の頃、毎週買い物ゲームのテレビ番組をよく見ていた。兄弟の漫才師コンビが司会をしていた。毎回、一般の人たちから募った３組の家族が、それぞれチームとしてゲームに参加していた。

　メインの買い物ゲームの前に、各家族は優先順位を決めるためにくじを引いた。１番になった家族は、合計７万円までの商品をできるだけ多く獲得できる可能性が与えられた。スタジオには衣料品や家具、当時魅力的だった電化製品など、様々な商品が並べられていた。２番目の家族は、合計５万円までの商品を獲得できる可能性が与えられ、３番目の家族は３万円までのものを獲得できる可能性が与えられた。

　ゲームのルールは、各チームが制限時間内に値札のない陳列商品の中から欲しいものを複数選び、その合計金額が、それぞれ金額の許容範囲であれば持ち帰ることができるというものだった。７万円までの商品を貰える可能性を与えられた家族は、選んだ商品の合計金額が66,000円から70,000円の間であれば、その全てを持ち帰ることができた。それ以外だと失格になった。同様に５万円までのチームは総額が46,000円から50,000円、３万円までのチームは26,000円から30,000円であれば許容範囲内だった。

　各チームが選んだ商品が、それぞれ７万円、５万円、３万円ちょうどになった場合は、更に特別賞も与えられた。それが何だったのかよく覚えていないが、海外旅行か７万円、５万円、または３万円の現金が併せて贈られるといったものだったと思う。

　そのテレビ番組はかなり長く続いた。ある時点でインフレによる市場価格上昇のため、買い物ゲームの価格設定がそれぞれ10万円、７万円、５万円に変更された。

　この番組の記憶はぼんやりしている部分もあるが、屈折した気持ちの幼い私は、テレビ番組をかなり斜に構えて見ていたと思う。しかし、多くの参加者は、失格してもただ笑ってスタジオを後にしていた。もしそ

れが自分だったら悔しくてたまらなくなるのに違いないのに、その人たちは、よく笑ってその結果を受け入れることができるものだと感心したものだ。その寛容性は、私には本当に信じられないことのように思えた。

　一方で、私はある年配の男性参加者の様子をよく覚えている。彼はゲーム中ずっとむっつりしていて、微笑むことはなかった。私は彼が感じの悪い人だと思い、嫌悪感を抱いた。私は彼とその家族のチームが失格すればいいのにと念じながらゲームを見ていた。しかし結局、彼とその家族は商品を獲得することに成功したのだった。その直後、その男は満面の笑みを浮かべた。私は見たくないものを見てしまったと感じた。私は彼が自己中心的な人だと思った。当時は自分の感じた率直な気持ちを言葉にすることはできなかったものの、そのことを思い出してみると、私は彼が自分の父と共通点があると感じたのだと思う。

　幼い頃から言語化はできなかったけれども、色々な感情が自分の中でどのように動いていたのか、またどれほど重く感じたかなどはよく覚えている。自分の感情を言い表すための自分の言葉を見つけ出すことは、私の精神的な回復にとって不可欠なものだった。非常に長いプロセスを要したが、小さな一歩一歩の積み重ねを通して、少しずつ気持ちが解放されてきたように思う。

　このテレビ番組は、日本が高度経済成長期を迎えていた1960年代に放送されていた。私がその特定の男性参加者に対して、訝しい気持ちを抱いて見ていたのはいつ頃だっただろうか。よく覚えていないが、私が7歳くらいの時だったと思う。

2　幼少期の思い出：雀

　私は雀や他の種類の鳥を見るのが好きだ。私が子供の頃は、都市部にも今よりたくさんの雀がいた。日本以外の国々では、雀が人々になつきやすいところもあるようだ。テレビで公園のベンチに腰掛けた人の手に野生の雀が乗っているのを見たことがある。このような映像は、日本国内で撮影するのは難しいと思われる。日本では、米が主食になって以来、雀は稲作農家によって追い払われてきた。今でも収穫前に米の10％以上が、その小さな居住者たちに食べられていると言われる。この国では、雀が人を避けようとするのも無理もないことだと思う。

　子供の頃、私は雀たちが私から飛び去っていくのを見た時は悲しかった。しかし、彼らは誰であれ人が近くにいると、いつもそのように振る舞うのだった。そのため、私は彼らが人を差別しないフェアな生き物だと思ったのだ。一緒に遊べる友達もあまりなく、大人も含めて人とどう付き合えばいいのか分からなかった私は、孤立しがちだった。しかし、雀たちは私のところに来なかったのにもかかわらず、私は関心を持った。

　彼らは人間の目に似た小さな目を持ち、人間の家族に似たような群れを作って、お互いに会話をしている「別の形態の人々」であるように見えた。私は彼らが人間よりも優れているのではないかと思った。彼らが善良で正直だと感じたからだ。自分が雀のコミュニティの仲間に加わったつもりになって、「小さな良き人々のコミュニティの一員になること」などといった夢物語を作る能力もなかったが、雀の群れを見ると気持ちが楽になっていた。

3   幼少期の思い出：水たまり

　私は、幼い頃近くの幼稚園に通っていた。私は非常におとなしく、そこで誰とも話すことはなかった。

　ある雨の日、幼稚園の園庭にたくさんの水たまりができた。その日は園児の保護者、特に母親が幼稚園の終了時間に子供を迎えに来る日だった。なぜ保護者が来る日だったのかは覚えていないが、先生が子供たちの家族に何か連絡することがあったのかもしれない。

　母と一緒に家に帰る途中、たくさんの子供たちが長靴で園庭にできた水たまりの中で飛び跳ねて楽しんでいるのを見た。本当は、私も皆と同じことをしたかったのだと思う。しかし、母は私に「みんな悪い子だからあんなことしてるけど、あなたはそんなことしないでしょう」と言った。私は母に返事をしたかどうかは覚えていない。でも長靴を水たまりに浸すことはしなかった。

　しかし家に帰った後、私は園庭に戻って他の子供たちがやっていたように水たまりで遊びたいという気持ちになった。幼稚園はすぐ近くだった。私は園庭に行ったが、誰もいなかった。そして、水たまりに長靴を突っ込んで遊び始めた。

　すると程なく、「何をしてるの？　そんなことしちゃダメよ、すぐに家に帰りなさい！」と叫ぶ声が聞こえた。誰が叫んだのか分からなかったが、幼稚園の先生の一人だったかもしれない。私は恐ろしくなって青ざめて、恐怖で震え、泣きながら家に帰った。

　母は私が泣いているのを見て、「あなたはお父さんのことが心配なんでしょう。雨もよく降るし、お父さんがいつも遅く帰ってくるから、悲しくなったのよね」私は母に何も言えなかった。その代わり私は、何も考えずにただ頷いた。私は母の言うことに同意する振りをする以外に、どうしたら良いか分からなかった。その頃までに私は、母の言うことに逆らわず、完全に服従することが、母に対して最も安全で簡単な対処法であることを既に学んでいたようだ。

　実際は、私は父が嫌いだった。母がどのようにこんな非現実的な話を作り上げたのか、今も分からない。しかし母は、父と私との間の問題には気付いていなかったことは確かだと思う。その晩父が帰宅すると、母は父に、「この子（私）はお父さんが最近帰ってくるのが遅いから、心配して泣いていたのよ」と言った。父は母に「そうか」と答えただけだった。私は何か違和感があり心地悪かったが何も言えず、ただその誤解を呑み込んで、無かったこととしてしまったのだ。今思うと、その時既に私は、父と母に見えない糸で操られていたのだと思う。

4　幼少期の思い出：運動場

　私はあまり友達がいなかった。近所には、父親が私の父と同じ仕事をしていた、私と同じ年頃の小さな女の子が数人いた。その職業は警察官だった。幼稚園では誰とも話さなかったため、その数人の女の子だけが私の友達だった。恐らく母は、私が信用できないと思われる子供たちと遊ぶことが嫌だったのだろう。それもあってか、私は非常におとなしい子供になった。

　ある日、一人の友人と外で遊んでいる時に、偶然男の子のグループに出会った。私の友人は彼らを知っていた。友人とその男の子たちは、時々一緒に遊んでいるようだった。私は彼らの内の誰一人として知らないのに、友人がこんなにたくさんの友達をいつの間にか作っていたことにとても驚いた。

　そして、他の子たちより年長の男の子が、私を指して私の友人に聞いた。「この子は誰？」私は少しばつが悪い感じがした。しかし、その出会いが私を新しい経験に導いた。私たちは皆、近くの運動場へ行った。年長の男の子が私たちにどういう遊びをするか提案した。まず、私たち一人一人の順番を決めるため、皆でじゃんけんをした。

　運動場には、小さな穴が開いたビニール袋と水道の蛇口があった。まず、じゃんけんで一番になった子がビニール袋を水で満たし、その袋を持って運動場を歩き回った。他の子供たちは、その袋から滴り落ちる水で地面に描かれた線をたどり、リードする子に付いていった。

　自分が水滴で線を描き、他の人たちがそれに従って付いてくるとは、どんなに楽しいことかと感じた。自分がリーダーみたいな存在になれると思うとワクワクした。残念ながらじゃんけんで一番負けてしまったために、私の順番は最後だった。しかし私は、リーダーになれるという希望を抱いて何度も運動場を歩き回りながら、辛抱強く自分の順番を待っていた。

　しかし突然、予期せぬことが起こった。私の友人が、私がリードする

順番の直前になってお手洗いに行きたくなったのだ。私たちの遊びはかなり時間が経過していたこともあって、自然に解散するような感じで終わってしまった。皆、運動場を去っていった。私はとてもがっかりして泣いた。その期待に胸膨らませた時間は、悲惨な結末になった。それはまるで、悪魔が私に「お前の望みは決して叶わない！　お前はいつだって負け犬だ、ハハハ！」とささやいているかのようだった。それは私を自信がなく不安の多い人間になるように仕向けられた、幾多の経験のうちの一つだった。

　しかし何年も経った今、私は別の考え方を持っている。私が小さな子供として水滴で描かれた線をたどり、後で順番が来れば他の子供たちをリードすることを期待し、ワクワクする瞬間を持つことができたのは幸いだったと思う。私はリードする機会はなかったが、このような興奮する経験が他にはほとんどなかったのだ。これは無邪気に遊びを楽しむ子供であったという私の希少な経験の一つだったと言える。

5　幼少期の思い出：みかん

　温州みかんは冬季の果物として、昔から非常に一般的なものだった。今も冬の果物として欠かすことのできないものの一つだが、数十年前の消費量は今日よりも、はるかに多かったことだろう。今より安く、豊富に出回っていた。当時は大人も子供もたくさん食べる人は、手のひらがオレンジ色に変わってしまうほどだった。今では私たちは、おやつで食べる果物や菓子の種類が増えて選択肢も広がった。今日では、冬場にみかんの過剰摂取で手のひらがオレンジ色になっている人を見つけるのは難しいかもしれない。

　みかんが好きな人たちの多くは、今も昔も外皮を剝いて中の一つ一つの小さな袋ごと食べる。一方、数は少ないが一つ一つの袋をつまんでその背面から果汁と果肉を吸い取って、残った袋を外皮に包んで捨てる人たちもいる。

　小さい頃私は、みかんの食べ方が分からなかった。私は指で外皮を剝いて、小さな袋を取り分けることしかできなかったと思う。よく覚えていないが、私はみかんを食べる時母に助けてもらっていたようだ。母は私が5〜6歳の時、私は一人でみかんを食べることができないと思っていたようだ。

　私がみかんを食べようとすると、母は私に言った。「みかんをお獅子にしてあげよう」そして、小さい袋の皮を剝いて果肉を取り出し、それを私に与えた。ある時、子供と保護者の集まりがあって、皆でみかんを食べていた。他の子供たちは、問題なく一人でみかんを食べていたが、母はいつものように「お獅子にしてあげる」と私に言った。恥ずかしく思ったが、頷くほかなかった。

　「お獅子にする」とは、みかんの小袋から果肉を取り出すことを意味するのかと想像していたが、私は母のその言葉以外、同じ言葉を聞いたことがなかった。割と最近、姉とこのことについて話す機会があった。姉は私に、それは昔使われていた表現だと言った。みかんの小袋から果肉

を取り出すと、果肉は上下二つの部分に分かれた形になる。その割れた形が正月行事の獅子舞で、大きな口を開ける「獅子の面」のように見えることから来ているという。また姉は子供の頃、「あなたにはアレルギーがある」と母から言われていたと付け加えた。これは事実ではなかった。

　更に母は、私がもう少し大きくなってからは、私が生魚が食べられないと思っていたようだ。家族が皆、刺身を食べている時、なぜか母は、私のために生のマグロを煮込み始めて「この子は生の魚が食べられない」と言っていた。私はどのように食べ物を食べるようになったのかは覚えていない。また、食べ物を食べることに抵抗した記憶もないが、食べられる物が限られていたのは事実だった。私は米、パン、肉、キャベツ、海苔、りんご、菓子など限られたものだけを食べていたことを覚えている。

　私はよく、周りの人たちから痩せていると言われていた。母は、私がいろいろなものを食べることができるように努力することもなかったと思う。母からすると、私は食べられないものが多くて、姉はアレルギーがあるということになっていたようだ。子供の頃には、母の私に関する食べ物のことを聞くのは不愉快だったが、どうすることもできなかった。

　みかんなどの柑橘類はカビが生えやすい。今私は、少数のみかんを買って大事に食べている。私は今も小さな袋ごと食べるのは好きではないが、誰にも煩わされずに食べることができるのは幸いだ。果物の価格は一般的に、数十年前よりもかなり値上がりしている。みかんを食べることは、贅沢な楽しみだと言えるだろう。今もみかんの小袋ごと食べる人が大多数だと思う。みかんの小袋ごと食べることは、栄養価が高いため健康に良いと言われる一方、消化されづらいとも言われている。

6　幼少期の思い出：指の隙間

　7歳くらいの頃、私は繰り返し中耳炎を患っていた。母に連れられて、病院の耳鼻咽喉科によく行った。診察室は手術室の近くだった。

　ある日、手術室で手術が行われていた。「手術中」と書かれた電光板が点灯していた。しばらくして、手術を受けた患者が部屋から出てきた。大きな両開きの扉が開き、中からベッドに横たわっている男性が現れた。周囲には耳鼻咽喉科の診察を待っている、子供を含む何人かの人たちがいた。母と私を除いて、この状況に対して特別な反応を示す人は誰もいなかった。

　手術が終わる前に、母は私がそのような手術室から出て来る患者を見る勇気がないと心配しているようだった。母は怖いからその人を見ない方がいいと私に言った。私は母に言われるがままになっていた。そのベッドが目の前を通る前に、母は両手で私の目を覆って「怖いから見ない、怖いから見ない」と言った。

　実は、私はそのベッドの様子を母の指の隙間から見ていた。その時の状況を思い出してみると、母が自分の思い通りに状況が進んでいると思っている限り、現実が母の考えていたことと違っていても、問題にはならないということを子供なりに理解することができたのだと思う。

　いくら子供でも、手術を受けた患者が、ベッドに横たわり廊下を牽引されている間、手術の傷跡が剥き出しにはなっていないことぐらいは分かっていたと言える。私はまた、母と私がその人を気味の悪い物のように扱って無礼に振る舞ったと思い、その人に対して申し訳ない気がした。しかし、結局私は、本来好奇心旺盛な子供として、母の見せたくなかったものを実は見ていたということで勝利を収め、満足した気持ちだった。手術室から出て来るベッドを見るよりも、母の手を振り払う方が、よほど怖かったに違いない。

7 幼少期の思い出：週末

　私が子供の頃、マイカーを持つことが流行の一つになった。一般庶民にとって車は手の届く物になりつつあった。私の父は軽自動車を買った。車の内部は非常に狭かったが、それでも４人の家族が乗り込むことができた。エンジンがかかると車内はガソリンのにおいがした。私は車に乗ると、においと狭い空間のために気持ちが悪くなることが多かった。父は休みの日、家族と車で買い物に行ったり、食堂で夕食を食べようと出掛けることがあった。

　私たちが家を出て車がショッピングセンターの駐車場に着く頃には、私は実際に吐いたことはほとんどなかったものの、吐きそうになるくらい気持ちが悪くなったことが度々あった。父は私が弱っている状態を許容できず、私は休憩することもできなかった。否が応でも、私は家族と一緒に食堂に行かなければならなかった。父は自分の思い通りに振る舞わない幼い子供に苛立っていたようだ。

　私がもう少し大きくなってからも、家族みんなが駐車場から徒歩で買い物に行く時に、私はよく車の中に一人で取り残された。母は決めつけたように私に言った。「一緒に買い物には行かないよね？　あなたはここにいた方がいいでしょ。そんな長い時間はかからないから」

　ある夏の日、私はいつものように一人で車の中で待っていた。最初のうちは何事もなかったが、時間が経つにつれて太陽光が車中に差し込んできて、車内の温度が急激に上がった。私は父と母に車のドアや窓を開けることを禁じられていたため、仕方なく服を脱ぎ始めた。最後には下着だけになっていた。私は汗びっしょりになった。窓から車中の私を覗き込んで行く人がいるのに気付いて、嫌な気持ちになった。私は自分が展覧会の展示品のようになったと感じ、腹立たしくなった。

　家族が車に戻ってきた頃には、太陽光は既に車から遠ざかっていた。その後のことはよく覚えていないが、私は父と母に何が起こったのかを説明しようと試みたと思う。しかし、彼らはそれを真剣に受け止めるこ

とはなかった。私の訴えは彼らに届かず、私の辛い経験は無視された。

　何年も後になって、私が経験したのと同じような状況下での事故が次々と報道された。特に夏場に車中、一人で放置された赤ちゃんや小さな子供が熱中症になり、昏睡状態に陥って亡くなった子供たちもいた。保護者が買い物やパチンコをしている間、太陽光によって車内の温度が極端に高くなったためだった。それを聞いて私は、自分があの時、非常に危険な状況にあったことに気付いた。私は犠牲者になった子供たちより少し年上だったから、どうしても暑さに耐えられなければ、車の窓を開けていたのではないかという気はする。今思うと車を覗き込んだ人たちは、私のことを心配してくれていたのかもしれない。

　実を言うと、いつでも私は家族、特に母と買い物をするのは嫌だった。母はバーゲンセール品にしか興味がなかった。割引になっていない商品は、母の目には全く映っていないようだった。バーゲンセールを見つけると、母はすぐにそこに引き寄せられた。子供服のバーゲンがあると、母は私の腕を引っ張って店に連れて行き、私に合いそうな衣服を探した。私がそれらを好きかどうか聞くこともなく、喜んで衣服を買った。いずれにしても、幼い頃は買い物が楽しいものではなかった。

8　幼少期の思い出：骨折

　私の両親は私が弱くて病気がちで、厄介者だと思っているようだった。私は5歳くらいの時、家で一人で遊んでいて片足を骨折した。他の家族や家具などにぶつかったわけではない。私はただ倒れて、骨折してしまった。その時どういう状況でなぜ骨折したのか、今もって分からない。私はしばらく入院し病院から戻った後、母と一緒に何度か通院した。

　硬いギプス包帯を何回かに分けて取り除いた。一番怖かったのは、医師が電動のこぎりを使って私の膝の周りの石膏を切った時だった。膝の周りに大きな穴が開いた。その時に、のこぎりの端が肌に触れて痛かった。更に、穴から覗く私の肌は随分変わってしまっていた。かさかさに乾燥して、しわが寄っていた。小さな子供にとって、それは衝撃的な出来事だった。私は怖くて泣いていた。その骨折の後、私はより内気になり、母に依存するようになったと思う。

　私が幼少の頃、母は私が自分の言いたいことを言わないで従順である時や、私のことを不憫だと感じた時、私に満足しているようだった。母は他の人のことで煩わされるのが嫌いで、怠け者だったと思う。それにもかかわらず、母は私の世話を焼くことは多かった。果物を食べる時や服を着る時など、本来、私が自分でする必要があることの多くを母がやっていた。母はよく私に言ったものだ。「お母さんがやってあげる」その結果、私の身の回りのことをこなす能力はあまり上達しなかったようだ。大人になってからも、スピードが求められる仕事に就いた時は、うまくいかないことがあった。

　母は自分の末子が自活した大人になるのを見たくなかったのだろう。私が永遠に小さくて取るに足らない、無能で力のない人間になることを望んでいたように思う。このような願いは、無意識の心に属しているように思う。したがって、そのような不健康な願いを抱いている人にとっては、それに気付くことは非常に難しいだろう。

母のこのような態度のもう一つの理由は、小さな子供が自分で身の回りのことができるように忍耐強く教えるよりも、母自身が子供のために何でもやってしまう方が時間もかからず面倒も少ないからだったように思う。それによって私は成長する機会を失い、スポイルされたと言える。

　しかし、私がとても小さかった頃は、私と母の関係は、概して私が母に気の障るようなことを言わない限り平穏無事だった。ある意味、私の人生は容易で、母は優しい人のように思われた。しかし、自我の形成は誰にでも起こる。私はおとなしくて従順な子供だったけれども、成長するにつれて、否応なく自分自身の考えや価値観を持つようになっていった。そして、私が大きくなればなるほど、おのずと私と母との間には、より多くの葛藤が生じるようになっていった。

9 幼少期の思い出：父の郷里

　小学生の頃夏休みの時期に、私は家族と父の郷里へ行くことがあった。それは数日間の旅行で、合計３〜４回は行ったと思う。父の実家の田舎の家の庭にある古い小さな木造のお手洗いと、私にとっては気味の悪い虫がいっぱいいたこと以外は、旅行のことをあまり覚えていない。

　母は父の実家である義兄の家に泊まることを嫌がっていた。母は父の家族や親戚が気に入らなかった。実際は、親戚以外でも母はほとんどの人のことが嫌いだったのだと思われる。母はホテルに泊まりたいと言い張ったが、父はそれを許さなかった。

　ある年の旅行で、私は非常に辛い体験をした。当時私は７〜８歳くらいだった。父の郷里へ向かう途中、食堂で昼食をとった。私たちは皆、鰻丼を食べた。食べている間に、私の喉にウナギの骨が突き刺さってしまった。骨は数日間、旅行している間、ずっと刺さったままだった。旅行から戻ってきて骨が喉から外れた後も、私は痛みを感じていた。

　私は両親に痛みを訴えたが、彼らはそれを真剣に受け止めなかった。それどころか父は「お前、なんて馬鹿な奴だ！　ウナギの骨が喉に刺さったなんて、バーカ！　ハ、ハ」父は旅行中に繰り返しそう言って、私を嘲笑した。父は自分の家族や親戚にもこの話をし、私がどれほど馬鹿なのかを吹聴したいようだった。私にとっては、この旅行全体が台無しになってしまった。子供が苦しんでいたら、親は子供を助けようとしないだろうか。例えば、骨を取り除いてもらうために医者を探すとか、普通ならば何とかしようとするのではないだろうか。

　しかし、父は普段から度々私を嘲笑するようなことをした。特別な理由はなかったと思うが、父は私に言った。「お姉ちゃんはお母さんから生まれたけど、お前はABC川から流れて来たんだ」（ABC川はその当時、その汚さで有名だった）また、父は「ドンブラコッコ、ギッコッコ、ドンブラコッコ、ギッコッコ……」と歌った。それは小さくてみすぼらしいいかだを漕ぐ音を表しているようだった。父は独特な節回し

で、さも可笑しいというふうに歌った。父は、私も自分自身を可笑しい
と、一緒に嘲笑することを望んでいるような感じだった。私はそれにな
らって自分自身を笑おうとしたかもしれないが、その代わりに私の目か
らは涙が出ていた。私は何が起こっているのか理解できなかった。

　父は私に同じようなことをよくしていた。私の悪口を言い、私を嘲笑
した。それに加えて父は、私を生意気で、悪い子で、馬鹿で、強情で、
臭いなどと非難した。私は父にそんなに悪いことをしていたとは思わな
い。時々私は、父に普通の子供が両親に聞いたりするような、ありふれ
た質問をしたこともあったかもしれない。しかし、父は私の言うことを
聞かず、代わりに私を馬鹿や犯罪者のように扱った。父と相互理解をし
ようとすることは非常に難しいと思われた。これは私と母との間でも同
じだったが、父は母よりも暴力的だった。私はとても小さかった頃か
ら、父にとっては玩具のようなものだったと言える。

　父は帰宅すると、時折私を追いかけて捕まえた。私は捕まるのが嫌
だったが、父は私よりもはるかに大きくて強かったため、私はいつも逃
げ切ることができなかった。

　当時の父の態度について考えると、愚かで、馬鹿げていて、変態のよ
うでもあった。父は私を羽交い締めにして、「『お父さん、好き』と10
回言え」、「『私はお父さんの子』と10回言え」などと私に無理強いをし
た。それらの言葉を10回言うまでは、私は決して解放されなかった。

　更に、父は私に忌まわしいことをした。卑猥な笑みを浮かべ、なだめ
るような声で、父は私に「触らせて」と言った。私は何が起こっている
のか分からなかった。しかし、父が私の下半身に関心があるようだとい
うことは気付いていた。私の臀部や太ももを何度もこすったりしてい
た。何で父は身体の汚い部分が好きなのだろうと戸惑ったことを覚えて
いる。私は屈辱や嫌悪感に襲われ訝しく思ったが、状況は理解できな
かった。それに父は、私が父の思い通りに振る舞わないと気に入らず、
私の態度が父の期待するものと違っていれば、それは父には受け入れら
れぬものだった。父は私に対して異常なことをしていたにもかかわら
ず、私が父のやることを喜んでいると思っていたようだった。

　父は時折、豹変するように態度が変わることがあった。父は可笑しな

声と奇妙な笑顔で私に言った。「お前のことが、好きで好きでたまらないんだ」私は混乱した。父が私を好きだとは思えなかった。しかし、父は私の身体に触ることだけは好きだったのだろう。父に抱きしめられ、触られるのは嫌だった。父に強かんされたのかどうかは記憶にないが、父が私の口中に舌を突っ込んできたことは覚えている。

　このような奇妙な関係は、私が非常に小さい頃からかなり長い間続いていたと思う。いつ頃終息したのかよく覚えていないが、恐らく私が思春期に達するくらいまで続いていただろう。父は出世した警察官だったが、私から見るといつも正気ではない感じで、気性が激しかった。父は付き合いでお酒を飲む程度だったため、酔っ払っていたことはあまりなかったと思うのだが、普段から父の様子は酔っ払っているようにも見えた。

　私は父の八つ当たりの対象になってしまったようだ。父に対する母の態度にも問題があったのかもしれない。父が何か悪いことを言って母が腹を立てると、それは父にとっても厄介なことになったのだろう。父の職業はストレスがたまりやすいというのが、父の気性の激しさの主な理由だったのは確かだろう。

　しかし、家族の中の最も小さな者にとって、父の八つ当たりの対象になることは耐え難いことだった。母も私を助けようとはしなかった。私が父の「おもちゃ」のように扱われている間は、母はそこにいることはなかった。私がとても小さい頃に構築されたこの種の家庭内の力関係は、変わることがなかった。私にできることは、ただ忍耐強くおとなしくしていることだけだった。

10   思春期前後：交通事故

　私は９歳の時、交通事故に遭った。書道教室から帰る途中、道路を渡ろうとした時に車にぶつかったのだ。軽傷だったが、手足に何ヶ所か打撲傷を負った。二人の男性が車から降りてきて、私にぶつかったことを謝った後、彼らは走り去ろうとした。しかし、しばらくして彼らは私のところに戻ってきて、私を医者に連れて行くと言った。そう言われるままに、私はその車に乗り込んだ。

　私は非常におとなしく自己主張ができる子供ではなかったが、一つの不安を感じた。この人たちは誘拐犯かもしれない……私も子供は見知らぬ人に気をつけなければならないということは聞いていた。しかし私は、彼らの申し出を断れば彼らを怒らせてしまうかもしれないと思い、言われる通りにした。

　私の心配とは裏腹に、私は病院に連れて行かれ怪我の治療を受けた。その後、彼らと私は警察署に行き、私たちは交通事故の取り調べを受けた。思いがけず、長い一日を過ごすことになった。事故は私の友人に目撃されていた。友人のお母さんは私の母に電話をしてくれた。そして、母は私が車に乗せられて、その車が走り去ったということを知らされた。

　私が二人の男性と一緒に家に帰ると、ちょうど母は警察署からの電話で話をしているところだった。母は私を見た途端、叫んだ。「何やってたの、あんたは！　いつもふらふらしてるから事故なんかに遭っちゃうのよ！」私は激しく泣いた。母は私に激怒したが、男性たちには、「どうぞお入りください、この子が大変な迷惑をおかけしてすみません」と言った。それは、母の最高に丁重な振る舞いだった。

　その後、姉が「お母さんはあなたの顔を見て安心したから、怒ったんだよ」と言った。そうなのかもしれないが、私はなぜあのようなひどい扱いを受けたのか分からなかった。一方で、交通事故を起こした側の二人の男性は、非常に丁寧に扱われていた。また、母は事故の結果どう

なってしまうのかが恐ろしくて、とても怯えていたように見えた。私に
とって、それは母からの思いやりや愛のある態度ではなかった。それは
容易に動揺しやすく、否定的な感情を引きずる傾向のある母に対して、
私の不信感が更に強化される一因となった。

　この出来事は私の一つの人生の転機となり、私の母に対する認識が変
わったと言える。それ以前は、私は母のことを良い人だと思いたくて、
良い点を見つけようとしていた。母を頼りになる人だと思いたかったの
だ。しかし私は母に失望し、母を頼りにする価値はないのではないかと
考え始めたと思う。

　何年か後になって、一人の中年男性が我が家を訪れた。彼は事故が起
こった時に助手席に座っていた男性だった。彼はこの町に来た時に、事
故で怪我をした少女の家を思い出し、その少女が怪我の後遺症などで苦
しんでいないか、確かめたかったのだと言った。彼は私のことを心配し
てくれていたらしい。私を見て安心したようだった。私は自分のことで
心配を掛けていたことを申し訳なく思った。

　このことで、ある意味私は世の中にはいろいろなタイプの人がいると
いうことを知ったと言える。私の両親のように家族さえも気にかけない
ような人もいれば、関わりのない人のことも気にかける人もいるという
ことだ。今思うと、世の中の人々が全て私の両親のようではないと知る
ことで、私の気持ちは少し明るくなったような気がする。

11　思春期前後：外耳炎

　11歳の頃、私は外耳炎にかかった。どちらの耳が痛かったのかは覚えていない。学校から帰ってきて、夕方近くになってから耳が痛くなり始めた。夜帰宅した父が、私の耳が痛むのを知った。父は耳を掃除すれば治ると言い張って、私に耳を見せるように強制した。耳はとても痛かったため、私は父に触れてほしくはなかった。私は抵抗したが、父は激怒して再度言い張った。「俺は戦争（第二次世界大戦）に行ったんだぞ。だから身体のことは何でも分かるんだ。掃除すればきれいに治るんだ！」結局、父は私の耳を「掃除」した。そして、私の耳は更に痛くなった。

　翌日、私の耳は突っつきまわしたために悪化した外耳炎と診断された。その夜父が帰宅すると、母がそのことを父に伝えた。私は耳の痛さに苦しんでいたものの、あるいは父が私に謝罪してくれるかもしれないと期待していた。どんな場合でも、父が私に謝ったということはなかったが、この時私の耳が悪化したのは、明らかに父のせいだということがはっきりしていたからだ。

　しかし、父は私の耳の痛みが増幅したことを聞いても何も言わず、黙ってしまっただけだった。私の痛みは無視され、それは既に終わったことのようにされてしまった。かすかな希望を持ったが、無駄だった。父は多くの点で私に対して虐待的だった。しかしこの外耳炎の炎症は、父が私に与えた唯一の肉体的損傷だった。父は警察官だったため、タバコによる背中の火傷など、子供の身体に現れる、昔からある児童虐待の兆候についても知っていたかもしれない。父はその職業のため、意識的にも無意識的にも家族に肉体的な損傷を与えることは避けていたものと思われる。

　その一方で、私は心に多くの目に見えない傷跡があった。父にとっては、身体的傷跡がなければ、児童虐待は無いということだったのかもしれない。しかし、それは必ずしも真実ではない。一方で私は、身体的危

害を受けることからは免れていたということは、感謝に値することだと思っている。もし自分の背中に火の付いたタバコを押し付けられるようなことがあったとしたら、それは想像を絶するほどの非常に辛い体験になってしまうだろう。

12 　思春期前後：苛立ち

　私は子供の頃、チック症、吃音、選択性緘黙症があった。実際にこれらの障がいがあると診断されたわけではないが、私がそういう状態であることは明らかだった。まばたきをし過ぎたり、話そうとしても特定の言葉が発音できなくて、話すことを諦めたりしていた。私は家の外ではとてもおとなしかった。私のある同級生の母親は、私の母に私がチック症なのではないかと言ったようだ。母はそのことを、私を責めるような口調で私に言った。このような子供の障がいは、子供が属している環境に由来する問題によって引き起こされると言われているが、母は私自身にその障がいの原因があると考えていたようだ。今はチック症と選択性緘黙症は無くなったが、私はいまだ吃音の克服に取り組んでいる。特に疲れていたり緊張していると、自分の言葉が詰まってしまうのを感じることがある。

　小学校に入学した頃、原因不明の体調不良に陥った。時々、胸に激しい痛みが走った。ある晩、私は泣き叫んで胸の痛みを訴えた。父と母は唖然とし、固まってしまった。翌日、私は病院に連れて行かれたが、医者は私のどこが悪いのか診断することができなかった。今思うと、私にとっては辛い家で起きていた様々な出来事から来ているストレスが原因だったのではないかと感じている。

　時々、私は家で気持ちが荒れていたが、あまりよく覚えていない。しかし、間接的に思い出せることはある。私は「ヒヤキオウガン」と呼ばれる市販されている薬を飲むように言われていた。それは疳の虫を起こす小さな子供のための薬だった。この薬のテレビコマーシャルがあった。画面には赤ちゃんや幼児が登場していたが、私は学校に行っている子供だった。両親と姉も一緒になって、「この子が疳の虫の発作を起こさないように薬を飲ませないと、ヒヤ（薬の名前の最初の部分）は、この子の叫び声みたいだ、ハハハ！」私は屈辱感に満たされて、更に憤った。

　私が小学生の頃、ボウリングは一般の人たちの人気スポーツになっていた。日曜日には父と姉と私は、度々ボウリング場に行った。毎回、最初は私もやる気充分で、ゲームを楽しみにしていた。しかし、しばらくすると私は連続してガターを繰り返し、全然点が取れなくなってしまうことがあった。私は苛立って腹を立てた。どう振る舞っていたかはよく覚えていないが、全身で怒りを表していたに違いない。最初は、父は笑いながら片手でボールを転がすのではなく、私に重いボールを両手で持たせて、私が何とかうまく投げられるように助けようとしているようだった。しかし、私は更に癪に障って腹を立てた。自分がもっと小さな子供のように扱われていると感じたからかもしれない。しまいには、父も怒ってゲームオーバーになった。父は私の頭を手で叩き、私は泣きじゃくった。そして私たちは無言でボウリング場を後にした。

　ボウリングの後、いつも同じことが起きていたかどうかは覚えていない。しかし、それは典型的なパターンで、私は悔しさと自責の念に苦しんだ。父を怒らせてしまったことを後悔していた。しかし今振り返ってみると、自分がストレスの多い状況下で容易に怒りを表していたのは理解できる。

　私の感情は不安定になり、私の怒りは家にいる時に表れることが多かった。一方で、私は外にいる時はおとなしくて臆病になる傾向があった。選択性緘黙症だったことも原因だと考えられる。私は家では両親からよく「内弁慶」と言われた。外出すると臆病者なのに、家では攻撃的である人を意味する言葉である。私が苛立つと、父と母は私を批判し嘲笑し、「内弁慶！　内弁慶！　お前はしようもない奴だ！」と叫んだ。しかし、私から見ると特に母は本当の内弁慶のようだったと思う。年を重ねるにつれて、私は、その本人が自分自身と同じ欠点を持っていると思われる他人を殊更に批判する傾向のある人たちがいることに気付くようになった。

13   思春期前後：小学校

　私は幼稚園や学校で他の子供たちと、なかなか馴染めなかった。どういう状況であっても、自分がどう振る舞ったらよいのか分からなかった。小学校1年生の終わりくらいまでは、クラスの誰とも話すことができなかった。少し話せるようになった後も、私は別の問題を抱えるようになった。私は小学校でおどおどしていて緊張状態にあった。私の悪口を言う人に言い返すことができなかった。そのためか、9歳くらいの時にいじめの標的になった。靴や定規などの私の私物はいじめっ子に隠され、その子たちは私をからかった。私は屈辱を覚え悲しかったが、どうすることもできなかった。

　いじめの標的になる人はその人自身にも問題があるから、いじめっ子だけを責めるべきではないという意見もある。臆病でおとなしい人は、いじめっ子がいじめの標的とするように、引き寄せているように見えてしまうこともあるため、ある意味それは正しいのかもしれない。しかし多くの場合、いじめの被害者がいじめに抵抗することは難しいと思う。そもそも彼らの自信は、過去の家庭などでの不健全な力関係によって既に失われていると思われる。彼らはいじめの状況にどう対処すべきか、術を知らない。

　一方で、かつていじめの被害者だったいじめっ子もいる。いじめの問題は複雑で、一筋縄では理解できないものだと思う。私の学校時代は、今ほど複雑な社会ではなく、いじめももっと単純だったと思う。現在、いじめはより巧妙になり、厄介なものになっている。私が今よりも平和な時代に学校生活を過ごしたことは幸いだった。

　小学校生活が終わる頃には、いじめっ子たちも次第に落ち着いてきた。彼らは間抜けな同級生をからかうのは、愚かでつまらないことだと思い始めたのかもしれない。学校ではまだ、私はぎこちない状態だったが、初めての学校生活は静かに終わった。しかしその後、大人になってからも、私は度々いじめに出くわした。自分自身が再び犠牲者となった

こともあり、他の人がいじめられるのを目撃したこともある。どちらの場合も同じように胸の痛む体験である。

14　思春期前後：ランドセル

　私は小学校４年の時にクラスで奇妙な体験をした。学級担任は中年の男性教師だった。彼の教育の方法は風変わりだった。通常担任の先生は、児童の保護者のために学校に関するお知らせが書かれたプリントを印刷して、子供たちに配布していた。

　その教師はプリントを配布する代わりに、彼自身が私たちに連絡事項を語り、その語った内容を私たちがノートに書き留めるという方法を取った。時折、彼の話は演説のように長く、文章の数は多くなった。彼はゆっくりと間を置きながら話した。そのため、彼が言った全ての言葉を許容時間内に書き留めることは可能だっただろう。しかし私は気持ちが焦り、書くのが間に合うかどうかいつも不安だった。そして、私は急いで言葉を走り書きしたため、私の字は読みづらいものになった。この経験のためなのか、私は手書きの字が下手になった。

　連絡事項は保護者に向けたものだった。しかし、私はそのノートを母に見せた記憶がない。なぜ見せなかったのかはよく覚えていないが、字が殴り書きだったので母に見せるのを躊躇したのだと思う。連絡事項の詳細は、季節の挨拶のようなものが多かったような気がする。そのため、たとえ母にそれを見せなかったとしても、大きな問題ではなかったのかもしれない。

　ある日、下校時にその教師が児童に、各自のランドセルに教科書や文房具を見ないで詰めるようにと指示した。つまり私たちは完全に目を閉じて、全てのものをランドセルに詰め込まなければならないということだった。私は言われた通りに従った。その結果、私の机の周囲には、たくさんのものが散乱してしまった。

　他の子供たちは皆、詰め終わったランドセルを持って家に帰る準備ができていた。私は何が起こっているのか分からなかった。先生に言われた通りにしたのに、どうしてこんなに恥ずかしい思いをしなければならないのかと思った。私はひどく真面目過ぎたのかもしれない。私はその

ような普通ではない状況にどう対処すべきか分からなかった。生まれて
この方、色々な人たちとの交流がもっとあったなら、こんなにおどおど
した、ぎこちない少女にはならなかっただろう。更に悪いことには、同
じことが２〜３度起きたのだ。最初の時点で、全ての状況を理解するこ
とができなかったほど常識が欠けていたのだろう。

　また、その教師は競争が好きだった。ある時、遠足の写真コンテスト
があった。彼が審査員だった。それは楽しい時でもあった。受賞者には
賞品が贈られた。１等賞の子は文房具をたくさん貰った。２番目の子は
それより少し少ない物を貰うという感じで、10等賞まであった。私の
写真は６等賞に選ばれた。何を貰ったかは覚えていないが、賞品を貰っ
たのはいい気分だった。バスの窓から撮った建物の写真で少しぼやけて
いたが、教師は皆に、「動く車から写真を撮るのは難しいんだ」と言っ
てくれた。それが評価の対象になったようだ。これはその教師が私を褒
めてくれた、ただ一つの記憶になっている。

　彼が担任のクラスでは、その他にも年間を通して別のコンテストが
あった。漢字を書く宿題をどれだけたくさんやったかを競うものだっ
た。競争は激しくなっていった。１ヶ月や１週間など、ある一定の期間
に漢字をノートに何ページ書いたかを私たちは競っていた。彼は漢字の
宿題をたくさんやった子供たちに賞を与えた。競争のルールは、ただど
れだけ多くの漢字を書くかということだけだった。

　よく１等になっていた男子がいた。彼は一晩で１冊のノートの全ての
マス目を漢字で埋めて完成させた。しかし私は、彼のノートの全ての
ページに、画数の少ない同じ簡単な漢字が繰り返し書かれているのを見
た。教師はその内容については何も言わず、いつもその子の頑張りを褒
め称え、たくさんの賞品を与えていた。

　その奇妙な光景を見た時、私は馬鹿馬鹿しいと思った。漢字を書くの
は色々な字を書いて練習し、覚えるためのものではないだろうか。同じ
簡単な漢字を何千と書くことに、何の意味があるのだろうか。たとえた
くさん賞品が貰えたとしても、私はそういうことはしたくないと思っ
た。漢字を書くのは宿題だったため幾らかは書いたが、私は無意味で無
駄だと思われるレースには加わらなかった。今振り返ると、年齢に相応

する常識のない臆病な少女が、自分なりの全うな考えを持っていたのは驚くべき事実だ。

　そのクラスでは、更に珍しい現象が起きていた。３分の１の男子児童が学年末までに教室を離れていた。クラスは男子と女子それぞれ20名くらいで構成されていたが、６〜７人の男子が小学校と同じ地方自治体の運営する別の学校に移って行った。それは環境の良い郊外にある、健康上の問題があるために特別な関わりが必要な子供たちのための全寮制の学校だった。その学校に移った男子のうち一人は肥満の問題があったので移る理由があったと言えるが、その他の男子たちは、そこに移る必要があるようには見えなかった。

　翌年、担任の教師が別の教師に交代になった。通常、４年生から５年生に進級する時は、その学校の担任教師は変わることはなかった。それは例外的だった。別の学校に移っていた男子たちは、その教師が厳しくて逃げ出していたようだったが、漢字の宿題で１番の子や５人きょうだいがいる男子はひいきされていた。教師はよくその子に、「君はきょうだいが多いから、たくましくていい」と言っていた。

　別の学校に移って行った男子の保護者たちは、教頭先生に担任を変えるよう懇願したのに違いない。その教師のために、何人もの男子たちが辛い思いをしていたことには、私は気付かなかった。自分も彼から良く扱われなかったけれども、私は鈍感だったのかもしれない。

　その教師は教えるのも上手ではなかったと思う。彼はしばしば脱線し、可笑しな話をした。実際に面白い話もあった。しかし、標準的なクラスの授業よりも頻繁に起こった脱線のため、時間が足りなくなって省略された学習単元もかなりあった。

　母はその風変わりな教師に心酔していたようだった。彼が担任になることになった新しい４年生クラスの最初のPTA会合で、母は彼の発言に感銘を受けたのだ。母は感心したように父と私に、「今度の先生は本当に良い先生だ」と言った。母によると、彼はかつて中学校の先生だった時に、学力のない生徒をたくさん知っていたそうだ。だから、子供たちを鍛えるために一生懸命努力するようになったと言う。そして、彼の教え方は厳しいかもしれないが、彼の実際の体験に基づいたやり方なの

で、保護者は彼の方針を認めるようにと言ったそうだ。

　私は母の感心した様子から、ある程度は良い先生なのかなと思っていた。しかし今思うと、そのような教育に関わる一方的な方針を聞いたら、そういう人を果たして信頼できるものだろうかと思う。私は様々な経験を通して、その教師に対しては肯定と否定の混ざり合った複雑な気持ちを抱いていた。新しい担任が来た後、教室から離れていた男子たちもクラスに戻り、普通の学校生活が戻ってきた。

　私のランドセルに関わる出来事は、ある子供たちが私をいじめのターゲットにするように仕向けたと思う。しかし、新しい担任の男性教師は時々私のことを心配してくれていた。いじめはすぐには止まらなかったが、学校での日々は以前よりずっと楽になった。

　風変わりな担任教師の年を振り返ると、クラスの雰囲気は不安定で落ち着きがなかったと思う。私はその状況の真っ只中にいた時は、その状態を認識することはあまりなかった。しかし、いずれにしてもそれが1年で済んだことは幸いだった。

　オランダ語の「ランセル（背嚢）」に由来するランドセルは、半世紀以上にわたって小学生のシンボルとなっている。なぜあの大きな重い鞄が今も小学生の必需品なのだろうか。その材質が改善されて重量も減っているだろうけれども、幼い子供たちにとってランドセルは、今も重荷のように思われる。

15　思春期前後：母

　私は人生の重要な時期である思春期をうまく通過することができなかった。私は母に監視されていると感じていた。母は、私が好きなことや興味のあることをするのを快く思っていなかった。いつも、私の行動が母の許容範囲内であるかどうか、非常に敏感だったと思う。

　ある時、私がテレビでタレントが演じている面白いシーンを見て笑っていると、母が怒って「あんたは、そんなにくだらない低俗な番組が好きなの！」と蔑むように言った。同じような面白いテレビ番組を見て母も笑っていたことがあったから、私を批判するのは理屈に合わないことだった。しかし、何かやる毎に母に強く批判されると、そのことをやるのが怖くなり、やらないようになってしまったことが増えていった。

　また、母は私が素行の悪い子供と友達になってしまうことが心配だったようだ。私は友達があまりいなかった。両親と有意義な会話をしたことがほとんどなかったことも一因だろう。私はいつも人と話す時に何を言ったらよいのか分からなかった。子供の頃の日常会話の経験不足もあってか、私は学校で孤立する傾向があった。

　母はよその人が来るのを嫌がっていた。母は壊れた電化製品などを修理するために、知らない人に家に来てもらう必要がある時など、いつも過剰に反応した。知らない人が来る日の数日前から母はいらいらし始めた。不思議なことに、その人たちが私たちの家にいる間、母は普通の人のように振る舞うことができ、不適切なことを言うこともなかった。しかし、母の声がいつもより1オクターブ上がっていることが、母が内心とても緊張していることを表していた。

　母は自分の子供の同級生の母親たちとも付き合うのが好きではなかった。それにもかかわらず、母は私の姉の中学校のクラスのPTA委員に任命されてしまった。他の委員の人から電話がかかってきて母が委員に選ばれたことを知らされた後、母は泣き出して愚痴をこぼした。母は委員に選ばれたくなかったため、翌年の委員選考のために開かれたPTA

の会合を欠席したようだった。母は委員になることのできない特別な理由はないと思われたため、他の PTA の人たちは母が委員になるべきだと決めたのだろう。

　母と他の委員のメンバーが一緒に行動するようになってから、母はその人たちと親しくなったようだった。しかし、母が他のメンバーと電話で話している時の声はいつもより甲高く、緊張していることが分かった。母がその委員会にどの程度貢献したのかは分からない。むしろ、母は他のメンバーの人たちにとって、お荷物であったかもしれない。

　ある日、たまたま何らかの理由で、私は母と一緒にその委員の人たちの集まりに居合わせることになった。私と母、そして家族以外の人々が交わりを持つということは、非常にまれなことだった。母はほとんどしゃべらなかった。他の人が話している時には、母はいつも不自然なお愛想笑いをしていた。それは私がその会合の前から、こんなことであろうと予想していたことだったが、私は母の笑顔が不快で恥ずかしく、母は惨めで信頼できないと更に感じることになった。

　しかし、人嫌いで気難しい人間であっても、他の人たちと何らかの関係を持ちたいと思うこともあるようだ。また、他の人たちからは良い人だと思われたいという気持ちも働くのだろう。この PTA のグループは5～6人で構成されていて、真剣で厳しい交渉事のようなものとは無関係だったのだろう。だからこそ、母は辛うじてこのグループに加わることができ、幾らか楽しむこともできたのだと思う。

　しかしその後、母は私に自分は私のクラスの PTA 委員には絶対にならないと言った。そして母は、その通り選出されないで終わった。どうやって避けて通ったのかは分からない。

　家では母は気難しくなりがちで、簡単なことでよく怒った。時々、母の不機嫌な顔が数日間以上続くことがあった。姉と私は何で母が怒っているのか、お互いに話し合って考えた。例えば、私たちが些細な口答えをしたために、母が怒ったのだと想像がつく場合もあったが、いくら考えても理由が分からないこともあった。母は憂鬱な時が多かったかもしれないが、多くの場合は家庭内でのトラブルに向き合うこともなく、ストレスの少ない楽な生活を享受していたと思う。

16　思春期前後：中学校

　私は小学校に入ってから、体育以外の科目を学ぶのにあまり苦労することはなかった。中学校を卒業するまではあまり努力しなくても、比較的良い成績を取れていた。なぜそうだったのかはよく分からない。しかしそのことで、私はより深刻な劣等感を持たないで済んだのだと思う。それなりの成績が取れていなかったら、私の子供としての自負心は、とっくの昔に完全に打ち砕かれていただろう。

　私は運動が苦手だった。母が私にたくさんの子供と遊ぶことを許さず、私の行動をすごく幼い頃から制限していたことも一因だろう。母はいつも心配そうな表情を浮かべて「あなたのことを心配してるのよ」と言った。私はその母の言動に支配されていた。母は私への思いやりを示そうとしていたのかもしれないが、実際は私にとって望ましくない偽りの優しさだった。その時の私は、それに気付くこともなかった。

　私の通った中学校の生徒は、無気力な上に、活動的でもなかった。ほとんどの生徒は一生懸命勉強することも、悪いことをすることもなかった。私はあまり話すこともなく、落ち着いて見えたためか「優等生」のように思われていた節がある。しかし、実際の私は自信がなく内心おどおどしていて、決してそういう生徒ではなかった。

　同級生の一人は私に言った。彼女は私がある種のテレビ番組をくだらないと思っているに違いないと言って、私は自惚れているからそういうテレビ番組を見る人のことを軽蔑しているんだろうと言った。その時私は怒りを覚え、彼女に何か言い返したが、何を言ったのかは覚えていない。

　私は非常に受身的だったためか、全く親しくもないある同級生に無理な頼まれごとをされた。彼女は受験する高校の説明会に付いて来てくれる人を探していた。その時は高校入試シーズンの直前で、誰も他人のために時間を割きたくないと思っていた。彼女は私に一緒に説明会に行ってくれと頼んできた。初めは断ろうとしたが、彼女が懇願したため、私

は遂に彼女の要求を呑んでしまった。あの時の不愉快な後味の悪さは一生忘れることができない。私は自分が他の人たちから、馬鹿みたいなお人好しのように思われていることに気付いていた。このようなトラブルはあったが、中学校では長期的ないじめに遭うことはなかった。

　私は10歳の時に英語を習い始めた。そのため、当時は中学校から始まっていた学校英語の授業には有利だった。母は私が小学生の頃に、バイリンガルの日本人の年配女性教師が指導する英語教室に通わせた。姉が既にその教室に通っていたからだ。週に1回の授業だったが、中学生になってからの英語の勉強の役に立った。それは母のしてくれたことで、数少ない私が感謝すべきことの一つだ。

　クラブ活動では卓球部に所属した。スポーツは苦手だったが、何かスポーツをやってみたかったのだと思う。クラブ活動もその中学校ではあまり活動的ではなかったため、私にはちょうどよかった。特に思い出すのは、他校との試合に行った時のことだ。あまり長時間練習するクラブではなかったため、私たちはそれぞれシングルスの試合だけをした。私は時々、試合の前半で相手にリードすることもあった。しかし、いつも相手に追いつかれて勝つことはなかった。私たちのチームの練習不足もあったが、私の自信の無さの表れでもあったと思う。今思うと、それが私にとって長期にわたり取り組まなければならない実存的な問題だったと感じている。全体的に見れば、私の中学校時代は周囲も活動的ではない状況の中で、仄暗さに覆われているものの、他の頃と比べると、比較的穏やかで平和な時だったと思う。

17　子供の頃の良い思い出

　私は子供の頃の良い思い出があまりない。しかし、それらについて、思い出せることを書いてみようと思う。

　私の思い出せる限りの初期の記憶では、「真室川音頭」という恋愛感情を歌った民謡が好きだった。この歌の大意は、北日本のある町で真室川のほとりに植えられた梅の木の花と、そこに度々訪れる鶯の話だ。花は女性で、彼女が蕾の頃からいつ開花するかと待ちわびて見にやって来る鶯に語りかけている。歌詞の比喩的な意味は何も分からなかったが、私は歌うのが楽しくて人前でも歌っていたと思う。しかし私はある時、歌を歌うのを止めてしまった。何で歌わなくなったのか覚えていないが、私が歌っていた時に誰かが私をからかったのだろう。父か母が、あるいはその二人がそういうことをした可能性は充分あり得る。楽しく歌っていた頃の私は、その後の暗澹とした私と繋がりがあるようには思えない。しかし、歌っていた時の楽しさは今でも覚えている。

　鶯と言えば、私たちが家で飼っていた文鳥を思い出す。その文鳥は、鶯の鳴きまねをするようになったのだ。鶯は早春にさえずり始める歌の名手で、「ホーホケキョ」のように鳴くので、私たちはその文鳥を「ホケキョ」と名付けた。当時は街中にも鶯がいたため、私たちの飼い鳥は上手な歌い手に倣って鳴き声を習得できたのだろう。今、都市部では本物の「ホーホケキョ」の鳴き声を聞く機会はほとんどないと思われるが、録音された音が駅やショッピングアーケードなどの場所で流されていることがある。

　他にも何羽か鳥を飼っていた。私の姉が友人から貰った鳥もいたし、父が私のために買ったカナリアもいた。実を言うと、私はペットの世話は面倒なので買いたくなかった。ショッピングセンターの屋上にあるペットショップで、父が店員に私を指して、鳥はこの子のために買うの

だと言った。私は買うことに抵抗したが、父は買ってしまった。父は家で鳥のさえずりを聞きたかったのかもしれない。私は父にカナリアを飼うための口実にされているような気がして不愉快だった。

　一方で、そのカナリアは非常に良い声で鳴いた。ある日、私たちの近所の人が青菜を持って来た。その女性は、いつもきれいな声でさえずってくれている鳥にあげてくださいと言った。しかし、その女性は鳥のさえずりを聞いて本当にうれしかったのか、それとも実際は、その声が騒音として聞こえていたことを暗示していたのかどうかは分からない。

　カナリアはあまり長く生きなかった。数年で死んでしまい、私は悲しくなってたくさん泣いた。姉は私をなだめようとしたが、私は姉に言った。「ただ泣きたいだけなのよ！　放っておいて！」なぜ姉にそんなことを言ったのか分からないが、泣いた後、私は気持ちがすっきりしていた。涙を流すことで悲しみが癒やされることがあると言われている。その時、私はそれを経験したようだ。

　鳥を飼っていた期間はけっこう長かった。少なくとも1羽の鳥がいた期間は、10年ぐらいあった。私を含めて家族は、良いペットの飼い主ではなかった。第一に、私たちはペットの世話をするにはあまりにも怠惰だった。犬や猫のような他の動物と比べても、小鳥の世話をするのは比較的簡単なはずである。基本的に必要なのは、鳥籠の底に敷く新聞紙、水入れの水、エサ入れの雑穀、青菜挿しの野菜などを定期的に交換することだ。手乗りで慣れている鳥の場合は、頻繁に遊んであげることも重要である。飼い主がそれらのことを怠れば、鳥は不快な状況に耐えなければならなくなる。

　カナリアは私の鳥ということになっていたが、その他の鳥は所有者が明確になっていなかった。姉または私の所有という感じではあった。私たち二人姉妹は、母がそうであったように掃除が苦手だった。そんな中、母がたまに鳥籠の掃除をした時には、あんなに汚い籠の中に鳥がいるのを見るのは可哀想過ぎたからだと言った。それは良い思い出ではない。私は後になって、良いペットの飼い主ではなかったことを後悔した。それでも私は、特に2羽の鳥、ホケキョとカナリアをよく覚えている。そして彼らの愛らしい仕草を思い出すと少し気が和む。

私はほとんど、何かに熱中したことはなかった。私が何かをやってみたいと思っても、母がそれを知ったら私を批判しただろう。母は私によく言った。「時間が無駄なだけよ、うまくいくことなんか絶対ないんだから！」母が叫んだ時の状況はよく覚えていないが、私が何か新しいことをしてみたかった時だと思う。

　しかし、一つだけ子供の頃に夢中になったことがある。母が私にお手玉をくれたことがある。私への誕生日のプレゼントだったと思う。毎年、母から誕生日プレゼントを貰ったことを覚えているが、その時以外には何を貰ったのか全く覚えていない。いつもは文房具などの消耗品だったのだと思う。その小さな布の袋に豆を詰めたお手玉を使って、練習を始めた。私は両手で３個の玉を、右手で２個の玉を扱うことができるようになった。どのくらいの期間、熱中していたかは覚えていない。ほんの２〜３ヶ月くらいだったかもしれない。もう１個玉を追加してやろうとしたが非常に難しく、不可能に思えた。結局、それ以上練習するのを諦めた。母は、母自身が私にお手玉を与えたため、私がお手玉に熱中したことに文句を言えなかったようだ。

　父に関しては父が私といる時に、正気でいるように思えた記憶が一つだけある。中学生の時父と私は、たまたま二人で一緒に旅行に行くことになった。その夏、母は病気になり、夏休みの行楽の予定はなかった。そのため、私はそれについて不平をこぼした。私の子供時代のイメージは、父や母に言いたいことが言えなかったということだが、必ずしもいつもそういうわけではなかった。私は両親にとってあまり気障りにも攻撃的にもならない部分では、自己主張を試みたこともあった。結局、父と私が父の郷里に行き、数日間滞在することになった。姉はその旅行の期間、何か用事があったため、同行することはできなかった。

　旅行に出掛ける前、私が不平をこぼしたがための結果が恐ろしくなり、後悔した。父と二人だけで旅行したらどうなってしまうのだろうと思った。父にはいつも怒られていたからだ。しかし実際は、私が予想していたような悪いことは起こらなかった。なぜ父がその旅行中に普通の人のようだったのかは分からない。仕事のストレスから解放されていた

ためか、妻（母）から解放されていたためか、あるいはその両方が父に平常心を与えていたのかもしれない。また、普段あまり親しくない二人だけで旅行に行くという状況の中で、お互いにトラブルが起きないよう慎重になり、知らず知らずのうちに気を遣っていたことも影響したのだろう。

しかしながら、この珍しい出来事は、私が持っていた父に対するイメージを変えるのに充分な力はなかった。それに、年を経る毎に、私と父との間のトラブルはより複雑で深刻なものになっていった。しかし、この旅行の経験を通して、人間は周囲の人や職場など、周りの環境の影響を受けやすいものだということを学んだと思う。今私は、自分が父の問題行動の主な原因であったわけではないと信じている。

幼稚園に通っていた頃、幼稚園では恥ずかしがり屋なのに、家では威張っていると父と母から批判された。しかし幼稚園の先生たちは、私が異常なほどおとなしいのに、私を批判することはなかった。私はすごくおとなしい子供は、良くないのだと思っていた。両親の言動に深く影響された、一種の大人の価値観で自分自身を判断しているようだった。なぜ先生たちが私を批判しないのか不思議に思ったが、幼稚園で批判されなかったことは幸いだった。

ある日、園児たちがBCGワクチン接種を受ける日が来た。事前に先生から、私は注射を受けなくていいと言われた。しかし、他の子供たちが列を作って辛い瞬間を待っている時、私は他の人がしなければならないのに、自分だけが注射をしなくてもいいはずがないと思った。先生にそう言われても、現実はそんなに甘いものではないと思った。私は良心の呵責にとても敏感な子供だった。少しでも、何か後ろめたいことをしたと感じる度に後悔する傾向があった。

小学生の頃、私はある年の運動会で奇妙なことをした。皆、徒競走に参加するが、私は苦手だった。スタートラインでは、数人の子供たちが内側から外側のレーンに並んでいた。スターターの銃の音で、皆、一斉に走り出した。外側のレーンからスタートした子供たちは、外側を走る

と内側を走る子供たちよりも長い距離を走ることになるため、外側のレーンをはみ出して内側に向かって走ることができた。

　私は一番外側のレーンからスタートした。しかし競走の間じゅう、一番外側のレーンから外れずに、同じレーンに沿って走り続けた。そのため、ゴールに到達するのにすごく時間がかかった。他の子供たちは、私に内側のレーンに向かって走っていいんだよ、と言った。誰かのお母さんが「あなたはとっても真面目なのね」と言った。内側のレーンに入ってもいいことは分かっていたけれども、どういうわけかそれができなかった。

　私が子供の頃の不健全な考えを表すエピソードが他にもある。小学校に入学して間もない頃、クラスの子供たちがそれぞれこどもの日のために、紙で鯉の形を作る工作をした。先生は、色紙で作った鱗を魚の本体に貼るように指導した。前もって、色紙から鱗の形を切り取っておく必要があった。鱗を貼り付ける時、本物の鱗のように本体に貼り付けるようにという指示だった。つまり、色紙から多くの小さな鱗の形を切り抜き、鱗の端だけを本体に糊付けして魚の本体に鱗の層ができるようにするということだった。最初は言われた通りに、私たちは作業を始めた。

　しかし、本体に鱗の層を作るには時間がかかった。他の子供たちは、本体に大まかに切った鱗をまばらに貼り始めた。図画工作の時間が終わりに近づいて、ほとんどの子供たちは、私がまだ鱗の半分も貼っていない時に作業を終えていた。3分の1くらいしかできていなかったし、授業が終わるまでに完成できないのではないかと不安になって、私は先生にどうしたらいいか尋ねた。

　先生は魚の本体の空白の部分に鱗を描いてくれた。そして、私は作業をきちんと辛抱強くやったから良い作品ができたと言ってくれた。その後先生は、私の母に他の子供たちは手抜きをしていたのに、私は非常に正確で辛抱強く作業をしたと言ったらしい。時間内に作業が終わらないところだったのに、なぜ先生に褒められたのか不思議に思った。しかし、私はそれを聞いて嬉しかった。それ以来、自分が役立たずだと感じた時、その先生の言葉を思い出して慰めにしていた。

　私はいつも心の中に、「お前はずるいことをしてはいけない！　お前は完全に従順で正直でなければならない！」という声がこだましていたと思う。なぜ自分がマゾヒストのようになったのかも分からなかった。そして、その不健全な姿勢を克服するために、数十年という時間がかかった。幼稚園での予防接種について言えば、接種を受ける前に、先生の一人が私が列に並んでいるのを見つけ、「あなたは注射しなくてもいいと言ったでしょ」と言って私を救出してくれた。それで私は、ワクチンの不適切な使用によって引き起こされたかもしれない副反応から救われた。私のツベルクリン反応が既に陽性だったからだ。してはいけないワクチン接種による副反応を防ぐことができたのは幸いだったと、大分後になってから気付いたのである。

　私が小学校5年生の時、担任の先生は前年の風変わりな先生から代わった中年の男性教師だった。国語の授業でその先生は、当時の児童には馴染みのない、討論をするように指導した。当時のほとんどの日本人は「ディベート」という言葉を知らなかったと思う。しかし、先生は「ディベート」という言葉は使わなかったが、実際は「ディベート」形式の討論をするように私たちを導いた。クラスは2つのグループに分かれて、先生が決めたテーマについて討論することになった。
　それは単純なテーマだった。平坦な場所に住むのと傾斜の多い場所に住むのと、どちらに住む方が良いかといったものだった。一方のグループは平坦な場所に住む方がいいという意見を支持する必要があり、もう一方のグループはその反対の意見を支持しなければならなかった。誰もが、たとえ自分のグループの支持する意見が自分自身の意見と異なっていても、グループに与えられた支持する意見に従わなければならなかった。
　私は討論の詳細はほとんど覚えていないが、ある男子が年配の女性が傾斜した場所で重い荷物を運ぶのは難しく、転んでしまうかもしれないと言っていたことを覚えている。普段はおとなしい私が、討論することに魅了された。その男子が何度も同じ意見を繰り返し言ったため、私はもう同じことは話す必要はないと主張したことを覚えている。討論は先

生が子供たちの意見に対して、何も評価したり判断したりすることなく
続いた。

　この国語の授業は、小学校生活で一番興奮した瞬間だったかもしれな
い。私は再び討論の時間があればいいのにと期待していたが、それは実
現しなかった。その時の「ディベート」が最初で最後のものだった。考
えてみれば、半世紀も前の日本の小学校の指導要領に「ディベート」の
項目などあるはずがなかった。しかし私は、この特別な授業を通して、
誰にも邪魔されずに自由に話す喜びを味わったのだと思う。

　私が子供の頃、一般的にテレビは一家に１台しかなかった。だから、
誰がテレビのチャンネルを独占するかが、家族一人一人にとっての大問
題だった。父が家にいる時は、いつも父が好きなテレビ番組を選んで見
ていた。たいていは時代劇だった。それらのドラマの中には、私が平気
で見られるものもあったが、暴力的で怖くて見られないものもあった。
　私は今もその頃の時代劇の登場人物を覚えている。そして時代劇の
ドラマを見ることが私の社会性の欠如の幾らかを補うのに役立ったかもし
れないと思う。時代劇で話される江戸時代の言葉は現代の日本語とは異
なっているが、それでも言葉の意味を推測し、理解することができた。
私は今とは違う昔の言葉の表現に関心を持った。
　他のテレビ番組では、世界中の野生動物の生態を映した『野生の王
国』を見るのが好きだった。当時、数少ないドキュメンタリー番組の一
つだった。東京の動物園の元園長で、番組解説者のしわがれた声を今で
も覚えている。この番組を見ている時は、なぜか私一人で誰にも邪魔さ
れずに楽しめたと記憶している。居間には誰もいなかった。他の家族は
皆、他にやることがあったのか、まだ帰宅していなかったのかもしれな
い。この番組を見ることは、私にとって子供の頃の至福の時間のよう
だった。私は世界じゅうの動物のことに思いをはせることで、現実逃避
していたのだ。

　米国航空宇宙局 NASA のアポロ宇宙船が1969年に月に到達したとい
うニュースは私にとっても、非常に興奮する出来事だった。人類が月面

への第一歩を記した瞬間を見た時には、畏敬の念を感じた気がする。また、世界じゅうの人々との一体感もあった。学校で売られていた科学雑誌の付録が、アポロ宇宙船の模型だったことも嬉しかった。

　1972年、アジアで最初の冬季オリンピックが開催された。開催地は札幌だった。アメリカ代表の女子フィギュアスケート選手がいた。彼女はとても美しくて魅力的だった。氷の上で転んでしまった時も、微笑んでいた。とても普通には会うことができるとは思えないほど素敵な人がいるということに驚いた。アポロ宇宙船とフィギュアスケート選手のことは、私に何らかの影響を与えたと思われる。これらのことが、私が長年英語の勉強に取り組むことになった動機の一部になっているのに違いない。

18　高校時代

　私は大学受験に有利な公立高校に入学した。学力水準が高くない中学校で比較的良い成績を収めていたため、その高校に入学するのは難しいことではなかった。しかし、入学した後のことを考えると不安があった。自信に満ち溢れた優秀な生徒も多いはずだし、そういう人たちとどう付き合っていいのか分からないと思った。

　母だけが無責任に喜んでいた。それはあまり苦労をしなくても、娘が評判の良い公立高校に行くことができて、学費も高額ではなかったからだ。しかし、私は新しい環境にどう対処したらいいのか、何の考えも対策もなかった。私は学校にいることだけでも恐怖を感じた。しかし、毎日学校に通っていた。学校に行くことは、止めることのできない義務のようなものだった。

　「不登校」という言葉は、当時は一般的に知られていなかった。今日では珍しくないが、学校に行けなかったり学校に行こうとしない生徒がいるという事実を知っていたら、私もそのような人たちに倣って、学校に行かなくなったかもしれない。しかし、父が「ずる休み」にも思える不登校のようなものに対して深い嫌悪感を抱いていたのは確かで、自分にはそのようなことが許されることはないと、無意識のうちに理解していたと思う。そのため、私はとにかく学校に行き続け卒業した。その日々は、砂漠を歩くようなものだった。私は学校の教室で、椅子に座り机を使っていたが、場違いな所にいるような感じだった。勉強にも身が入らず、成績も悪かった。

　実際、物理と数学の試験で落第しそうになった。数学の先生は、いつも私をクラスの他の生徒の前で、とても簡単な問題の解答を書くように指名した。私は黒板に数学の公式などの答えを書いた。先生は私に配慮していたのかもしれないが、私は内心恥ずかしく屈辱を感じていた。もっと勉強しようと試みたこともあったが、同時に勉強することに抵抗していた。当時はそれに気付くことはなかったが、当時の状況を思い出

すと私は自分の愚かさを明らかにし、助けを求めたかったのだと思う。それは自分の成績を良くするための助けではなく、私を環境への不適応から救ってくれるためのものである。しかし、助けが来ることはなかった。

　高校時代の３年間、私はどのようにやり過ごしていたのか？　学校生活の記憶は曖昧な部分も多いが、とても恥ずかしい思いをしたことを覚えている。各クラスは学級委員を選ぶ必要があった。ある日選挙が行われ開票が始まると、クラスのある一人だけの名前が何度も繰り返し呼ばれた。一度だけ、別の名前が呼ばれた。クラスじゅうにどよめきが起きた。実はその票は、私が投じたものだった。

　次の学級委員がクラスの結託で既に決まっていたとは知らなかった。私だけが蚊帳の外に置かれていた。私は孤立していて、誰も結託について教えてくれなかった。選挙後、おかしな票が１票あったことについては、何も取り沙汰されることもなかった。しかし、私はクラスから無視されたことを恥ずかしく思った。そして、恐らく私がその票を投じたということが、ある人たちには想像がつくだろうと思った。非常におとなしく愚かで変わっている女子が、その１票を得た男子のことが好きなのだろうと思っている人たちがいるのではないかと感じていた。私は本当に穴があったら入りたいと思った。

　私は普段通りに選挙に参加しただけだった。私はその男子に特別な感情を持っていたわけではない。後になって、白票を投ずれば良かったと思ったが、結託について知らない限りは普通に選挙に参加するしかなかった。その男子の名前や外見などについても、何も覚えていない。しかし、その時の恥ずかしくて落ち込んでいた気持ちはよく覚えている。それが私の学校生活の現実だった。

　クラブ活動は卓球部に所属していた。体力も精神力も不足していたから、部活動に参加するのも一苦労だった。なぜクラブに入ったのかはよく覚えていない。私は疲れやすかった。一方で、疲労が一生懸命勉強できないことの口実にもなっていた。また、学校の各科目の授業に出席するだけなのも息苦しかったのだと思う。おとなし過ぎる私でも、他の人たちとコミュニケーションを取りたかったのだろう。また、部活動に参

加していることで、時間も使うし体力も消耗するからと自分の学力不足の言い訳にしていた。しかし、それは自分勝手な合理化に過ぎず、自己満足でしかなかった。

　クラブ活動では、他のメンバーの人たちと馴染めるかどうかも問題だった。私は中学時代に少し卓球をしていたため、高校に入ってから卓球を始めたメンバーに負けた時は、悔しくて泣いたこともある。私は非常におとなしく、他の人たちとは違っていたため、私と同じ学年のあるメンバーが、年長のメンバーから、私はクラブの中でちゃんとやっていけるだろうかと聞かれたということも聞いた。

　初めての夏季合宿に参加した時は、他のメンバーについていくことができなかった。早朝の練習で、私はしゃがみ込んで何かを叫んでいた。自分に何が起こったのか分からなかったが、私の甲高い叫び声はしばらく続いた。そこにいた誰もが唖然としていた。私はそれについて、どう説明したらいいか分からなかった。コーチは私が一生懸命練習し過ぎて気持ちが悪くなったと結論づけた。それ以降は、私は練習を自制する必要があるから、負担の多い練習には参加しなくていいと言われた。私はホッとすると同時に、勉強もクラブ活動も他の人たちについていけないことに失望した。私は自分が落ちこぼれのように感じた。そして、私はそれ以降、同じような劣等感を度々持つことがあった。

　合宿中に起きたことが、パニック障害の現れだったかどうか分からないが、当時は、言い表しようのないストレスがあったのは確かだ。また、合宿を通して、父の奇妙な態度をまたも発見することになった。私が数日間家を留守にして戻った後、父は私が留守の間、父に電話すらくれなかったと言って、私に散々文句を言った。父がそういうことを言うとは想像もしていなかった。普段から私は、父から良い扱いを受けることはなく、無視されていたため、私は父の態度を全く理解できなかった。それは父の私への考慮だったのかもしれないが、私は全く嬉しくなかった。かえってそれは、父に対しての不信感を更に募らせることになった。

　翌年、再び夏季合宿に参加した時は、仕方なく父に電話をかけた。それはほんの一言二言の、馬鹿げたほど短い会話だった。他のクラブのメ

ンバーで、誰も家に電話をするような人はいなかった。私が父に愛され
ていると誤解した人もいたかもしれない。それは何か、「良い家族」の
振りをするためのゲームをしていたようにも思われる。

　高校時代はとにかくクラブ活動に参加していた。私は強い卓球の選手
でもなければ、陽気で親しみやすいクラブのメンバーでもなかった。む
しろ私はクラブのお荷物のようだった。私は悲観的で、他の人に追いつ
くことができないとつぶやいた。私が自分の惨めさを話すと、私を慰め
ようとしてくれる人たちもいた。今思うと、私は他の人たちから幾らか
のエネルギーを得るためにゲームをしていたのだろう。当時の自分のこ
とを考えると、私はろくでなしのようだった。しかし、そういう状況で
も、私はどうすることもできなかった。クラブのメンバーは比較的成熟
した出来のいい学生だったため、私のことを悪く言う人もいなかった。

　クラブに馴染むことはできなかったが、クラブに全く所属しないより
かは、何らかのクラブに所属していた方が良かっただろう。少なくとも
クラブ活動をしている間は、ストレスから幾らか解放されていたし、ク
ラブに所属していなければ、他の人と話す機会は更に少なかっただろ
う。クラブ活動は、砂漠を歩んでいたような私にとっては、オアシスの
ようなものだったかもしれない。

19　乖離の向こう側に見えたかすかな光

　高校生の頃、私は両親に学校生活についてほとんど話すことはなかった。高校に入る前から両親とはあまり話さなかったため、特筆すべきことではないのだが、ある日突然、彼らが私に「高校に入ってから友達のことを全然話さないけど、友達はいるの？」と聞いてきた。私は何も答えることができず、黙っていた。母は私に言った、「何で友達がいるかどうか聞くと、下を向いて悲しそうな顔をするの？」それは私にとって拷問だった。自分には友達がいないと言う勇気がなかった。私はいつものように母の反応を恐れていたからだ。両親は私のことを心配していたのかもしれない。しかし、当時の私に対する彼らの態度を振り返ってみると、一貫性がなく私の不幸を喜んでいたように思えることもあった。

　ある日、学校で校外学習のため、遠足の機会があった。当日の活動の全てが終わった後で、私たち生徒は現地解散になった。私は一人で帰ってきた。帰る途中で繁華街に寄ってお菓子を買った。母は私が買い物をしてきたことに気付き、「どこへ行ったの？」と聞いた。私は「ABCタウン」と答えた。すると母は「友達と一緒に行ったの？」と聞いてきた。私は母に「一人で行った」と答えた。すると母は一瞬大笑いしたのだが、その後「お母さんはなんて可哀想な母親なんだろう！　こんなに孤独な子供がいて！」と泣き叫んだ。私は混乱して途方に暮れた。母は私が孤独であることを知って嬉しかったのか悲しかったのか、よく分からない。父に関して言えば、いつものように私をからかうように「お前には友達がいない！」と罵るように言った。

　母は私がすごく小さい頃から、人と付き合うように私を励ますことはなかった。まだ小学生だった頃、友人の家に遊びに行った時のことで忘れられない話がある。友人の父親も警察官だったため、人間嫌いな母もある程度はその家族を受け入れていると私も思っていたと思う。ある日、私はその友人の家に長時間滞在し、夕方になってしまった。友人のお母さんは、私が夕食の時間までいて、その家族と一緒にご飯を食べて

50

いけばいいと私に言ってくれた。そして、母が心配しないように、私が
夕食を済ましてから帰るからと母に電話をかけてくれた。

　私は友人の家で楽しい時間を過ごした後、家に帰ったが、その時の母
の激怒した表情を決して忘れることができない。母はとても怒ってい
て、顔が強張っていた。そして私に言った。「あなたはなんて悪い子な
の！　やっていいことと悪いことを何も分かっていないんだから！　他
の人の家で夕食を食べるなんて、そんなことしていいはずないじゃな
い！」私にとって、とても恐ろしい瞬間だった。地獄から冷気が立ち
昇ってくるような気がした。私は、そんなに悪いことをしたのだろうか
と思った。しかし、この母の怒りのせいで、友人の家族と食事をするな
ど、他の人たちと密接な関係を持つことはできないのだと、どこかで
思ってしまったに違いない。

　このような養育者の不可解な社会概念に影響されている人間にとっ
て、社会生活を楽しむことは非常に難しいと思う。今思うと、母の怒り
が激しかったのは、私が他の家族の家に滞在した後、私がいつもより楽
しそうに見えたからに違いない。それが母の気持ちを逆撫でしたのだろ
う。私が自分の家にいる時は、いつもつまらなそうに見えていたのかも
しれない。

　他にも忘れられない出来事があった。私が小学生の頃、ある学者が
テレビに度々出演して、「今の子供たちは長生きできない」という学説
について話していた。子供たちのほとんどは、環境破壊のために30代
か40代までしか生きられないと語っていたようだ。母はそれを聞いて、
繰り返し嬉しそうに、私にその学者の言うことを話した。

　普段から私は、母が私に何かを話した後、どう答えたらいいのか分か
らないことが多かったが、その時は母が言ったことについて、かなり混
乱してしまった。この学説は、私を含む当時の子供たちにとっては呪い
の言葉のように聞こえた。私は子供なりにも、母は本当にこの学説を信
じているのか、そして母がその学者の話が本当ならば悪影響を受けるこ
とになる当事者の私に、この話をしていたことに気付いていたのだろう
かと訝しく思った。母が私にその話をしていた時は、幸せそうだったの
だ。私は母が、私が若くして死ぬことを望んでいるのかもしれないと

思った。

　父と母の関係については、どう表現したらよいのか分からない。母が父からどんなにひどく扱われたかと嘆いて、「馬鹿だ」とか「石頭」と言われたと不平を言っていたのを覚えている。その時は母を気の毒に思ったが、そのような状況は一時的なものに過ぎなかった。全般的に母が父より弱かったという印象はない。二人の力関係は、拮抗しているように見えた。

　両親は自営業ではなかったし、それぞれの年老いた両親や病気や障がいのある家族の世話をする必要もなかった。そのため、私たちの家族は大きな問題を抱えることはなかったと思う。母が主婦として苦労が多かったとは思わないが、父の職場の異動でほぼ隔年に引っ越していた時期があった。異動は同じ地方自治体内に限られていて引っ越しは短距離なものだったが、大変な作業であることには違いない。

　父は警察署長として、4ヶ所の警察署で勤務する機会があった。母がそのような役職の人の妻になることを考えると、母自身も場違いに感じていたかもしれない。しかし、全てが悪いことばかりではなかっただろう。警察署の人たちが毎回、引っ越しを手伝ってくれたし、署長の家族として私たちに敬意を表してくれた。母は自分の置かれた状況に不満があったかもしれないが、警察署の人たちと一緒にいる時は、概ね良い人の振りをしていたと思う。

　当時、既に私は父や母とまともな会話をしたいという気持ちも失って、怒りや悲しみの感情を抑え込んでいたと思う。しかしある日、忘れられない出来事があった。父と母が互いに話していた時、父が警察の関係者の誰かが、母についての話をしていたと言い始めた。その関係者は、母が父と結婚する前から、母を長い間知っていたようだ。私は母がかつて警察で働いていたなどということは想像しがたいのだが、実際、警察での上役の人が、父と母を引き合わせて結婚するように勧めたという。

　その頃は、警察で母を知っている人がまだいたのだろう。その母を知る人が父に、なぜ父があんな女性と結婚したのか理解することができないと言っていたと、母に率直に語ったのだ。「あんな女性」とはかなり

否定的な響きを持った言葉に聞こえた。母は非常に怒って、繰り返し文句を言った。

　私は父と母の会話を聞き逃すまいと聞き耳を立てていたが、しばらくすると、その人の言ったことが本当にその通りだと変に納得した。私はその人を知らないし会ったこともないけれども、その人に感謝している。その時感じたことは言葉で表すことはできなかったが、その出来事はとてもよく覚えていて、気持ちが少し楽になった。

　その状況を思い出して今振り返ると、暗闇の中にぼんやりとした光が差し込んできたような感じだった。自分が想像する以上に、世界は広いと感じることができたと思う。そしてもしかしたら、世界の中の誰かが私の状況を理解してくれて、共感してくれるのではないだろうかと感じたと言える。

　私は狭い場所に閉じ込められていた。その場所は、父と母からの威圧感で補強された天井と壁でできた家で、逃れの道は見つからなかった。しかし、壁の向こう側は見えなかったけれども、家のどこかに亀裂が入っているような気がした。

　天井や壁の向こう側に未知なる外界があり、いつの日か見知らぬ世界へと通じる道が見つかるかもしれないという希望を持った。これは大きな出来事ではなかったが、私は無意識のうちにも心の中に安堵感と温かさを覚えた。この経験が、困難な時の私の心の支えになった。

20　真夜中の呼び出し音（父）

　私たちの家には、客が訪れることがあまりなかった。母が人嫌いだったからだと思う。それでも年に一度か二度、おじやおば、いとこなどの親戚が来ることはあった。客が来ている間、私の父はいつも会話の中心になろうとしていた。親戚の人たちは、めったに父に意見を言うこともなかった。父の話し方は、家族以外の人たちもいるせいか、いつもより少し穏やかだったが、父はいつでも一緒にいる全ての人たちの中で、自分が一番偉いと思っていたようだった。私は既に父を憎んでいたが、父は色々なことを知っていて賢いのだと思っていた。子供というのは、親とどのような関係にあったとしても、親について何か良いところを見つけたいと思うものなのかもしれない。

　今思うと、父は自分自身を偉い者だと思いたいために、誰にも言い返されたくなかったのだろう。親戚の人たちは父の気性を知っていたため、父に言い返すのを控えていたのかもしれない。ある時父は、親戚の人たちにある若い男性タレントが起こした事件について話していた。その若いスターは、彼を苛立たせるようなことをした人に暴力を振るった。父は彼のような若者が挑発され、怒りが爆発してそのようなことをしたのも不思議な話ではなく、仕方のないことだと主張した。私はそれを聞いて驚いた。父は警察官なのに、なぜ暴力沙汰を起こした男の肩を持つのだろうと思った。私に対しては、決して味方になってくれることなどなかったのだ。犯罪者に対して寛大過ぎる父の態度は、おかしいのではないかと思った。

　「ネクラ」と「ネアカ」という対比する二つの言葉が流行っていた時期があった。ネクラは「陰気なタイプ」、ネアカは「陽気なタイプ」を意味するようだった。あるタレントがテレビ番組でこの二つの言葉をよく使っていた。父の考えでは、自分の家族も二つのタイプに分かれているようだった。
　一つは、父と私の姉が「ネアカ」で陽気で勝っていて、もう一つは、母と私が「ネクラ」で、陰気で劣っているという主張だった。父は、母

54

と私に嘲笑しながら繰り返し叫んで言った。「お前らふたりはネクラ族だ！ ハ、ハ、ハ、性格が暗くて悪いつまらん奴だが、俺とお姉ちゃんはネアカ族で、陽気で優れている！」いつものように、父に何も言い返すことはできなかった。しかもそれを聞いて、私は更に落ち込んだ。母と一緒くたにされたことが、本当に悔しかった。しかし今思うと、父自身が本当のネクラで邪悪だったと言っていい。

　いつの頃だったかは覚えていないが、父に私の気持ちをもう少し考えてほしいと訴えようとしたことがあった。厳しく責められると、私は更に落ち込んでどうしていいか分からなくなり萎縮してしまうから、もう少し穏やかに話してほしいと父に恐る恐る訴えてみた。父は「そんなはずはない！ 馬鹿なことを言うな！」と怒鳴った。いつものように、無力感に襲われただけで終わった。

　ある時、父は不愉快そうに私にこうも言った。「お前は他人の気持ちというものが分からない子だ」なぜそんなことを言われなければならないのか分からなかった。なぜ父が私にそう言ったのか、見当もつかなかった。しかし、父その人本人こそが、他人の気持ちを理解していない人だったと思う。

　私たちがある警察署の官舎に住んでいた頃、真夜中に緊急呼び出しの電話が鳴ることがあった。電話は父の枕元の近くに置かれていた。父は起き上がってそれに応答した。しばらくすると、父は電話口で相手を怒鳴りつけた。「何でそんな些細なことで電話してくるんだ！ そんなことでいちいち電話してくるな！」目を覚ました私は父の怒声に怯え、電話をしてきた人を気の毒に思った。その人は宿直の警察署員だった。

　状況から判断すると、その何度か深夜に電話をしてきたのは同一人物の宿直の男性署員で、非常に生真面目な人だったのだろう。恐らく真夜中に父に電話をしたら叱責されることは分かっていても、そうせざるを得ない性分だったのではないかと思う。交通事故や強盗事件などが夜中に起きても、他の宿直の署員の人たちは、電話をしてくることはなかったと思われる。もしかしたら、宿直の署員は夜間に起きた事件について、署長に連絡しなければならないというような、形骸化した規則もあったのかもしれない。

21　職業の選択

　高校卒業後は2年制の短期大学に進学した。高校時代は優秀な生徒ではなかったし、将来何をしたらいいのかも分からなかった。私は私立の女子短大に入学し、食物・栄養学を専攻した。その短大や専攻を選んだ理由はよく覚えていない。

　子供の頃から、自分が将来就きたいと思う職業について、考えたこともなかった。普通なら子供が「将来何になりたい？」と聞かれると、「パティシエになりたい」とか「プロ野球選手になりたい」などと答えるだろう。私は何の答えも持っていなかった。家族間での有意義な会話が乏しく、父や母と自分の将来について話した記憶もない。

　約40年前の様々な職業の世界では、女性に対する差別がまだ根強く残っていた。一般的に、女性がキャリアとして追求できる職業は、学校の先生や看護師などの一部の仕事に限られていた。高校や短大を卒業した女子学生の多くは、民間企業や官公庁で事務職員として就職する傾向があったが、その多くは結婚するまでの数年間しか働かないと考えられていた。

　長く働きたいと願う女性にとっては、公務員の方が民間企業の社員に比べて結婚や妊娠・出産後も働ける場合が多かったため、公務員になることは良い選択だったと言える。大学を卒業した高学歴の女性については、ほとんど事務職に就くことができないと言われていた。会社員になれたとしても、上司や同僚、来客などのためのお茶出しや書類のコピー取りなど、オフィス周りの雑用をする係になることが多く、学校で学んだことを活かせるような仕事をする機会は望めないようだった。

　今も職業において、男女の格差はまだまだあるようだ。しかし一般的に、女性よりも男性の方が優位であるという考えは、当時は今日よりもはるかに強かった。父も私や母を含めて女性を蔑視していたと思う。一方で、姉のことはどう思っていたのかよく分からないが、父は家族の全てを思い通りに支配したかったのは確かだと思う。

　そんな中、自分の将来のイメージは曖昧だった。そのため私は、平均的であると思われる可能性が高い、女性の人生を思い描いてみようとした。短大を卒業して就職し、そこで数年間働いた後、願わくは誰かと結婚するというふうに考えた。これは、当時の女性の人生の一つの典型でもあった。今でもある程度、典型的なものと言える。

　私には他の選択肢もあった。高校3年の時、高校卒業者向けの公務員採用試験を受けた。私はそれに合格し、公務員になることを希望するなら、公務員として就職できるという立場だった。私の高校では、卒業後すぐに就職する生徒はごくわずかだった。なぜ公務員採用試験を受けたのか、よく覚えていないが、その理由の一つは、無意識のうちに既に私はできるだけ早く両親の家を離れたいと思っていたことがあると思う。自分の本音には気付いていなかったが、公務員として正規職員になれば、父や母から自立できると考えるのは自然なことに違いない。

　他にも受験した学校があった。難関ではない私立の4年制大学の試験に合格したが、国立の教員養成大学の試験は不合格だった。自分の高校の成績を考えると、国立大学に入学するのは困難だった。

　これらの受験結果が判明した後、私は高校を卒業する段階の人間としては多くの点で未熟だったため、混乱していた。高校卒業後はどうしたらいいのだろうと途方に暮れた。私には幾つかの選択肢があったにもかかわらず、何となく自分の未来を自分で選ぶことができないことを感じていた。それは私が未熟過ぎて、成長し大人になっていくための問題に立ち向かう準備ができていなかったし、父の許可なく何もできない立場にあることをどこかで知っていたからだろう。

　父と母は私が4年制大学に行くことを望んでいなかった。父は女子が4年制大学に行き更に教育を受けることで、生意気になるのは容認できないと考えていたと思う。結局、私は短大に入学したが、それでもまだ公務員になれればいいのだけれどもという一抹の希望を抱いていた。母は、私がいわゆる「良家の子女」が多く進学するところだと言われていた短期大学の学生になったことを無責任に喜んでいた。

　公務員になれる権利は試験合格後1年間あった。そのため、短大に入った後も数ヶ月間はまだ公務員になれる機会がある状態だった。実

際、時々公務員の求人情報が郵便で届くことがあった。その度に私は、短大に通い続けることと求人に応募することの間で揺れ動いていた。母は私の心の動揺に気付くと、怒って私を批判して言った。「あんたには仕事なんか務まらないんだから！　なんでそんなできもしないことを考えるの！　生意気なんだから！」結局、公務員の仕事に応募したことは一度もなく時間が経ち、試験の合格者名簿の有効期間も切れてしまった。その時私は、公務員になる権利を失ったことに少しがっかりした。しかし、その時公務員に応募してその職に就いていたとしても、今に至る全般的な自分の状況は、さほど変わっていなかったのではないかと思う。

　母が私に言ったことは、ある意味正しかった。私の社会性やコミュニケーションスキルは年齢相応に発達していなかったのだ。母自身が、私を年齢相応に成長させることがなかったと言わざるを得ない。母は私が母よりも有能になって、私が母を軽蔑するようになったら嫌だと恐れていた節がある。奇妙なことに、母は私が家事をするのを手伝わない時に不満な様子なこともあったが、手伝おうとした時には、私は手伝いをしなくていいと言うこともよくあった。何年も後になって、私はそれが人類学者のグレゴリー・ベートソン（Gregory Bateson）によって提唱された「二重拘束」状態であるだろうということに思い至った。

　短大を卒業するしか道はなかったため、2年間通い続けた。卒業後は幸いにも団体職員の事務員として就職することができた。この団体組織は一種の協同組合で、労働条件は公務員の場合とあまり違いはなかった。したがって、短大卒業後に団体職員になることと、高校卒業後に公務員になることを比較しても、あまり大きな差はなかったのではないかと思っている。

　学生時代に、なぜ面接を含む職員採用試験に合格できたのかは不思議なことだ。私は臆病で、普通ではない状況で何をすべきか分からなかったと思う。しかし、母が他の人たちと一緒にいる時には、良い人のように振る舞っていたように、私も面接の時には普通の若い女性のように、うまく振る舞っていたのかもしれない。私も知らないうちに母の行動から学び、それに従っていたのだろう。また一般的に、新卒者の求職活動

は、中途採用者よりも常に有利であると言われている。

　私は6年近くこの団体で働いた。もし私が標準的な大人に成長していたとしたら、もっと長く働くことができただろう。その職場は、公務員の職場と同じように、30代や40代の女性職員が多く働いていた。

　もし私が高校卒業後に公務員になっていたとしたら、どうなっていたのか分からない。映画やドラマの世界では、崩壊した家庭の若者が軍隊に加わり上官から訓練を受け、立派な将校になっていったりするものだ。しかし現実には、そのようなことはあまり起こらないだろうと思う。また、仕事で成功したとしても、仕事から来るストレスの解消がうまくいかず、家族をないがしろにしたり、家族に不満をぶつけたりするようでは、家族にとって迷惑な話である。

私は短大で食物と栄養学を専攻していたが、調理実習は苦手だった。私は幼い頃から、父や母から何をするにも時間がかかり過ぎると何度も批判されてきた。両親からの批判は、うんざりするほどたくさん聞かされた。彼らはしょっちゅう私に「のろま！」とか「愚図！」と言っていた。父は特に理由がなくてもそれらの言葉を繰り返し私に浴びせ、それはまるで私にとっては呪文のように感じられるようになった。

調理実習の時間は、私にとってはストレスだった。実習では、クラスの各グループが主菜、副菜、スープ、デザートなどの調理をした。5～6人くらいで1グループになっていて、各メンバーがそれぞれ何を担当するかを決めていった。全てのメンバーが同時に使えるだけの数の鍋がなかったため、私たちは交代で鍋を使わなければならなかった。

ある日、私の役割はイチゴでデザートを作ることだった。私は鍋をキープしておきたくて、グループのある人に使わせてほしいと頼んで、手元に鍋を置いていた。しかし実際には、イチゴを煮る前に他にやることがあったため、鍋をすぐには使用しなかった。その時、グループの他のメンバーも鍋を必要としていたが、利用できる鍋はなかった。それで、私がキープしていた鍋をその人に譲るようにと言われた。私はパニックに陥ったが、言われたことが道理にかなうことだと分かってはいた。

同時に、決められた時間内にデザートが出来上がらなかったら誰かに叱られるのではないかという恐怖感に圧倒されそうになった。私は二重拘束の状態にあった。私は自分のてきぱきと作業を進めることのできない遅さのために非難されることを恐れながら、唯一の利用可能な鍋をキープしている自己中心的な自分自身を批判していた。その後、どうなったのかはよく覚えていないが、私は必要な人に鍋を譲って、他の誰かが、私がデザートを作るのを手伝ってくれたのだと思う。

当時は、なぜこのような気持ちになってしまうのか分からなかった。

今思うと、父と母の批判的な言葉が私の脳裏を駆け巡っていたように思う。批判を受けることを恐れれば恐れるほど、私の行動はますますぎこちなくなっていった。それは私の行動パターンの一つのようになり、調理実習での出来事以外でも、繰り返し同じようなことを経験していたように思える。私は2年目には調理実習の授業を受けなかったが、クラスのほとんどの人たちは、更に上級の調理実習を喜んで受けていた。

　短大の2年間は、非常に速く過ぎた。クラスでは数人の友人ができた。出席簿の登録番号が近い学生同士は、授業で一緒に行動することが多かった。そのため、よく一緒に時間を過ごす友人が何人かいたが、私はその人たちに馴染んでいないと感じることもあった。友人たちは、私を堅苦しい人間だと感じているようだった。

　友人たちの中に生真面目でやや悲観的な人がいて、彼女と一番親しかった。今思うと、私は彼女を見下し、嘲笑していたことがあったと感じている。私の軽蔑的な態度が彼女にどれほど伝わっていたかは分からないが、彼女は卒業直前に私から離れていき、友人とは言えない状態になった。私たち二人には、些細なことを心配し過ぎたり、毎日の歩みの中での辛さをつぶやいたりするなどの共通点があったと思う。

　私は彼女に対して誤った優越感を持っていることに気付いていなかった。今思うと、私は心理的防衛機制の「投影」を働かせている状態であった。あの頃は、自分よりも惨めな人を見つけたことを、無意識のうちに嬉しく思っていた。しかし、それは真実ではなかった。私自身が惨めだったのだ。ちょうど母自身が臆病者だったため、母が私の臆病な性格を嘲うのと同じように、私も防衛機制を働かせる必要があったのだ。

　他の友人たちとは卒業後、何度か会ったこともあった。しかし、数年のうちにコンタクトを取ることもなくなってしまった。その理由の一つは、私自身の自信のなさだった。私は彼女たちが、私を本当の友人だと思っているかどうか、確信が持てなかったのだと思う。彼女たちは、私たちが短大にいる間は、私の変わった人付き合いのやり方に合わせてくれていただけなのかもしれない。

　私は短大の初回の同窓会にのみ参加した。かつてのクラスメートに自分の仕事の話をして、どんなに仕事が辛いかなどと語ったのを覚えてい

る。私は同窓会でも散々愚痴っていた。その後、そのような愚かな振る舞いをしたことを恥ずかしく思ったが、当時の自分の心境はそんな状態だった。

　それ以来、私はどの学校の同窓会にも出席していない。何年か後になって、かつてのクラスメートの一人から、また短大の同窓会に来るように誘われたが、私は出席するのを断った。

　私にとって、学校の同窓会に出席することは勇気の要ることだ。結婚しておらず自分の家族がいないし、仕事が軌道に乗ってキャリアウーマンになったこともない。自分の状況を他の人たちに説明することも難しい。また、他の人たちが自分の幸せや成功について話すのを聞いて、自分自身が惨めな気持ちになるのを恐れた。一方で、同窓会に出席することに抵抗があるのならば、無理をして行く必要もないだろうと思う。

　短大の2年間は速かった。幸いだったのは、その期間は社会人になる前に味わった、穏やかで平和な時間だったということだ。社会人になると果たさなければならない責任や役割が要求されることもなかったからだ。

　また、短大時代にはキャンパス内で持たれていた茶道の稽古に参加し、卒業後も習い続けた。職場に適応できない事務員として働いていた時に、私は茶道の稽古を通して幾らかの慰めを得ていた。

23 社会人として：いじめ

　20歳で短大を卒業後、私は働き始めた。社会人になるとこれまでの学校生活とは大きく違うと聞いて、社会人になるのが怖かった。仕事をするからには職場に自分と相性が悪い人がいても、どうにか付き合っていかなければならない。

　そんな恐れを抱きながら私は職場に着任した。とても緊張していたが、はっきりと分からない自分の未来については考えないようにしていた。私はできるだけ普通の若い女性の振りをしようとしていたが、職場で何が起こるか分からず、不安だった。

　私は、伝票等を発行する課に配属された。上司から研修を受けながら、あくびを抑えていたことを思い出す。当時はかなり緊張していたため、よく寝られなかった。その課には、他に何人かの職員がいた。どういうふうに仕事をしたらいいのか、私なりに一生懸命勉強し、何とか自分の仕事をこなしてゆくことはできるようになっていった。

　しかし私は、時間が経過しても他の人たちと親しくなれず、強い緊張感を持ち続けていた。私は上司や同僚とどのように付き合えばいいのか分からなかったし、それらの人たちに何を話せばいいのか分からなかった。また、私は自分の仕事について分からないことを周りの人たちに質問をするのに、非常に勇気が必要だった。いつも女性の先輩たちが、お互いにおしゃべりをしている間に割って入って尋ねるのを躊躇していた。私は辛抱強く二人の会話が終わるのを待って、それからおずおずと質問をしたものだ。

　その頃は、なぜ先輩たちは私が彼女たちに質問したがっていることに気付かないのか、不思議に思っていた。周りの人の感情に対して、あまり敏感ではない人がいることを、私は知らなかったのだと思う。振り返ってみると、母が私の感情の動きに非常に敏感であったため、私の感情の変化にすぐに反応していたという感覚を、いつも私は持っていたようだ。私は母の反応に慣れていたため、非常に異なるタイプの人たちが

いることをすんなりと認識するのは困難だった。

　私と同じ時期に新入職員として入社した同僚も同じ部署にいた。彼女は私の課の人たちの年齢や、その人たちが家族を持っているかどうかなどについてよく知っていたが、私はまだまだ課の人たちとどう付き合っていけばいいのか分からず困っていた。

　部署のある女性が離婚した時、同じ部署の男性に聞かれないように、その話は全ての女性の間で内密に伝言されていったということがあった。しかし私は、その話を他の女性たちが知ったずっと後に知ることになった。その私と同期である同僚は、私がその話を知らなかったことを知って驚いていた。私は彼女に対して劣等感を持った。

　私は無意識に、心理的防衛機制を使って劣等感を補おうとしていた。彼女の父親がその団体の組織の幹部であったという事実を合理化し、それで彼女が自信を持っていて、部署の人たちも彼女を信頼しているのだという理屈をつけた。だから、私が彼女のように振る舞えなくても、それは仕方のないことだと信じ込もうとした。しかし、そのように自分の欠けを補おうとしても、大した助けにはならなかった。

　ある上司が、その私の同期のように、私ももっと相応しいやり方で人々と付き合わなければならないと私に言った。私とその同期は、その部署の人たちの間で互いに比較されているようだった。私は陰気で人付き合いが悪いと思われていただろうが、彼女は陽気で親しみやすく見えていたに違いない。私は胸が痛んでいた。しかし、家で経験していたように、自分の気持ちを抑え込むことしかできなかった。

　私は先輩たちの前ではとても緊張していたが、同じ年齢の同期の人たちと一緒の時はひと安心していた。私は他の部署に配属された数名の同期と、更衣室でおしゃべりをすることがあった。私と同じ課の女性の先輩が、私が同期の友人たちとだけ話し、先輩たちを無視していると言っていたと私に伝えた人がいた。私はそれを聞いて、更に落ち込んだ。

　別の人は、私が先輩たちを頼りにして甘えていけば、先輩たちが私の面倒をよく見てくれるようになるだろうから、私はもっと先輩たちを頼っていけばいいと私に言った。その人は私のことを思って言ってくれたのだろうが、私は自分の誤った行いを責められていると感じた。私は

泣き始めてしまった。私はまるで子供のように、度々職場で涙を流していた。その時は泣くことしかできず、どうしたらいいのか分からなかった。

　一方、私は無愛想で生意気で、職場では問題視されていたのかもしれない。当時、私はいつも自分が一番弱く、自分には何の力もないと思っていた。更に私は、他の人たちからひどく扱われたと思う度に、不満を募らせていった。

　しかし何年も経ってから、私は父や母に対して持っていたのと同じように、私の職場の周りの人たちに対しても、かなりの敵意を持っていたことに気付いた。私が人生で初めて出会った大人は父と母で、私は彼らを憎んでいた。しかし、若かった頃は、自分の彼らに対する憎しみと敵意はぼんやりとしたもので、言葉に表すこともできなかった。

　親でも特に父親は、子供にとって人間社会を代表するものであるという考え方があると聞いたことがある。子供が親に対して敵意を持っている場合、その子供たちは、周囲の年長者に対して同じような敵意を持ってしまう傾向があるのかもしれない。当時は自分の感情の複雑な働きに気付いていなかったが、あたかも全世界を敵に回しているような不遜とも言える態度である一方で、惨めさ、劣等感、怒り、孤独に苛まれて苦しんでいた。

　私の状態は矛盾していた。根本的な心理学的助けが必要だったと思うが、それを見つけることはできなかった。それ以前に、自分の状況が理解できなかったし、自分に何が必要なのかも分からなかったというのが本当のところだと思う。しかし、人付き合いがうまくいかないのは、私と両親との関係から来ているのではないかという漠然とした感覚はあった。

　私が一番恐れていたのは、私より20歳年上の同じ課の先輩女性だった。私のような不安の強い若い従業員にとって、そういう人は威圧的に見えた。更に彼女は体格が大きくて太っていた。普段、彼女は私を無視していたが、時に甲高い声で私を批判した。

　私が風邪を引いて鼻水が出ていた時、彼女は私にポケットティッシュ

を幾つか持ってきて、「鼻水が出るんだったら、ティッシュを持って来てもいいのよ。ズルズルなんて音を出すのは良くないわ」私はその言葉を聞いて固まってしまった。成人として常識に欠けていた私でも、完全に彼女に侮辱されたことに気付いた。私は彼女に何も言わず、私のデスクの隣にあった脇机の上に置かれたティッシュを、無言の抵抗をする気持ちで無視した。ティッシュは長い間、ずっとそのまま同じ場所に残っていた。結局、その年の仕事納めの日に、誰かが事務所の掃除をしている間に、そのティッシュを片付けたのだと思う。

　私はその太った先輩やその他の人たちとも親しくなれなかった。孤立感を覚えて不安になった。しかしある意味、孤立しているが故に他の人たちと関わりを持つ必要もないことで、関わりを持つことで起きてくる困難から守られている状態でもあった。また、他の人が私に容易に話しかけることができないように、常に自分が忙しく仕事をしているように振る舞っていた。

　入社２年目で仕事の分担が変わった。同じ課の人たちが皆、共通分野の仕事を担当していたが、私は一人だけ、他の人たちとは違う分野の仕事をすることになった。一人で仕事をしなければならないのは不安だった。私にとっては重い刑罰のようなもので、孤独という運命に呪われているような気がした。私は他の人たちを好きではなかったものの、もう他の人たちから何の助けも得られなくなるという自分の状況に困惑した。

　その反面、私の中には悲劇のヒロインのような複雑な感情があって、ある意味自己憐憫に浸り、その思いを楽しんでいた。周りの人たちが意地悪で誰も助けてくれず、ひたすら苦難に耐えているというのが、私のアイデンティティのようになっていた。その時は気付かなかったが、それも私と両親との関係の再現と言えるものだった。それは交流分析の理論によって説明される「人生脚本」だったと言っていい。

　働き始めて３年目になると、新入職員が私の課に配属されてきた。その職員は私より２歳年下で、自己主張が強く、ややきついところがあると感じられたが、他の人たちと付き合うのにそれほど苦労していないように思われた。ほぼ同時期に、ある比較的若い女性職員が別の事業所か

ら私のいる課に異動になって着任してきた。彼女は私より何歳か年上
で、私が新入職員から見下されているように感じている中、彼女と新入
職員は親しくなっていった。私はその状況に苛立ちを覚えた。

　私は、ぼんやりと自分が奇妙な存在で、その課に全く馴染めていない
ことが分かっていた。後輩からも軽蔑されているような状況を、ただ耐
え忍ぶことしかできなかった。

　私は自分だけ他の人たちとは異なる仕事を担当していたため、他の人
たちのことを気にする必要はなかった。心もとない気持ちもあったが、
ある意味楽だった。また、徐々に私は、他の人たちが最年長の太った先
輩を怒らせないように気を遣っていることに気付いた。皆、彼女を怒ら
せたら彼女からいじめられるのではないかと恐れていた。既に私は彼女
から嫌われていたし、彼女に頼る必要もなかったため、そのような心配
事には関わりがなかった。太った先輩に関する限り、自分だけが楽をし
ていると思った。

　一方で私は、彼女に関わる問題から自分だけ免れていることで、自分
自身を責めた。他の人たちは逃れることのできない問題から、自分だけ
放免されていることについて、申し訳なく感じた。今思うと、私はそん
なふうに考える必要はなかったが、私はいつでも理屈に合わない罪悪感
を持つ傾向があった。私は幼い頃から、非現実的な自責の念や劣等感に
苦しんできた。その不健全で根深い囚われから解放されることは困難
で、そのような囚われから自由になるまで、とても長い時間がかかっ
た。私は幼い頃から、強い良心の呵責というものを植え付けられてし
まったようだ。

　ある時、太った先輩に気に入られていた先輩の一人が、突然彼女に嫌
われてしまった。彼女はその先輩を無視し始め、以前はあまり気に入っ
ていないように見えた別の先輩と楽しそうにおしゃべりを始めた。

　仲間割れした二人の間に何が起こったのかは分からない。何か些細な
出来事があって、太った先輩が怒ったのだろう。それ以来、親しくなっ
たとまでは言えないものの、太った先輩に嫌われた先輩と私との関係は
少し楽になった。

その太った先輩は、私が職場で最初に遭遇したいじめっ子だった。私がいじめられたのは、私の側にも問題があったのかもしれないが、世の中には常にいじめる相手をくまなく探していて、ターゲットが見つかると喜んでいじめる人がいるのも事実だと思う。

24 社会人として：慰め

　社会に出ることは私にとって大きな挑戦だった。職場環境に適応するというか、適応している振りをするのは本当に難しいことだった。しかし、私を支えてくれた人たちがいたというのも事実だ。

　職場でも卓球部に入った。職場の近くに、地元の人たちのために体育館を開放している公立学校があった。卓球部はその体育館を練習に使用していた。私とは異なる部署の職員が、何人か卓球部に属していた。メンバーの一人は、熱心に練習していた。私が仕事を始めてから最初の2年間は、仕事が終わった後、体育館に行って練習をしようと、その人からよく誘われた。私はいつも仕事の後に別の活動をするほどの気力があったわけではなかったが、私は彼女と一緒に度々体育館に行った。彼女と私は卓球の練習相手になった。ラリーを始めると、私は職場の先輩への怒りを込めて、憂さ晴らしをするが如く力を込めてボールを打った。仕事のストレスを解消するのに幾らか役に立ったに違いない。

　職場は郊外に体育館を所有していた。年に数回、私はいつもの練習相手や他の卓球部のメンバーと練習するために、その体育館にも行った。ある時、遠方の事業所で開催された、職場の卓球全国大会に出場する機会があった。私は強い選手ではなかったが、他のメンバーと一緒に全国大会に参加することが許された。大会の結果やどんな旅行だったかなどは、あまり覚えていない。だけれども、私は交通費や宿泊費を自分で支払う必要もなく、参加できて嬉しかった。加えて、しばらく職場にいなくて済んだことで、ストレスから解放されていた。その旅行は、私の最初で最後の出張だった。

　若い職員は、労働組合の活動に関わることが多かった。若年層と女性に焦点を当てた、組合の下部組織があった。それは「青年婦人部」と呼ばれていた。今日では時代遅れに聞こえるかもしれないが、当時の労働組合は、そのような下部組織を持つところも多かった。労働組合の在り

方は、時代とともに大きく変化していると思われる。私が新入職員だった頃は、自分がそのような活動に向かない性格だったとしても、青年婦人部に参加して活動をすることを余儀なくされている状況だった。

　私の卓球の練習相手も、青年婦人部の中心的なメンバーの一人だった。私は彼女や他の数人のメンバーと一緒に青年婦人部で活動することになり、他のメンバーの人たちとも親しくなった。その人たちは皆、私より1歳年上だった。私の卓球の練習相手はリーダーシップがあり、イベントの企画を考えたりする能力もあった。私たちの職場には20代の若い男性があまりいなかったため、キャンプや運動会など企画されたイベントを成功させるために彼女は一生懸命努力していたと思う。彼女は意志が強く説得力があり、影響力を持っていた。

　彼女の友人たちは彼女をサポートしたが、他の人たちの中には、イベントの準備のために多くの作業をするのに、色々な人たちを巻き込んだと彼女を批判した人もいた。しかし、彼女のように影響力のある人は他の人に対して厳しいこともあるが、彼女はそういうことはなく、意地悪でもなかった。そして彼女は、私に対しても親切だった。

　当時私は、自分で思うように行動したことは一度もなく、自分が何をしたいのかもはっきりしていなかった。私は他の人たちに勧められるがままに従うことが多かった。私がボランティアの意味合いが強い、青年婦人部の活動に関わることになったのは必然だった。似たような行動パターンが私の人生に度々現れた。そういうことを繰り返すのは愚かだと言う人もいるだろう。しかし、もし私がそのようなボランティア的な活動に参加していなかったとしたら、私は更に孤独で無力感に悩む者になっていただろう。

　私より1歳年上の職員がもう一人いた。彼女も卓球部員で、労働組合の委員をしていた。そして、私の卓球の練習相手、即ち青年婦人部の中心メンバーやその仲間たちとも親しかった。彼女は控え目で謙虚な人だった。彼女は私のことを折に触れて気に掛けてくれて、私を励まそうとした。彼女は比較的年老いた両親の一人っ子だった。両親との関係で本人が悩んでいたかどうかは分からないが、何だか彼女は、私の家や職場での悲しみに気付いていたようだ。その思いやりには大いに助けられ

た。
　私の初めての職場生活は、困難で辛いものだった。しかし、助けてくれた人たちがいたのも事実で、一生の思い出になっている。

　　　社会人として：家庭

　私にとって職場での生活は大変だったが、家で過ごす時間はもっと困
難だった。父と母は私に全く協力的ではなかった。仕事を始めて以来、
私が仕事について少しでも否定的な思いを表すと、両親は怒った。

　仕事を始めて間もない頃、ある週末に労働組合が主催した新入職員歓
迎オリエンテーリングというイベントがあった。参加を強制されたわけ
ではなかったが、断るのは少し難しい感じで、私たち新入職員のほとん
どはそのイベントに参加した。

　その日はとても長い一日になった。私たちは電車を利用してかなりの
距離を移動しながら、用意された質問に対する答えを探した。質問は、
例えば ABC 橋の上の彫像が何であるかというようなものだった。私た
ちは一日じゅうたくさん歩き、その後で宴会になった。

　家に帰る頃には疲れ果てていた。私はその日にあったことを母に話し
たが、母は激怒して私に言った。「あんたは何て馬鹿なの！　オリエン
テーリングって何なのかも知らないで出かけて行ったあんたが悪いんで
しょう！」

　今思うとそのイベントは、新入職員のその組織の職員として、また労
働組合員としての洗礼のようなものだった。そのような類いのことは、
社会のいたるところで見られるだろう。母の言動は歪んでいて、常識に
欠けていた。そのような家庭の子供たちが、職場生活で生き残っていく
ことは非常に難しいように思われる。

　働き始めて2年目の時、私はいつものように職場への不適応といじめ
に苦しんでいた。職場で何か特別に悪いことがあったかどうかは覚えて
いないが、遂に私の苛立ちが家で爆発してしまった。普段は父と母の反
応を恐れて否定的なことを話さないようにしていたのだが、その時の私
の苛立ちは自分の内に抑え込んでおけないほど大きくなり、誰かにそれ
を話さずにはいられなくなっていた。私は自分の仕事がどれほど大変
か、いじめがどれほどひどいか、他の人たちがどんなに冷たいかなどに

ついて不平を言った。それは危険な賭けだったが、そうせざるを得ない
状況になっていた。

　父は私の話を聞いて大騒ぎした。動揺した様子でヒステリックになり、「お前は気が変になった！　その年増の女のせいだ！　お前がそこで働くことは、もう絶対に許さない！　すぐにでもお前の仕事を辞めさせる！　お前が困っているのは可哀想で見てられない！」その言葉は私のことを思っているように聞こえたかもしれないが、父の態度からは、配慮の気持ちは微塵も感じられなかった。父はこれまで以上に感情的になり、非常に恐ろしかった。母は父よりも静かだったが、とても不機嫌になり冷たく見えた。

　それでも当時は、仕事を辞めるつもりはなかった。仕事を辞めて家にいる方が、仕事をし続けるよりも悲惨なことになると、私は無意識のうちに知っていたと思う。父はいつも私の意見を聞くこともなく、自分が望むように何でもやろうとしていた。あの時も、もし仕事を辞めたら私が絶対にやりたくないようなことを、父が私に強要する恐れがあった。

　遅かれ早かれ、私は仕事を辞めることを考えていたが、その時は時期尚早に思えた。私はまだ若くて弱かった。父の要求に抵抗する力が足りないと思っていたため、何としてもその時は仕事を辞めることができなかった。

　私は反撃を始めた。私は全力で、仕事を辞めないと言い張った。ちょうど私の仕事の分担が変わった頃だった。そのため職場での人間関係に変化があるから、状況は良くなると主張した。私は声を張り上げていた。父と一緒にいる時に、こんなに甲高い声でしゃべったことは一度もなかったと思う。父に仕事を辞めさせられないように、懸命に頑張った。私は辛うじて戦いに勝ち、その時は仕事を辞めないで済んだ。しかし、苦しみは終わったわけではなかった。

　その後父は、母に私の上司に手紙を添えた贈り物を送るように指図した。私の上司に自分たちの娘が迷惑を掛けているようだけれども、どうか引き続き面倒を見て頂きたいと訴えるためのもののようだった。そして母は、父からその贈答品を送ったことを証明する領収書を必ず持ってくるように要求されたと私に言った。母は私にそうせざるを得ないと

言った。母は完全に役立たずで、私を守ってくれようともしなかった。

　私は憂鬱になり、落ち込んだ。贈り物が送られたら、どうなってしまうのだろうとその結果に怯えていた。その時は自分の気持ちをうまく言語化できなかったが、今思うと私は、父のそのような行動は、野蛮で非常識な行為だと見なされるのではないかと感じていたのである。しかし、私はどうすることもできず、後はなるようにしかならないと諦めた。

　当時、私には３人の上司がいたが、それぞれの上司の反応は異なっていた。上司の一人は彼の妻が母に電話をかけてきて、贈り物に感謝の意を表した。別の上司は父に返礼品を送ってきた。課長からは、彼の故郷で作られている伝統工芸の人形を頂いた。私は職場でそれを貰った。それはかなり大きくて、よくできたものだった。私はとても恥ずかしくなり、穴があったら入りたいような気持ちになった。どうやって人形を家に持ち帰ったのか、覚えていない。

　その出来事の後、私は以前にも増して寡黙になった。私は両親に自分の仕事のことなど、ほとんど話さなくなった。父が私にしたことは、私を助けるよりも、むしろ私を苦しめた。

　しかし、私はともかく父に反抗することに成功した。本当に恐ろしい瞬間だった。私は混乱し、どうしたらいいのか分からなかったが、自分の本能に従って起こっていることに反応していた。私は、父のこの贈答品の企みなど、どう対処したらいいか分からないような状況に直面した時の感覚だけはよく覚えている。私は、父が面倒な問題を素早く簡単に終わらせたかっただけだと思う。しかしそれは、問題の解決には全く繋がっていない。何年も後になって私はその出来事を思い出し、自分の行動にどういう意味があったのかを考えた。驚いたことに私は、困難な状況下で自分のとった行動が妥当であったことに気付いた。

　父は自宅の一部を父と家族が居住する部分とし、その他はアパートとして他の人たちに貸していた。父の定年退職後、父と母と私はその自宅に引っ越した。私の姉は既に結婚しており、姉とその家族は同じ建物内の別の部分に住んでいた。私が仕事を始めて２年目の頃だった。

　私たちが住んでいた一世帯用の部屋の間取りは、少し変わっていた。部屋は2つあり、各部屋は襖で2つの部分に分かれていた。父の寝室は一方の部屋で、母の寝室はもう片方だった。私の寝室は常にどちらかの部屋の一部で、時期によって寝る部屋を替えていた。「私の部屋」はいつも親の部屋の一部だった。どのくらいの頻度で、どういう理由で寝る部屋を替えていたのかは覚えていない。

　夜の11時過ぎに布団の中で本を読んでいたことがあった。それがその頃の私の唯一の喜びだったのだが、襖の向こう側に寝ていた父が突然叫んだ。「何やってんだ、お前は！　うるさい！　音を立てるな！さっさと電気を消して寝ろ！」私は仕方なく、父の言う通りに従った。

　母の部屋で寝ていた頃、私は冬の日の夜、部屋のエアコンの前で髪を乾かしていた。母は私に何か嫌味を言った。その日は帰宅が遅くなり、入浴後10時過ぎに髪を乾かさなければならなかったのだ。母は眠ろうとしていたところだったため、私が出した音で母は苛立ったのだろう。

　一方で、ある日母は真夜中にテレビを見ていた。私は疲れていて早く眠りたかった。その時は部屋から襖が取り外されていた。なぜ取り外したのか、その理由は覚えていないが、元々父の部屋よりも広く、襖の仕切りもなくなったため、かなり広い部屋になっていた。

　テレビ番組はお芝居の録画放送で、俳優の声が明瞭で大きかった。そのため私はその音声に耐えられず、布団一式を部屋の隅の方に引きずって行き眠ろうとした。しかし、私はもう眠りに落ちることができなかった。俳優の声が既に私の感覚を刺激していて、私の目は覚めてしまっていた。

　母は「ごめんなさい、ごめんなさい」と言いながら、テレビ画面の上部をタオルで覆ったが、それは全く役に立たなかった。テレビの音の方が光よりも問題だった。母がイヤホンなどを使えれば幾らかましだっただろうが、母は電化製品を毛嫌いしていて、そういうものを使うことも考えになかったに違いない。母はお芝居を見続けていたが、私は眠りにつけないでいた。私は母の反応を恐れて、テレビを消すように頼めないでいた。

　家での私自身のスペースは、父の部屋の一部だった。そのスペースで

自分が何をしていたか、またそこがどんな様子だったかはあまり覚えていない。飾り棚などの家具はなかったと思う。ある日、1歳年上の先輩2人が中国旅行に行き、私にお土産をくれた。私は貰って嬉しかったのだけれども、自分のスペースにはそれを置く場所を見つけることができなかった。それはガラス細工の小さな雄鶏の置物だった。私は父や母には何も言わず、母の部屋の飾り棚の中に入れた。数日後、母は私にそれが何なのか尋ねた。私は母に職場の2人の友人が中国に観光に行って、その旅行のお土産に貰ったものだと言った。私がそれを飾り棚に置く前に母に言わなかったせいか、母は気を悪くしたようだった。

　しばらくして、母は奇妙なことを言い始めた。「何であんたはその人たちと一緒に旅行に行かなかったの？　何でせっかくの旅行のチャンスを逃したの？　ふふーん、あんたは誘われなかったのね。結局、あんたはその人たちと本当の友達じゃないんだ。やっぱりあんたは孤独なんだ」

　今は母の言葉が幾度となく奇妙で歪んでいたことを理解しているが、その時私は、沈黙することしかできなかった。私の憂鬱な日常生活は、解決策が見つからないまま続いていった。当時、私は「機能不全家族」という概念を知らなかった。今日では、この専門用語はある程度知られている。しかしかつては一般的に、子供はどのような状況であっても、無条件に両親に従うべきだという考えが、今より篤く尊重されていたと思う。それは、伝統的なアジアの思想から来ていると思われる。

　基本的に私は「両親」に従わなければならない、自分と両親との関係が引き起こす困難に耐えなければならない、それは、自分がこの家族の一員だからだと考えていた。

　しかし、私も家族からの支えがあったのは事実だ。当時、姉とその家族が同じ建物内に住んでいた。私は仕事から帰ってきた後、姉のところで時間を過ごすことも多かった。私は自分の仕事や職場の人たちについて、姉に愚痴をこぼした。私の訴えは支離滅裂で一貫性がなく、時には自分の状況を憂いて泣き叫んでしまうこともあった。姉は私の言うことを聞いていたか、または聞き流していたと思う。しかし、とにかく言いたいことを言わせてもらえたのはありがたかった。私の小さな甥と姪は

可愛い盛りで、私は彼らの無邪気な仕草から慰めを得ていた。
　ある時、姉の夫、義兄がなぜ私は自分の部屋がないのか不思議に思っていると姉に言ったということを聞いた。それを聞いた時、なぜ義兄がそういうことを言うのか、私には理解できなかった。普通の家庭の成人した娘が自分の部屋を持っていないのが珍しいことだという認識すらなかった。私は自分が属している家族の有り様を疑うこともなく、小さな世界に閉じ込められていた。

26　社会人として：運転免許証

　私も他の人と同じように、休日や就業後の自由時間があった。しかし、余暇の時間を充分に楽しむことはできなかった。

　週末には、父が車でゴルフ練習場に行くのについていくことがあった。父は毎回、1〜2時間ゴルフの練習をした。その間、ただ私はその時間が終わるのを待っていた。ゴルフ練習場の隣のガーデニングショップで売られている奇妙な形の岩や、大きな水槽の中の金魚を見たりして過ごした。

　父と私はお互いに話すこともなかった。私の役割はただ父に同行することだけだった。父は一人で出掛けたくなかったのかもしれない。母は車に乗るのが怖かったため、ドライブに行きたがらなかった。そのため、父が車で出掛けようとしていると、母は私に「お父さんとドライブに行ってらっしゃいよ、晴れてるから、外にいる方が気持ちいいよ」と言った。私は母に言われるがままに従ったが、今思うと、私は両親に利用されていただけだった。

　父と一緒にドライブに行くのは楽しくなかった。しかし実際は、そのような父との外出以外には、あまり出掛ける機会はなかった。ボーイフレンドはもちろんのこと、気軽に一緒に遊びに行けるような親しい女友達もいなかったからだ。

　父がしてくれたことでただ一つ、私にとって有益なことだと思われるものがあった。ある日突然、父は母と私に言った。私に自動車運転免許証を取らせるために教習所に通わせる、その教習料金は父が出すということだった。

　私は車の運転の練習などできるだろうかと不安になった。私は運動が苦手だし、職場では自分一人で仕事を担当している状態で、充分に教習所に通えるだろうかと思案した。しかし、それはいつものように父からの「命令」だった。だから私は、後のことは考えずに、ただその命令に従うほかなかった。

　数日後、父と私は自動車教習所に行き、そこで教官の1人に会った。父は退職した警察官だったため、何か優遇措置をしてもらえると思っていたのかもしれない。私が覚えている限り、教習料金の割引はしてもらえなかったが、私が教習を予約する時に、優先的に入れてもらえるように取り計らってくれるということだった。

　父と並んで椅子に座り、教官の方を向いていた時、私はいい気持ちではなかった。父が私のために誰かに優遇してもらえるよう助けを依頼するのは、とても稀なことだった。しかし、父が隣に座っているのを見て、私は心の中で自分に語っていた。「誰だ、この男は？　私の父親の振りをしながら何を企んでいるのだろう？」

　車の運転の教習が始まった。当時、私はいつでも非常に受身的な態度でいることが多かった。特に不慣れな状況にあった時は、私は意志薄弱のように見えていたと思う。今振り返ると自動車運転教習は、私にとって大きな挑戦だったと感じている。

　私は教習を受けなければならなかった。いつも不安だったが、次の教習のことは前もって考えないようにしていた。しかし、毎回教習の度に初めて会う人に教わるため、とても緊張していた。教習インストラクターは全員男性で、私は恐怖を覚えてしまうこともあった。

　あまり真剣に指導しないインストラクターもいた。ある人は、私があまりにも運転が下手で、免許を取るのに時間もお金もかかり過ぎるから、免許を取るのではなく、外出する時はいつもタクシーに乗った方がいいと言った。私は馬鹿のように、彼に同意することしかできなかった。

　別のインストラクターの態度は異様だった。私が車に乗り込むと、その男性は助手席にふんぞり返っている状態で教習が始まった。その時の彼の状態がどういうものだったのか、今も分からない。彼は居眠りしそうだったのか、それとも何の指示をしなくても私は大丈夫だと思ったのか。彼はサングラスをかけていて、目を覚ましているのかどうか分からなかった。彼はとてもリラックスしているか、または傲慢に見えた。彼が何か言ったかどうか、また、私に何か指示を与えたかどうかは覚えていない。

私は何とか自分で車を運転しようとした。しかし次第に、何の指示を受けることもなく運転するのが怖くなってきた。普通の人が同じような状況に直面したら、きっとインストラクターに何かを言うだろう。もし自己主張ができる人ならば、「眠ってるんじゃないですか？　目を覚まして！」とか「真面目にやってくださいよ」などと言うに違いない。しかし、私は何も言えなかった。

　その直後、私が運転していた教習車は、別の車の後部にぶつかった。その車は駐車していて、中にいたインストラクターと教習者は、私に「僕たちは大丈夫ですよ」と言った。しかし私は、彼らがむち打ち症になってしまったのではないかと心配になった。頭の中が真っ白になり、大変なことをしてしまったという思いに圧倒された。自分は本当に、世界で最も愚かで惨めな人間になってしまったような気がした。

　その後、事故のことについて、誰にも何も言われることはなかった。事故はインストラクターが仕事を適切に遂行しなかったために発生したもので、自動車教習所内で発生した事故の被害は、保険で補償されるはずのものだから、何も言われることがなかったのは不思議ではない。

　しかし私は、自分の側にも問題があったと感じていた。教習所のコースでどうしていいか分からなかった時に、インストラクターに何も言えなかったことだ。私はまたも、自責の念と落ち込みに見舞われた。それも私と両親との関係の再現のようだった。家では自分が何か悪いことをしたとは思えなくても、繰り返し両親から批判されることを恐れていた。

　結局、私は自分の問題を父と母に話さないようになってしまった。私はただ、他の人たちと同じように人間として成長する時に、私の日常生活の中で起こっていることを両親に話したかっただけなのだ。しかし、私はそれができず、ただ辛い感情を呑み込んで、痛みが軽減するまで時間が経つのを待つことしかできなかった。それは私が後天的に身に付けた習慣になってしまったようだ。その習慣があるために、必要な時に助けを求めることが難しくなって、危険な状況に陥りやすくなったと言えるだろう。あの事故の要因の一つは、私が身に付けた習慣だったに違いない。

　これからの教習で何が起こるかということは考えないようにして、事故から1週間後に教習を再開した。遂に普通の人と比べて約2倍の時間とお金を使って、自動車運転免許証を取得することができた。とにかく免許が取れたことは良かった。私の本質は全く変わっていなかったが、ようやく運転免許証に関して言えば「普通の人たちの社会」に所属できたように感じられた。

　免許を取得した後、私は父の指示に従って、父の車を運転するように言われた。父は助手席にいて、私に指示を与えながら厳しく指導した。それはいつも同じようなことが起こっていたため驚かなかった。私はこれも我慢しなければならないことだと思った。

　家の駐車場に戻った時、私はアクセルをブレーキと間違えて踏んだ。車はもう少しで駐車場から落ちるところだった。駐車スペースとその下の道路の間には、華奢な柵しかなかった。父が即座にサイドブレーキを引いたため、私たちは助かった。父が私に運転の指導をしたのは1〜2回だけだったと思う。結局、私は車を運転するのが怖くなり、父は私に運転を教えることに興味を失ったようだ。

　結局私は、運転免許証は持っているが、実際に車を運転する機会がないペーパードライバーになった。これまでの人生を振り返ってみると、私はペーパードライバーでいるだけで充分だった。自家用車を持つ生活は、何かと入り用になる。私のその後の経済的状況を考えると、車購入代、ガソリン代、駐車料金、維持費などを支払う余裕はなかっただろう。しかし、運転免許証を写真付き身分証明書として利用できるのは、都合が良かった。

　私がペーパードライバーになってしばらくして、父が旅行から帰って来る時、私と母に家の最寄り駅まで迎えに来るように言ってきたことがあった。私たちは父の荷物を家に持ち帰った。私たちは皆、家まで歩いて行ったが、父はひどく不機嫌で私たちに文句を言った。「お前たちは車で迎えに来ることさえできないのか！　役立たずめ！」父は、うまくいけば私を自分の運転手にしたかったのかもしれない。私はそんなことを想像することさえできない。いずれにしても、父が私に免許証を取得させた本当の理由は、知る由も無い。

27　初めての仕事の終焉に向かう日々

　その間、私の仕事に関する状況はあまり変わっていなかった。私はまだ周囲で起きていることに対処するのに四苦八苦していた。私は時間が経っても、職場の他の人たちに対して、自然に友好的に振る舞うことができないでいた。自分が聞きたいことを他の人に尋ねるタイミングなど、些細なことで何度も悩んでいた。私は相変わらず奇妙でぎこちなく、独り相撲を取ることも多かった。

　しかし、働き始めて２年経った頃、どうにか自分の状況に少し慣れてきた。それは、毎日自分がしたことの成り行きや結果について考えないようにすることだった。そして、何か痛みが残っているならば、私は自分の苦しみについて考えるのを止めるため、ただそれを呑み込んでいた。

　その後の２年間、職場での問題を考えないようにする術を身に付けたことで私の社会人としての人生は、以前よりも少し安定した。

　また、収入を得ることが、私にとって喜びとなった。人付き合いも限られた範囲でのささやかなものだったため、あまりお金を使うこともなく、貯蓄することも楽しみになった。私は人は信頼できなくても、お金だけは信頼できるものだと思っていた。

　宴会に出席するのは嫌だった。しかし従業員として、忘年会や送別会などには出席する必要があった。他の出席者との間の会話に参加するのはとても難しく、自分が場違いなところにいるような感じがした。

　私はお酒があまり飲めない。あまり飲めない人でも飲み続ければ、アルコールに対する抵抗力を増すことができると言うが、私の場合はアルコールにもっと強くなろうと試みたことは一度もない。

　ある意味、飲めるようにならなかったことは幸いだった。飲酒にはお金もかかるし、長期にわたってそのためにお金を使うことはできなかっただろう。それにもし、私がアルコールに強くなっていたら、アルコール依存症になったかもしれない。お酒が好きだったら、日常生活で起こ

る問題を忘れるために、現実逃避の目的で飲み始めた可能性もあったと思う。それは孤独で不健康な習慣になったに違いない。

仕事を始めて5年目になると、私はまた、自分の状況が心配になってきた。私と同時に就職した女性職員の数名が結婚した。私はその友人たちのライフスタイルの変化に不安を覚えた。当時の私の悩みの一つは、ボーイフレンドがいないということだった。いったい私は、誰かと結婚することができるのかどうかと思い悩み始めた。私は自分が人付き合いが苦手であることは分かっていた。女性と付き合うのは幾らか楽だったが、個人的に男性と付き合うなどということは、想像もできないことだった。

ボーイフレンドができないのは、自分が居る環境が良くないからだと考えようとした。もしかしたら将来、自分の境遇がもっと良くなれば、彼氏ができるかもしれないと希望を持とうと思った。しかし私は、その希望に確信を持つことはできなかった。

結婚というものは、私にとって選択肢として非常に難しいということを、私は既に無意識のうちに知っていたと思う。私は独身のままで、更に数十年間その職場で働き続けるのだろうかと想定した。自分と同世代の女性職員の多くが結婚していくのを見ながら、仕事を続けていくことなどできるだろうかと思った。

当時は、女性の幸せは良い男性と結婚できるかどうかにかかっているという固定観念がまだ強かった。私の父も、独身のままでいる女性は世界で最も惨めな生き物だと言っていた。今では父が頻繁に口にしていた、そのような無意味なたわごとを受け入れる必要がなかったことを理解している。しかしその時は、当時の強い固定観念と父の愚かな言葉のために、私は一生独身で過ごすことになるのを恐れていた。

実際、結婚していたり、婚約している若い女性たちに対する私の羨望をコントロールすることは困難だった。しかしながら、私は自分の希望と現実の矛盾に気付いていなかったが、恐らく私は既に、無意識のうちに自分の現実を知っていたと思う。

もう一つの懸念は、太っている最年長の職場の先輩、いじめっ子に関することだった。彼女も独身だったため、私は職場での自分の将来を恐

れた。

　女性が独身のまま何年も働いた後、あのような望ましくない存在に
なってしまったように私には思えた。馬鹿げた話に聞こえるかもしれな
いが、私はごく自然に、自分の未来をいじめっ子に投影した。

　私の課には、いじめっ子と同世代の女性の先輩がもう一人いた。彼女
も独身だった。彼女には特定の仕事の分担が割り当てられていなかっ
た。上司から頼まれた時に、書類のコピーを取ることぐらいが彼女の仕
事だった。

　彼女は眠たそうにしていることが多く、ほとんど一日じゅう、席に着
いていた。時折、彼女は眠らないようにするために、自分で濃い緑茶を
入れて飲んでいた。彼女は精神疾患のための強い薬を飲んでいて、その
薬が眠気を起こしているようだった。

　彼女の家は職場から遠かった。電車で通勤するのに片道２時間以上か
かっていたようだ。毎朝、時間をかけて怠ることなく職場に出勤し、夕
方まで職場に居続けていることに、頭が下がる思いもあった。

　私たち二人の間に何か起こったということはないが、私は彼女に対し
て複雑な感情も抱いていた。私は一日じゅう眠気と戦いながら、職場に
留まっている彼女の忍耐に敬意を払う一方で、自分が責任を持ってする
仕事を何もしないで給料が貰えるという彼女の立場がうらやましかっ
た。彼女の雰囲気が私の母に似ていて、母の憂鬱で怠惰、不機嫌なこと
が多い様子を思い起こさせることもあった。母を思い起こさせる人がい
ることは、気持ちのいいものではなかった。

　しかし彼女は、私たちに「さよなら」も言わずに職場から姿を消すこ
とになった。体調が悪くなり、しばらく出勤できなくなったということ
だった。彼女が病気療養休暇を取って、半年が経った。人事担当者が私
たちの課にやって来て、課長に彼女の私物が置いてあるかどうか尋ね
た。それは彼女の休暇期間が満了し、辞職の時だった。彼女は40代半
ばだったと思う。

　後で聞いた話では、彼女の足の色がかなり変わってしまったため、治
療が必要になったそうだ。その時は、その意味がよく分からなかった
が、何年も後になってから、私は皮膚の劇的な色の変化は、糖尿病に

よって起こることがあると知った。彼女は精神的にも肉体的にも病気で苦しんでいたのだ。それは深刻な問題であっただろう。私はしばしば彼女の非生産性を軽蔑していたが、辞職した時、彼女もまた私の未来を投影する対象になった。

　私がその職場で長年働き続けたら、将来、自分はこれらの2人の先輩の内の1人のようになるのではないかと考えるようになった。運が良ければ、私は「いじめっ子」のようになるだろう。その場合、私は多くの人に憎まれるだろうけれども、少なくとも給料を貰って生き残ることはできそうだ。反対に病気で辞職した人のようになるとしたら、それは災難が降りかかるようなものだ。どちらかというと私はおとなしく、性格も弱いため、後者のようになってしまう可能性が高いと感じた。私はある種の実存的危機に直面し始めていた。もし私がその職場で働き続けても、将来的に良い見通しはないだろうと思い始めた。

　ある時、風邪を引いた後に、私は咳が止まらなくなってしまうことが多くなった。一度咳が出始めると、しばらくの間止まらなかった。それは職場でも家でも起きた。父は私を馬鹿にして、「また咳をしていやがる、この馬鹿野郎！」と言った。その頃私は、特に理由なく、顔を手でこすり続けるという奇妙な癖が身に付いてしまっていた。今思うと、それは一種の強迫的な行為だったようだ。

　言うまでもなく、父はいつものように私を嘲笑した。姉の家族が一緒だった時、父は私の小さな甥に言った。「お前のおばちゃんはおかしいぞ！　変なことばかりして馬鹿みたいだ！」故意に意識して言ったのかどうかは分からないが、父は私を姉の家族を含む親族の中で、最も取るに足らない愚かな者のように扱った。時々私は、姉やその家族も父の私に対する態度に同調していると感じていた。彼らには悪気があったわけではないと思うが、惨めな気持ちだった。

　私は少しずつ、精神的にも肉体的にも追い詰められていった。咳が止まらないため、喘息になったのかと思った。医師の診察を受けたが、喘息とは診断されなかった。風邪が長引いているのだと言われた。その症状に対する効果的な治療法はなかったようだ。今思うと、止まらない咳や顔を手でこすり続ける奇妙な癖は、家庭内と家庭の外の人間関係の適

応不良によるストレスから来ていた可能性が非常に高い。

　近い将来、自分は仕事を辞めるだろうということを、漠然と意識し始めていた。最も気掛かりだったのは、私のお金に関わることだった。仕事を辞めてから、どうやって収入を得ていくかを考える必要があった。私は何か新しい習い事を始めることを考えるようになった。私は以前から、職場で生け花クラブと英会話クラブに入会していた。これらの活動はそれほど時間を取るようなものではなく気軽に参加でき、自分の仕事の環境から離れて、息抜きができる時間だった。オフィスビルの中で、手で植物に触れると、気持ちがリフレッシュしたものだった。人と付き合うのは苦手だったが、英会話クラブで他の人たちの意見を聞くのは楽しかった。

　人間関係がうまくいかないことなど、自分の弱点は分かっていた。それは、他の人たちから評価されづらいということでもあった。そのためか、自分の弱点を補うために、自分の能力を証明するため検定試験に合格しようと努力したことが多かった。私がまだ学生だった時も、ほぼ隔年で英語検定を受けていた。

　職場でのクラブ活動は部員にとって娯楽のようなもので、仕事で役立つような資格の取得を目的とするものではなかった。また、私は退職することを見込んでいたため、同時にクラブも止めることが前提としてあった。私は何か新しいことを学ぶ必要があった。

　心身の不調に悩みながらも、近くのオフィスビルで催されている太極拳クラブに入会した。私はスポーツが苦手だが、太極拳の稽古は健康に良く、心に落ち着きが与えられるということを聞いたからだ。太極拳を始めることは、理にかなっているように思えた。しかし、実際に太極拳を習ったことが、どれほど効果があったのかは分からない。身も心も硬直し過ぎていて、週に一度の稽古では、あまり効果がなかったようだ。でも習い始めた時は、このまま稽古を続ければ、自分も太極拳のインストラクターになれるのではないかと思っていた。それは未熟な人間が持ちやすい、非現実的な幻想に過ぎなかった。実際は仕事を辞める前に、太極拳クラブも止めてしまった。

　私はアートフラワーの作り方を教える学校にも入学した。既に職場の

生け花クラブで生花のフラワーアレンジメントを経験していたが、アートフラワーを造ることと、生花を活けることは、スキルとしてはかなり異なる。アートフラワーは一種の手工芸で、花びら、がく、茎、葉など、植物の各部分を造るのに時間がかかる。また、完成した作品は、本物の植物のように見える必要がある。

　なぜそのような手工芸を習おうと思ったのか、思い出すことができない。どこかでアートフラワーを見る機会があって、その美しさに惹かれたのかもしれない。始めた頃は布や染料、ワイヤーなどで花を造るのは楽しかった。

　作業は次第に、より細かく困難なものになっていった。私は家でも作業をするようになった。布から多くのパーツを切り分けると、ほこりが出た。それは、私の咳の原因の一つになっていたかもしれない。その頃には、花を造ることが、喜びよりもむしろ重荷になっていた。私の手作業は遅く、作品を完成させるのに長い時間がかかった。ネガティブな側面が出てきても、花の製作を止めることができなかった。

　私は頑固で柔軟性に欠けていた。いったんやり通すと決めたら、決めたことを諦めたくなかった。それは強迫的観念のようだった。私の常識の欠如と自分の適性を見極める能力の欠如は、決定的な弱点だった。自分にとって魅力的で役に立つと思われるスキルを身に付けようと決心すると、資格の取得など、その成果に満足するまで追求しようとする傾向があった。それはいつもうまくいくわけではなかったし、マイナス面を考慮しないために盲目的になっていった。

　結局、私は仕事を辞めてから1年後までアートフラワーを習っていた。私は、初級クラスの認定証しか取得することができなかった。習っていた最後の年には、校長先生の指導は厳しくなり、私の作品を批判した。私はクラスで泣いてしまった。校長先生は更に厳しくなり、「何で泣いたりするの？　もう最低だわ！」などと私を叱った。更に悪いことには、同じことが3〜4回繰り返されたことだ。私は既に学費を支払ったコースの期間を終えるまで、もう少し苦難に耐えようと自分を奮い立たせようとしていたのだ。この私の忍耐力は、病的なものだったかもしれない。

アートフラワー造りのインストラクターか、アートフラワーの職人になるという私の希望は実現しなかった。私の考えでは、私は職場の従業員として生き残ることができなかったが、アートフラワーの学校にお金を支払って、次に目指す仕事で成功しようと決心していた。しかし私は、次に期待した望みも叶えることができなかったのだ。私は絶望し、物事を柔軟に考えることができないでいた。今となっては、こんなふうに自分を追い詰める必要はなかったと思うが、私は世間知らずの未熟者で、いわゆる「アダルトチャイルド」の持ちやすい、典型的な弱さがあった。

　私は確かに、別の仕事のチャンスを掴みたかったのだ。しかし、当時の自分の実際の状態を考えると、インストラクターや職人になるための充分な自信はなかった。また、自分の能力というものを、きちんと評価する力も欠けていた。たとえ、もし私に何か能力があったとしても、それをどう活用したらいいのかも分からなかっただろう。

　私は、仕事の機会を求めて成功するために、どんな資格証明書よりも大切なことがあるということに気付いていなかった。例えば、実務経験、ソーシャルスキル、問題解決能力、感情を抑えることのできる能力などだ。私は自分がそれらのスキルや能力を習得していないことさえ知らなかった。

　自分は協調性があると思っていた。しかしそれは、私の誤解だった。私が全く自己主張的でなかったことは事実で、家で自分の意見を言い表す経験がなかったため、他の人の決定に従う傾向はあった。しかし、自分でも気付いていなかったが、仕事中にも子供のように不機嫌になることがあった。私は哀れな若い女性だった。

　アートフラワー造りのレッスンについて言えば、女性の校長先生が父とよく似ている人だった。この二人は恐ろしく、私はこの校長からも、いろいろ文句を言われた。既に虐待されたという経験を持ち、まだその影響に苦しんでいる被虐待者が、他の同じような虐待する人から同じように扱われることに対して、より無防備になってしまうということがあると思われる。私の臆病さが校長の怒りを引き出してしまったのかもしれない。それはまた、私と父との関係の再現でもあった。

　もし私が時間を遡り、泣いていた頃に戻ることができるのならば、私は若い自分に言うだろう。「あなたは、作品を完成させなくてもいいんだよ。心配しないで。やっても辛くなることは、止めてしまえばいいよ。あなたには休息が必要ね。少し休めば大丈夫だよ」

28　初めての仕事の最後の日々

　新しいことを学びながら、自分のアイデンティティを見つけようとしている間にも、私の欲求不満は増長していった。その欲求不満は、私の怒りと結びついていた。私は長い間、怒りを抑圧していた。それは私が就職する前から始まっていた。

　その怒りは、幼い頃から感じてきた不公平さから生じていた。父や母に私が理解できるような理由もなく侮辱され、批判され、叱られる度に、少しずつ怒りが積み上げられていった。この怒りが、私の強い不公平感につながった。

　職場での不公平感にも悩んだが、それは私の一方的な思い込みだったのかもしれない。私は既に、自分自身と周りの世界の両方について、偏った見方をしていた。私は度々、周りの人たちから不公平でひどく扱われていると感じていた。

　しかし、そもそも私は、自分は人に好かれることや愛されるのに値しないという態度をとっていたようだ。私は劣等感と自責の念に取り憑かれ、心は自己憐憫で満たされていたものの、私の振る舞いは度々変わった。生意気な態度でいることもあれば、悲劇のヒロインのようになったり、落ち込むこともあった。当時の自分の状態を思い出すと、母と同じように不安定だった。

　私は自分自身を抑えようとしていたが、私の中にマグマのようなものが溜まっていて、外側に噴出する時を待っていた。私はその時の自分の状態と、自分が周りの人たちにどのような影響を及ぼしていたのか、全く気付いていなかった。私は何年も後になって心理学を学んだことで、当時の自分の状況を理解した。欲求不満を紛らわすためにアートフラワー造りに取り組んでいる間も、私の中に燻る火山の噴火は、時間の問題だった。

　ある日、更衣室に他の誰もいなかった時に、自分のロッカーのドアを思いっ切り力を入れて閉めた。その後、私は同じことを繰り返した。ド

アを閉める音は怒りを込めて全力で閉めたため、威圧的だったに違いない。

ある日、私と卓球の練習相手しか更衣室にいなかった時、私は何か文句を言いながら、いつものようにロッカーのドアを全力でバタンと閉めてしまった。彼女は私の行動に驚いていた。その後、私は彼女に自分のしたことを謝罪し、私は大丈夫だからと言った。しかし現実は、私が怒りを抑制することが、ますます困難になってきていたのだ。

元々私の怒りは、私と両親の関係から来ていた。私は無意識に、怒りの原因ではない他の人たちに、怒りを投影してしまっていた。両親は、私の彼らに対する怒りを全く気に掛けることもなく、ただ無視していた。

職場の人たちは、私の怒りの対象ではなかったはずだ。しかし、私に最も近い関係であるはずの両親からの、不条理な扱いに対する私の絶え間ない怒りの復讐の矛先は誰でもよかったのだ。

ある日、私は仕事中に怒りを表した。詳細は覚えていないが、私は年下の同僚のすることに対して文句を言った。私は突然、彼女に叫んで、他の人たちだけでなく、私のためにも考慮して、ある仕事のやり方を変えてくれるように主張した。私はいつも彼女に劣等感を抱いていた。それは彼女が私より年下なのに、職場の他の人たちに何の問題もなく対処しているように見えたからだ。それに私は、自分と他の人たちとの間で担当する仕事の分担の違いがあるために、私と他の人たちとの間に齟齬があることが気掛かりだった。もし私が成熟した若い成人だったら、声を荒げることもなく、彼女に穏やかに話しかけていただろう。しかし私は、怒鳴らずにはいられなかった。

職場の人たちの反応は様々だったと思う。その年下の同僚は私に腹を立て、私の言い分は部分的に受け入れるが、受け入れられない部分もあると主張した。いじめっ子は私を批判した。私は何を言ったのかあまり覚えていないが、他の人たちに、自分は一人で単独の仕事の担当をしていたために、不都合なことが色々あって大変だったということを、とりとめもなく言ったと思う。

別の先輩は、もし私がこれからも職場の人たちに対して怒りを持ち続

けるならば、皆、私と付き合っていくことが更に難しくなっていくだろうと私に言った。そして彼女は間接的に、私がもっと大人にならなければならないと言った。男性の上司たちの反応はよく覚えていない。彼らは言葉を失って、ただ騒動を見つめていたのかもしれない。

　もし私が普通の若い成人だったら、このような騒動は起こらなかっただろうと思う。その時も私は、無意識のうちにそのことを知っていた。私は自分が誰か他の人のようではないことを、責めていたことを覚えている。それは特定の人を表すわけではないが、私よりも成熟していて、私の仕事の環境に適応できる人というイメージだった。あの騒動を起こす前から、私は仕事を辞めようと決心していたと思う。そのため私は向こう見ずになり、怒りの感情に火が付きやすくなっていた。

　その日からしばらくして、私は課長に体調不良を理由に仕事を辞める意向を伝えた。課長は働かなくても経済状態は大丈夫なのかどうか、私に尋ねた。私は父がまだ仕事をしているから大丈夫だと答えた。その時父は警察を退職後、民間企業に勤めていた。引き留められることもなく、私の退職は決まった。

　周囲の人たちは、扱いにくい人間が近い将来、職場を去ると聞いて安堵しただろう。退職が決まってから約３ヶ月間、仕事には来ていた。職場の人たちが私に関わる問題からすぐに解放されることが分かっていたせいか、私も彼らと付き合うことが幾分楽になったと思う。

　そこでの仕事の最後の日まで、私は自分の仕事を他の人に引き継ぐのに忙しかった。職場に行った最終日まで、私の机とロッカーの中に、まだ乱雑に色々な物が入っていたことを覚えている。私は元々きちんと物を整理するのが苦手だけれども、私の引き出しの中などの混沌とした状態は、私の精神的な問題の一端を表していたと思う。そこでの私の職業生活は、キーキーと騒音を立てながら、辛うじて走っている壊れた車のようだった。

　私は仕事を辞めざるを得なかったと思う。しかし、辞めるのは悲しかった。職員としての地位を失い、収入の道も閉ざされることになった。私は失敗者になったと感じた。

　父は私に言った。「自分で稼がなくても食べていけることを感謝しろ」

　母は以前から無責任に私に言っていた。「そんな仕事、早く辞めちゃえばいい」しかし、私が退職を決めた時、自分に相談してくれなかったと私に不平を言った。私は退職について父や母に相談するなどという考えは、思いつくはずもなかった。

　当時は、自分の状況などを合理的かつ客観的に理解することができず、自分の本能に従って決断を下していたようだった。しかし今思うと、その時は自分の選択を、自分の言葉で理論的に説明することはできなかったが、現実に即した選択をしていたと言える。

　私は無意識のうちに、仕事を辞めるちょうど良いタイミングを待っていた。それに、退職後に家庭内で想定される困難は、職場で経験したことよりも厳しいものになるだろうと、ぼんやりと考えていた。

　私は正しいタイミングを選ぶことができたと思う。もっと若かった頃よりも少し強くなり、まだ回復力もあった。もっと長く働いていたら、精神的にも肉体的にも弱くなっていただろう。混乱の中にあったものの、本能から示されたサインに気付くことができたのは幸運だった。

29　大きな矛盾

　退職後、私は仕事から解放され、私の人生は以前よりも楽になったように見えたかもしれない。しかし、家に居ることも快適ではなかった。私は母の顔色を窺いながら、いまだに自分のアイデンティティを見つけるにはどうしたらよいか、思案していた。私はまだ母に対する自分の不健全な態度について、完全には気付いていなかった。

　私は簿記会計の学校で簿記の勉強を始めた。私は短時間のクラスに入り、週に２日、通うことにした。

　入学後私はためらいがちに、母にその学校に行くことにしたと伝えた。母は不機嫌になって私に言った。「何でそんな馬鹿なことをするの！　そんなことをしても無駄よ！」母の不機嫌は、結構長く続いた。

　その時、私は自分のお金を持っていたため、簿記の授業料を支払うことができた。普通ならば、自分のお金を使ってまともなことをしようとしている大人を妨害する権利は誰にもないと考えるのが理にかなっているだろう。私はまだ多くの問題を抱えていたものの、社会で何年か苦労した後に、ある程度は人間として成長していたに違いない。しかし、母の私に対する態度は、全く変わっていなかった。

　私は簿記の２級を取得した。１級も取得しようと勉強したが、合格できなかった。何度か就職活動もして求人に応募した。しかし、採用されることはなかった。私は結果に失望したものの、まだしばらくの間、働かなくていいということに安堵した。私の状態は、まだまだ矛盾に満ちていた。

　仕事を辞めて半年近く経った頃、家庭内で不穏な空気が漂うようになった。父が私に、１週間おきに美容院に行くように仕向けた。父は私と母に、もし私が父の言うことに従わなければ、父が母に何か悪いことをすると言った。それは暴力を振るうという意味のようだった。馬鹿馬鹿しいことのように聞こえるが、私は以前よりも頻繁に、美容院に行かなければならなくなった。

　私は衣服や化粧品、アクセサリーなどにはあまり興味がなかった。父はそれが気に入らず、卑猥な笑みを浮かべて私に言った。「女がいかに有能かなんていうことは全然意味がない、女は見栄えが良いかどうかだけが問題だ！」私はその父の言葉を聞くのが嫌だったが、私にできることは、怒りを込めて父を睨みつけることだけだった。すると父は、「親を睨みつけるなんて、お前はけしからん奴だ！」と軽蔑的な笑みを浮かべて叫んだ。

　確かに私は、ファッションや化粧などに興味がなかったことを含めて、色々な点で平均的な若い女性のようではなかった。その理由の一つは、ぼんやりと上の空になっている状況が多かったと思う。本当は、何をどうしようかと色々考えているのだけれども、考えているうちに、初めに考えていたことに反対する考えが出てきてしまうのだ。湧いてくる色々な考えは、小さくて取るに足らないことが多く、言葉では何とも説明がつかないようなものも多かったと思う。結局、自分の込み入った考えは、自分自身を蔑み、非難するものとなっていった。

　私の脳裏には「馬鹿げている」、「何をやっても無駄だ」、「決して成功なんかしない」といった言葉が響き渡っているようだった。今思うと、父と母のミニチュア版のようなものが私の脳内に住んでいて、いつも私に無意味で愚かな言葉を叫んでいたようだ。私は考えることに多くの時間を費やしていたが、その答えを見つけられないまま終わったことも多かった。そのため、結局、前向きな行動が取れないことが何度もあった。私は極端に受動的になり、私の自主性は全く確立されていなかった。

　私がファッション等に興味がなかったもう一つの理由は、父との関係が悪いため、男性を恐れていたからかもしれない。なぜボーイフレンドができないのかと悩む一方で、無意識のうちに男性の関心を誘わないようにしていた可能性もある。

　私が頻繁に美容室に行くことを余儀なくされてからしばらくすると、父は私の写真を撮ると言い張った。写真を撮るために、父、私、そして私の小さな甥は遊園地に行った。私は言うまでもなく、父が気に入るように一張羅のスーツを着て、髪をセットし、厚化粧をしていた。私はそ

の外出がどれほど意味深長なものだったのか、気付いていなかった。それは私を結婚させるための、父の強硬な戦略の一部だった。

　遊園地に行くのは楽しかった。私と父だけではなく、甥も一緒だったため、父との間の緊張感もあまりなくて済んだ。ただ父が写真を撮る度に、私に細かい指示を何回も出したため、それに私は苛立っていた。

　数週間後、私はその外出のもたらした結果に驚き、写真を撮られたことを後悔した。父はある人の履歴書を持ってきて言った。「これはお前の見合い相手が書いたものだ。未来の夫に会うんだ。選り好みなんかしてないで、妥協しろ。ハハハ！」父は淫らな笑みを浮かべて、私を嘲笑した。

　私は呆然とした。写真は見合い用のものであることは理解していたが、それらが実際に使用されることは想定していなかった。また、もし写真が使われることがあったとしても、実際に見合いが設定されるまでには、かなりの時間がかかるだろうと思っていた。

　私はいつものように父を恐れていたにもかかわらず、とっさに父に、とても否定的な反応を示してしまった。父に何を言ったかは覚えていないが、その男性は離島出身だということで、彼のライフスタイルは私とは大分違うのではないかと難色を示したと思う。父はパニックになり、激怒した。私が履歴書を見て喜ぶだろうと予想していたようだった。母もその相手が気に入らなかったようだが、母はどんな相手であっても、ケチをつけるに違いなかった。

　履歴書には写真がなかった。私の記憶では、彼は私と同い年で、彼の故郷は私の育った町から非常に遠く離れていた。彼は警察官だったが、それは父が自分の元部下の人に、その人の部下の中から私の見合い相手に相応しい人を見つけるように頼んだからだ。

　父は既に警察を定年退職しており、私はその父の元部下の人とは面識がなかった。突然降りかかってきた、知らない人たちとの慣れない会合に出なければならないということに、恐怖を感じた。私と母はその機会が設定されたことに同意していなかったにもかかわらず、父は私に、父の元部下の人と一緒に、その男性に会うためにレストランに行くように強制した。

　不思議なことに、父は母を私と一緒にその席に行かせ、自分は家にいることに決めた。母を他の人たちとの大切な会合に出席させるのは、おかしなことに思えた。母は何の役にも立たず、母がしたことはそこにいる人たちに、愛想笑いをすることだけだった。私は母のことを、恥ずかしく思った。

　父も無責任だったと思う。娘の結婚相手を決めようという時に、その見合い相手が娘とうまくやっていけるかどうかを判断するために、父親が娘の見合い相手に会うことは有益だろう。見合いの席に双方の両親が出席することは、一般的に受け入れられていた。しかしながら、父が出世した警察官としてのキャリアがあるために、父は私の見合い相手に威圧感を与えてしまうことを恐れて、相手に会うことを差し控えたという可能性もある。いずれにしてもその時、父が何を考えていたのかは、知る由もない。

　今振り返ると、私は結婚する準備など、全くできていなかったと確信している。奇妙で矛盾に満ちた会合は、何の意味のある会話もなく終わった。会合の間、私はとても緊張していたが、気さくな若い女性の振りをしようと努めていた。

　会合の後、私は誰からもその結果について聞くことはなかった。普通は見合い相手の双方が、相手にもう一度会いたいかどうか、そして結婚を前提とする付き合いを通して、お互いを更に知ろうとする気があるかどうかを回答することになっている。半年ぐらいの間、私はその見合いの結果がどうなっているのか、不安を感じていた。見合い相手からの回答を得るのに、これほど長い時間がかかるのは珍しいことだ。私がその男性に「ノー」と言うことは、許されなかった。

　父はこの件について全く触れることなく沈黙し、私を無視しているように見えた。そういう父が恨めしかった。その一方で私は、父にこの結果について尋ねるのに、充分な勇気はなかった。私はその男性とまた会いたいと思っていないにもかかわらず、彼が断ってきたと知らされたら、私は傷ついてしまうと感じていた。

　当時はまだ、私は将来誰かと結婚したいと願っていたと思うが、実際は、無意識のうちに、男性というものに嫌悪感を抱いていたと思う。そ

れは、私と父との関係から生じてきたもので、私は混乱し、心の状態は矛盾に満ちていた。父が私に再び別の人の履歴書を持ってきた時に、私は更に困惑した。

　ある日父と母は、幾分フォーマルな態度で私と向き合おうとしていた。何か真剣な様子だった。母が話し始めた。「どうか、お願いだから、また別のお見合いの席に行ってちょうだい。あなたが警察官が嫌なのは、分かっているけれども、お父さんがあなたの考えを世話してくれる人に話す前に、その人が別のお見合い話を持ってきたの。お父さんの面子が潰れないように、別の男性と会ってちょうだい」母は私に頭を下げた。

　私は母に何も言えなかった。私は落胆し、なぜこのような苦しみに、再び耐えなければならないのかと思った。私は警察官は嫌だと母に言ったかもしれないが、それが問題なのではなかった。私の心理的状態は、結婚に関わる、あらゆるお膳立てに乗ることは受け付けられないものになっていた。母に頭を下げさせて父がしたかったことは、別の見合いに出席するように、私を説得することだけだったと思う。私は両親が私に言ったことに従う以外に、選択肢がないように思われた。

　父の面目が保たれるために見合いに出席するだけなら、その結果はどうでもいいものと思ったが、現実はそれほど単純ではなかった。私はその男性と２度会わなければならなかった。最初の会合の後、私は彼と会うのを止めにしたかった。しかし父は、私にそれを許すことはなかった。

　父が私のところに来て、私に話しかけてきた。その時、父は私を懐柔しようとしているようだった。父のこのような態度は非常に稀だった。父の兄である伯父が、父に知恵を授けたようだった。父は伯父にたしなめられたと私に言った。伯父は父に、私は良い子なのだから、父は私を幸せに結婚させてあげなければならないと言ったという。父は私がこんなに手の込んだ花を造れる素敵な女性だと思っていると付け加えた。その時はちょうど、私がアートフラワーの最後の作品に取り組んでいた頃だった。

　父のお世辞には驚いた。それを聞いて悪い気持ちではなかったが、そ

の褒め言葉が父の策略の一部であることは明らかだった。長い間、私を侮辱してきた末に、そのような肯定的な言葉を使うのは20年遅過ぎた。しかし、とりあえず父は、私がその男性に再び会って、前向きにその人を評価することを約束させることに成功した。実際、私は父に強いられて、そう答えざるを得なかっただけで、私の状態は全く変わっていなかった。それにもかかわらず、父は私の言葉に満足していたようだった。

　私はいやいやながら2回目のデートに行った。私は普段よりなお一層、ぎこちない態度だった。相手は、私の状態が何かおかしいことに気付いたかもしれない。私は彼を怒らせないように注意していたが、あまり話をしなかった。レストランでの夕食後、私たちは映画を見てから別れた。

　家に帰った後、私は母に相手の印象を話した。この件については母の方が話しやすかった。父には怖くて言えなかった。私は母に、相手は横柄な人だから、もう会いたくないと言った。

　その日の真夜中、突然、父が私のところに来た。まるで襲撃のようだった。父は私に激怒していて、深夜に数時間にわたり私を呪い、罵り続けた。

　当時、私はアルバイトで仕事を始めていて、翌日も働くことになっていた。職場にいる間、私はいつもと変わりなく、何事もなかったように振る舞おうとした。しかし、就業時間が終わるまで耐えるのが辛かった。私の顔やまぶたは腫れていた。それは、私の人生の中で、最も辛い日の一つだった。それは、「失恋」の日ではなく、「父からの拷問」の日だった。

　父は一方的に、私を罵り続けた。父の言葉のほとんどは覚えていないが、幾つかの重要な点は覚えている。父は、私が母に相手が横柄だと言ったことを叱責した。父は、私がその人のことをよく知らないのに、その人の性格が横柄だと言うのは、絶対に許されることではないと私に言った。そういう意見もある意味正しいのかもしれない。しかし、私はすぐにでも、非常に不愉快なゲームをし続けることを終わりにするために、断る理由が必要だった。

私から見ると、その男性は父の側にいる人だった。実際は、父とその男性は面識がなかったが、父が持ってきた見合い話だということだけで、私は相手のことを前向きに考えることができなかった。それはちょうど、「坊主憎けりゃ袈裟まで憎い」という、ことわざのようだった。

　実はそれより前に、私は見合いの話を数回受けたことがあった。それらは父から来たものではなかった。そのうちの一つは姉の知人から来たもので、私は実際にその男性と会った。その件は父と無関係だったため、相手と向き合うのは楽に感じられた。その男性は静かで落ち着いた様子で、私はこの人と仲良くなれるかもしれないという希望を持った。

　しかし、彼は交際を断ってきた。私はその結果に失望した末に、行き過ぎたことをしてしまった。私は彼に手紙を書いた。私は自分の残念な気持ちについてと、彼が私に対して否定的な感情を持っているなら、直接私に言ってもらいたいというようなことを書いたと思う。しかし、手紙は開封されずに返送されてきた。つまり私は、私の書いた元の手紙を封筒ごと入れた大きな封筒を受け取ったということだ。

　私は、男女の関係に関する基本的な常識さえ持っていなかったと言える。私は、自分がしてはいけないことをしたのだと思った。私は悲しくて自分を責めたが、その手紙全体を細かく切り刻み、廃棄した。その後私は、もうそのことについては考えないことに決めた。実際、私の結婚しようとする試みは、私の混乱した精神状態のため、見合い話を持ってきた人が誰であれ、うまくいかなかったと思う。

　私の母方の叔母からも、別の見合い話があった。私はその男性に会う予定だったが、父がその話を断ったため、見合いはキャンセルになった。父は、私が家族の長男と結婚することは許さないと言ったのだ。一家の長男は、その両親の世話をすることなど、他のきょうだいよりも重い責任を負う場合が多いと言える。

　しかし現実は、第二次世界大戦後に起きた少子化により、日本社会には長男が多いのが実情だ。今日、少子化は深刻化しているが、既に私が子供の頃には、子供が1人か2人の家庭が多かった。3人以上の子供がいる家庭は、子だくさんだという感じだった。

　真夜中に私のことを罵りながら、父はうまくいかなかった件を蒸し返

した。私が断られた件は、その人の事情があるから仕方のないことだと言った。そして父は、現行の話の人が私にとって最後の機会であると言い張った。もし私がこの件を断ったら、私は一生独身のままで、飼い殺しの動物のような役立たずで終わるだろうと、決めつけるように父は私に言った。そして、私は前の仕事を辞めるべきではなかったと付け加えた。

　父の言葉を聞いて、私は深く傷ついた。しかし今は、その時の父の言葉は愚かで理屈に合わないものだったと感じている。その時は、現行の男性が私を気に入っているかどうかも分からないのに、なぜ私だけが自分の意見を述べることを許されないのか、訝しく思っていた。

　私は勇気を奮い起こして、父にある質問をした。私の結婚につながるチャンスが非常に限られているから、それぞれの見合い話がとても大切だと言うのなら、なぜ父は私の叔母からの話を断ったのか？　私は父の答えに唖然とした。父は警察にその男性の家庭を調査させ、彼がマザコンだということが分かったからだと言った。

　父は既に警察を退職していたが、いまだに過去の権限を利用していた。私は父の職権乱用に、激しい怒りを覚えた。当時は、英語のスラング、"asshole"（けつの穴、最大級の侮辱的な言葉）を知らなかったが、この言葉がまさに、父を言い表すのにちょうどいいと感じている。

　形だけのその時の男性とのデートの間に、おかしなことがあった。彼もマザコンだったのかもしれないと思われる。彼は毎回、お菓子の詰め合わせをくれたが、「これは、あなたのお母さんに持っていって」と言った。彼にとって「母親」というものが、極めて大切な存在だったと思われる。私は彼のガールフレンドになることなど、望んでいなかったものの、自分の存在が無視されているような、変な気がしていた。

　長時間に及ぶ父からの批判で、私はその悪口雑言にうんざりし、沈黙した。私が話すのを止めた後、父は私が間違っているから、父に反論することができないのだと私を叱責した。父は繰り返し叫んだ。「お前がおかしい！　お前が悪いんだ！」私は徹底的に打ちのめされたが、どうすることもできなかった。

　父は、自分の家族の見栄えを良くしたいという理由だけで、私を誰か

と結婚させたかったようだ。父は独り相撲を取って他の人たちを巻き込みながら、失敗作の自分の娘を、いとも簡単に結婚させようとしたのだと思われる。私はそのような策略が成功するとは思えない。父の無意味な企みに巻き込まれた人たちにとっては、大きな迷惑だったに違いない。母に関して言えば、ただ傍観していただけで、父の無謀な行動を抑える力もなかった。

30 嵐 の 後

　真夜中の言い争いの後、私は激しく落ち込んだ。口論の間に父は、私が仕事に行かない日に朝遅くまで寝ていたことを批判した。私は元々精力的ではなく、怠惰になりがちだった。父からの威圧によるストレスで、更にエネルギーが失われたと思う。

　寝ている間は、悩んでいることを考えなくて済むし、父と母を避けることができた。私は無気力になり、「引きこもり」になる危険に晒されていた。この言葉は、当時1980年代後半の頃は一般に知られていなかった。しかし、当時も仕事や学校に行かずに、いつも家に居る人たちがいたようだ。父は私に叫んで言った。「町には何もしないで家にいるだけの、役立たずな連中がいるんだ！　お前もあんなふうになったら、もうおしまいだ！」父は引きこもりのような、普通ではないと思われるものを毛嫌いしていた。

　私の中で危機感が湧き上がってきた。無意識だったが、自分が引きこもりになったら、大変なことになるのではないかと感じていた。もし私がそうなったら、父が私にどれほどひどい仕打ちをするだろうかと、どこかで感じていたと思う。

　引きこもりのケースの中には、子供が親に対して暴力を振るう、家庭内暴力に発展するものもある。もし私が引きこもり、外出することもできず、家で大きな欲求不満を抱くようになったとしたら、私は何かに怒りをぶつけていたに違いない。私は自らの手で、父や母に暴力を振るうことは恐ろしくてできなかったと思う。恐らく私は、調理器具や小さな家具などを投げて、破壊行為に及んだだろう。

　父が家族に激しい暴力を振るうことがなかったのは、警察官としての職業のせいだと考えられる。しかし、もし私が暴力的になったら、父も暴力的になったのではないかと思う。父から体罰を受けたことはなかったが、父の表情がとても恐ろしくて、殺気を感じたことはあった。そのため、私は父を怒らせないようにしなければならなかった。

現実は、父は真夜中の口論の後、私と話すのを止めた。そして、更に私を無視するようになった。私も同じように父を無視した。自分が引きこもりにならないように気をつけなければならないと、どこかで感じていたが、アルバイトの仕事があったことは好都合だった。難しい仕事ではなかったし、家にいるよりは外出していた方が良かった。次第に、以前よりも外出先で過ごす時間が増えていった。仕事が終わってから、一人で夕食を済ませて帰宅することもあった。両親とあまり顔を合わせないようにしたかった。

　特に母は、私のその行動が気に入らず、私が自分勝手だと批判した。母は以前よりも不機嫌になった。母は常に、自分が不幸な原因は、全て私から来ているという感情を発散しているようだった。

　母の不幸の理由は、私が結婚しようとして失敗したという事実だったのかもしれない。しかし、母の態度は矛盾していた。姉が婚約していた時期に、ある出来事が繰り返されていた。結婚する前、姉は仕事を辞めて半年ほど家で過ごしていた。母は時々、怒って姉に叫んだ。「あなたはあの気の強い小男に、いいように付け込まれて、なんて馬鹿なことをしたんだ！」姉は母の激しい言葉を聞いて涙を流し、時には手足に発疹が出ることもあった。姉の発疹は、マリッジブルーに母のきつい言葉も加わって、発症していたのではないかと思う。

　母のきつい言葉は私に向けられたものではなかったとしても、そういう言葉を聞いていると、私が結婚の機会を求める場合に、悪影響を及ぼすものになりかねなかっただろうと思われる。しかし、娘としての私の自尊心は、既に父によって台無しにされていた。そのため、いずれにしても私は、独身のままでいる可能性が非常に高かったと言える。

　家に居ることは不快だった。私と両親の間には、かなりの緊張があった。父が私を結婚させようとする試みに失敗し、父が怒り狂うことになったが、それより前の時点でも、私たちは家族の間で有意義な会話をしたことはなかった。状況は更に悪化し、私はそれにどう対処したらいいのか、具体的なアイデアはなかった。

　しかし私は、家での緊張感に耐えながら、自分自身を保つために、自分にとって役に立つことをしなければならないと思った。近くの公共図

書館を利用するのは良い考えだった。私はそこに滞在し、長い時間を過ごし、本を借りて読んだ。

　おもに、19世紀半ばからの徳川幕府末期の混沌とした時代の、歴史上の人物に関する本を読んだ。私は、命をかけて日本の新時代を切り開くために奔走し、戦った人たちの生き様に魅了された。彼らの勇気に非常に感銘を受け、私も困難に陥っているところから抜け出す方法を見つけようと、自分を励まそうとした。

　私は、父と母と一緒に家に住んでいる限り、将来に良い見通しはないと感じた。私は「両親」にとって良い子供ではないという現実から来た罪悪感から、まだ解放されていなかった。しかし、両親の元から離れたいという気持ちがそれまで以上に強くなった。今思うと、それはまさにもっともなことだ。私に何の譲歩もせず、私を全く理解しようとしない人たちと一緒に暮らさなければならないということは、悲劇に違いない。

　私はしばらくの間、父と母から離れる必要があると思った。もし日本国内のどこか遠いところに行ったら、両親は追いかけてくるかどうか、私には分からなかった。しかし私には、両親が私を家に連れ戻すために、外国にまでは来ることはないという確信があった。また、私は子供の頃から、いつか海外に行って英語を学びたいという希望を持っていた。そのため、日本国内の別の場所に行くよりは、いっそのこと海外に行きたいと思った。私は真剣に、他の国に行くことを考え始めた。

　当時は、新たに「ワーキングホリデー」という制度が導入されていた。そのビザを申請するのには、年齢制限があった。私はその年齢に近づいていたため、できるだけ早くオセアニアのニュージーランドに行くことに決めた。旅行代理店に語学学校とホストファミリーの手配をしてもらった。

　申込書には、保証人が署名する欄があった。普通は申込者の親が署名するものだ。私はその空白の欄を、私の偽りの署名で埋めることを躊躇した。そうすることに罪悪感があったからだ。しかし私は、その欄を自分の偽りの署名で埋めなければならないことを悟った。私はその国に行くことを決心した。ビザを取得できたら、1年間滞在することができる

のだ。

　私は自分の計画を姉に明かした。姉とその家族は既に自宅を購入し、私たちの家から新居に引っ越していた。姉は、私たち二人姉妹は、両親から制限されていたために、成長段階で冒険をすることや、色々なタイプの人たちとの交流の経験が欠けていると私に言った。そのため姉は、前もって観光目的のグループツアーに参加して、その国の様子を見てくることを、私に強く勧めた。姉は、何も知らない遠く離れた場所にいきなり行って、そこに長期間滞在するならば、その間に起こってくる予期しないことに対処するのが一層困難になるだろうと言った。

　私は姉の意見も理にかなっていると思ったが、グループツアーのための余分なお金を使いたくなかった。しかし、私の計画を成功させるためには、姉の協力を得ることが不可欠であるように思われた。そこで私は、まずその国の観光旅行にツアーで行くことにした。

　旅行の前に、私は大きなスーツケースを買った。家にはそれを隠す場所がなかった。母はそれを見て、不安になったようだ。その後、姉から聞いた話では、母は電話で姉に、私がなぜあんなに大きなスーツケースを買ったのか訝しく思い、私が何をするつもりなのか心配だと話していたそうだ。

　観光ツアー出発の数週間前、母は不安な表情で、私に北海道にでも行くのかと尋ねた。私は率直に、出掛ける国の名前を答えた。母は私の答えに狼狽して、「そうなの……」と呟いた。

　とにかく1週間ほどの観光旅行に行ってきた。私にとっては初めての海外旅行だった。観光ツアーの体験が、その国に長期滞在するのに役立ったかどうかは、今でもよく分からない。しかし少なくとも、観光旅行と現地での生活は、経験として非常に異なるものであることは理解した。

　観光旅行から数ヶ月後、私の日本脱出旅行への出発の日が近づいてきた。私はこれから何が起こるか、恐れていた。それは生きるか死ぬかの問題のように感じられた。私は自分自身が、このような冒険をするはずもない人間だと思っていた。私は弱々しく臆病だった。しかし私は本能的に、父と母から離れる必要があることを知っていた。

　帰国してから数年後、私は『遠い夜明け』という題名の映画を見た。その映画に私は魅了された。映画のストーリーは、実話に基づいたジャーナリスト、ドナルド・ウッズ（Donald Woods）の話である。彼は、南アフリカの反アパルトヘイト活動家、スティーブ・ビコ（Steve Biko）が拷問を受けて死んだことを、遺体の調査を通して得られた証拠をもとに本を書いた。この本を出版するために、ジャーナリストと彼の家族は、思い切った逃避行で南アフリカから脱出し、亡命するという計画を実行し、やり遂げる話である。

　大げさに聞こえるかもしれないが、その映画を見て、両親からの逃走の時に感じた気持ちを鮮明に思い出した。私にとって脱出は、本当に冒険的なものだった。

　最初の試練は、父と母に私が外国に渡航し、滞在することにしたという決定を知らせることだった。ある日外出する前に、私は父と母宛に置手紙をして家を出た。出発の 1 週間ぐらい前だった。その手紙には、私がこれから海外渡航をすることにした旨を書いた。もっと早く私の計画が知られてしまったら、両親がそれを妨害するのではないかという恐れがあった。

　その日はとても緊張していて、早く帰宅したくなかった。ショッピングセンターを歩き回って時間をつぶした。家に帰る前に、私は姉に電話をかけた。姉は既に、電話で母から状況を聞いていた。姉は私に、父は激怒し、絶対に私を外国には行かせないと言っていると伝えた。父の気性を考えると、想定していたことではあった。家に帰るのが恐ろしかったが、そうしなければならなかった。

　父と母は居間にいた。驚いたことに私が居間に入ると、父はそこを出ていった。母は今まで以上に不機嫌で、恐ろしく見えた。母が私に何を言ったかあまり覚えていないが、母はいつものように、私が利己的で自分勝手だと私を批判したと思う。母は理屈に合わないことを語り、説得力もなかった。あの時の可笑しな雰囲気を今でも覚えている。父は母に、自分の代わりに私に文句を言わせているようだった。父はいつも威張っているのに、その時は私と向き合うのを避けた。父は臆病になっていたのかもしれない。

遂に、旅に出る日が来た。出発の朝、父は泣いていた。なぜ泣いていたのか分からないが、その涙は私を責めているように感じられた。私は父の涙に不快感を覚えた。母は空港で私を見送ると言い張った。私はそれを断ろうとしたが、母は私についてきた。私はそうされたくなかったが、母は私を追いかけてきた。

　なぜ私の計画に強く反対する人が、私を見送りにエアターミナルまで来たのか理解できなかった。母は私の決めたことに猛反対で、母が受け入れられるものではなかったはずだ。もしかしたら、あの母でも持っているかもしれない「母親のプライド」のために、理解力のある母親の振りをしたかったのだろう。母の態度は、またも矛盾していた。

　それから何年も経った今、母が一旦、強く反対していたことであっても、母本人が何も影響を受けることなく、物事が無事終了したならば、母があまりにも無責任であるために、もうそのことはどうでも良いものになるということだったと思う。

　私はようやく飛行機の中で、「虐待的な両親」から解放された個人になった。

31 逃 避 行

　私は旅に出る前に想定していた通り、１年間その国に滞在した。し
かし出発前に、母に３ヶ月で帰ってくると伝えていた。両親に与える
ショックを軽減した方がいいと思ったからだ。

　３ヶ月が経って、私は姉から父と母が私が期限までに家に帰ってこな
いと騒ぎ始めていると聞いた。私はただそれを無視した。両親に手紙を
書くことや電話もしたくなかった。しかし、月に一度は姉に電話をかけ
た。当時はまだインターネット時代ではなかった。

　ある日突然、母から電話がかかってきた。何を話したのかはよく覚え
ていないが、母の声を聞いた時の不快感は覚えている。姉によると、母
は海外に滞在していた日本人女性がトラブルに巻き込まれたというテレ
ビの報道を見て、急に私のことが心配になったらしい。姉は少なくとも
月に一度は、母に手紙を書くことを私に強く勧めた。感情的には私は姉
の勧めに従いたくなかった。しかし、私と両親との間の問題が更に深刻
になっていくのも良くないと思ったため、私は姉の勧めに従った。

　母も私に手紙を書いてくることがあったが、どの手紙も私の心の琴線
に触れるものではなかった。母の手紙の中には、「お母さんは、いつも
あなたの味方です」という内容もあった。私は混乱し、なぜ母は私にそ
のような矛盾したことを書いてくるのか疑問に思った。私が両親から逃
げてきたのは、両親が私を追い詰めたからなのだ。

　一度だけ、私は海外から父に葉書を書いて送った。私はある英語の先
生に、父と母との間の悩みについて話した。先生は私に、父に手紙を書
くように勧めた。そんなことを考えたことは一度もなかったが、やって
みる価値はあるように思えた。結局私は、土産物屋で何種類かの異なる
絵葉書を何度も見比べた末に、無難なものを選んだ。そして、当たり障
りのない文章を慎重に書いて送った。父からの返事は来なかった。

　次の母からの手紙で、母は私が父宛に送った絵葉書について言及し、
私に感謝の意を表した。しかし、父がそれをどう思ったのか、どう反応

したのかなどについては書かれていなかった。父が私に手紙や葉書を書いてくることなど、あるはずがないと考える方が自然だった。思っていた通りの無駄な努力に終わった。

　私の母宛の葉書の文面は、いつも形式的な決まり文句だけだった。「お元気でお過ごしですか。私は元気です。どうぞお身体に気をつけてください」こんな内容を繰り返して送っていた。私は外国での日常生活などについて、書くことができなかった。どんなに小さな経験でさえ、母を不安にさせるかもしれないと恐れていた。

　父や母のことを思い出した時には不愉快な思いになったが、彼らと顔を合わせないで済むことは、私の喜びだった。私の本質は変わっておらず、多くの弱点を抱えていたが、私の持てる力の幾分かは回復したようだった。

　見知らぬ人たちの中で生活していくことは、私にとって大きな挑戦だった。しかし同時に、誰もこれまでの私の人生を知る人がいないことで、かえって気が楽になった。私にとっては、新しいスタートを切るのにちょうどいい機会だった。

　最初の５ヶ月はホストファミリーの家に滞在し、語学学校に３ヶ月通った。ホストファミリーの家からアパートに引っ越した後、私は約５ヶ月間、別の語学学校で勉強した。最初の語学学校でのコースを終えた後は、基本的にホストファミリーの家に留まることは許されなかったからである。

　これらの語学学校には、日本人が多く来ていた。また、スイスや東南アジアからの人たちもいた。年齢層も幅広かった。中には、私の年齢に近い人たちもいた。私は数名のクラスメートと親しくなった。私は懸命に英語を学んでいたが、他の人たちの中には、行楽を楽しむことを優先している人もいた。私はお金を払って得た学習の機会を、できるだけ有効に使いたかった。

　前にその国に観光で来たことがあったため、また旅行に出掛けようという気持ちもあまりなかった。私は慎重で、定められた範囲を超えて行動することに慣れていなかった。渡航した初めの頃、私は最初の語学学校に通うという日課に従い、学生時代に戻ったようだった。

　最初の語学学校のコースを終了した後、私は別の滞在場所を見つける必要があった。どうやって見つけようかと悩んでいたが、幸いなことに博物館の守衛の人が空いているアパートを紹介してくれた。それは、私が週末に一人で博物館に行くことが多く、たまたまその守衛の人と話をすることがあったからだ。ホストペアレンツは親切な人たちだったが、週末は仕事をしていた。そのため、私は週末にすることを見つける必要があったのだ。度々博物館に行って暇つぶしをするのがちょうど良かった。

　私はアパートに住み始めた。台所やバスルームは共同だった。ルームメイトの国籍は様々だった。ちょうどその頃、私は別の語学学校で再び英語を学び始め、日本に帰る時までその学校に通った。

　滞在期間の最後の４ヶ月間、私は洗濯室の係としてホテルで働いた。馴染みのない場所に留まりながら、できる限りのことにチャレンジしてみようとしたことは、自分でも驚いている。私は冒険をしようとしていたのではないが、できるだけ自分の英語力を高めようという目標があった。その結果、英語はある程度上達し、それは満足のいくものだった。

　しかし、トラブルに見舞われたこともあった。アパートに滞在中、ルームメイトの一人から電話がかかってきた。彼は電話を取った私に、その晩は帰りが遅くなるため、一晩じゅう玄関のドアの鍵を開けたままにしておくように頼んだ。しかし私は、彼が言ったことを誤解し、彼は結局、外で一晩明かすことになった。私の英語の理解力不足が原因だったのかもしれないが、私の常識の欠如や早合点もトラブルの原因だったと感じている。

　ホテルで働き始めた時、私は客室清掃係だった。それは二人一組の仕事であるため、ある女性が私とペアになることを申し出た。そして、私たちはペアになった。彼女は家族が多い移民で、色々な苦労を経験してきたようだった。彼女は私より少し若かったが、私より年上に見えたと思う。

　私は家事などの経験が足りないせいか、やることがぎこちなかったのかもしれない。彼女は私に厳しく、やることが正確さに欠け遅いと、しばしば私を批判した。その時は自分の状況がよく分からなかったが、そ

れは私が手作業をする労働者に向いていないと思われた初めての出来事と言えるのかもしれない。残念ながら、同じようなことが私の人生では何回か起きている。

彼女は真剣だったが、私は子供のように扱われていると思い、不快感があった。しばらくして、私は上司から仕事のストレスがもっと少ない洗濯室に異動してはどうかと言われた。上司の人たちは既に、私たちペアの間の緊張に気付いていた。最初は、私は自分の仕事振りの悪さを少し恥ずかしく思いながらも、私は今のままで大丈夫だと上司に言った。しかし結局、私は上司の提案に従った。私はもう同僚に叱られたくなかった。

私は帰国するまで洗濯室で働いた。私はそこでもぎこちなくて変わった作業員だったと思うが、何とかそのホテルで4ヶ月くらい働いた。

渡航先で、日本人の友人が何人かできた。そのうちの数人とは、特に親しくなった。その人たちとの友情が将来にわたって長く続くことを願っていた。しかし、帰国後数年以内に、その人たちと連絡を取ることもなくなってしまった。その理由の一つは、私の否定的な性格のためだったと思う。私はまだまだ劣等感が強くて自分の感情をコントロールできず、時に横柄に振る舞う一方で、自分がどれほど惨めであるかを、友人によく話していたと思われる。しかしその時は、自分の否定的な言動に気付いていなかった。

私の逃避行は完璧ではなかったし、問題もあった。しかし、その後の私の人生に影を落とすような悪いことも起こらなかったのは幸運だった。今振り返ると、私のような問題を抱えた若い女性にとって、この逃避行は上出来だったと思う。これはかなり前のことで、私はもうそのほろ苦い経験を思い出すことも、ほとんどなくなっている。しかし、若い時に海外でこのような経験ができたことは幸いだった。それは私の若かった頃を記念する出来事である。

32　帰　国

　私は家に帰りたくなかった。飛行機が離陸した時、私は自分の人生が再び家で息苦しい状態になることを想定して、涙を流した。もっと海外にいられたらいいのにと思った。しかし同時に、外国に更に長く滞在すると、問題も多くなってくることも分かっていたと思う。私は1年だけの滞在だったため、そこでの自分の日常生活を、辛うじて何とか送ることができたと言えるだろう。

　外国のような馴染みのない場所に1年以上滞在するには、そこにいる間に何か意味のあることをやろうという動機を持って、真剣に取り組もうとする意志が必要だと思う。私がもっと長く滞在したかった理由は、ただ父と母を避けていたいということだった。また私には、長期の居住者として、日常生活で必要となってくる義務の遂行をするための充分な力はなかったと思う。

　私には家に帰ることしか選択肢がなかった。幸いだったのは、両親が私を家の一部分にあるアパートの空いた部屋に住まわせたことだ。両親はさすがに私をどう扱ったらいいのか分からず、自分たちの居住する同じ空間には、私を住まわせないことに決めたのだと思う。ちょうどある家族が、父のアパートから別の場所に引っ越していったというタイミングだった。

　父と母は、私が家に帰ると「おかえりなさい」と言った。両親は私に悪いことは何も言わなかったが、私は彼らが冷たくてよそよそしいと感じた。かつてないほど、私に対して他人行儀になったようだった。彼らが以前のように私を批判することがなかったことを感謝しなければならないという気持ちもあったが、同時に私は、彼らが無責任で卑劣だと感じた。

　しかしながら、両親と別の部屋に住むことで、かなり解放された気持ちになった。父は以前と同じように私を無視し、私と話すこともなかった。母は私に媚びるようなことを言う一方で、何かに苛立っていると私

に腹を立てて怒った。私に対する母の態度は、概ね家族以外の人たちに対するもののようになった。とりあえず、父や母と顔を合わせる機会が大幅に減ったため、以前よりも大分楽になった。

帰国後しばらくして、母の妹である叔母が私たちの家を訪れた。叔母は私の長い旅行のことを知りたいようだった。叔母は私に、外国で撮った写真を見せてもらいたいと言った。母が私たちと一緒にいたため、私は叔母に写真を見せるのをためらった。私は母にそれらの写真を見せていなかった。母がそれらを見た時の、異様な反応を恐れていたからだ。もし母が見たならば、その表情は困惑し、驚き、軽蔑、嫌悪感などの否定的な感情が混ざり合ったものになることしか想像できなかった。私が外国人を含む見知らぬ人たちと一緒に写真に写っていることを、母が受け入れることは不可能だったように思われる。私は写真の中から、風景や動物しか写っていないものを幾つか探し出して、叔母に見せた。

私は何も変わっていない状況に失望した。父と母が「私の両親」になり、私の言うことに耳を傾けて、必要な時は譲歩してくれるようになることに、かすかな希望を抱いていたのだと思う。しかし、状況は何も変わっていなかった。

私は気晴らしをしたいと思い、奈良県に一人で旅行に行った。ちょうど博覧会が開催されていた。かつて日本の都であった奈良と、シルクロードを経由して行われた西域との交易と文化交流の歴史についての博覧会だった。

ユースホステルに宿泊したが、同じ宿に滞在していた年配者のグループがいた。彼らは牧師とその夫人、そして彼の教会の会員である2人の女性だった。また、イスラエルから来た2人の若い女性も、そこに滞在していた。私はたまたまその2人の女性の滞在について知り、年配者のグループの誰かにそのことを話した。

するとその牧師は興味を持ち、そのイスラエルの人たちと話したいと言い出した。私が英語を少し話せたため、牧師は彼のグループの人たちと2人の女性と一緒に話すための会合に出席するように頼んできた。それで、私はその集まりに参加した。

その牧師は、イスラエルの失われた十部族について研究している人

だった。日本はその十部族が辿り着き、定住した場所だという仮説があるということだった。それで、彼はイスラエルに行ったこともあり、その国の人たちと話をしたかったようだ。

　私はキリスト教についてあまり知らなかったし、イスラエル人がキリスト教とどのように関係しているのか、全く見当もつかなかった。牧師はその2人の旅行者に、イスラエルでの宗教的な事柄について聞いていた。また、その二つの異なるグループの人たちが用いていた幾つかの言葉は、私の記憶に残った。これらの言葉は、私にとって馴染みのない専門用語のように聞こえたが、二つの異なるグループの人たちは、「モーセ」や「過越の祭り」などの特定な言葉を通して、互いに理解できているようだった。私は、なぜこの二つの異なるグループの人たちが、お互いにコミュニケーションをとることができるのか、不思議に思った。後で分かったことは、キリスト教徒とユダヤ教徒は旧約聖書を共通の聖典としているということだった。

　私がモーセの名前を知っていたのは、『十戒』の映画を見たからだった。しかし、私はモーセがどういう人なのか、よく知らなかった。私の不充分な通訳が、どれだけ役に立ったのかは分からない。しかし、牧師とその教会の人たちは、私がその集まりに参加したことを感謝してくれた。

　旅行から戻ってしばらくすると、その牧師から手紙が届いた。彼の友人が牧師をしている、私の家の近くにある教会に行くことを勧める内容だった。手紙を受け取った数日後に、私はその近くの教会の牧師夫人から電話をもらった。彼女もまた、私がその教会に来るように勧めた。

　教会に行ってみようか、どうしようかと迷った。多くの人たちは、宗教に入信すると洗脳される恐れがあるから、宗教からは距離を置いた方が安全だと考えている。勧められたからといって、行く必要もなかったと思うが、当時の私の心理的状態は、自分のまだ知らないものからの、何かしらのサポートを必要としていたと思う。

　両親は無責任で、私が必死になって思い切った行動をとったにもかかわらず、私を無視した。彼らは私が家庭での状況に、どれほど深く苦しんでいたか、知ろうともしなかった。私は両親のことはほとんど見切り

をつけた状態だった。神様や霊や何であれ、親のような存在になり得る別のものを求める気持ちがあった。

　私はその教会に行ってみることにした。まず日曜日の礼拝に出席した。キリスト教会を訪れるのは初めてだった。十数名の人たちがいた。牧師夫妻をはじめ、人々から温かい歓迎を受けた。私はそこの人たちから言われたことに素直に従い、日曜日の礼拝に出席し始めた。

　その頃私は、何か特別に関心を持っていたものもなかったし、普段から余暇を一緒に過ごせるような家族や友人もいなかった。孤独であることが多かったが、できることなら良い仲間と別の親が欲しいという、かすかな希望をまだ持っていたと思う。

　私には、失うものは何もないように思えた。その時の私の仕事は、短期契約の派遣労働で、先の見通しが立たないものだった。もし私が父や母と普通の関係を持っていたならば、多くの日本人がそうであるように、キリスト教会に行くのを躊躇していただろう。

　多くの日本人は、実際に何かの宗教を信仰することに具体的に関わっていることはないと思われる。しかし普通は、多くの人たちの家族の墓が寺にあるため、仏教寺院との関係を持っている。そのため、家族の誰かがクリスチャンになることが問題になる可能性がある。

　私は、父と母が私のことをどう思うかなどと、気にすることはなくなっていた。もはやクリスチャンになることは、大きな問題ではないと思った。1ヶ月も経たないうちに、私は信仰を告白した。それから3ヶ月後、私は洗礼を受けた。

　私は新しい生活を始めることができると感じていた。教会の人たちも、私に親切にしてくれた。ようやく自分の居心地の良い平和な居場所を見つけることができたと思った。とはいえ、私はその教会について、訝しさを感じていたのも確かだった。それまでに困難な人間関係を経験してきたために、物事がうまくいくだろうと当然のように考えることはできなかった。

　しかし、少なくとも当分の間は、良さそうに見える人たちに従っていこうと決心した。信仰によって、人が神の子供になるという教えも魅力的だった。とにかく私は、信仰という大海原を渡る航海に船出した。

33　入 信 者

　渡航する前まで、私は茶道の稽古をし続けていた。それは厳しい稽古ではなく、月に2〜3回のものだった。それでも茶室にいる時は、私は茶道の手前に集中することで、落ち着きを取り戻すことができた。稽古をしているうちに不安なことを忘れることができ、茶道の時間は普段の生活からの避難所のようなものだった。

　海外から帰国後、茶道の稽古を再開するかどうか迷っていたが、結局、教会生活に関わる時間が多くなり、茶道を再び学ぶ機会はなかった。宗教に基づいた生活も、私たちに落ち着きを与えるものであるかもしれない。しかし、私の教会生活の現実は、必ずしも穏やかではなかったと言わざるを得ない。むしろ、全般的に見ると波乱に満ちたものだった。

　宗教との関わりは私にとって初めてのことで、更に私は常識に欠けていた。教会生活の初めの頃、私は周りの人たちに言われるがままに、ただ従っていた。病気の時でも必ず日曜日の礼拝には出席しなければならないと聞いた時、私は少し驚いた。教会に来るために歩くことができる限り、礼拝に出席しなければならないと言われたのだった。また仕事よりも礼拝出席の方が優先されるべきだとも言われた。

　私は違和感を覚えたが、鵜呑みにした。そして、私はまだキリスト教について何も分かっていないわけだし、聞いた時に理解できなくても、それが正しいはずだと考える必要があると思い直した。

　礼拝以外にも、祈禱会、英語聖書勉強会、喫茶店集会にも参加し始めた。私は従順で、教会のリーダーたちに容易にコントロールされていたと思う。英語聖書勉強会には、好奇心から参加してみた。何度かその勉強会に出席した後、牧師は私に言った。「あなたは勉強会に来るのが遅いから、ちゃんと時間通りに来るようにしてほしい。勉強会の通訳などの手伝いをしてもらいたいし、あなたには期待しているのだから」

　私はただ、いち参加者として勉強会に出ていて、いつも時間に間に

合っていたわけではなかった。勉強会は日曜日の朝の礼拝前に行われていた。私にとっては、いつも時間に間に合うように行くのは、負担を伴うことだった。私は牧師に言われたことに少し困惑したが、彼の要求に従わなければならないと思った。同時に、勉強会の通訳として評価されたことを、少し誇りに思った。何年か後になって、私は彼にそうするように誘導されていたことに気付いた。他の比較的若い教会員たちも、教会の各行事に参加することが期待されていた。

　牧師は非常に情熱的に説教し、神がどんなに自分に良くしてくれたかについて、よく語っていた。会衆に説教をしている間、彼は感情的になり、時に感極まって語るようなこともあった。それを聞いて私は、彼はとても素晴らしい経験をしていると思い、私も同じような経験をしてみたいものだと思っていた。私はとても単純だったため、彼の言葉を疑うことなく受け入れてしまっていた。それは、私がクリスチャンになった理由の一つだった。

　自分は失敗者だと感じていたから、神に寄り頼んで神から祝福を受けることが、自分が幸福を得るための最後の選択肢であるように思えた。そのため私は、牧師が私たちに語ったことに従おうとした。

　今振り返ると、牧師の態度はあまりにも劇的で誇張されていたように思う。それは自己陶酔していたようでもあった。私は彼に騙された部分もあると思う。一方で、私は彼が語ったことを心に留めておいて、後になって必要な時に、その語った内容を改めて考えてみるようになっていった。その新しい習慣は、私が自分自身で物事を考えて判断するように導いていくことに繋がった。

　ある日祈禱会で、牧師は祈禱会後の献金を充分に捧げていないと言って、私たちを叱責した。そして、信者は小銭ではなく紙幣で捧げることで、神に充分な感謝を示さなければならないと主張した。

　そこにいた一人は、牧師に反論した。収入に応じた月毎の献金（通常十分の一献金、または什一献金と言われるもの）を納めていれば、礼拝や集会にどれだけ捧げるかは、一人一人が決めればいいことではないかという意見だった。牧師はその意見を否定した。言い争いにはならなかったが、私は牧師の話に驚いた。

クリスチャンであるということは、これほど多くのことを要求される
のかと思った。私は一瞬そのように感じたが、その少し後には、私は感
じたことを呑み込んで、感じなかったことにした。そして礼拝や集会の
後に、最低額の紙幣の千円札を献金するようにした。以前、両親に言い
たかったことを言えずに呑み込んだのと同じような感じだった。私は自
分にとって権威を持つ人たちに言い返すことがとても怖くなっていて、
何も言えなくなっていた。

牧師は聖書勉強会に熱心で、いつも教会の人たちを彼の聖書勉強会に
参加させようとしていた。ある時、全ての教会員が「ピレモンへの手
紙」の講義を受ける準備のために、各自が前もって、その手紙の意味す
ることは何なのか、考察してくるように宿題が出された。その手紙は新
約聖書の中で最も短い内容のものの一つで、初期教会の伝道者、使徒パ
ウロが書いたものだ。

私たちへの宿題は、それを非常に注意深く読み、パウロの本当の意図
が何であるかを探ることだった。それは長い手紙ではなくて、その言わ
んとすることは明白であるように思えた。ピレモンはパウロの働きに
よって改宗した、ローマのクリスチャンだった。ピレモンにはオネシモ
という名の奴隷がいた。オネシモは何か悪いことをしたため投獄され、
たまたま同じ牢獄に囚われていたパウロに出会うことになった。

オネシモはパウロに従う者となり、クリスチャンに改宗した。オネシ
モは有用な人となり、パウロは彼をピレモンに送り返すことにした。パ
ウロはピレモンに、オネシモを奴隷としてというよりも、キリストにあ
る兄弟として受け入れるように求めた。私は手紙の大まかな内容は、こ
のようなものだと思った。

牧師の講義の前に、私たち一人一人は他の人たちに自分の見解を話し
た。どの人も大体同じような見解を語った。しかし、牧師は私たちのも
のとは異なる対照的な見解に基づいて、私たちに講義をした。パウロの
本当の意図は、パウロがオネシモの助けを必要としていたため、オネシ
モがいつもパウロと一緒にいられるようにしてほしいとピレモンに依頼
する内容であるということだった。

私はそれを聞いて驚き、恐ろしさを覚えた。私は自分が文脈から正し

い答えを引き出す能力が無いことに不安を感じた。その不安は、私の実存的問題に関わることだった。私はどのような状況であったとしても、正しい選択をする自信がなかった。それは、私の状況を判断する能力の欠如のために、誰かに騙されてしまうかもしれないという恐怖に繋がっていた。

　他の人たちも、牧師の言う「正解」にたどり着けず、その「正解」にしても牧師が自分で導き出したものではないことは明らかだった。彼は誰か他の人の考えを講義に利用したのだ。私は自分の誤りに、このような激しい反応をする必要はなかったと思うが、当時の私にとっては深刻な問題だった。

　私は牧師に、自分には聖書を理解する能力がないことが分かりショックを受けたため、もうこのような聖書勉強会には出席したくないと話した。牧師は困惑した様子で、私には何も言わなかった。私はいつも、自己主張することを躊躇していた。今思うと、その時自分が主張したいことを牧師に言うことができたのは、私にとって幸いだった。牧師に言えたのは、彼が私の親ではなかったからだと思う。私の親たちのような利己的な親の中には、子供に対して非常に無遠慮で、子供が親に何も話せなくなるほど威圧的な傾向がある人もいることだろう。

　当時私は、その教会に従っていくことが、私が満たされていくための唯一の希望であると信じていた。しかし、その教会に対する私の漠然とした疑念は高まったと言える。それ以来私は、盲目的な信者から、少しずつ自分で考えることができる個人へと変貌し続けている。

34 　仲　　間

　その教会では、教会員たちが互いに交流し合うことが勧められた。教会は家族であるということは、本当なのだろう。ある意味で私は、その教会にいた頃が私の人生で最も親密な人間関係を持っていたと言える。しかし、私の教会生活は落ち着きがなく、不安定なものだった。

　教会は、神の霊的な働きに重点を置くペンテコステの宗派に属していた。私が初めてそこに行って間もない時、牧師夫妻と何人かの人たちが、私に異言の賜物が与えられるように祈ってくれた。私は異言の賜物とは何なのか、分からなかった。私はただ成り行きに任せていた。しばらくして、私は奇妙なことを語り始めた。

　異言で語ることは、父（神）と御子（イエス）とともに、三位一体の神を形成する聖霊の働きの現れであると考えられている。異言の賜物が与えられると、その人は、人々が理解できない奇妙な言語を話し始めるようになる。これらの言語は、馴染みのない外国語や天国で天使たちが話す言語であると言われている。異言の賜物が与えられた後、そこにいた人たち皆が私を祝福してくれた。私は嬉しかった。

　しかし数日後、私は奇妙な状態に陥った。私が一人で家にいた時に、私は不意に何か不気味なことを話すようになった。それは頻繁に起こったが、私はすぐに牧師に相談しなかった。次の教会での祈禱会で、私は金切り声か呪文のように聞こえるおかしな異言で叫んでいた。私が何を叫んでいたのかは分からないが、何か異常なことが起きているのは明らかだった。

　牧師は、私が家でそういう状態になった時、なぜすぐに彼に相談しなかったのか、私に尋ねた。普通だったら、人が似たような経験をすれば怖くなって、牧師など誰か他の人に、すぐに相談しようとするのが自然だろう。言うまでもなく、私は自分のおかしな状態に驚いて、不快感があった。

　しかし私は、他の人の助けを求めることをしなかった。私はそうする

ことに慣れていなかった。また、その状態が私にとって、初めてではない感じを持っていた。高校時代に卓球部の夏季合宿で、図らずも奇妙な叫び声を上げたことがあった。それは、自分が他の人たちについていけないという恐怖から起きたものだと思う。

　その恐怖は、私と両親との間のストレスが多い関係によって、長年蓄積されてきた私の抑圧と怒りに強く結びついていた。この時の私の問題も、感情の爆発の一つの現れだと感じた。10代の頃でさえ、私の心は既にかなりの怒りを抱えていた。そのネガティブなエネルギーが私が30歳になった頃には、どれだけ多く蓄積していたことだろう。

　牧師は、私が異言で祈る時に、悪霊が邪魔をしているのだと言った。教会の人たちも何度も私のために、イエスの御名によって私が悪霊から解放されるように祈ってくれたけれども、あまり効果がないようだった。この私の霊的な戦いはかなり長い間続いたが、それでも時間が経つにつれて、次第に私の奇妙な異言は治まっていった。

　異言の賜物というものにどれほど重きを置くかは、それぞれのクリスチャンによって違ってくる。異言で祈っている間は非常な喜びに満たされて、前もって天国を経験しているようだと言う人もいる。私は一度だけ異言で祈り始めた直後に、瞬間的な恍惚を経験した。まだ二度目の同じような体験はしていない。普通は異言で祈っている間、特に私は感じるものはない。

　異言の賜物が与えられるように長い間祈っているのに、与えられないことを悩んでいる人たちがいる一方で、異言の賜物を霊的な賜物として認めない人たちもいる。いずれにしても、異言で話すことは一般的に、見境なくどこでも行っていい行為ではないと考えられている。

　私が受けたもう一つの霊的な関わりによる援助は、「内なる癒やし」だった。これは援助を受けるクライアントの人格の弱点を知るための手法を通して、クライアントと牧師などの援助者は、クライアントの心の傷が癒やされるために祈りを捧げる。

　まず援助者は、4種類の人のタイプを説明するチャートを用意する。クライアントは、4種類の中から自分がどのタイプに相当するかを探し出す。次に援助者は、各タイプの人々が持ちやすい傾向がある、特定の

弱点について説明する。そして二人は、クライアントが持っていると思われる弱点が軽減されていくように祈る。

　次のセッションでは、クライアントはこれまでの人生の中で、自分にとって傷つくような悪影響を及ぼした出来事をできるだけ多くリストアップして備えをする。そして、クライアントが他の人に何か悪いことをしていた場合、彼らは自分の誤った行いを告白して罪の赦しを神に祈る。そして彼らは、状況が許すのであれば、彼らによって傷ついたと思われる人たちと和解できるように祈る。

　逆のケースの場合は、クライアントは他の人たちからどのように傷つけられたのかを告白し、心の傷の癒やしのために祈る。それから、彼らは自分に何か悪いことをした人たちへの赦しを宣言する。どのようなケースの場合でも、これら全てのことのために祈った後で、出来事をリストアップした紙は燃やしてしまう。

　そのような援助こそ、まさに私に必要なものだと感じ、それをした後には私の暗澹とした心が明るくなることを期待した。しかし、状況はあまり変わることはなかった。第一に私は、自分が傷ついた出来事をはっきりと思い出すことができなかった。

　私の心の中には非常にたくさんの悪い思い出があったのに違いないが、ある一つの出来事しか思い出すことができなかった。私は子供の頃、メロンが嫌いだったのだが、父は私を捕まえて無理やり私にメロンを食べさせた。父は叫んだ。「何でお前はこんな美味しい果物を食べないんだ！　馬鹿な奴だ！」そして父は、メロンの一切れを食べ終わるまで、スプーンで私の口に繰り返し突っ込んだ。それは、私が８歳くらいの時に起こったことだが、私はリストにその出来事しか書くことができなかった。

　私はその援助を受けても、癒やされたという感覚がなかった。癒やされたとしても、その程度が小さくて、自分の変化を感じることができなかったのかもしれない。私は更に何度か同じ援助を受け、自分一人でも同じことをやってみた。しかし私は、「メロン事件」と同じような、幾つかの小さな出来事を思い出しただけだった。

　私の状態はまだまだ混沌としていて、自分の問題を具体的な言葉で説

明することができなかった。私は「内なる癒やし」の援助を通して、目に見えるような回復に導かれることはなかった。そのような援助を受けるには、時期尚早だったのかもしれない。

「内なる癒やし」だけでなく、他の相談のためにも、牧師はしばしば各教会員と個人的に面会していた。教会員は十数人くらいしかいなかった。私たち一人一人が牧師に面会を頼むこともあれば、牧師に呼び出されることもあった。そういう場合は、牧師が私たちに罪を悔い改めるように諭す場合が多かったと思う。人によって、どういう罪を悔い改めなければならないのかは異なっていたと思われる。

　私の場合は、度々牧師に「不信仰」という罪を悔い改めなければならないと言われた。私は自分の心の癒やしに充分な確信を持っていなかったため、私の否定的な態度は変わっていなかった。そのため、私は悲観的な言葉を口にしていたと思う。牧師によれば、私は神に祈ったのだから、私は既に癒やされているのだということだった。癒やされていないと言うならば、それは私の信仰が足りないのだと言われた。こんなふうに責められても、私はその教会以外に、頼りにできるものはなかった。

　牧師は、霊的な事柄はクリスチャンにとって極めて重要であり、聖霊以外のいかなる霊とも関係を持たないように注意する必要があると強調した。彼はバースデーケーキのキャンドルを吹き消すことでさえ、私たちの霊性に悪影響があると言った。何が良いのか悪いのか、自分では判断できないと思い、何かの選択に迫られた時は、いつでも牧師に頼るようになってしまった。

　数年後、私は牧師というのは、個人的に人々の問題や秘密を聞くという変わった仕事をするものだと感じるようになった。そもそも、その牧師が他の人たちの人生に干渉し過ぎていたのかもしれないが、何の躊躇もなくそのようなことができるのは、悪趣味だと思うようになった。このように感じたのは、私が周囲の人たちのことを客観的に見られるようになったしるしだとも言える。

35　奉 仕 者

　牧師は教会員は皆、神のしもべであり、クリスチャン一人一人が自分の教会のために何かできることがあるはずだとよく言っていた。私はその教会に奉仕することに深く関わっていった。教会員数はそれほど多くなかったため、私たちはできるだけ奉仕するように勧められた。

　私は小さな日本語ワープロを持っていたため、まず毎月の月報や伝道用のチラシを作成するようになった。まだ一般的にパソコン時代ではなかった。ワープロで印刷文書を作れる人は、当時はまだ限られていたため、役に立つ技能と言えるものだった。

　私はこの奉仕ができることを誇りに思い、こうして他の人たちの役に立つようになったことが嬉しかった。今思うと、それは自分の未熟さによる自己満足だった。しかし、その時は充足感があって、私の心の中の空洞のある部分を満たしているようだった。

　教会に奉仕することに初めて疑問を抱いたのは、礼拝堂として使われている家の改装工事の時だった。教会には私を含めて比較的若い独身者が5〜6名いた。教会は復活祭の日曜日に改装工事を計画した。礼拝の後、その教会員たちは改装工事をすることが期待されていた。

　家は木造で、改装は2つの部屋の間の壁を打ち壊し、1つの大きな部屋にするというものだった。これは大きな修繕で、このような作業に不慣れな私たちにとっては、大変なことだった。

　私は改装工事がうまくいくのかどうか心配で、復活祭の日曜礼拝に出席するのをためらっていたが、私はいつものように教会に行った。2名の若い教会員が礼拝を欠席しており、結局、彼らはその日に現れることはなかった。

　改装工事には何時間もかかった。結局、その日には全部終わらず、まだ残りの部分があったが、私たちは午後11時30分に解散した。

　次の日曜日の礼拝で、前の週に欠席した2名がそれぞれ礼拝堂内で会衆の前に進み出てきた。そして、改装工事に加わらなかったという罪の

赦しを会衆に請うた。牧師が彼らに、皆の前で悔い改めるように言った
のかどうかは分からない。

　彼らの告白を聞いた時、私は妙な気持ちになった。私が改装工事に参
加したのは、もし自分がその日に現れなかったら、他の人たちが私のこ
とをどう思うかと考えると、恐ろしくなったからだ。私は人からの評価
を気にしていたのだ。私がその作業に加わった動機は、それだけだっ
た。私は偽善者だった。

　欠席した人たちは、正直に自分の本当の気持ちに従っただけなのだろ
う。しかし、皆の前で自分の「罪」を悔い改めなければならなかった。
それ以来、教会のために奉仕することは、特に家族との関わりで時間が
取られることが少ない独身者にとって、より逃れられないもののように
なっていった。

　私がその教会に行き始めてから１年後、私は教会会計の奉仕をするこ
とになった。牧師夫人がその教会会計の奉仕を、他の誰かに引き継がせ
たかったようだ。私が簿記を勉強したことがあると彼女に言ったかどう
かは覚えていないが、彼女は私が簿記の知識があることを知っていた。
牧師夫妻は子供が多く、牧師夫人は彼らの世話をするのが大変だから、
他の人に会計をしてほしいということだった。

　後で分かったことだが、入信して間もない教会員が教会会計をするよ
うなことは、ほとんどない。結局私は、牧師夫人からその働きを押し付
けられたのだと思う。私はまだ従順で、自己満足を得るために、もっと
色々な役割を果たしたいと願ってしまう弱点を抱えていた。

　会計の働きは継続的な役割で、奉仕者が作業を怠ることは許されな
かった。私は自分の精神状態が悪化して、もうその奉仕ができなくなる
までそれを続けた。

　私が会計を引き継いでからしばらくして、別の女性が毎月の月報を作
るという私の役割を引き継いでくれた。私は引き継いでくれた彼女に感
謝した。しかし同時に、多少の喪失感もあった。後になって考えてみる
と、会計作業と同時に月報も作っていたら、とても困難な状態になって
いたに違いない。当時私は、もっと色々なことをやって、自分の欲求を
満たしたいという思いに突き動かされがちだった。

　私は時折、教会会計の働きをしていると、感情的に揺れることがあった。日曜日の昼食後に会計をするため、私は一人、小さな部屋で作業をすることになる。その間、他の人たちはまだ礼拝堂にいて、互いにおしゃべりをしているのだった。

　自分が家や学校など、色々な場所で孤独だったことを思い出した。まるで悪魔が私をあざ笑い、「ほら、見てごらん！　お前はいつも孤独で友達がいない！　ハハハ！」と言っているようだった。その声は、父の声によく似ていた。

　小銭を数えるのに時間がかかった。そのため、私は作業を楽にするために小銭を種類別により分ける、コインセレクターという道具を買った。私はその道具で作業効率が上がることを期待していたが、小銭は所定の場所に落ちる前に、途中で引っ掛かることが多かった。更に、小銭が落ちる時の音が不快に感じられた。私はその道具の使用を止めてしまった。結局、手で小銭を数える方が楽だった。

　私がそれを使わなくなってしばらくした頃、牧師夫人が私に電話をかけてきた。彼女は私に対して苛立っている様子で、何が起きたのかを話し始めた。教会をある家族が客として訪れ、彼らは私が会計作業をしている部屋に泊まった。彼らはそこで玩具のようなものを見つけ、それが彼らの子供たちのためのお土産なのかどうかを牧師夫人に尋ねたという。

　牧師夫人はその道具のことを知らなかったため、それが何であるのか確認するために私に電話をかけてきたのだ。私は彼女に、それは私が会計作業のために買った、小銭を選別するための道具だと言った。すると彼女は、私がまだそれを使っているのかどうか聞いてきた。私はもうそれを使っていないと答えると、牧師夫人は声を荒げて言った。「なぜあなたは教会のリーダーに相談せずに、そんな役に立たないものを買ったの？　許可もなく何かを買うなんていうことは、全く許されることではないんだから！」

　私はそれを買った理由を説明し、それがあまり高価ではなくて、普通の食堂で食べるランチの値段ぐらいであることを言いたかったのだと思う。それが道具の性能が悪かった理由かもしれない。

しかし私は、自責の念、孤独感、報酬もないのに時間のかかる会計作業に対する不公平感、そして牧師夫人に対する怒りなど、色々と感じている思いに圧倒されてしまった。私の未熟な心と頭はそれらの否定的な考えでいっぱいになり、牧師夫人に何も釈明することができなかった。私はただ黙り込み、不機嫌になった。

　次第に私は、牧師夫妻との人間関係が難しいものだと思うようになった。教会員はできる限り、教会に奉仕するよう期待されていた。夫妻はクリスチャンは皆、既に神から祝福を受けているのだから、そのお返しに教会で充分に奉仕することができると信じているようだった。

　しかし、現実はそのようにうまくいくものではなかった。その教会での奉仕で欠かせなかったのは、牧師夫妻の子供たちの世話や、食事の準備や家事など、牧師家庭を手伝うことだった。

　私は牧師夫妻に、子供の世話をするのは苦手だと話しておいた。普通は、子供好きな他の女性たちが子供の世話をしていた。その人たちが都合の悪い時は、私も子供たちの世話をするように頼まれることがあった。

　ある意味、牧師夫人は牧師よりも強かったかもしれない。彼女は意志が強固で、自信に満ち溢れているように見えた。牧師がそうであったように、彼女も度々、教会員に「より良いクリスチャン」になるよう説得しようとした。

　ある時、牧師夫人は唐突に、私が自分の弱さを克服するためには、神を信頼しなければならないと私に語った。そうすれば、私が自分の自己憐憫に囚われることなく、速やかに問題を乗り越えていけると彼女は諭した。その時の状況を私はよく覚えていないが、私が何か否定的な言い方をしたことで彼女が反応し、私をたしなめたのだと思う。

　私はその時、買い物の帰り道で、何かをするために教会に立ち寄ったのだが、長時間留まるつもりではなかった。私の買い物袋には、冷凍食品も入っていた。牧師夫人が私をたしなめている間、私は冷凍食品が溶けないかどうか心配だったが、そのことを彼女に言うことはできなかった。夏ではなかったため、冷凍食品は何とか無事だった。

　牧師夫人の言葉は理屈に合うように思えたが、私は言われた通りにな

るために、どうしたらよいか分からなかった。私はまた、神の大切な言葉を学んでいるにもかかわらず、自分が変わることができないでいることに、自責の念を抱いた。私は彼女の理にかなった主張に対して、何も言うことができなかった。

　牧師夫人は人とよく議論することがあり、人を自分の要求に従うように動かしていくのが得意だった。何人かの教会員は異口同音に、彼女の巧妙な説得力のため、彼女の要求を断ることができないと言っていた。私もその人たちと同じ気持ちだった。私たちは牧師夫人に対して感じたことを、直接言うのを躊躇していた。牧師は度々私たちに、教会の指導者たちを自分たちに対して権威を持つ者として、敬意を払わなければならないと言っていたからだ。

　牧師夫妻の末の子が生まれて以降、奉仕する人たちの状況は、益々せわしないものになっていった。日曜日の礼拝の後の状態は、制御不能のようになった。私もその内の一人だったが、昼食の準備、昼食、台所の片付けの時間には、従順な女性たちが、とても忙しく動いていた。同じ時には、牧師夫妻の子供たちと何人かの若い男性たちが、ふざけ合って騒いでいた。

　私たちの教会生活は穏やかなものではなかった。落ち着きを保つことは難しかった。私が対処できるのは、いつもその時々にしなければならないことに集中しようとするぐらいのことだった。毎週日曜日は、疲労を感じて終わっていた。私は「真面目なクリスチャン」のように見えていたかもしれないが、日毎の祈りや聖書を読む習慣などは、身に付けることができていなかった。

　他の教会員の人たちも、落ち着かない状況にうんざりしていた。ある若い女性は牧師夫人に言った。夫人はいつも何の躊躇もなく、彼女に何かをするように頼んでくるけれども、夫人の要求を断るのは難しいと訴えたのだ。少し年配の主婦の人2名も含めて、私たちは牧師夫人に対して、皆同じような感情を持っていた。主婦の人たちは度々、平日に牧師夫人の家事を手伝っていたのだ。

　私たち、教会での奉仕に疲れた女性たちは、牧師夫妻と教会での奉仕について、私たちが感じていることを話してみることにした。私たちは

皆、教会で何かをすることに忙しく、神に仕える喜びを失っていた。

　牧師夫妻は私たちの話に耳を傾け、状況を変える必要があると言った。それから、夫妻は私たちに謝罪した。その夜、牧師とその家族は、他の人が手伝うこともなく、なす術がなかったようだ。

　しかし、私たちの話し合いの直後に、驚くようなことがあった。私とほぼ同年代の女性が突然、おもに牧師家庭のために奉仕する献身者として、教会スタッフになることを宣言したのだ。牧師は、会衆の前で彼女の頭に手を置いて、彼女の献身のために祈った。

　彼女は教会の奉仕が軽減されるように、牧師夫妻と話し合った人たちのうちの一人だった。私は彼女が教会の献身者になりたいという願望を持っていること、そして子供たちの世話をするのが好きだということは知っていた。しかし、それでも、献身者としてその教会に奉仕するということは、大きな挑戦だと感じた。

　私はその教会スタッフになった女性と一緒に過ごすことが多かった。私たち二人は30代前半で、祈禱会に出席し教会で奉仕をしていた。ある時期、私は自分と彼女のために、夕食を作っていた。祈禱会の前に、私たちは教会で一緒に食事をするようになった。私は自分の食事の準備をする必要があったため、彼女の分も作ることを申し出た。食材を倍にすればいいことで、さほどの問題ではなかった。

　私は彼女とともに過ごすことも多く、彼女に対して良い人でいようとしていたが、彼女に対して妙な感情を持っていた。その時は、感じたことを言語化できなかった。しかし私は、私と彼女の間に起こることを「預言」していた。その時の私は、彼女との間の親密な関係を終わらせるだけの勇気と力がないと思っていた。しかし将来、その時が来たらもう彼女と仲良くすることはないだろうという確信があった。私は無意識のうちに、彼女は全ての人から良く思われたいのだと感じていたと思う。彼女は多くの人たちから称賛されたいという、隠れた欲望を持っているような気もしていたと思う。

　彼女の奉仕は牧師家族と深く関わっていて、その奉仕は教会の献身者としての訓練の意味もあったようだ。初めのうちは、彼女はやる気に溢れているようだった。しかしその後、彼女の状態は悪化していった。彼

女と牧師家族の間には、何か問題が起きているようだった。私は牧師夫人が彼女に厳し過ぎるのか、それとも彼女が牧師夫人の言うことに従わないのかなどと思った。実際は、彼らの間で何が起こっているのか分からなかったが、彼女が牧師家族に奉仕するスタッフになった後、何かがうまくいかなくなっていることは明らかだった。

　一方で、私の状態も悪化していた。私はまだ、自己実現していくために具体的に何かを追求する状態ではなかった。私にできることは、他の人たちが私に言ったことに従うことだけだった。教会スタッフになった彼女のような比較的若い人たちは、クリスチャンとして思い描く未来（ビジョン）、例えば宣教師やクリスチャン・カウンセラーになることなどを、他の人たちにも語っていた。私は自分の将来に何も思い描くことができず、「ビジョン」という言葉が好きではなかった。

　牧師は時々、私たち一人一人に、どういうビジョンを持っているのかと尋ねることがあった。私は何も答えることができなかった。自分が普通の平均的な人間になれたら幸せなのだろうといつも思っていた。私の自分の将来に対するイメージは曖昧で、これといった具体的なものはなかった。私の将来に対する思いは、幼い頃から全く変わっていなかった。

　私はいつも自分に対して権威を持つ人たちに従順であったか、少なくとも従順である振りをしていた。その教会でも、私の態度は変わらなかった。私は自分の自主性を育てる方法が分からず、自分はただ他人に利用されているだけだと感じていた。私のささやかな簿記の知識さえも、ひどく搾取されているように思えた。私は侘しさを感じ、神が私の将来に、自己実現の希望を持てるように助けてくださるかどうか疑問に思った。私はそれについて、確信を持つことができなかった。

　ある日曜日の礼拝の時、私は無力感に苛まれて泣いていた。私は自分がロボットのようだと感じていた。それもAIロボットではなく、他の誰かによって完全に制御されている従来型のロボットのようだということだ。

　その礼拝の後、牧師夫人が笑顔で私のところにやって来て言った。「イエス様から、あなたにメッセージが届いているわ。彼はあなたをと

ても、とても愛しているって」、「そうでしょうとも！」私は心の中で叫んだ。彼女は明らかに芝居がかった演出をして、私に取り入ろうとしているようだった。その瞬間、私の中の何かがプツンと切れた。

それまでは、牧師や牧師夫人に対して否定的な思いを抱くと、いつも自分の側に何か問題があるのだと思っていた。私が彼らに対して感じている全ての批判は、自分の不従順のせいだと信じていた。だから、間違っているのは私の方で、彼らが非難されるべきではないのだと思っていた。

私はまだ、自分の方に非があるという気持ちは払拭できないでいたが、牧師と牧師夫人に対する私の反抗心は、その時、かなり大きくなった。私はアルバイトの仕事をしていて、職場でも責任がある立場ではなかった。実際、私を含めて４〜５名のおもな奉仕者がその教会にいたが、私たち全員が正規雇用の労働者ではなかった。

ある時、私は牧師に尋ねたことがある。もし教会に来ている人たちが社会の中でそれなりの立場のある仕事をしていないと、人々に良い印象を与えられないのではないかと聞いてみた。牧師は答えた。「心配しないで。全ての教会の奉仕者は、あなたと同じだよ」本当なのかどうか、疑問は残った。

牧師の意見はともかく、私が必要以上に利用されているとするならば、正社員などの本格的な仕事に就いていないからだと思った。もし正規の仕事に就いたら、教会の奉仕をするための充分な時間はなくなるはずだと考えた。私はもっと責任が要求される仕事を探し始めた。

その頃、私は家庭で子供に英語を指導する教室を運営する会社から手紙を貰った。それは英語の指導者になるための情報だった。手紙を受け取ってしばらくして、その会社の人から電話がかかってきた。彼は私に、その仕事の説明会に来ることを勧めた。私は子供が苦手なため、そういうことには興味がなかった。自分が幼稚園や学校に行っていた時に、他の子供たちと打ち解けなかったし、大人になってからも、子供たちから見下されていると感じることがあった。しかし、説明会に出席するだけなら悪いことはないと思い、出掛けて行った。

数日後再び、その会社から電話があった。その担当者は、説明会での

テストの点数が高かったと私に言った。そしてもう一度、私が指導者になることを勧めた。私はまだそのつもりはなかったが、気が変わったら改めて連絡すると答えた。

　海外から帰国後、英語関係の仕事に就きたかったが、大人向けの英語講師のような仕事に就くのは困難だった。再度、仕事について真剣に考え始めた。英語の専門家になりたいと思うのならば、不確実性があっても、今、可能なものから始めてみようという気持ちになった。短期間で私の考えはすっかり変わり、英語指導者になるために、その会社と契約を結んだ。

36 　見せかけ

　自宅で英語教室を開くためには、色々な準備が必要だった。家でその仕事をするには、両親の協力も必要とした。私と両親の関係は膠着状態が続き、良い関係ではなかった。しかし私は、彼らとの関係を改善しなければならないと感じていた。それには、別の理由もあった。

　キリスト教会では、モーセの十戒を学ぶ。その中には、両親を敬わなければならないという教えがある。それに対して、私は複雑な思いを抱いていた。実際に私は、両親を赦し、愛し、尊敬しなければならないと言われていた。

　牧師は、私たちは無条件に、全ての人を赦さなければならないと主張した。私は両親を赦すことに問題を抱えていたが、どうしたらよいか、分からなかった。

　ある日曜日の礼拝で、牧師は奇妙な儀式のようなものを行った。彼は突然、「罪の悔い改め」を始めた。「ああ、主よ！　私を憐れんでください！　私が全ての罪から悔い改めることができますように！　私の汚れを聖めてください！　主よ、どうか助けてください！」彼はひざまずいて、叫んだ。それは、彼からの当て擦りのようにも思えた。「あなた方よ！　私は率先して、自分の罪を謙虚に悔い改めているのだ。あなた方も、自分の恐ろしい罪を悔い改めなさいよ」こんなふうに言われているような気がした。

　この儀式に対する私たち会衆の反応は、よく覚えていないが、牧師に倣って同じように罪を悔い改めた人もいたような気がする。私は、「ドラマチックな悔い改めのパフォーマンス」の力に圧倒されてしまった。私だけが牧師の当て擦りの対象だったわけではないと思うが、「両親を赦さない」という自分の罪のせいで心が痛み、礼拝中は泣いていた。

　これがあったのは、私が英語教室を始める少し前だったと思う。今振り返ると、私はあのような悔い改めの示威行為については、疑問を感じている。しかし当時、私はまだ愛と赦しに満ちた、良いクリスチャンに

なりたいと思っていた。少なくとも、自分がそういう人らしく見えることを願っていた。また、周囲の状況を客観的に観察する能力も欠如していた。

　英語教室を開くに当たり、自分の部屋を教室として使うために、父の許可を得る必要があった。私が両親に頼っていけば、私と両親の関係は良くなるのではないかと思った。それは両親との和解のための良い兆候のようであったが、同時に私の牧師夫妻に対する反抗心は、大きくなっていた。

　父は私が部屋で教室を開くことを許可し、母もそれに従った。両親は、私が手伝ってほしい時に、看板を作ったり、クリスマスイベントのお菓子を袋詰めすることなどを手伝ってくれた。私は良い娘の振りをしていた。そして両親も、良い親の振りをしていたのだと思う。

　私たちの関係は、感情的になることを避けて、事務的なものになっていた。無意識に私は、両親との間のトラブルを避けるために、彼らとの間に、ある程度の距離を保つようにしていたと思う。私は彼らに対して、良い人であろうと努力していたが、ぼんやりと私たちの間には大きな壁があると感じていた。

　約３年間、私は偽りの自分を演じていた。両親もそうだったと思う。その３年間だけ、両親と私は、ままごとをするように、普通の家族の振りをしていた。

　本当の自分ではない自分になろうとするのは、良いことではなかった。どうやって、そのような芸当ができたのだろうと思う。良い娘のように振る舞うばかりでなく、子供が好きな教師の振りをして、自分の抱えている矛盾に気付くことなく、別の人のようになるために、一生懸命努力していた。

　英語教室を開いた最初の年、私はかなりのストレスを感じていた。新しくできた英語教室の広告のために、私は近隣の家々の郵便受けに何千枚ものチラシを配布し、教室のポスターを貼らせてもらえる場所を町の中に探した。

　私の英語教室は、運営会社の支援も受けて、20名近くの生徒が集まり始まった。クラスの設定もひと仕事だった。クラスを作るのに、各生

徒の年齢と教室に来られる可能な曜日を考慮する必要があった。あるクラスは、近くの小学校の同じクラスの生徒5名で始まり、別のクラスは1名の生徒でスタートした。平日3日間で、全部で5クラスほどの授業をすることになった。

　生徒数が多く、収益が多く期待できるクラスを指導するのは、簡単ではなかった。クラスのメンバーは皆、仲が良く、騒いで楽しんでいた。それは学級崩壊のようだった。私は生徒に見下されていた。それに、クラスを効果的に導く能力が不足していた。その他のクラスの状況も、一番大きなクラスとあまり変わらなかったと思う。

　自分の自信のなさに加えて、普通の無邪気な子供たちと付き合った経験の少なさも影響していたのだろう。子供たちの保護者、主に母親たちとの付き合いにも困難を感じた。私は年齢や性別にかかわらず、人との付き合いが苦手だった。私に失望している保護者もいたと思う。しかし私は、あまりにも無力で、もっと良い指導者になることができなかった。

　教室を始めたのとほぼ同時期に、私は小さな商社の通信文書を扱う係としてアルバイトを始めた。教室の生徒数に応じて、変動しやすい収入を補うために副業に就くことができたのは幸いだった。自分の英語ライティングスキルも活かすことができた。その会社が新たにその係の正社員を雇うまで、教室を開いてから最初の2年間、私はその仕事をしていた。

　この仕事は、私のストレス解消のために役立ったような気がする。それとともに、すり鉢とすり粉木で落花生を挽いてピーナッツバターを作ることも、ストレス解消に役立った。自分の英語教室の運営に関わるプレッシャーに、どうやって耐えていたのか、今でも不思議に思う。恐らく、多くの弱点はあったものの、私はまだ若くてエネルギーがあったのだろう。

　英語教室を開く直前に、ある東北地方のキリスト教会が主催するカウンセリングセミナーに参加した。そのセミナーで学んだことは、私にとって非常に目新しいもので、すっかり魅了されてしまった。参加者

は、私たち一人一人が非常に貴い存在であるということ、また、誰でも
その人ならではの素晴らしい人生を送ることができるということを学ん
だ。簡単な心理療法、人の性格のタイプ、セルフイメージを改善する方
法などの講義もあった。

　講師の先生たちは、決して否定的な言葉を発することがなかった。先
生たちは、私たち一人一人が神の作品であって、私たちの過去にどんな
ことがあったとしても、誰もが非常に貴い存在であるため、期待する以
上に、私たちの傷が祝福に変わっていくのだと強調した。

　そのセミナーは３日間のセッションだった。その３日の間、私は天国
に住んでいるように感じた。楽園から戻った後、私は普段の日常生活に
戻り、何かが変化することもなかった。しかし、セミナーで体験したこ
とは、しっかりと心に残った。

　その頃、ある人が私たちの教会に加わった。彼女は、ある宣教団体の
クリスチャン弟子訓練プログラムを修了したばかりの若い女性だった。
牧師は、訓練を受けた若い女性を教会に受け入れることを喜んでいた。
私も、他の教会の人たちも、彼女が私たちの教会で、良い働きをしてく
れることを期待していた。初めて彼女に会った時、私は彼女に「恋をし
て」しまったような気がした。彼女は慎み深く、穏やかに見えた。

　受講したカウンセリングセミナーで、精神分析に基づいた人のタイプ
に関する講義があった。その理論によると、人には１歳未満のタイプ、
１歳のタイプ、２歳のタイプの３種類があるという。私たちは講義の中
で、参加者一人一人がどのタイプに属しているかを知るために、質問票
の回答に取り組んだ。

　私は、典型的な１歳未満のタイプのようだということが分かった。そ
のタイプは弱々しく、無力で、無防備な傾向を持ち、それは、私が持っ
ていたくないと思う性格の傾向だった。しかし私は、それらの傾向を
持っていることを認めなければならなかった。誰でも、どんなタイプも
素晴らしいと学んだからこそ、ある程度自分を受け入れることができた
と思う。また、子供の頃からそれまでに度々感じてきた、哀れを誘うよ
うな自分の状態に心を動かされたようだった。私は自分の中の小さな子
供のような部分に対して、少し前向きな気持ちになった。そして、私は

その若い女性に出会うことになったのだ。

　ほとんど意識することもなく、彼女が周囲にいる時は、私はまるで小さな子供のように振る舞い始めた。その子は長い間放置されてきた自分の一部のようなもので、突然、目を覚まして立ち上がったようだった。私は子供っぽい声で彼女に言った。「あなたのことが、好きになっちゃったの！　幼稚園の先生みたいなんだもん！」私は４歳か５歳の子供のように駄々をこね、分別がなくなり、小さなことで彼女に絡んだりした。私は、好きな大人にまつわり付く小さな子供のように、彼女に依存した。

　私は彼女に、私を「お姉さま」と呼ばせた。私は彼女に文句を言った。「本当はお姉さまのことを、変な人だと思ってるんでしょう？　でも、あなたはズルいから正直に言わないんだよね」私は彼女に「ヒヨコ」というニックネームを付けた。彼女は、その奇妙な名前で呼ばれることを許し、退行して子供のようになった年長者である私の保護者になったように扱われることも、受け入れてくれた。

　ヒヨコと一緒にいた時に、私はいつも子供のように振る舞っていたわけではない。退行して良いかどうかは、その度に慎重に判断していた。自分の本能が働いていたと思う。私は彼女に過度に依存しているため、彼女に嫌われたくなかった。私は彼女に傘をあげたり、昼食やアイスクリームをおごったりした。私は自分より若い人に、物をあげたり食事をおごったりしたことはなかった。私はその時、優越感に浸り、いい気持ちになっていた。

　ヒヨコが私から何かを貰うのをためらった時、私は彼女に言った。「あなたは、お姉さまの言うことが聞けないのか！」私の態度は偉そうだった。自分の知らなかった性質が、普通ではない状態の下で、現れたようだった。

　私は、自分の自我状態が変化する瞬間を自覚していた。退行した状態は一定時間続き、その後、ヒヨコより10歳ほど年上の普通の自分に戻るのだった。今も私は、自我状態が変化してしまうような精神の防衛機制の働きは、不思議なものだと思う。

　多重人格について、少し学んだことがある。多重人格を持つと言われ

る人たちは、本来の人格から別の人格に変わっている間に、何が起こっていたのか覚えていないと言う。私は、退行している間に何が起こったのか覚えていたが、その間は、まるで別人になったようだった。その自分は気持ちが楽になり、のんびりしていた。

　当時、私はストレスを感じ、しばしば吃音になることがあった。しかし、退行している間は、私はどもることはなかった。知らない間に防衛機制の働きにより、私は緊張状態からストレスのない状態に、自分を置こうとしていたようだ。

　私の奇妙な行動に対する教会の人たちの反応は様々だった。中には私をからかい、ヒヨコと一緒になって私を小さな子供のように扱った人もいれば、私の奇妙な行動を止めさせようとした人もいた。その時の私については、説明することは難しいが、そうならざるを得ない状態だったと思う。しかしその教会は、問題を抱えて混沌とした状況にある人間にとって、安全な場所ではなかった。

37 教会での苦しみ

　ある日曜日の夕方、私はいつものように教会で忙しい時間を過ごした後、帰宅した。数時間後、家の電話が鳴った。その電話は、少し前に結婚した、ある男性教会員からのものだった。彼は私に、どうしても個人的に話したいことがあるから、今、直接私に会う必要があると主張した。

　私は彼の言うことに何の疑いも持たず、外に出て、彼が近くの道路に駐車した車の中で私を待っているのを見つけた。彼は私が隣の助手席に座るように言ったが、私は後部座席に座った。私たちの牧師は、夫婦以外は男性と女性が隣同士に座ってはいけないとよく言っていた。私はその牧師の言葉にただ従った。

　車が走り始めた。しばらくの間その男は、私が教会でよく奉仕しているなどと、お世辞を言っていたが、次第にその話が変になってきた。男の妻は妊娠していて、家族が増えようとしていた時だった。男が何を言ったかは、よく覚えていないが、将来の苦労や重圧を想定して、泣き言を言っていたのだと思う。そして、男は車を停めた。

　そこは、河川敷だった。突然、男は運転席の背もたれを越えて私に近づき、私の顔を押さえて唇にキスをしてきた。それから奴は、私の服を剥ぎ取ろうとした。私は非常に驚いて、「神様、助けて!!」と叫んだ。

　間もなく男は正気に戻ったようで、たった今行った悪事について、私に謝罪した。私はなるだけ早く家に帰りたかった。既に午後9時か10時を過ぎていて、遅い時間になっていた。

　男はもうしばらく運転し、自分を落ち着かせようとしているようだった。私は男と二人きりで、車内に詰め込まれているという状況だった。そのため、予測できないことが起きるのを恐れて、できるだけ早く私の家の近くに私を降ろしてほしいと言うことができなかった。それを言うことさえ恐ろしかったのだ。時間が長く感じられたが、遂に車は私の家の近くの道路に戻った。

　男と別れる時、私は男に、その日の出来事については、誰にも話さな

いと言った。しかし、しばらくして私は、他の誰かに話す時は、事前に
知らせると訂正した。私はまだ、愚かなほどにお人好しだった。しか
し、自分の言ったことを訂正することができたのは幸いだった。

　翌日、私は職場にいる男に電話をかけた。そして私は、前日に起こっ
たことを牧師に話すと主張した。なぜなら私は、教会員の間に悪霊が働
くことを恐れたからだ。男はもう逃れることができないと悟ったよう
で、私が牧師に話す前に、男が自分で牧師に電話をして、前の晩に何が
起こったのかを話したという。

　男と妊娠中の妻、そして私の3人は、月曜日の夜に教会に呼び出され
た。まず、その夫婦が起こったことについて質問を受けて、その後、私
も別途質問を受けた。

　その時、教会には別の牧師もいた。教会は彼を協力牧師として招へい
し、主任牧師と一緒に教会の働きをすることを期待されていた。小さな
教会だったため、本当に別の牧師が、元からいる牧師と一緒に働くため
に来るのだろうかと思われていた。しかし、しばらく前に、協力牧師は
彼の新しい働きの場所に着任していた。そのため私は、牧師、牧師夫
人、協力牧師から質問を受けた。

　この3人は、これより前の夫婦への質問を通して、出来事の概要を既
に知っていた。私は出来事について、もう少し話を付け加えるくらい
だった。そして、男は私より年下だったが、教会で先輩格だった教会員
の一人として、男を信頼していたと付け加えた。

　今思うと、私は愚かなほど世間知らずだった。事件の起きたその日曜
日、男は遅くまで教会にいた。男は陽気な感じで、私たちに冗談を言っ
たりしていた。当時では珍しいことだった。私が教会に行くようになっ
た頃、男はリーダー的な存在だった。その後、男の信仰がかなり後退し
たようだったが、そんな中、男は彼と結婚することを望んでいた純情な
クリスチャン女性と結婚した。

　夫婦は日曜日の礼拝には来ていたが、夫は教会のことに関与するのを
なるべく避けていた。夫婦は通常、他の人たちと昼食をとることなく、
礼拝の後はすぐに帰っていた。

　その日曜日、男の行動は異常なほど愛想が良かった。男が私の腰に馴

れ馴れしく触れたため、私は男に「そんなことしないで！」と言った。
しかし私は、そのことを完全に忘れてしまっていた。あの出来事の後、
男が教会で既におかしなことをしていたのを思い出すのに、しばらく時
間がかかった。私はもっと注意する必要があったが、そうすることがで
きなかった。私は、父の態度を通して、男性の心の闇を知っていた。し
かし私は、人の心の闇が社会の中で、具体的にどのように現れるのか、
想像することができなかった。私の常識は、欠落していた。

　それでも私は、男のしてはならない行為の犠牲者であると信じてい
て、教会の指導者たちに慰められることを期待していた。しかし、私が
期待したような展開にはならなかった。彼らは私が苦い経験をしたこと
は認めたが、牧師は、私がその頃、子供のように振る舞っていたこと
で、私を非難した。そして牧師は、男が私を犯そうとしたのは、私の奇
妙な行動によって誘惑されたからだと結論付けた。だから、私も自分が
教会でおかしな振る舞いをしたことを、悔い改めなければならないと
言った。

　牧師夫人と協力牧師は、牧師に同意しているようだった。牧師夫人は
繰り返し首を縦に振って、心の中で「そうよね、そうよね」と言ってい
るようだった。その時の彼女の様子は、決して忘れることはできない。
私は、自分の味方は誰もいないということに、気付いていたと思う。

　私への質問が終わってから、夫婦が加わって、私、男、その妻は、
各々自分の良くない行いを告白し、お互いに赦しを宣言した。その後、
協力牧師は私たちのために祈った。男の妻はずっと泣いていた。彼女も
何か牧師に責められたことがあったのかどうかは分からない。しかし彼
女は、打ちのめされた状態だったと思う。

　このような場合は、普通、指導者に従うことしかできないと思う。し
かし、問題は複雑で、速やかに解決できるようなものではない。

　牧師は度々、口で告白することにより、私たちの心が変わり、精神的
な解放に導かれると言っていた。たとえ告白する言葉が、私たちの感情
に添うものでなかったとしても、告白した後には、私たちは罪から解放
されるというのだ。

　私は牧師の言うことに従うほかなかった。私は教会で子供のように振

る舞ったという、誤ったことをしたと認めなければならなかった。そして私は、その状況に合うように言葉を並べて告白した。しかし後になって、私は自分の罪を告白している間、私の本心とは一致しない、偽善的な言葉を発していたことに気付いた。その時ばかりでなく、いつでも、私がうわべだけの告白をしても、精神的な解放につながったことはなかった。

また、自分が被害者であると信じていたにもかかわらず、教会の指導者たちから、自分自身も罪を悔い改めなければならない罪人として裁かれたことに対する不快な感情を押し殺していた。私のような世間知らずな人間にとって、あのようなひどい出来事が教会で容易に起きるなどということは、想像もできないことだった。一般的に教会は、そういうことが最も起こりそうにない場所だと考えられていると思う。

協力牧師は、ストレスを和らげることができるように、いつか自然の豊かな場所へ行って、一緒に祈ろうと男に言った。その協力牧師の言葉が、男に対して非常に優しく聞こえたため、私は不快に感じた。

他にも不快感を持ったことがあった。教会の指導者たちは、罰として夫婦が次の聖餐式（パンとぶどう酒、またはぶどうジュースを会衆で分けて飲食する儀式）に参加することを禁じると、私たちに言った。私は儀式に参加するのが相応しいかどうか、自分の状況を考えて決めるように言われた。

その聖餐式が行われた日曜日、私は参加を控えたものの、夫婦は儀式に参加した。私は驚いて礼拝の後、なぜ彼らが聖餐式に参加したのか、牧師に尋ねた。牧師は、協力牧師が罰が厳し過ぎると考え直したため、夫婦は参加を許されたのだと私に言った。

牧師は、私がそのことを知らされなかったことに不満があるのを知って、前もってその変更について、私に知らせなかったのは、申し訳なかったと言った。私の本心は、牧師になぜ事前に変更したことを知らせてくれなかったのか、理由を聞きたかったのだと思う。しかし当時は力が足りず、いつものように、聞きたかった言葉を呑み込んでしまった。そして、牧師にもう一押し聞けなかったことを後悔した。もっとも、牧師は他者への配慮が欠けていただけの話なのかもしれない。

その頃私は、あるキリスト教の集会に出席する予定だった。牧師たちは、自分の過ちを悔い改める必要がある時に、知らない場所に行ったりするのは良いことではないと私に言った。私は彼らの言い分に釈然としなかったが、自分の気持ちを抑えて、彼らの忠告に従った。私は集会への参加をキャンセルしたが、開催日が近づいていたため、参加費は返金されなかった。

　教会には、同じように直前になってその集会への参加をキャンセルした人が、他に2名いた。そのうちの1人は、海外からの留学生だった。留学生のそのような費用は、教会が負担することになっていて、それは教会の方針だということだった。私はそれを聞いて驚いたが、牧師はいつも外国人を大切にしていたため、ある意味、理にかなっていることだった。

　もう1人は、本人が本当に参加できるかどうかを確認せずに、牧師がその人に代わって参加申し込みをしたということだった。牧師は、それは彼の手違いのため、牧師がその費用を支払うと私に言った。

　私だけが、費用の負担をしなければならなかった。それは大きな出費ではなく、安価なビジネスホテルで一泊するくらいのものだった。それでもまだ自分がその出費に関してこだわりがあるとしたら、大人気ない態度だと感じる一方で、嫌な出来事に加えて、費用の負担を私だけがしなければならなかったことが不愉快だった。

　私は、それまで以上に感情的になった。教会の指導者たちが近くにいると、私は不機嫌になっていたと思う。そのため、彼らは再び私を呼び出して、私の状態を尋ねた。牧師と協力牧師がそこにいた。私は、嫌な出来事の後、被害者としてきちんと扱われなかったと感じた気持ちについて、辛うじて少し話したような気がする。

　牧師は、私が参加できなかった集会の費用を支払わなければならなくなった時に、彼が私に、何か気に障ることをしたかどうか、私に尋ねた。そして、もしそうなら、彼は私に謝罪すると言った。牧師がこのように他人に譲歩することは、めったになかった。協力牧師が牧師に、私を落ち着かせるためにどうすればいいか、アドバイスをしたのかもしれない。支払った費用について気が済んだわけではなかったが、これ以

上、執着するのは無意味だと思った。

　また、私が行けなかった集会は、内容が難しいもののようだった。参加した人から、その概要を聞いた。講師の先生は祈りの重要性を強調し、神が毎日私たち一人一人に語られることを、正確に書き残していくことが必要だと語ったという。当時、私は毎日の祈りの習慣さえ身に付いていなかった。そのような教えに従うことができないのは、明らかだった。

　誰でも参加できる集会だと言われていたが、実際は、おもに教会の指導者やスタッフ向けのようだった。とにかくその集会は、私が参加するようなものではなくて、行く必要もなかったと思った。

　当時一番辛かったのは、誰にもあの出来事のことを言えないことだった。もちろん、当事者たちは、そのことについて話すことを禁じられていた。教会員の人たちの中には、私がいつもと違い、何かおかしいと気付いて、私を励まそうとする人もいた。しかし私は、その人たちに作り笑いをすることしかできなかった。

　その時の孤独は、私が父からひどい仕打ちを受けた時の寂しさと似ていた。しっかりと理性を保っていないと、自分が電車の前に飛び込んで、自殺するのではないかという気がした。そのため私は、駅のホームの中央の部分を、気をつけて歩くようにしていた。

　私はいつものように仕事に出掛け、子供たちに英語を教えた。落ち込んでいる間に、他にやることがあったのは幸いだった。何か他のことに集中しなければならない時に、嘆く余地はない。自分の痛みをあまり注視しないようにして、先のことは考えずに、日々を過ごした。

　しかし、更に悪いことに、教会である出来事があった。私と年齢が近い教会スタッフになった女性が、突然、他教会の男性と婚約したのだ。牧師家族に奉仕する働きを免除された後、彼女は明るくなり、彼女が以前行っていた教会で一緒だった男性と再会したからだ。

　以前の働きから解放された後も、彼女はまだ教会スタッフだった。教会の指導者たちはあの嫌な出来事の後、彼女に私と一緒に教会会計を担当するように指示した。

　それ以来、私は会計作業をしている間、彼女に対して苛立つことが

あった。その理由の一つは、私の精神状態が悪かったことであり、もう一つの問題は、お互いの相性が悪かったのだと思う。彼女は、私が次にやる事を指示する前に、何か先走ってやろうとしていた。すると私たちは、前の作業に戻らなければならなくなるのだった。

　私は教会で起こっている全てのことに、不満を感じているような状態だったため、彼女にも怒りを表していたと思う。時々私は、彼女に厳しい言葉を発していた。すると彼女は私に、「あなたの気持ちが荒れていても、あなたを愛しているからね」というふうに答えた。そう言われると、私は更に苛立った。

　ある日私は、彼女にもうすぐ結婚するのかどうか、尋ねた。彼女はそれを否定し、結婚の予定などはないと言った。しかし、少なくともその頃には、彼女の結婚話はかなり進んでいたに違いないと思われる。

　実は私は、彼女がある男性と久し振りに再会するという場面を見ていた。彼は思いがけずその教会を訪れ、彼女に再会したのだった。私たち二人が礼拝後に会計の作業をしていた時だった。彼はまだ教会にいて、興味深そうに彼女の教会生活について、色々と尋ねていた。私は、私たちの作業が邪魔されているように感じた。

　その後しばらくした頃に、彼女とその男性との婚約が発表されたのだった。私は頭を鉄の棒で殴られたような気がした。私はその日一日じゅう、ずっと項垂れていたと思う。彼女は私のところに来て、結婚について本当のことを私に言わなかったことを謝罪するとともに、言い訳もした。教会では、いつでも他の人に本当のことを言えるわけではないと彼女は主張した。

　そうでしょうとも！　私だって、自分の苦しい状況について誰にも言えないために、大きな問題を抱えていたのだ。本当のことを言えないというのはよくあることで、普通は大人にわざわざ説明するようなことではないだろう。

　彼女は、その日に婚約発表をすることになった経緯について、私に話した。私は彼女が何か子供をなだめるような言い方をしているように感じた。それは、私が教会で子供のように振る舞っていたこととは関係が無い。私は、彼女に見下されているような気がした。彼女にどう答えた

のか、覚えていない。

　その日、私の落胆はピークに達した。しかし私は、静かに耐え忍ぶことしかできなかった。これは私が幼い頃からの、苦しみに耐えるためのスタイルだった。私はただ、次の日の夜明けが来ることだけを願った。

　彼女は結婚までの間、更に数ヶ月間、その教会に来ていた。ある祈禱会の時に、彼女は何か問題がある関係だった父親に対して謝罪し、お互いに和解することができたと語った。そして二人とも、とても幸せな気持ちになったと付け加えた。

　彼女が私に当て擦りをするつもりだったかどうかは分からないが、私はその言葉を聞いて不快な気持ちになった。再び私は、両親を赦せない人間として、彼女を始めとする多くの人々から非難されているように感じた。両親を赦さない限り、私は決して祝福されることはないし、結婚もできないと言われているような気がした。その代わりに、私は困難な状況に陥っていた。あの頃は、自分が呪われているような気がしていた。しかし私は、どうすることもできなかった。

　彼女の結婚式の日が近づいてくると、彼女は、彼女の新しい教会、新しい牧師、そして新しい教会の仲間を自慢し始めた。彼女と一緒にいるのが誰であろうと、教会がどれほど麗しいか、教会の人たちとの交わりがどれほど素晴らしいかなどと強調するようになった。

　彼女の周りにいる人たちは、ただ頷いて「そうなの？」と言っていた。彼女はあまりの喜びで有頂天になっているのか、それとも、これからの結婚生活に何らかの不安を感じているからこそ、明るい未来を強調しなければならなかったのだろうか。彼女の振る舞いが不自然に思えたため、私はそのように考えてしまった。

　彼女との出会いは、不幸なものだったかもしれない。時が来たら、もはや私は彼女の友達ではなくなるという私の「預言」は実現した。しかし、ただ一つ、私が彼女に感謝していることがある。それは、彼女がカウンセリングを学ぶことができるように、キリスト教に基づいたカウンセリングスクールを探してほしいと牧師に頼んだことだ。それで、私もその学校のことを知り、学び始めたのだった。それ以来、私はその学びから、相当の恩恵を受けている。

38 かすかな光

　教会スタッフだった女性が教会を去った後、私は再び、全ての会計作業をすることになった。私はしばらくの間、一人で作業をしていた。しかし、教会の指導者たちは、他の人に会計を引き継いでもらうことにすると、私に言った。彼らは、私がもはや、その奉仕をするのに適していないと考えたのだろう。会計作業から解放されたのは、幸いだった。その決定がなされたのは、むしろ遅過ぎたように思われた。

　私は教会から、聖書の言葉が彫り込まれた、木製の壁掛け装飾品を貰った。私はそれを日曜日の礼拝の時に、皆の前で受け取った。牧師は、この私への贈り物は何年もの間、会計をやってきた私の労力に対して、感謝を表すものだと言った。また、今は私がその奉仕をすることができない状況であるけれども、私が怠りなく奉仕をしたことに、教会からのねぎらいを表すものであると付け加えた。

　このように、贈呈品で私に謝意を表そうというのは、協力牧師の考えだったと思う。教会スタッフだった女性の結婚式の後、彼はさすがに、私が気の毒だと思ったのかもしれない。感謝の言葉と贈り物を貰ったのは、悪い気持ちではなかったが、私はまだ深く落ち込んでいて、喜ぶことができなかった。

　会計作業をしなくなってから、私は主任牧師の夫人と話す機会が減った。その代わり、ある主婦の人と一緒にいる機会が増えた。彼女は私より20歳近く年上で、私にとって少し若い母親のような存在だった。私が落ち込んでいる間、彼女は度々、私に優しく話しかけてくれた。そして、私たちは次第に親しくなった。

　彼女は私に、彼女のことを「お母さん」と呼ぶのを許してくれた。更に私は、彼女を「お母さんママ」と呼ぶこともあった。

　ヒヨコとの奇妙な関係は、まだ続いていた。他の人たちには気付かれないようにしていたが、嫌な出来事の後の孤独に耐える時に、彼女に依存するのを止めることができなかった。

　お母さんママと一緒にいる時は、私はまるで中高生のように振る舞った。私は彼女に、毎日の生活の中で起きたことなどについて、よく話をした。私の話を聞いてくれる人が必要だった。私は自分の母親と、気軽な会話をすることはほとんどなかった。そのためか、自分の気持ちを言葉に表すことがとても難しかったのだと思う。お母さんママとおしゃべりすることで、私が本当に感じたことや考えたことが、自分で理解できるようになっていった。

　その教会で、まるで天使のようなこの二人の女性に出会えたことは、真に感謝すべきことだ。彼女たちとの関わりは、私の家での会話の経験不足を補った。数年間のこのような関わりの後、私はある程度、この社会に馴染むことができたという感じがした。

　それ以外にも、私が以前参加した3日間のセミナーを主催したカウンセリングスクールが開講する、カウンセリング・ロールプレイクラスに参加することにした。私は偶然、そのようなクラスが週に一度、私が通える場所で行われていることを知った。他の人たちに言いたいことを話すことを通して、痛みから解放されたいと願う私の思いが、そのクラスへの関心を高めた。

　私はまだ、自分の教会の指導者たちを恐れていた。そして、彼らに従順でなければならないと思っていた。他の教会の主催するクラスに私が参加することで、主任牧師を怒らせたくなかった。彼が本当に怒るかどうかは分からなかったものの、私は主任牧師の反応を恐れていた。

　その時点では、私は自分が教会の指導者たちに支配されていることに、完全には気付いていなかった。私はいつも、自分より上の立場の人の顔色をうかがっていたが、それは私にとってとても自然なことで、考える間もなく、無意識にそういう行動を取るようになっていた。いつものように、教会の指導者からクラスに参加するための許可を得なければならないと思った。

　許可を得たいと思った時、たまたま主任牧師は不在で、協力牧師だけが教会にいた。これは私にとって幸いだった。このような話をするには、主任牧師より協力牧師の方が楽だった。協力牧師は私がクラスに参加することを許可し、その私の希望を主任牧師に説明し、必ず認めても

らうことを約束すると言ってくれた。

　私はそのロールプレイクラスで、カウンセリングを学び始めることができた。初めて教室に入った時は、とても緊張していた。私は他の多くのクラスメートに比べて、若い方だった。更にそのクラスは、カウンセラーを目指す人たちのための学びの場として設けられているものだった。そのため、私のように自分の問題を他の人に聞いてもらいたいだけの人は、その学びに参加するのに相応しくないように思えた。

　このような学びに参加することは、私にとって大きな挑戦だった。それでも私は、参加することを選んだ。人とコミュニケーションすることは苦手だったが、以前、そのカウンセリングスクールが開催した、3日間のセミナーに参加した時の幸福感を思い出していた。また、私のような本物の心理カウンセリングのクライアントのような人間に対処することは、他の参加者の人たちにとって、良い学びの機会になることもあるだろうと考えて、自分もクラスに参加する意義があると、自分に言い聞かせ続けていた。

　学びの第一段階は、クライアントを受容する姿勢で行う傾聴スキルの練習だった。私たちは、問題を抱えている人に対して、どうしたらいいのか、何かアドバイスをしたいという衝動を持ってしまうことが多かったが、クライアントにはアドバイスをしないように教えられた。

　まず、クライアントの話を遮ることなく真剣に聞くことが、カウンセラーにとっての基本であるという。このような練習は、参加者に忍耐力を与える。同じように参加者であるクライアントは、相手に遮られることなく、色々なことを話していくうちに、徐々に自分の問題解決につながる道筋を見つけていく。私たち一人一人がカウンセラーとクライアントの両方の役割を経験し、その経験を通して大きな恩恵に浴することができる。

　私は他の人たちに、自由に色々なことを話すのに慣れていなかった。最初の頃、クラスで何を話したか、覚えていない。しかし私は、少しずつロールプレイに慣れていった。言うまでもなく、中断されないで色々なことを話せるというのは、そうでない場合と比べると、はるかに楽だった。それは、非常に長い間、ほとんど自己主張ができなかった人間

にとって、画期的なことだった。私の教会の二人の女性、お母さんママ
とヒヨコとの奇妙な関係とともに、私は一歩一歩回復していった。

　時々、そのカウンセリングスクールを主催する教会の主任牧師のT牧
師が、私たちのクラスに見えることがあった。彼は私たちのために、講
義やカウンセリングのデモンストレーションを行った。質疑応答の時間
もあった。

　その教えは素晴らしかった。T牧師は雲上人のようだと思っていた
が、彼は非常にユーモアがあった。更に、人間の本質というものを理解
するために必要なことを、人々に納得させる手法は見事だった。彼が機
知とユーモアに満ちた話をしている間に、私たちは新たな気付きが与え
られ、励ましを受けた。

　クラスに参加するようになってから、T牧師のことが少し身近になっ
たと感じた。私は、お母さんママ、ヒヨコ、私、そしてT牧師からな
る、私の想像上の家族を思い描いた。私には優しい母親、優しい妹、そ
して素晴らしい働きをしている父親がいることを想像した。いつも家に
いなくても、そういう父親の存在は、私にとって意義深いものであると
考えるだけでも嬉しくて、幸福感を得ることができた。

　　回復の道程

　私がクリスチャンになって間もない頃、海外から2名の女性伝道者が、私たちの教会を来訪した。その伝道者たちは、礼拝時に霊的な関わりを通した働きを行った。その働きの間、カナダ人の伝道者は、会衆の中のある人が、その父親からの侮辱的な言葉のため、ほとんど自信を失った状態であると、私たちに語った。そして彼女は、神はその人をとても愛しているから、その人の胸に刺さった侮辱的な言葉のナイフを、引き抜かれようとしていると付け加えた。それから、彼女はそのために祈りを捧げた。

　その直後、私は胸から喉にかけて、電気ショックのようなものが流れるのを感じ、何かを叫んでいた。礼拝堂にいた人たちは、私に何かが起こったことに気付いた。私は日系アメリカ人で流暢な日本語を話す、もう一人の伝道者に付き添われて、別の部屋に移動した。

　彼女は、私に何が起こったのか、そして、それがどういう感じだったのかを優しく私に尋ねた。私は彼女に、その時私の経験したことについて、おどおどと答えるとともに、その場で思い出せる限りの私と両親との間の問題を語った。

　彼女は私の話に注意深く耳を傾け、私の心の傷が癒やされるように祈ってくれた。また、私のために祈ることは、彼女にとっても祝福になるのだと言った。彼女は過去に、筆舌に尽くし難い、ある困難な状況のために、自分の娘と別れなければならなくなったことがあったという。最終的に、彼女は娘と再会することができたが、彼女の、その別離の経験によって引き起こされた痛みによるトラウマが消え去ることはなかった。彼女は、自分の娘に似たような状態である人のために祈ることを通して、彼女のトラウマが更に癒やされていくのだと言ってくれた。

　そのような話は、聞いたことがなかった。霊的なショックを受けたこと以外に何もしていないのに、他の人の役に立つことができたのは、少し嬉しかった。また、神が私のことを忘れてはいなくて、奇跡的な出来

事を通して憐れみを示されたことに感謝した。

　しかし私は、自分の心に何か変化が生じたとは思えなかった。霊的なナイフが胸から取り除かれ、心の癒やしのために祈りを受けたにもかかわらず、私の心はまだ重く、暗澹としていた。私は、恐らく自分の側の問題のせいで、トラウマから解放されなかったのだと自分を責めた。私の心は、恵みの雨を吸収して、潤うことができないような硬い土壌のようだったと言える。

　ところが、私が自由に話せる機会を持つようになってから、次第に私の心が柔らかくなり、恵みを受けることができるようになったと思う。信頼できる人たちとおしゃべりするのは楽しいこと、そして、安全な場所にいる時は深刻なことを話しても大丈夫なのだと分かるようになった。

　私は落ち着きを取り戻し、自分をもっと客観的にとらえて考える能力が湧いてきたようだった。周囲の環境への適応力も少しずつ改善し、暗澹とした気持ちも軽快になっていった。

　自分の劇的な変化に初めて気付いたのは、家で洗った食器をふきんで拭いている時だった。それまでに感じたことのない、妙な感覚に襲われた。私の人生に対する態度が、心配性で取り越し苦労が多く、否定的、悲観的、臆病で怠惰であり、建設的ではないことに気付いたのだ。それはまさに、母の態度と同じようなものであった。

　私は物心がついてからは、自分は決して母のような人間にはなるまいと思っていたのに違いないのだが、私の態度が、なんと大嫌いな母に似ていることが分かったのだ。私の驚きは、言い表しようのないものだった。

　しかし、落ち着いて考えてみると、私は20代後半までほぼ毎日、母と一緒にいたのだから、母に似てしまうのは仕方のないことだと思った。私の置かれた立場では、いつも母がしていることを見るのを余儀なくされていた。私の考え方や行動は、自分で意識することもなく、母のようになっていった。

「なんて癪に障ることだろう！」私は心の中で叫んだ。しかし同時に、それまでの私の人生が問題だらけだったのには理由があると知って、安

堵したことも確かだ。母のような人にとって、社会に適応していくこと
は、非常に困難だろう。そういう人は、どのような人間関係であって
も、避けようとしてしまうことが多いと思われる。

　私が既に母のようになってしまったことは悲劇だったが、一方で、そ
れは私が悪いのではなく、私が理由もなく除け者のようになったのでは
ないことが分かった。私は生まれながらに呪われているわけではないと
いう事実から、慰めを得た。

　私は教会の祈祷会で、私の得た新しい自己理解を他の人たちに明かし
た。協力牧師は、少しでも前向きになっている私を見るのは初めてだと
言った。それは、私がいつも否定的だったという意味だ。私は彼の言葉
に不快感を覚えたが、私の実情は彼の言ったことに近かったのかもしれ
ない。

　その頃私は、家の近くで開催されるキリスト教の集会に、時々足を運
んだ。ある集会のセッションで、アメリカ人の講師が、ある人たちに会
場の壇上に登ってくるように促した。それは第二次世界大戦中、1945
年3月10日に起きた、アメリカ軍による東京大空襲で、本人や家族が
被害を受けた経験のある人たちだった。

　当時は1990年代で、20年以上前のことだ。家族や親戚を空襲で失っ
た人たちは、今日よりも多かった。また、祖父母が戦争で亡くなった若
い世代の人たちもいた。

　何十人もの人々が、壇上に登った。私は自分の席から、壇上で何が行
われているのかを見ていた。講師は、通訳を通して一人一人の体験を聞
き、戦時中にアメリカが犯した罪を、一人一人に謝罪していたようだっ
た。講師は泣いているように見えた。最後に彼は壇上で土下座して、会
場にいる全ての人々に謝罪した。最初から最後まで、その一連の全ての
過程にはかなり長い時間がかかった。私はその成り行きを見ていただけ
だったけれども、次第に妙な気持ちになっていった。

　それより前の年の集会で、同じ講師が、広島と長崎の原爆投下による
被災者に対して、同じようなことをしたと記憶している。私にとってそ
れらの出来事は、自分に関わりがあるように思えなかった。それらの都
市は、私が住んでいる日本国内にあるものの、その場所は遠く、親戚や

友人もいなかった。

　しかしその時は、東京大空襲についての話だった。それは私の住む地域に近い場所で起こったことで、私にとってより身近に感じられるものだった。以前、母が言っていたことを思い出した。徴兵された母のお兄さんが戦争から帰ってこなかったことや、戦時中に農村地域に疎開した時に、地元の人にいじめられたと言っていた。私の父は中国の前線に送られ、連合国と戦った。父はめったに戦争について話すことはなかったが、一度だけ姉と私に、戦闘中に何人かの敵を殺したと言ったのを覚えている。

　私は米国に対して、何ら敵意を持っていなかった。しかし私は、父や母の精神面が破壊された理由の一つが、あるいは戦争中の彼らの体験であるのかもしれないという考えに達した。細かい因果関係の成り行きはともかくとして、その講師は両親の代わりに、私に謝罪してくれたのだと思った。

　私は微動だにせず、席に座っていた。そうしている間に、私の心の中の一部分が温もり始め、私は泣き出した。あの講師が、これほどまでのことをしてくれたのならば、何でも赦さないわけにはいかないと心の中で叫んだ。再び私の心は、少し軽くなった。

　私が赦したのは父と母ではなく、彼らからの理不尽な関わりのために傷ついて惨めだった私自身だった。私が赦した自分自身というのは、傷ついて惨めさを抱えているために自分自身が嫌悪して認め難くなっていた、自分の一部分だった。私は、認め難くなっていた、その自分の一部分と和解したのだ。

　私は人に傷つけられた場合、本人から直接謝罪してもらわない限り、私はその人を決して赦すことはできないと思っていた。しかしその集会を通して、私は自分の問題には無関係な人が謝罪する場合でも、功を奏することがあると知った。

　赦すことによって、私たちは、憎しみから生ずる痛みから解放されることができる。そのため、クリスチャンは赦しの重要性を強調する傾向がある。しかし私たちは、他人から激しく痛めつけられるほどに、その人たちのことを赦すのは難しくなる。私を傷つけた人たちを脇に置い

て、長い間、私自身に無視されてきた、自分のある部分を認めてあげることだけでも、価値あることだと思う。無視していた自分のある部分を、自分の一部として受け入れることができたことで、安心と幸福感を得たように思う。

　私は、父と母を赦してはいなかった。しかし、まだ両親に対して「良い子」の振りをしていた。当時、両親の家の内部で開いていた英語教室のこともあって、両親との幾らかの関わりは、不可避だった。ある程度、心の重荷から解放された後、私は両親と和解しようとしなければならないと思った。なるべく彼らと一緒にいるように心がけ、たまには食事を共にした。しかし、私の見せかけは、長く続くことはなかった。

　後になって、私は自分の力の及ばないことを、しようとしていたことに気付いた。父と母にとって良い子の振りをしていると、自分が本当に考えていることや、何をしたいのかが見えなくなってくるようだった。私は未だ不確実な状態にあった。

　イエス・キリストは、人類を罪から救うために、十字架上で死なれたと言われている。私は別の解釈の仕方について、聞いたことがある。人々は、自分に悪いことをした憎む相手に復讐する代わりに、彼を刺し通して殺したのだという。イエスは、他の人たちに憎まれている人々の、身代わりとなったと言える。他人を憎んだり、他人から憎まれているのは誰だろうか？　私たちは皆、どちらのグループにも属する可能性があると言えるだろう。

　私たちの罪のために刺し通された人の傷によって、私たちは癒やされたという聖書の言葉がある。

　「まことに、彼は私たちの病を負い、私たちの痛みを担った。それなのに、私たちは思った。神に罰せられ、打たれ、苦しめられたのだと。しかし、彼は私たちの背きのために刺され、私たちの咎のために砕かれたのだ。彼への懲らしめが私たちに平安をもたらし、その打ち傷のゆえに、私たちは癒やされた。私たちはみな、羊のようにさまよい、それぞれ自分勝手な道に向かって行った。しかし、主は私たちすべての者の咎を彼に負わせた。」（「イザヤ書」53章4〜6節『聖書新改訳2017』）

　イエスの時代よりも前に書かれた、旧約聖書のこれらの言葉は、十字架にかけられたイエス・キリストを表していると言われる。ある映画を通して、私は2000年前に起こったその出来事を、追体験することになった。その映画の主人公の視点と自分の視点が重なったようだった。

　ジュダ・ベン＝ハーは、ユダヤの貴族の家庭の若い男性である。ユダヤはローマ帝国によって支配されており、そこに住む人々は、帝国の圧政の下で苦しんでいる。ジュダは、母親と妹と共に暮らしている。彼にはメッサラという名の幼なじみがいる。メッサラはローマ帝国の将校となり、成功を収めた者として故郷に帰ってくる。
　ジュダはメッサラとの再会を喜び、旧友の成功を称賛する。この二人の男性は、楽しい時間を過ごそうと一緒に出掛ける。彼らは馬に乗ってゆき、縦と横の線で形作られた、十字の形をした建物の壁を見つける。彼らは、イエスの十字架を連想させるような十字の中心に向けて、矢を放つ。
　楽しい外出の後、メッサラはジュダに、メッサラのように成功を収めることができるように、ローマ帝国に協力すること、更には帝国の市民となることを強く勧める。メッサラは、帝国がどれほど強大で先進的であるかを強調する。しかしジュダは、怒りを込めてメッサラの誘いを拒絶する。彼は、彼の古い友人が、完全に変わってしまったと感じる。ジュダは、ユダヤがローマ帝国に圧迫されていたとしても、彼は彼の同族の人たちから離れるつもりはない。
　ある日、ローマの将軍がユダヤを訪れる。彼と彼の部下たちは、ジュダの住居の前を通る道に沿って行進している。ジュダと家族が屋上から行列を見ている間、彼の妹が誤って屋根の縁から下の道に瓦を落とし、それが行進を阻んだ。
　ジュダは、それは過失であって、故意に行ったものではないと主張する。しかしメッサラは、ジュダと彼の家族を厳しく罰する。ジュダは、船漕ぎ奴隷にされるためにガレー船に送られ、彼の母親と妹は、牢獄に収監される。
　ジュダは他の囚人たちと一緒に砂漠を歩いていくが、彼は地面に倒

れ、意識を失いそうになってしまう。ある人がジュダのもとに来て、彼に柄杓から水を飲ませる。水はジュダの命を救い、彼は再び立ち上がって、歩き始める。

彼は船漕ぎ奴隷として苦難に耐え、そのガレー船が他の船と衝突した時も生き延びる。彼は事故現場から脱出し、ローマの属州に住む貴族のもとで保護される。その貴族には相続人がいなかったため、彼はジュダに、彼の相続人になってくれないかと提案する。しかし、ユダヤに帰るというジュダの決意は固く、彼は無事、帰郷を果たす。

ジュダは、母と妹が死んだと聞かされる。メッサラに対する彼の怒りは、彼をメッサラと争うために戦車競走に駆り立てる。激しいデッドヒートの末、ジュダはメッサラを打ち負かす。メッサラはレースの終盤に戦車から落下し、瀕死の重傷を負う。

メッサラはジュダを自分の病床に呼び出し、ジュダに語る。「お前の家族は生きている。地下牢にいるんだ。お前は自分が勝って、闘いは終わったと思っているんだろう。そうじゃない。終わっていないぞ。俺はまだ、お前に憎まれるだけの価値はあるぞ！」地下牢にいるということは、ジュダの母と妹が、重い皮膚の感染症にかかっていることを意味する。ジュダは再び、深い悲しみに打ちひしがれる。当時は、その病気にかかった人々は、社会から完全に隔絶されていたのだ。

ジュダの家の女性の召使いは、彼の怒りを静めようとする。しかし、彼の怒りは収まらない。彼は彼女に、砂漠で死にそうになった時に水を飲ませてくれた人がいたために、自分の命が救われたが、いっそ、あそこで死んでいた方が良かったと語る。

それでもジュダは、彼の母と妹を捜しに出掛ける。彼は家族のいる地下牢を見つけ出したが、そこで女性の召使いに出くわす。彼女は、内密に陰で彼の母と妹を援助してきたのだ。召使いは、ジュダと彼の母と妹を町に連れ出して、今注目を浴びている、病気の人々を癒やし、人々に希望の到来を告げる男性のところに行こうとする。

彼らが町に着くと、予想もしなかった恐ろしい光景を目にする。注目の男性は、鞭で打たれ、ゴルゴタの丘に向かう坂道に沿って、十字架を負って歩いている。一行は仰天する。しかし、ジュダの母と妹は、ひど

く痛み苦しんでいるに違いない男性の、憐れみ深い表情から、大きな慰めを得る。

　ジュダは、その人が、砂漠で死にそうになっていた時に、彼に水を飲ませてくれた人と同一人物であることに気付く。男性がつまずいて倒れた時に、ジュダは男性に水を飲ませようとするが、役人に阻まれる。

　ジュダは、丘の上まで付き従って行き、男性が十字架につけられて死ぬまでの一部始終を見届ける。そして、男性が十字架上で、「父よ、彼らをお赦しください。彼らは、自分が何をしているのかが分かっていないのです」と言うのを聞く。

　男性が息を引き取った後、雷雨が発生し、激しい嵐になる。ジュダは、翌日の晴れた朝に帰宅する。嵐の間に重い皮膚の感染症から癒やされた母と妹、それに女性の召使いが彼を待っていた。彼らは皆、その男性、イエス・キリストによってもたらされた、良い知らせを分かち合い、喜びで満たされる。

　私は、映画『ベン・ハー』のビデオを2〜3ヶ月の間に8回見た。私は、その頃には英語教室を閉じていた。収益を保つのが難しくなっていたからだ。私がしていたのは、協力牧師の夫人が出産を控えていたため、彼の家の手伝いに、度々行くことだった。実を言うと協力牧師は、彼の健康上の問題のために、私たちの教会に来るのを止めていた。彼の家を訪ねる以外に、特にやることがなかった。それで、私にはこの3時間以上の長い映画を繰り返し見るだけの時間があったのだ。

　私はその映画に魅了され、次第にジュダに感情移入するようになった。私とジュダは非常に異なっている。彼は屈強な若者で、彼の憎しみの対象も、私のものとは異なる。しかし、彼の苦しみは、私の苦しみを呼び覚ました。人によって痛みは異なるものの、何か共通点があるのかもしれない。

　ジュダが、十字架上でのイエスの死を見届ける間に、イエスが途方もなく大きな痛みに苦しむのを見て、私はある種の爽快感を持たざるを得なかった。その場面は恐ろしく、私は目をそらしたかった。しかし私は、自分の苦しみのある部分が、イエスが不当に罰せられたことで負っ

た傷に吸収されたと感じた。

　そのような回復過程を経て、私は少しずつ穏やかな人間に変わって
いった。そんな頃、私は東北地方にあるＴ牧師の教会で開催されるセミ
ナーのことを知った。そのセミナーは、「交流分析」を学ぶものだった。
交流分析のことはあまりよく知らなかったが、そのセミナーに、なぜか
非常に関心を持った。

　私は従順な教会員として牧師を怒らせたくなかったが、私はそのセミ
ナーに行って良いかどうか、彼に尋ねた。牧師は私に答えた。「あなた
が本当に神によって、そこに行くことを導かれているのならば、たとえ
私がいい気持ちがしなくても、私はあなたを妨げることはできない」彼
はＴ牧師の教えを通して現れた私の変容を、認めざるを得なかったのか
もしれない。

　私は旅行に行けることに、とても興奮した。そして、お母さんママと
ヒヨコに「あたしは、つばさ（新幹線の愛称）に乗って、Ｔ先生の教会
に行ってくるよ！」と言った。まるで本物の子供のように大喜びで、は
しゃいでいた。二人は喜んで、私の旅行が祝福されるように祈っている
と私に言ってくれた。私は旅行に出発したが、それは単なる旅行ではな
く、私が人生の新しいステージへ向かうための旅立ちでもあった。

40 出　　立

　大きな教会の入口の前に佇み、私は遂にＴ牧師の教会に来ることができたと思うと、涙が流れてきた。早速セミナーが始まった。講師は温厚な感じでやや年配のＳ教授だった。彼の講義は興味深く、私は一生懸命講義に付いていけるように頑張った。私が理解できる内容もあったが、理解するのが難しい部分もあった。それでも講義について、できるだけたくさんノートを取った。

　セミナーは土曜日に開催され、翌日の日曜日はその教会の礼拝に出席した。東京や首都圏地域から来ている、馴染みの顔ぶれにも会った。その人たちはカウンセリング・ロールプレイクラスの仲間だった。教会の人たちも、親切で好意的だった。

　厳かな礼拝に出席している間、私は、「あなたは自分自身を大切にしなさい。そしてあなたは、あなたに負担をかける人たちを、脇に置いておけばいいのです」という言葉が、私の心に刻まれるのを感じた。それは声ではなかったため、言葉が聞こえたわけではなかった。しかし、その言葉ははっきりとしたもので、それから何年にもわたり、私の心の中に常に留まっていた。Ｔ牧師の教会に滞在している間、私は素晴らしい時を過ごし、霊的にも満たされていた。

　次の日曜日、私はいつものように、自分の教会の礼拝に出席した。牧師夫人に、旅行はどうだったかと聞かれた。私は良い時間を過ごし、新幹線で２時間ぐらいだったため、思ったよりも近かったと答えた。彼女は、「えっ？　２時間も？　それは全然近くないじゃない」と言った。このように彼女は、他の教会について肯定的な話を聞くと、度々否定的に反応していた。

　牧師夫人は、教会員が別の教会に移ることを警戒していたようだ。しかし、私が通うのに片道２時間以上かかり、高額な新幹線の運賃を払う必要があるような教会に移るというのは、非現実的なことだった。牧師夫人は、普段はとても自信満々に見えるのに、おかしなことを言うもの

だと思った。

　実はその頃、ヒヨコが他の教会の伝道師と結婚することが決まっていた。私は彼女を妬んで、「あんたを殺したい！　でも、可愛いから殺せない」などと悪いことを言っていた。私はまだ、自分が結婚できないという状況に悩んではいたが、ある程度、心が癒やされていた。それにヒヨコは、いつも私を支えてくれていたため、最終的には彼女の結婚を祝福することができた。

　Ｔ牧師の教会への旅行から約１ヶ月後、私はセミナーで学んだことを復習した。セミナーで配布された資料や、セミナー中に取ったノートをもう一度読み返し、その時、分からなかったことを理解しようとした。難しい部分は何度も繰り返し読んだ。

　私は、交流分析に基づく「ゲーム理論」に着目した。ゲーム的交流では、一つのグループが「コン」を提供し、別のグループが「ギミック」に誘われると説明している。コンは餌を意味し、ギミックは弱点のあるグループが誘惑される罠を意味するという。この交流は、２名以上の人の間で起きている。

　それは建設的な関係ではないが、繰り返し同じようなことが起きている。毎回、これらの交流に関与する当事者たちは、同じような後味の悪さを感じることになる。Ｓ教授が、その気持ちについて、強調していたことを思い出した。「それは、だーい好きなんだけれども、イヤーな気持ちなんです。その感じがとても好きでも、同時に、それは非常に不快なものでもあるのです」私は、牧師や牧師夫人と話をしていると、同じような後味の悪さを感じることがよくあった。その感じは好きというわけではなかったが、後味の悪さがあるということは、私と牧師夫妻の間の交流は、ゲーム的交流である可能性があると思った。私は、夫妻に対して悪い感情を持った状況を思い出そうとした。

　その少し前に、私はお母さんママに、牧師に対する不平をこぼした。牧師に自分のしたいことを言いたくても、躊躇してしまうということを言ったのだ。Ｔ牧師の教会に行っていいかどうか、尋ねようとした時だったかもしれない。彼女は私に言った。「あなたは、彼のあの不機嫌そうな顔を見るのが嫌なんでしょう？」

「まさに、その通りだ!!」思わず私は彼女に答えた。そして私は、いつも考える間もなく無意識に、牧師の顔色を窺っていたことに気付いた。私は、自分がそのような習慣を持っていたことさえ、気付いていなかった。私は、牧師の耳に心地よくないと思われることを彼に話そうとする時に、トラブルが起きないようにしていたのだと思う。そのような私の姿勢は、私が小さい頃から、私と両親との間の交流が、ほとんど一方通行になっていたことから、出来上がってきたものと考えられる。それは当たり前なことになっていて、特に気に留めるべきものでもなかった。

　テレビで、ある犬を見たことがある。飼い主が野菜の漬物を一切れずつ、フォークでその犬に与えていた。飼い主は、自分の犬が漬物を食べるのを見て喜んでいた。しかし、番組のゲストである獣医は、漬物は犬の健康に良くないし、実際に犬は漬物が好きではないと言っていた。獣医は、犬が漬物を食べるのは、それを食べると、飼い主が喜ぶからという理由だけで食べるのだと付け加えた。

　なんて哀れな犬なのだろうと思った。しかし、そのテレビ番組を思い出してみると、私はその犬みたいに、飼い主が喜ぶことを盲目的にしてしまうようなところがあると気付いた。私はギミックに誘われるような、私自身の問題を抱えていた。できることなら、安心感、幸福、豊かさを持てるように望んでいた。牧師は、これから教会が大いに祝福されていくからと、私たちに強調していた。与えられた預言によれば、2〜3年のうちに、教会は500人から1000人の教会員数になると言っていた。

　牧師は、私が数年以内に、それなりの給料が支払われる事務的業務を担当する教会スタッフになれるだろうと言った。私のような弱点を抱えた者にとって、そのような希望にすがることは、避けて通れないことだった。牧師が来るべき祝福を強調すればするほど、私はまだ実現していない希望にしがみついた。

　教会の指導者たちに対して悪い感情があっても、あと数年、教会に留まっていれば報われるのならば、その間は我慢しなければならないと思っていた。

　牧師はまた、悪魔に私たちを攻撃する機会を与えることのないよう

に、教会員は所属している教会の礼拝に出席し続けなければならないと強調した。彼は、牧師である自分のアドバイスに耳を傾けず、教会を去ったためにトラブルに巻き込まれている人たちがいるとも言っていた。その警告は私に恐怖心を抱かせ、決して教会を離れることはしまいと思った。

牧師の言葉は、もっともらしく聞こえた。しかし、交流分析とゲーム理論を学んだ後、私は牧師の言葉と、教会で起こっていることについて、改めて考えてみる必要があると思った。今も私は、彼が教会が大きく成長するという希望について大言壮語していたのか、それとも、そのことを確信する確固たる信仰を持っていたのか分からない。更に、彼が故意に私を騙そうとしたのかどうかも、知る由も無い。

ゲーム的交流では、他人に付け込もうとする人たちの状態は、多岐にわたっている。お世辞を言って顧客のプライドをくすぐり、高価な商品を買わせることに成功するセールスマンから、劣等感などのために混沌とした精神状態にあって、無意識に非現実的なことを他人に言ってしまう人まで、様々だと思われる。

更に、これらのゲーム的交流が、関与する人たちに与える影響がどれだけ深刻なものになるのかも様々だ。中には、日常的に発生しているが、些細な結末で終わっているものも多いと思われる。私がその教会で経験したゲーム的交流の場合は、私がそのゲームに関与している限り、私が自律した人間になることを阻むものだったと言える。

教会に来る人たちは、絶え間なく入れ替わっていた。ある時、夕方の祈禱会に出席していた人の半分以上が、半年で入れ替わっていることに気付いた。私は度々、教会が縮小していることに失望し、教会の成長をいったいどれくらい待たなければならないのかと思案した。教会が協力牧師を招へいした時、私はそれが、教会成長のしるしであることを期待した。しかし彼は、教会に３年ほど来ていたが、結局、来なくなってしまった。

それでも牧師は、まだ彼の教会が豊かに祝福されるという「壮大なビジョン」を持っているようだった。彼は、彼の新しい聖書勉強会を始めようとしていた。彼は自分で立てた計画を持っていて、誰がその勉強会

に参加するのかを見込んでいた。私も参加するものと見込まれていたようだ。しかし私は、他の参加予定の人たち全てが男性だったため、参加することを断った。

　当時、独身女性でいつも教会に来ていたのは、私とヒヨコだけで、ヒヨコはもうすぐ他の教会に移ることになっていた。私は、私よりも議論好きな男性の集団に、ただ一人の女性として、交ざり合いたくなかった。

　牧師は、私が勉強会に参加するか否かは、私が決めることではないと言った。私には選択の余地がないということらしい。私はその牧師の発言に、かなりの不快感を覚えた。私はもはや、集会に必ず来るように言われて喜んでしまうような、過度に従順で愚かな人間ではなかった。

　私は他にも、牧師の提案で気を悪くしたことがあった。彼は、私が既にT牧師の所で大分勉強したから、カウンセリングスクールを変更して、別の所で学び続けるのに最適な時期に来ていると私に言った。そして彼は、自分が卒業した聖書学校のカウンセリングコースで学ぶことを勧めた。

　実際、そのコースに参加することは、大きな負担を強いられることが予想された。授業料はそれほど高くなかったかもしれない。しかし、コースに参加するには、仕事をすることなく、少なくとも半年間、外国のどこかの都市に滞在する必要があった。教会が私の授業料、滞在費、渡航費用などを支払うとは思えなかった。

　最後に牧師は、私に「そこで勉強して、僕を助けて！」と言った。私は唖然とし、それがどういう意味なのか、訝しく思った。それは私に教会のカウンセラーになれという意味なのか、それとも「彼の」カウンセラーになってくれということなのか？　彼の本当の考えについて尋ねるのは、あまりにも馬鹿げていた。私はぞっとして、背筋が寒くなる思いだった。

　いつも私は、牧師夫人のことを少し怖いと感じていた。彼女はとても自信があるように見えたし、他の人たちを上手に理詰めで説得し、従わせるのが得意だった。しかし、次第に私は、彼女は風変わりだと思うようになった。

彼女は度々、その場所に居合わせない人の悪口を言っていた。例え
ば、Ａさんは試験の前だけ祈禱会に来るけれども、それは良い態度では
ないとか、Ｂさんはとても厚かましいから、未だに妹さんにお金を援助
してもらっているなどという話をしていた。実際は、Ｂさんは病気で働
くことができなかったのだ。
　私も悪口を言われる例外ではなかった。教会のある女性から、私が結
婚できないことを憂さ晴らしするために、教会の数名の女性に毎日電話
をかけて不満を言っていると牧師夫人から聞いたと言われた。牧師夫人
は、私があの嫌な出来事を経験する前に、その話をその女性にしたよう
だ。私はそれを聞いて驚いた。そして、その話は真実ではなかった。私
に関する不完全な情報が牧師夫人の脳内で繋がって、そのような話に
なったようだ。またそれは、その女性から聞いた話であって、実際に牧
師夫人が彼女にどう言ったのかは分からない。
　なぜ私がその話を聞いたかというと、その女性が数年もの間、私を無
視し続けた後、その理由と共に、私にその話をしたからだ。彼女による
と、その私についての牧師夫人からの話を聞いた時に、当時私が彼女に
電話をすることはなかったため、彼女は私から嫌われていると思ったと
いう。それから、彼女は私を無視し始めたのだ。馬鹿げた話のように聞
こえるかもしれないが、そのような未熟で低次元の人間関係は、その教
会のコミュニティの間では、度々見られるものだった。牧師夫人自身
が、弱点を持つ人たちの間に混乱を引き起こしていたのかもしれない。
　私が最後に教会の旅行に参加した時、ある宣教師夫妻が私たちと一緒
に参加した。他の人たちが牧師夫人の指示の下で食事の準備をしている
間、彼女は宣教師夫人にまつわりつくように付いて回っていた。そして
彼女は、宣教師夫人に、自分の家庭内で起こっている問題について、不
平をこぼしていた。二人は英語で話していたため、内容が理解できない
人たちもいた。私は牧師夫人の態度が、無礼でずる賢いと感じた。
　遂に私は、教会の指導者たちが、何のために教会の働きをしているの
か、その動機が何なのか、訝しく思うようになった。私には、教会で起
こっていることは全て、見せかけの教会ごっこをしているように感じら
れた。私は、その教会を去ることを考え始めた。しかし、その考えを実

行に移すのは、とても難しいことだと思っていた。

　私が気掛かりだったのは、牧師家庭の子供たちのことだった。私は普段から子供たちと付き合うのが苦手だったため、その子供たちからも距離を置いていた。以前は、彼らが神の愛で満たされた両親や教会の人たちに愛されている幸せな子供たちだと思い、彼らがうらやましかった。

　しかし、後になって次第に、私はそれが錯覚であることに気付いた。それは牧師と牧師夫人の、まことしやかな演出を通して、私の心の中で形作られていったもののようだった。牧師夫妻は度々、神が子供たちを通して働いているのを見て、どんなに感動したことか、などという話をしていたのだ。

　実際には、牧師夫人は子供たちを無視する傾向があり、子供たちは母親に苛立っていることが多かった。また長男は、誰かが教会から姿を消す度に、怒りを表しながら、なぜ○○さんが教会に来ないのかと母親に尋ねていた。夫人は、その人が自分の友達の教会に行くようになったからなどと、息子を納得させようとしていたが、彼は母親の説明には、釈然としていない様子だった。

　牧師家庭の子供たちに対する私の羨望は同情に変わった。彼らの状況が、私の子供の頃の体験と重なったのかもしれない。私は、自分が教会を去るのは、子供たちのために良くないことだと感じた。しかし、しばらくして、それは私が関与するような問題ではないと考え直した。私がその子供たちのために教会に留まるとするならば、偽善的で思い上がった行動になると思った。

　ヒヨコが結婚する前に、私に不思議なことを言った。実は、彼女はその教会に来たくなかったという。来る前から牧師を知っていたが、彼を牧師としては受け入れ難いと感じていたそうだ。しかし、神にその教会に行くようにと言われたため、彼女はしぶしぶ、その教会に来たのだと言った。そこで私に会ったことが、彼女にとって大きな慰めになったという。私はそれを聞いて驚いた。私は、彼女の負担になっているだけだと思っていたからだ。時に、私たちは、その人にとって何が良いことなのか、分からないことがあるものだ。

　彼女が結婚し、教会を離れた後、教会の雰囲気が変わった。礼拝の

後、男性たちがキリスト教の教義について、議論をするようになった。私は、教会に行くのが嫌になっていった。私は何回か、無理やり、自分の足を教会まで歩くように仕向けた。そうしなければ、たどり着くことができない感じだった。

遂に私は、牧師にその教会から距離を置き、首都圏で行われているT牧師の教会の礼拝に行くことを考えていると伝えた。牧師はとても驚いて、ショックを受けたように見えた。そして、なぜ去るのかと私に尋ねた。私の気持ちを彼に理解してもらうのは、不可能だと思っていたため、私はただ、「説明できません」と言った。

彼は私に、誰かが私にとって「つまずきの石」になったのかどうか、尋ねた。私はそれを否定しなかったが、それが誰なのかは言わなかった。「そうですよ！　あなただって、そのうちの一人です！」私は、心の中で叫んだ。数年前、ある教会員との間に嫌な出来事があった時、私が教会を去っていても、不思議ではなかった。

最後に牧師は、これからも彼を神の家族の一員と見なすように、私に懇願した。私はそれに同意して、彼と別れた。

牧師夫人には、私が教会から離れることについて、何も言わなかった。私は牧師よりも彼女の反応の方をもっと恐れていた。それとともに私は、彼女にこのことを直接言わないことで、彼女に屈辱感を与えたいという悪意を持っていた。彼女が実際、私の失踪にどう反応したのかは分からない。

遂に私は、最初の教会を去った。私は、指導者たちの顔色を窺うことから解放された。以前は、教会を離れることなど、とてもできないと思っていた。T牧師の教会で交流分析を学んだ後、私の感情的な姿勢が速やかに変わった。この決定を下すのに、ほんの３ヶ月しかかからなかった。

私はまだ、ヒヨコやスタッフだった女性のように、結婚が理由で教会を去った人たちをうらやましく思っていた。しかし私の場合は、自分が前に進んでいくために、自分で強い意志を持って決断する必要があることも分かっていた。

私は、その教会に約７年間行っていた。多くの人たちは、１〜２年で

去っていった。しかし、自分のニーズを知るために、そして自分に染み付いていた根深い否定的な習癖を克服するために、嬉しいことは限られていたものの、今でも私は、そこで過ごしたその年月が必要だったと信じている。

ある日、買い物をしている時、牧師夫人に出くわした。彼女は私に話しかけてきて、私が教会にいた時に来ていた人のことを話そうとした。彼女はその人の名前を思い出すことができず、やや緊張しているように見えた。自分がこのような小心な女性に何で付け込まれたのか、不思議に思ったほどだった。教会にいる間に私を縛っていた呪文が、解かれたように感じた。

後で聞いた話では、牧師家庭の子供たちは、不登校や非行など次々と問題を起こしたそうだ。それでも、牧師夫妻は教会の働きを辞めなかった。しかし、私が去ってから13年後、牧師夫妻は自分たちの教会員によって、罷免されたという。何があったのかはよく分からない。しかし私は、驚くこともなく、然もありなんという気がした。

41　祈りの答え　I

　教会を去る1ヶ月前、私は加工食品メーカーの受注部門で、パートタイマーとして働き始めた。午前中だけの仕事だった。電話、ファックス、オンラインで注文を受けるのが仕事だった。それは今思うと、インターネット・ショッピングの原型のようなものだった。

　通常、翌日の店舗や卸売業者への出荷のための注文は、正午までに受け付けることになっていた。休日前や新商品の発売直後などは注文が集中し、多忙だった。私が仕事を始めたのは1990年代半ばだった。商品が速く配送されることを知って驚いた。

　仕事は、私には少し難しいのでは、と思うようなものだった。顧客と電話でコミュニケーションを取り、限られた時間内にパソコンに注文を入力し、更に、ほとんどの同僚は主婦だった。しかし概ね私は、その職場の状況に対処することができたと思う。

　それは、私が霊的に癒やされていることのしるしでもあった。私は自分が周りの人たちの中で、唯一の独身女性であるということを、あまり気にすることもなかったからだ。私は同僚の何人かの人たちと、一緒に昼食を食べに出掛けるくらい親しくなった。

　仕事は忙しい時も多く、私たちはお互いに協力し合う必要があった。それも私には幸いだった。仕事中に些細なことを考える余裕はなかったからだ。

　その後、明確な説明もなく、私たちの労働条件が悪化したため、会社に対して不満を抱くようになった。しかし私は、自分の人生が次の段階に進むまで、その会社で働いた。

　西暦2000年頃には、「国内のあらゆる業界は景気が悪い」ということが吹聴されるように言われていて、特に理由がなくても、人件費を削減しようとする事業者が多かったと思われる。

　以前の教会を去ってから、私は「宗教ごっこ」から解放され、自分の

日常生活も落ち着いた。私の周囲には、宗教に対する説明のつかない熱狂は、もうなかった。

　私は、首都圏地域で行われている、T牧師の教会の日曜礼拝に出席するようになった。通うのに、バスと電車を利用して、片道約2時間かかった。運賃を払ってまで礼拝に出席するなどということは、以前には考えたこともなかった。しかし私は、霊的な助けを必要としていた。そして私は、T牧師の教えが、現実的に役立つことを知っていた。

　私は漠然と、私が本来あるべき姿になることを妨げている究極の障害があること、そして、それを乗り越えていく必要があることに気付いていた。私は既に、自分が最初に行った教会の指導者たちに従うことが、自分にとって相応しいことかどうか熟考した末、その権威を否定した。

　再び私は、権威に関する大きな別の問題を抱えていることに気付いた。それは、私の両親に関することだった。自分の英語教室を辞めて以来、私は両親を避けるようになり、会う機会も減っていた。それでも私は、両親と一緒にいる時に、自分がどのように振る舞ったらいいか迷っていた。私は彼らに親切な、誰か他の人の振りをしなければならないという感じだった。そして、それは非常に不快なものだった。

　それでも私は、両親を尊敬するのは大切なことだという考えに、強く支配されていた。聖書のモーセの十戒もさることながら、日本では、両親を尊敬する必要性を強調する、儒教の影響が根強くある。

　特別な理由などなくても、両親を愛し、尊敬するのは、どんな人間にとっても自然で当たり前のことのように思われるけれども、私はそうすることができなかった。私は、両親から良い子ではないと繰り返し非難されてきた。その経験を通して、私は無意識のうちに、根深い自責の念を募らせてしまったのだと思う。

　私が前の教会の指導者たちから別れたことで、両親との関係に関わる私の悩みは、よりはっきりとしたものになり、深くなっていった。私が教会指導者には従わないことを、いったん決意した後は、彼らから離れることは、思ったよりも簡単だった。彼らは私の家族でも、親戚でもなかったからだと思う。

　しかし、両親というものは、誰にとっても特別なものであると言える

だろう。私が両親と和解できるように努力するべきかどうかについて結論を出すには、もうしばらく時間がかかることになる。あの牧師夫妻は、私の両親のミニチュアのようなものだった。その二組の夫婦の4名は、それぞれ性格も異なるが、皆、私との間の力関係という点では共通点があった。

　教会での経験は、私の家庭内に存在していた力関係を客観的に見るための、またとない重要な機会にもなった。教会の指導者たちは、私に教会のためになることを何でもさせようとしたが、両親は私の服従を強制した。その二組の夫婦の目的は異なっていたが、それらは全て、私が彼らに従うように誘導することを目的としていた。私はそのような家庭内の力関係に馴染んでいたため、牧師夫妻の態度について、何ら疑問を持つこともなかったのだと思われる。

　両親との関係について悩んでいる時に、T牧師のある説教を聞く機会があった。「多くの場合、あなたが選び取るべき道は、あなたが行きたいと願う方ではないことが多い」という内容だった。その言葉を聞いて、私は両親と和解しようとするにせよ、両親から離れるにせよ、どちらの選択も非常に難しいと感じた。袋小路に入り込んでしまったような気がした。

　再び、S教授のセミナーに参加する機会があった。その時の講義の主題は「家族療法」だった。S教授は、家庭内で発生する感情的な問題を軽減し、解決していくための方法について解説した。一つの解決策として、「エンプティー・チェア」と呼ばれるものがあり、これは「ゲシュタルト療法」というものから来ているという。

　それには、向かい合う2つの椅子を用意する。その療法のクライアントは、片方の椅子に座り、反対側の椅子にクライアントが問題を抱えている相手が座っていることを想定して、その椅子に話しかける。次に、クライアントは反対側の椅子に移動し、自分がその相手になったつもりになって、元の椅子から自分が語ったことに対して、その相手がどのような返答をするかを想像して言ってみる。このようにクライアントは、自分の椅子から相手の椅子に移動し、また自分の椅子に戻るというプロセスを、順番に何度も繰り返す。

　この想像上の会話を相手と続けていくうちに、クライアントは、相手が問題についてどのように感じているかを理解することができ、それが解決に至る道標になる可能性があるという。

　私の場合は、エンプティー・チェアでうまくいくものだろうかと考えた。2つの椅子を使用した私と父との間の会話、及び私と母との間の会話が成り立つことなど、想像もできなかった。エンプティー・チェアだけでなく、家族療法は自分の家族の協力を必要とする。私は家族療法を自らの問題に適用するのは非常に難しいと思った。

　私は、質疑応答の時間にS教授に質問した。私は両親との関係を正常化したいのだけれども、両親との間に普通の感情的な繋がりを持つことが、非常に難しく思われることを述べた。そして、そのために家族療法が私の家族の問題を解決するのには、役に立たないのではないかと感じたことを訴えた。私は、解決にたどり着くために、何か他にできることはないかと思っていることと、自分がクリスチャンであるため、両親がイエス・キリストを信じることができるように願っていると付け加えた。

　S教授からの明確な答えはなかった。しかし私は、この私と両親の関係について、どう対処していったら良いのか、手掛かりを得ることができた。私が質問した後で、S教授は私の状況に同情し、「あなたがクリスチャンだから、ご両親の魂の救いを願っておられることは、とてもよく理解できます」と語った。私は、その通りなのだと彼に答えたと思う。

　しばらくしてセミナーが終わり、参加者全員が会場から帰ろうとしている時だった。私は、今までに味わったことのない感情を持ち始めていた。それまで認識することもなかった、忘れ去られていた自分の一部が叫んでいた。「私は両親がクリスチャンになればいいなんて、願ったこともない！　彼らが救われようと、救われまいと、私の知ったことではない！」

　それが「本当の自分」のようであることに気付いた。本当の自分は、良い人の振りをしている自分自身に腹を立てているようだった。私は、本当の自分の存在を認めざるを得なくなった。私はずっと前に見失って

いた、自分の一部を見つけ出した。Ｓ教授の共感が、私を本当の自分との出会いへと導いた。

　しかしセミナーの後も、私は人間として、あるいはクリスチャンとして、誰にとっても不可欠な家族との関係を否定することが許されるものかどうか、結論を出せないでいた。私のような良心の呵責に悩みやすい人間にとって、家族との関係を否定することを正当化する理由を見つける必要があった。

　歴史上には専制的な支配者がいるものだ。大勢の群衆が、そのような人物の熱狂的な支持者になってしまうことがある。しかし、支配者に従っていった人々が、最終的には支配者の誤った導きのために、悲劇に見舞われることがある。私は権威を帯びた全ての指導者が、従っていくのに相応しいわけではないと、自分を納得させようとした。それでも私は、この懸案の答えについて、確信を持つことができなかった。

　そんな頃、またある出来事に遭遇した。５年前に私に乱暴しようとした、前の教会の教会員だった男から電話があったのだ。私はとても驚いて、身体が強張るのを感じた。

　私は男と話したくなかったが、男は私が彼の話を聞かなければ、不公平だと主張した。私は男を怒らせてしまうことを恐れて、話を聞き始めた。

　まず男は、彼の新しく立ち上げるビジネスにお金を投資することを、私に頼んだ。私は投資することを断ったが、それから男は、彼の以前の教会生活や家族のことなどについて、色々なことを支離滅裂に話し出した。

　最終的に、男は私に会えるかどうか、聞いてきた。私はまだ男を怒らせてしまったらどうなるだろうと、その結果を恐れていた。私は男に、Ｔ牧師の教会の礼拝でなら会ってもいいと答えた。その後男は、卑猥なことを話し始めた。私はもうこれ以上、男と話し続けるのは賢明ではないと感じ始め、電話を切るからと言って、受話器を置いた。

　私は、男が私に何をしようとしているのだろうかと恐れた。未だに、私に嫌がらせをしようとしているようだった。どうしたら良いだろうと

考えた時に、前の教会の元協力牧師に、この状況のために祈ってもらうことを思いついた。彼は、前の教会で、私とその男の間で起こった出来事について知っている、数少ない人たちのうちの一人だったからだ。

　私は電話で彼に、何が起きたのかを話した。彼は、男が卑猥な話を始めるまで、私が話し続けたことを非難し、男の妻に、男が私に何をしたのかを知らせた方が良いと、私にアドバイスをした。

　元協力牧師の提案を聞いている間、私は不快な気持ちになり、彼に対して、そして自分の状況に対して、腹が立ってきた。私は叫んだ。「なぜ私は、教会に関することで、こんなに嫌な経験をしなければならないのですか？」彼は私に、「あなたの状況は、よく理解できます」と答えた。しかし私は、理解されているようには思えなかった。

　私は前の牧師に対する怒りもあらわにした。元協力牧師は私に言った。「あなたの前の牧師を赦さなければ、あなたも祝福されませんよ。今、彼に対して否定的な感情を抱いていたとしても、将来、彼に会うことがあったら、その時はいつでも、彼を祝福できるようでなければいけません」

　私は、再び叫んだ。「前の牧師も、その男性も、そして私の父も、皆、私にとって同じです！」元協力牧師は、私に最後の提案をした。海外からの霊的な働きをする宣教師が、しばらくの間、彼の家に滞在しているという。彼女の祈りはとてもパワーがあり、私も祈ってもらえば霊的な解放を受けることができると思うから、良かったら彼の家に来るようにということだった。

　私は、そういうことが必要なのではないと確信した。私はこの会話の内容に失望し、言われたことは理解したと彼に言って、電話を切った。

　その後、私は「前の牧師も、その男性も、父も、皆、同じ」と言ったことを思い出した。それはカウンセリングではなかったが、「本当の自分」がそれらの男性についてどう思っていたかを認識するに至った。彼らは私を搾取する傾向があった。しかし私は、彼らの要求を拒否するのに困難を感じていた。

　私よりも力が強い男性に対する恐怖心と、私の根深い自責の念が私を無力にしていた。そのため、私は未だに、彼らに搾取されることを阻む

ことができないでいたのだ。私は自分の問題の多い態度を認めざるを得なくなった。それは元々、父の私に対する虐待的な関係から来ているのだけれども、それが私の家族の範囲を超えて、蔓延しているようだった。

　彼らは、私の弱点を知り、付け込もうとしたのだろう。私の独身女性としての男性との関わりは、このような困惑をもたらす事だけで終わっていた。

　私は、自分が可哀想になった。そして、男性に関わる私の運命に向かって激怒した。「こん畜生!!」私は、うめき声を上げた。私は、自分の不幸を嘆いた。5分くらいすると、私は我に返った。自分自身が、前とは別の人間になっていた。これまでに起きてしまったことは、変えることができないが、このありのままの自分自身を受け入れていかなければならないことを理解した。それは、喜ばしい時ではなかったが、私は自分が何を必要としているかを知る時でもあった。

　私は、自分の進むべき方向に対する答えを得た。両親と和解しようと努力するよりも、両親の元から去る方が良いと感じた。もし子供たちが、無条件に両親を尊敬し、従わなければならないというのなら、有害な親を持つ子供たちは、その危害から身を守ることができないと気付いた。私が長年持っていた考え方は、マゾヒスティックなものになっていた。

　前の教会では、私が両親を恐れているとすれば、それは両親に対する不従順の故の罪悪感から来ていると言われた。それを聞いた時、私は無力感を覚えた。しかし、現実は非常に異なっていることに気付いた。両親が私にとって有害だったため、私は彼らを恐れていたのだ。

　私はT牧師に手紙を書いた。その男に対処するために、どうしたらいいかと尋ねるためだった。また、別の牧師が言ったように、男の妻にその出来事を知らせることも、解決に繋がるだろうかということも付け加えた。

　約1週間後、私は返事を受け取った。それには、私が男が諦めるまで彼を拒絶すべきであり、彼の妻に真実を知らせるよりも効果的であるだろうと書いてあった。最後にT牧師は、私の問題の解決のために祈りま

す、と結んであった。

　男の妻に真実を伝えることは、非常に難しいことに思われた。それは
正しいことのように聞こえるかもしれないが、非常にデリケートな問題
だった。もし私が、彼女の夫の行動を彼女に知らせていたら、再び妊娠
していたと思われる彼女は、もっと苦しむことになっただろう。私は、
それが解決に繋がることはなかったと思う。更にそれは、その夫婦の間
により多くの波風を立てることになったと思われる。

　私は、男の妻にはそのことを伝えなかったが、お母さんママとヒヨ
コ、そしてT牧師の教会の何人かの人たちに、そのことを打ち明けた。
私はそれらの人たちから、慰めを得た。その男に関わる最初の出来事が
起きた時、私はそれについて、誰にも話すことが許されなかった。それ
は、辛い体験だった。

　私が教会を去ったため、私と牧師との関わりがなくなったことから、
男はまた私に悪巧みをしても大丈夫だと思ったのかもしれない。私がも
しその教会にまだ行っていたとしたら、男が私に嫌がらせをするのを防
いだかもしれない。しかし、もうそこに行き続けるのに妥当な理由など
なかった。

　私はまだ、男が何をするつもりなのか、その行動を恐れていた。男は
私が住んでいる場所も知っていたし、隠れて私を待ち伏せするのではな
いかと心配した。それで、日没前に帰宅するようにして、外出中は防犯
ベルを持って歩いた。私は1〜2ヶ月の間、気持ちが休まる時間がな
かった。

　男は、ほぼ週に一度、電話をかけてきた。私はあまり話さないように
して、なるだけ早く電話を切るようにした。4回目か5回目の時、私は
遂に勇気を出して言った。「何を考えて電話してくるのか知らないけど、
私は、あなたとは決して付き合いません！　もうこれ以上、失礼な事を
しないでください！」私は電話を切った。

　その直後、再び電話が鳴った。私は受話器を取ったが、何も言わず
に、すぐに電話を切った。その時、不快な電話が鳴ることは止んだ。更
に1〜2週間の間、私はまだ嫌な電話がかかってくるのではないかと、
少し恐れていた。しかし電話はなく、私の日常生活は、元に戻っていっ

た。

　男性というものに対する私の怒りは、元々、父との関わりから来ていた。しかし、その時の私の怒りは、おもに前の牧師に対して向けられていた。恐らく、もう親しい関係ではなくなっていたが、男が以前、前の牧師の弟子的な存在だったからだ。

　私は、前の牧師に無言電話か嫌がらせの電話をしてやりたいという衝動に駆られた。「あなたの弟子はろくでなしだ！　私はさんざん迷惑してるんだ！　どうしてくれますか？」などと言ってやりたい気持ちだった。しかし、お母さんママは、それは良識のある人がすることではないから、そんなことはしないようにと私に忠告してくれた。それは、理にかなったアドバイスだった。

　その代わりに、私は歌を聴いて怒りを発散しようと試みた。歌の題名は『アイ・ウィル・サバイブ』（I Will Survive）で、アメリカのオールディーズの歌だった。それは、不誠実な男性と決別する女性の感情を歌ったものだ。アップテンポな音楽と感情的な歌詞が、私の心の状態によくマッチした。その歌を何度も聴いて、その世界に浸り、慰めを得た。

　父との関係について言うと、私は以前よりももっとあからさまに、父に対して顔を背けるようになった。父が私の態度の変化に気付いていたかどうかは分からない。結局、私たち二人は、人間としても、そして家族の一員としても、相互の関係を築くことなく終わった。

42 祈りの答え　II

　嫌な電話が鳴り止んでしばらくすると、私が両親から離れることを決心するに至らせたもう一つの出来事を経験した。私の誕生日に、部屋の玄関のドアノブに紙の手提げ袋が掛けてあるのを見つけた。母からの「誕生日プレゼント」だった。袋の中にどんな贈り物が入っていたかは覚えていないが、添付されていた手紙の内容はよく覚えている。

　それには、ある有名な作家が書いた本からの引用文が書かれていた。本の数ページをそのまま丸写ししたようだった。その文章を要約すると、「子供の頃に経験した両親との間の悪い思い出のために、大人になっても、まだ両親を恨んでいる人がいる。しかし、大人になってまでも、悪い記憶を忘れて親を赦そうとしない人は、狭量で見苦しい」といった内容だった。

　この引用が、母の思っていることを表しているのは間違いなかった。それは、母の私に対する当て擦りだった。母から面と向かって責められるよりも、不愉快だったと思う。私は、母に関することでも、両親の家を去る理由があると感じた。その時私は、家を出る決心を、ほぼ固めた。その時以来、私の当面の目標は、私が両親の家から出ていけるように努力することに決まった。

　手紙に関して言うと、母と母方の親戚から、約10年毎に合計３回、奇妙な手紙を受け取ったことがある。最初は、私が30歳くらいの時だった。クリスチャンになって間もない頃で、母の妹である叔母から手紙が届いた。その叔母は、私が前に外国で撮った写真を見せた人だった。手紙には、こんなふうに書かれていた。「あなたは、お母さんに冷たい。お母さんにもっと優しくしなければいけません。両親よりもあなたのことを気にかけている人などいるでしょうか？　お母さんに対するあなたの態度について、どう思っているのですか？　態度が変えられるかどうかを考えて、必ず返事をください」

　私は、親戚の人から、こんな手紙を受け取ったことにショックを受け

た。それは私にとって苦い経験だった。しかし、クリスチャンであるということは、神が私の罪を赦してくださったことを意味する。その私の信仰が、その痛みを幾らか和らげるのに役立ったと言える。

　私は叔母に、母は可哀想なのかもしれないけれども、母に関しては、私にはどうすることもできない部分があると返事を書いたと思う。それ以降の私と叔母の間の手紙のやり取りは、なかった。

　何年も後になって、私は、母が自分で手紙を書く代わりに、自分の妹に手紙を書くように頼んだのだと確信するようになった。長年にわたる母の言動の観察と、私よりも叔母のことをよく知っている姉の意見から、そう思うようになった。

　叔母からの手紙を受け取った時は、本人自身が問題を抱えている家族のメンバーを叱責するために、他の誰かに頼んで手紙を書いてもらう人がいるということは、想像もできなかった。それはまるで、自分の過ちを他の人に明らかにすることであって、そんなことをする人は誰もいないだろうと思った。それに加えて、手紙を書くだけで、人の態度を変えさせることなど、不可能に近いことだと思われる。このような行動は恥ずべきことであり、面目を失うことだと私は信じている。

　しかし母は、どうにか自分の妹に、私に対する叱責の手紙を書かせることに成功したようだ。ただし、それは解決にはほど遠いものだった。それどころか、私が母を嫌いになる理由が、更に増えただけだった。

　母の奇妙な引用文が書かれた手紙を受け取ってから約10年後に、母から再び手紙を受け取った。当時、私は既に両親の家から引っ越していた。リーマン・ショック後の世界的な不景気のため、正社員として働いていた仕事を失った時期だった。

　手紙は、他の人に迷惑をかけることがないようにと、私をたしなめるものだった。「迷惑をかける」というのが、何であるかは書いていなかった。それは経済的なことを意味していたのだろう。また、姉の夫、つまり私の義兄は社会のことをよく知っているから、相談するのはいいけれども、決して彼に頼ってはならないし、また他の誰にも頼ってはいけないと書いてあった。

　母は、私からお金の援助を求められるのを避けようとしたのだろう。

実際は、私が母にお金の援助を求めることなど、恐ろしくてできないことだった。両親は、いつも私よりも裕福だったが、どんな状況に陥ったとしても、それはできなかったのではないかと思う。私は、その嫌な手紙をびりびりと引き裂いて捨てた。母の言動は、全く理解できないものだった。

　両親の家を出る決心をしてから、両親と顔を合わせるのが、余計に怖くなった。私の部屋は2階にあった。毎朝外出する時に、階段を下りて、両親が住んでいた1階の部屋の前の廊下を通り抜けなければならなかった。

　普通は、その部屋の玄関のドアは開放されていた。ドアの前を通り過ぎる度に、母に気付かれないことを願った。私が廊下を通り抜けるのを察知すると、母は背後から私に語り掛けた。「よく晴れた、いい日だね。一日を楽しんでね」また、天気によっては「午後から雨が降るんだって。傘を忘れないでね」等々。それは、普通の日常会話のように聞こえただろう。

　しかし、母の声を聞く度に、非常な不快感があった。私は振り向くこともせず、母に何も言わずに、急いでそこを去った。私は、母が自分の落ち度を度外視して、良い母親の振りだけをする態度が嫌いだった。また、母と私の間には、全く問題などないことを表そうとする演出にも腹が立った。

　どういう状況だったのかは覚えていないが、ある時、また奇妙なことが起きた。母が突然、泣き始めて叫んだ。「私は、なんて可哀想な母親なんだろう！　こんなに心の冷たい娘がいて！」私はいつものように、黙っていることしかできなかった。母と一緒にいる時、母はいつも何か構えているような態度であったため、私は緊張し、寡黙になったのだと思う。母は、私のそのような態度について不平を言い、私は心が冷たいと言った。しかし、私から見ると、母の私に対する態度こそが、私を「心が冷たい」状態に導いていたと言える。母の奇妙な行動によって、私は長年にわたり、母に対する罪悪感を抱いてしまうことになった。

　しかし私は、徐々に母に対する罪悪感を持つのは、無意味だということに気付いていった。母は演技をしているつもりではなかったかもしれ

ないが、母が自分の本当の感情を表現しているとは限らないと思うようになった。私がカウンセリングや心理学を学べば学ぶほど、母が非常に感情的になっている時の母の正直さを疑うようになった。

　母は、娘が優しくないと言って泣いたが、私は母が私と本当に良い関係を持ちたいと願っているとは思えなくなったのだ。後になって、私は自分が感じたことが正しかったと知ることができた。

　私が最優先に取り組むべきことは、家賃の支払いを含め、独立して生活するのに充分な収入を得ることができる仕事に就くことだった。そのためには、かなりの努力をしなければならないことは分かっていた。若い頃から、両親に服従している限り、私は社会の中で、他の人たちに追いついていくことができなくなるという不安があった。その不安は、言葉では説明できないものだったが、本能的にそれを感じていた。私は、今こそ自分の運命を乗り越えるために、一生懸命努力する時が来たと思った。

　私は、自分が仕事ができるようになるためには、どうしたら良いかと考えた。私は既に40歳に近かった。年齢が上がるほど、良い仕事を見つけるのは難しくなる。世の中の景気も、依然として停滞していた。私のような専門的な仕事の経験がなく、それほど若くない人間にとって、良い収入になる仕事を得るのは、非常に難しいことのように思われた。

　SOHOとも言われる在宅業務の仕事であれば、年齢制限があまりないということを聞いた。在宅業務であれば、会社などの組織内で起きる人間関係の問題に巻き込まれることもないだろうと考えた。私は人付き合いが苦手だったため、私にとって都合の良いことに思えた。私は、在宅業務の仕事を目指すことにした。

　私は、自分の英語力を活かせる仕事をしたいという願いを持っていた。私の英語力は、まだ専門職として働くのに充分ではなかったが、翻訳者を目指す価値はあると思った。私は通信教育で、更に英語を学び始めた。通信教育を受講するのは、学校に通うよりもお金がかからない。午前中しか働いていなかったため、退社後に勉強するようにした。

　3年間で4つの通信教育を受講した。ビジネス文書ライティング、英

語リスニング、基本的なテクニカルライティング、英語から日本語、日本語から英語への翻訳を学んだ。

　文法の異なる別の言語への翻訳に取り組むことは難しい。また、似たような意味を持つ単語が幾つかあるため、それぞれの単語の独特なニュアンスを理解することも、ひと苦労である。

　かなりの努力の末、私は翻訳者になるための試験を受けた。しかし、私の点数は、プロのレベルには到達しなかった。私は、その結果に失望した。

　そんな頃、新聞広告で人材派遣会社の語学関係の求人を見つけた。仕事ができさえすれば、在宅業務でも会社などに出勤して働くことでも、どちらでも構わなかった。私はそこの試験を受けて、翻訳者として登録された。

　私は他の２名の人たちと一緒に、ある仕事の面接を受ける機会を得た。私たち３名は、一つのチームとして仕事をすることが想定されていた。しかし私は、面接に行ったものの、仕事が実際にできるものかどうか、疑問を感じた。

　通常、人材派遣会社のクライアント企業は、特別な理由がない限り、派遣会社の紹介するスタッフを不採用にすることは許されない。スタッフの技能が業務をすることができるレベルに達しているのならば、企業はスタッフを派遣社員として受け入れる必要がある。

　しかしながら私は、チームの人数に不安を覚えた。３名というのは、少し多いように感じた。人数が２名に減る可能性はあると思った。

　面接のあった週明けの月曜日、私は派遣会社からの電話を待っていた。就業に関する、次の行動要領についての連絡が来るはずだった。しかし、午後８時を過ぎても、電話がかかって来なかった。

　私はどうしたのかと思い、派遣会社に電話した。担当者は、そのクライアント企業が他の２名だけを採用したと私に言った。私の不安は的中した。私は３名の中で最年長で、技能のレベルも低かったのだろう。

　派遣会社の別の担当者が、その日のもっと早い時間に、その結果を私に知らせるために電話することになっていたようだ。その人は、私に残酷な結果を知らせることを躊躇したのかもしれない。

求職活動には良い時世ではなかった。派遣会社が選んだ応募者を、クライアント企業が断ること等、違法な事案も多発していた。そして、そのようなことは見過ごしにされていた。

　ある意味私は、当時の求職者にありがちな不運を経験していたのに過ぎないのかもしれない。しかし私は、全てのエネルギーを使い果たしたと感じて、１〜２週間は、疲労から立ち直れなかった。

　その月曜日の直前、私は日曜日の礼拝でＴ牧師の説教を聞いていた。彼は、このように語った。「いつも私たちが願うように、物事が進むわけではないので、私たちは失望することがあります。しかし、私たちは、神が許された状況を受け入れる必要があるのです」

　その日は、物事が計画通りに進めば、新しい職場環境に入ろうとしていたため、前向きで励ましになる話を期待していた。私は、このように語られたことが、実際の自分の状況にどう関係するのだろうかと不安を覚えた。後になってその話が、かなりの労力の末に訪れた、私の深い失望のための備えであったと気付いた。この話によって、私の痛みは幾らか和らいだ。

　それからしばらくして、私は健康診断で、重度の貧血になっていたことが分かった。私のいい加減な食生活が原因だったかもしれない。私は勉強に専念していて、外食することも多かったが、食費も節約しようとしていた。

　私は、時間をできるだけ勉強することに使いたかったため、普段は自炊をしなかった。お金をあまりかけないで外食していたため、私は栄養不良に陥ったのだろう。結局、その時の私の心身の状態では、集中力が要求される仕事をすることは困難だったかもしれない。姉がプルーンエキスの瓶を幾つかくれたのは、有り難かった。

　私は普通の学生よりも、20歳も年上の学生のようだった。自分が目指す技能を習得しようと、若い人たちのように盲目的に頑張る傾向があった。

　時々私は、本来ならば、ずっと前にやっておくべきことをしていると感じることがあった。それは「アダルトチャイルド」が持ちやすい、典型的な傾向の一つだと思われる。

　英語の専門職に就くために、一生懸命頑張る力はもうなかったが、在宅業務ができるようになること以外の考えはなかった。

　新聞や雑誌で、幾つかのテープ起こしの通信教育の広告を見つけた。自分の母国語である日本語を使う仕事を目指す方が、現実的だと思った。

　私は、通信教育の一つに申し込んだ。その講座は、思っていた以上にかなり難しいものだった。カセットテープを繰り返し何度も再生しながら言葉を拾うのに、かなりの時間がかかった。不明瞭な音声を聞き取る訓練は、教育の一部だったが、聴解不能の部分が多かった。

　およそ１年の間、私は寝食と働くことを除いたほとんどの時間を、通信教育の課題に取り組むことに割り当てた。しかし、受講期限内に添削課題を提出することができなかった。受講期限を延長するために、追加の受講料を払わなければならなかった。

　通信教育を終えると、プロとしてテープ起こしの仕事をするのに充分な技能を持っているかどうかを判断するための試験を受けた。作成原稿は２日以内に会社に送る必要があり、内容は非常に難しかった。私は、辛うじて制限時間内に原稿を作成し、送付した。

　結果は、ショッキングなものだった。私は再びの失敗に、がっかりした。自分はまたも呪われているのではないかという気がした。同時に私は、その会社に対して激しい怒りを感じた。そして、通信教育のパンフレットに、「中卒レベルの教育を受けた人なら、誰でも修了できる」と書かれていたのを覚えていた。

　私は、パンフレットの誤解を招く恐れのある説明について、その会社に電話で苦情を申し立てた。そして、問題があると思われる説明文を書き直すように求めた。なぜなら、短大を卒業した私が、それ以上できないぐらいの努力をしても、試験に受からなかったからだと主張した。私はまた、この不況の時代に、仕事の機会を得るために資格を取得しようと一生懸命努力している人々は、藁にも縋る思いで、こうした通信教育を学んでいるに違いないと付け加えた。

　数年後、私はその会社が、本当に疑わしいものであったことを知った。詐欺で摘発されたのだ。それは、西暦2000年頃、消費者の保護に

対する関心が高まってきた時だった。

　私と同じ通信教育に挑戦したものの、テープ起こしの仕事に就けなかった人がかなりいたのだと思う。それらの人たちの中には、その会社の通信教育に関わる問題を、消費生活センターに報告した人たちもいたことだろう。

　テレビのニュース番組によると、その会社は通信教育を受講したうちの3000人に1人にしか、仕事の機会を与えなかったという。その会社の目的は、ただ通信教育用の教材を販売して利益を上げることのようだった。私は、企業の商品やサービスに問題がある時に報告することができる、役所の機関があることを知った。

　私は同じような通信教育を提供している会社の中から、疑わしい会社を選んでしまった。私は運が悪かった。しかし、テレビでそのニュースを見た時には、既に別の会社の教育を受けて、テープ起こしの仕事を始めていた。

　疑わしい会社の試験に落ちた後も、私はどうしてもテープ起こしの仕事ができるようになることに、こだわっていた。在宅業務の仕事を目指す間に、苦い経験を繰り返していたにもかかわらず、私は自分の将来の職業に関して、他の考えを持つことはなかった。私は、柔軟に物事を考えることができなくなっていた。

　私は学校に通って、テープ起こしの技能を学ぶことにした。4ヶ月間通学して、ようやく自宅でテープ起こしの仕事を始めることができた。将来に対する不安も、少し解消された。

　在宅の仕事ができるようになって、私は両親の家を出ることを、本気で考え始めた。経済的に問題なく自立できるかどうかは、まだ分からなかったが、両親の家を出ると決めてから、既に5年が経っていた。

　私は、両親と同じ建物内に住むことが、とても不快だったし、不意に彼らと顔を合わせてしまうことを恐れていた。両親をできる限り避けようとしている自分の行動が、卑劣だと感じるようになった。それは、説明することのできない、妙な感覚だった。私は既に40代半ばになっていた。私が最も恐れていたのは、思い切った行動を取らずして、年齢を重ねることだった。

　両親がもっと高齢になった時に、私に頼ろうとするかどうかは分からなかった。私たちの間には信頼がなかったため、両親が私に対して更に苛立ったり、怒ったりすることも考えられた。私にとっては、どのような状況になったとしても、対処していくことが非常に難しいと思われた。

　私が最優先にするべきことは、親の反応を気にする必要がない環境で自分を育んでいけるように、少しでも自分が安心できて、良い状態に身を置くことだった。

　私はパートタイマーの仕事を辞めて、倉庫や工場が多い郊外でアパートを探し始めた。そのような地域では、アルバイトを探すのにも都合が良いと思われた。在宅のテープ起こしの仕事に加えて、倉庫などで働くことができれば、私は生活していけると考えた。

　馴染みのない地域に、アパートの部屋を見つけた。家賃は、私の住んでいた地域の部屋よりも、かなり安かった。自分でアパートを借りることを決めたのは、私にとって大きな挑戦だった。

　次に、両親に私が引っ越すことを伝える必要があった。その状況は、私が15年前に外国に行った時と、非常によく似ていた。あまり早く伝えると、両親にその計画を妨害される恐れがあるため、実際の引っ越しの1週間前に、両親に話した。

　父は驚いた様子で、引っ越しの手配を取り消すように、私に言った。父は私がしようとしていることについて、文句を言った。一人で暮らすのは危険だとか、私がこの家にいる限り支払う必要のない家賃などを支払うのは愚かだなどと言った。

　私は、父に答えた。「お父さんは、いつも他の人にガーガー文句ばかり言うけれど、お父さんの言うことなんか、何の意味もない！」よくぞこんなことを父に言えたものだと、自分自身に驚いた。父は、数秒間沈黙していた。それは父に対する些細な復讐に過ぎなかったが、私にとって、思いがけなく報復を果たすことのできた機会となった。

　私は引っ越すことを主張し、既に不動産会社との契約も終えていることを伝えた。母は泣き出して、自分は私に何も悪い事をしていないのに、私が幼い頃から自分を恨んでいたと嘆いた。

父は、引っ越す理由を私に尋ねた。私は、「お父さんも、お母さんも嫌いだからです！」と言いたかったが、そんなことを言えるはずもなかった。その代わりに、私は自分の部屋の床の一部が緩んでいることを父に話した。それは本当で、足で踏みしめると沈んでしまう部分があったのだ。

　修理すれば直るであろう部屋の不具合を引っ越しの理由にするのは、おかしなことに思われた。どうやら詭弁を弄する人と一緒に話をしていたために、私も同じようになってしまったのかもしれない。それでも、うまく収まったということだ。

　父は私に、予想もしなかった質問をした。私の教会の先生たちは、私の引っ越しについて、何と言っているのかと聞いてきた。私はその質問に驚いたが、心の中で苦笑した。私は父に、先生方は私の意志を尊重してくれていて、何をした方がいいとか、しない方がいいなどのアドバイスをすることはないと答えた。父は何年もの間私を無視した結果、私のことなど、何も分かってはいなかったと思う。どうすればいいのかも、分からなかったのだろう。

　父の最後の質問は、私が経済的に自活してやっていけるのかどうかということだった。私はそのことについて、確信が持てなかったものの、「はい」と答えた。そして、私が引っ越すことが決まった。

　父は、私が幼い頃は仕事がとても忙しかったため、私のことをあまりよく覚えていないと私に言った。私は、小さな頃からの父との間の悪い出来事を思い出していた。しかし私は、父にそれらのことについて、何も言うことができなかった。

　父はまた、姉が結婚した時や子供が生まれた時に、姉とその家族にかなりのお金を供与したが、私にはあまり与えていないと私に言った。私は、父が私にお金をくれるのではないかと期待した。すると、一般的な正社員の月給くらいのお金をくれた。それは、結婚披露宴を開く費用に比べると、はるかに少なかった。私は、嬉しさと悲しみの入り交じった気持ちで受け取った。

　引っ越しの当日は、その地域では珍しく、清々しい雪の日だった。母だけが戸口に現れて、私を見送った。母は手を振って、とても嬉しそう

に見えた。私は、母のこんなに喜んでいる表情を見たことがなかった。
　恐らく、私が母の娘として母を慕うことがなかったのが、母にとって
腹立たしいことだったという事実にもかかわらず、母が望んでいたの
は、母自身が何も手を下すことがなくても、都合よく私が母の視界から
消えることだったのではないかと、私には思えた。母の涙は偽物だとい
うことを確信した。

43　試行錯誤

　引っ越した日、私は簡素で小さな部屋に落ち着いた。遂に私は、長年にわたって持ち続けていた不快な感情から解放された。

　転居してから約半年の間、私は前よりも活動的になり、元気を取り戻していた。それまでに経験したことのない、自由を謳歌したからだと思う。引っ越し前に、火照りのような更年期障害を感じるようになっていた。しかし、驚いたことに、引っ越し後にそのような症状は治まった。

　実は、苦い経験をしたにもかかわらず、私は再び英和翻訳の勉強を始めた。大量の不明瞭な日本語を聞いた後になって、ラジオ放送で流れていた英語が、以前よりもはっきりと聞き取れるようになっていた。内容の一部しか理解できなかったものの、自然な抑揚のある話し言葉として聞こえたのだ。

　私はディクテーションの練習をしながら、英語の単語を聞き取るために、一生懸命努力してきた。英語の聴解力はある程度向上したが、自然なスピードで話される実践的な英語は、私にとっては理解できない外国語だった。しかし、自分の耳が変化したことに気付いたことで、再び英和翻訳を勉強する気になった。

　その時私は、テレビ、映画、インターネットの分野の翻訳を学ぶ映像翻訳の学校を選んだ。そのような技能を習得するのは非常に難しいと思われたが、学費はそれほど高くなかった。まずは週1回の基礎クラスを受講し始めた。

　引っ越してから最初の半年は、自宅でテープ起こしの仕事をしながら、時々、倉庫で日雇いの仕事をして働いた。それとともに、新しい分野の翻訳を学び始めた。私の新しい人生は、順調に進んでいるように思われた。

　しかし、季節が移り変わり、暑くなり湿度も高くなってきた。私は体調がすぐれなくなって、再び火照りを感じるようになった。その上、嫌われものの害虫が、部屋に度々出没するようになった。古い家に棲みつ

いていることが多いようだ。虫の出現で、更に私は不快になった。

　また、テープ起こしの仕事でも、私は問題を抱えていた。ある学校法人の労働組合と使用者との間の団体交渉の内容を記録する仕事を請け負ったが、音源がかなり不明瞭だった。性能の良くない小さなカセットテープレコーダーが、その話し合いのキーパーソンから離れた場所に置かれていたのだと思われる。団体交渉の他の出席者たちは、時々感情的になっていて、その言葉を聞き取るのも難しかった。

　多くの場合、仕事は地方自治体の議会の議事録を作成することだった。そのようなケースでは、会社が議会の案件の草稿などの資料を、私たちに供与することも多かった。それが議事録作成に役立った。また、議長が議会の進行役を務めるため、全体的に秩序立った進行がされていた。その団体交渉のテープ起こしは、議事録作成と比較して、はるかに時間がかかった。

　また、その会社は ISO（国際標準化機構）9000の認証を取得していた。それに基づいて、会社はテープ起こしの請負者に、チェックリストの提出を課していた。全ての聞き取りが不明瞭な部分を、カセットテープの経過時間に従って、書き留めなければならなかった。チェックリストに多くのことを書くのに、かなり長い時間がかかった。その上、自分の原稿が校閲後に返却された時に、校閲に従って原稿を修正する必要があった。

　報酬は音源の長さによって決まっていて、例えば、1時間当たりで6,000円ならば30分で3,000円となっていた。聞きづらさについての考慮はなかった。私は仕事の初心者だったため、決められた報酬額は低かった。

　他の請負者の中でも、その団体交渉の仕事を引き受けようとする人はいなかったのだと思われる。私は、同じ団体交渉の継続のケースを引き受けることになってしまった。会社の社員が、私に頼み込んできたからだ。

　テープの音質は、以前のものと変わっていなかった。再度、全ての作業を完了するのに非常に長い時間がかかった。報酬を時給に換算すると、100円にもならなかった。

私は、他の仕事を全くすることなく、丸々1ヶ月の間、その仕事に取り組んだ。私は腹が立って、悔し泣きをした。普通のもっと楽な仕事の場合、時給換算すると900円前後だった。それは、一般的なアルバイトの時給とほぼ同じくらいだった。仕事を始めた次の年と、その次の3年目に、自分の報酬が上がることを望んだが、昇給はなかった。

　また、その頃は市町村合併特例法に基づいて、市町村の合併が頻繁に行われていた。そのため会社は、顧客数の減少に伴う受注件数の落ち込みに直面していた。

　地方自治体の議会は、3月、6月、9月、12月の特定の月に集中している。それらの月と月との間、しばらく仕事のない期間があったが、その期間が以前よりも長くなっていった。

　日雇い労働について言えば、繁忙期を除くと仕事の機会はあまりなかった。自分の体調もあまり良くなかったため、結局、その仕事もしなくなってしまった。

　地方自治体以外の仕事も多くある、他のテープ起こしの会社の仕事ができないだろうかと考えた。そこで、ある会社の発行した中古教材で練習した後、その会社の試験を受けた。しかし、私は合格できなかった。

　テープ起こしの仕事に加えて、映像翻訳の勉強にも行き詰まっていた。懸命に勉強したものの、私の技能はプロのレベルに達しなかった。私は仕事の機会を得るために、何度か試験を受けたが、仕事に結び付くことはなかった。

　テープ起こしや翻訳の仕事ができるよう頑張るほどに、それが私を袋小路に追いやった。どうしたらいいのか、分からなくなった。自分が失敗者であるという落胆の思いが、更に強化されただけのように思われた。私は自分が愚か者だと感じた。

　お金に関することは、いつも私にとって大きな問題だった。一方で、私には最初の就職先で働いていた時に蓄えたお金がまだ残っていた。数十年前は、預貯金の金利が現在よりも高かった。長期間の貯蓄では、利息も多く付いてきた。それで助けられた部分も多かったが、私は自分の生活力の欠如を知っていたため、倹約は必須だった。

　私は在宅業務の仕事ができるようになること以外は、他に何の考えも

なかった。理屈に合わない思い込みだったかもしれないが、職場での人間関係の問題に巻き込まれることは無いと思っていた。実際は、在宅業務の仕事であっても、この種の問題が起きないわけではない。

　私の振る舞いはぎこちなく、周囲に適応できなかった。視野を広げて、それまでにやったことのないことに挑戦するのは、難しいと思われた。しかしながら、生計を立てるために、馴染みのないことでもやってみようとする必要もあった。

　私のささやかな挑戦が失敗した一つの例がある。引っ越してからしばらくした時、夏の御中元の時期に、大手小売店の接客部門で働く期間限定のアルバイトをした。しかし私は、働き始めて何日か後に解雇された。私の仕事振りが、時間がかかり過ぎて効率的でないと判断されたようだった。それは、ほんの短期間の仕事だったが、私はショックを受け、がっかりした。

　更に年を経る間に、同じような問題に遭遇したことがあった。もっと正確で迅速に仕事をしなければ解雇すると、私が働いていた倉庫の会社から警告を受けたのだ。それも、異なる会社で２度起こった。

　そのような会社ではもう働きたくなかったため、私は２度とも自分から仕事を辞めた。私は手抜きをしたつもりはなかったし、頑張って仕事をしていたのだが、会社からクレームを付けられてしまったのだ。

　私のぎこちなく不器用な行動のために、そうなったのだろうかと考えている。しかし、警告を受けるのはいい気持ちではないが、私にとって、それらの会社で働くことは、最初から多くの点であまり快適なものではなかった。それらの倉庫の在庫管理の方法などが、私には向いていなかったのかもしれない。しかしながら、自分が速度や効率を要求される作業が苦手であるということは、否定することができないと思う。職場での不適応から来る問題に対しては、自分がアダルトチャイルドであることを言い訳にすることが、私のせめてもの慰めだった。

　私は自分の適性、得意な技能や能力、興味のあることなどを考慮して、自分が社会の中のどのような部分に属したらいいのか、考えることもできなかった。多くの人たちは、成長する間に自己理解と社会常識を身に付けて、自分の個性を考えながら、社会の中で自分に相応しい場所

を見つけようとするのではないだろうか。

　私は社会常識も自己理解も欠けていたため、どうしたら良いのか分からなかった。仕事ができるようになるために頑張ったが、それはあまり成功しなかった。そして、その結果に深く失望した。

　しかしその頃、私には他の選択肢がなかったと思う。今になっても、自分が若かった頃にこうすれば良かったなどという他のアイデアは、思い浮かばない。そのため、私は後悔することもない。まともな発育段階を経てこなかった人間として、在宅業務でのキャリアを追求しても、多くの収入を得ることができなかった。しかし、新しいことをやってみる価値は大いにあったと信じている。少なくとも、私の限られた視野は勉強することで広がり、知識が増え、色々なことに関心を持つようになった。

　在宅業務を追求した場合の問題点も考えられる。パソコンの画面やキーボードと向き合いながら、学習の課題や業務原稿の内容のことを考えていると、つまみ食いをしたり、お茶やコーヒーを飲む機会が多くなるという悪い習慣に陥った。考える時間が長くなればなるほど、おやつを食べる回数も増えた。もし私が、本当に在宅業務のプロになっていたら、カロリーの過剰摂取のため、健康に問題を抱えていたかもしれない。

　また、自分ではあまり気になっていなかったが、首や肩の凝りも激しくなっていた。肩凝りなどが激しくなっても、それに慣れてしまうと、人はその痛みを感じなくなってしまうと聞いたことがある。それは正しいのだろう。私は痛みを感じなかったため、凝りをほぐすための手当てもしていなかった。

　私は、学習の課題や業務に取り組むことに専念していたために、自分の体調を考慮する余裕がなかった。それが、私の更年期障害が長期間にわたった要因だったのかもしれない。

　私は未だに、他のことを考慮することなく、達成しようと心に決めたことを盲目的に追い求める傾向があった。それは、重症な「アダルトチャイルド」が持ちやすい、一つの典型的な傾向なのだろうと思われ

る。今、私は当時の自分を客観的に振り返り、自分の運命を克服するために多大な努力をしている、「チャイルド」を賞賛する。しかしながら、当時の私は、遂に収入を得るために別の方法を探すことを余儀なくされることになる。

44　オフィスワークの再開

　私は、再びパートタイムのオフィスワーカーとして働き始めた。電気通信会社からの業務委託を請け負う会社で仕事をすることになった。当時は、電気通信事業の規制緩和があって間もない頃だった。その会社は、新規のサービスの販売促進を開始した。私を含めて約40名が、新しい契約者を登録するための事務処理を行うために雇われた。

　最初に私たちは、正社員の人から、仕事はかなり忙しくなると言われた。しかし実際には、私たちの事務処理の量は、私たち全員に行き渡るのに充分なほどはなかった。手が空いている時間は、日毎に長くなっていった。

　業務開始から3ヶ月後、会社は私たちに通達した。「各自が毎週2～3日、交代で休むようにして、仕事の量が作業人数に合うように調整する」と言われた。また、そんなに頻繁に休みを取りたくない人は、その人が別のセクション、すなわちコールセンターに異動できるかどうかを、会社が検討するということが付け加えられた。

　私は異動したいと申し出た。その後、コールセンターで料金支払いのための口座振替の手続きの不備、例えば不鮮明な印鑑の押印のために金融機関から戻ってきてしまった申込書を再度提出してもらうことなどを、顧客に連絡する仕事をすることになった。

　私は、人と話すことは苦手だったが、その仕事に一生懸命取り組んだ。やりたいと思わないことをやらなければならない時は、何も考えずにただやってみるというのは、長年学習してきたことだ。あれこれ考え過ぎると躊躇してしまうことがある。時々、英語対応の顧客担当者が不在の時、私は代わりに、そのような顧客からの電話に応対することもあった。

　異動してから半年が、あっという間に過ぎ去った。その後、私はまた別の問題に遭遇した。会社から突然、解雇を言い渡されたのだ。私は困惑したが、戸惑いながらも上司に自分の仕事振りに問題があるからなの

かどうかを尋ねた。彼は、私の解雇は私の側の問題ではなく、会社側の理由によるものだと答えた。それを聞いて、少し安心した。

　実際、同時に他の何人かの人たちも解雇されたり、別のセクションに異動になったりした。別のセクションに異動した人たちも、業務内容が以前のものと非常に異なっていたため、新しい業務に慣れるのが難しかったようだ。そのため、結局、会社を辞めていった人たちもいたという。

　会社は事業の縮小を実施していた。新規サービスの契約を充分獲得できていなかったため、そうなってもおかしくはなかった。その時は2005年前後だった。同じ業界の企業の間には、常に激しい競争がある。更に、技術革新によって、人々が使用する製品も常に変化し続けている。

　私が勤めていたその会社は、固定電話のサービスを提供していた。当時は、携帯電話の普及は進んでいたが、ほとんどの家庭は、まだ固定電話を使っていた。現在ではスマートフォンが主流となり、固定電話を持つ家庭は少なくなっている。そこで働いていた頃を思い出すと、電話機の変遷にも驚かされる。

　その仕事を辞めてから数ヶ月後、私は保険会社の派遣社員として、ファイリングの仕事を始めた。過去に発行された保険の給付金に関する文書を調査するために、多くの派遣社員が雇われた。当時は、保険会社の給付金支払漏れのケースがあるということが問題となっていて、その関連のニュースが広く報道されていた。そのような疑惑の持たれた会社は、膨大な量の文書を再確認する必要があった。その保険会社は、200人以上の派遣社員を雇った。

　私は、各案件を審査する別の部門のために文書を準備するセクションの所属で、出力装置で大量の文書を印刷する仕事だった。私たちは10人ほどのチームとして働いた。

　基本的に作業は単純なもので、ストレスを感じるようなものではなかった。私たちの役割には、事務所から保管場所に大量の文書を移動することも含まれていた。それは肉体労働のようだった。同じチームの中には、自分が少し付き合いづらいと感じた人も数名いたが、何とか波風

立てずに交流することができた。

　その再調査の仕事は6ヶ月で終わる予定だったが、2年近くまで延長になった。その間に、私たちの仕事はデータ入力に変わった。プロジェクトが進捗し、終わりが近づくにつれて、手が空いてしまう時間が増えていった。

　私たち一人一人に、パソコンの端末が割り当てられていた。私は何もすることがない時に、簡単な描画ソフトを使って、太陽系、家や庭、大聖堂などの絵を描いた。色彩に富んだ色々な絵を描くのは楽しかった。暇つぶしをする間に、パソコンの使い方も、更に少し学ぶことができた。

　その仕事は、私が今まで経験してきたものの中でも簡単な方で、給料も悪くなかった。実際、時給は前の電話関連の会社で働いていた時よりも高かった。そこでのファイリング業務は、学生がやるアルバイトのようだった。その上、プロジェクトの終了時に雇用契約も終わるという会社の都合による離職のため、労働者の自己都合による退職の場合よりも、私たちは早く失業保険を受け取る資格が与えられた。このような良い話は、あまりないのではないかと思う。とにかく、魅力的な職場環境に長く居られることはないと思う方がいいようだ。

　そこで働いている間、私はまだ更年期障害の健康不安があり、活動的ではなかった。しかし私は、その仕事の期間終了後に、別の仕事を探す時に役立つと思われる二つの資格を取得した。

　一つは、海外貿易の実践的な知識を学ぶための短期セミナーに参加し、もう一つは簿記学校で国際会計を勉強した。そして、貿易実務検定と国際簿記・会計検定を受験した。私は、それらの初級レベルの試験に合格した。

　私はもう在宅業務の仕事を得ようとは思わなかった。景気が良くなってきていたため、正社員の仕事を探そうとしていた。

　仕事を辞めた後、就職活動を始める前に英会話教室の夏季コースに通った。色々な国の文化に関するクラスなど、様々な授業があった。受講料も手頃な価格だった。日本にいながら、ミニ留学のような日々を楽

しんだ。

　秋の初めになって、私は仕事を探し始めた。公共職業安定所の提供す
るプログラムに参加することにした。それは、求職者が仕事を見つける
のをサポートするものだった。具体的には、求職者を支援する専属の職
安の担当者が、求職者が就職に至るまで、その求職者に適する求人を紹
介してくれるというものだ。

　私は、担当者が勧めてくれた幾つかの会社に応募した。そのうちの1
社の面接試験を受けることになった。その会社は、私の住んでいるア
パートに割と近い場所にあった。工業用製品の部品メーカーで、輸出業
務を担当する社員を求人していた。私はその仕事に就くための面接を受
けに出掛けていった。

　驚いたことに、私は採用された。私を含めて、求職者にとってはちょ
うどいい時期だったのかもしれない。景気は、その数年前及び数年後よ
りも良かった。新しい職業生活に対して不安を感じながらも、希望して
いた正社員の仕事を、遂に見つけることができて嬉しかった。

45　生涯の記念

　今でも、なぜその会社が私を採用したのだろうと思う。実際、その仕事や職場環境は、私には対処するのが困難だった。入社後、意外なことを知った。残業の制度は存在しているものの、誰もが残業をすることは想定されていなかった。

　私は、貿易事務の経験がなかった。私の仕事は、出荷の手配、納期の確認、見積もり依頼に対する返答、顧客からの技術的な問題等に関する質問への回答などだった。勤務時間内にそれらの業務を終わらせるのは、私にとって難しいことだった。

　残業に関する不文律に気付いてからは、必要な時には終業時間直後にタイムカードを押して、仕事に戻るようにした。時間の不足を補うためには、そうするよりほかはなかった。

　会社は家族経営で、その役員たちを満足させるのは、非常に難しいと思われた。各部署の会議が、月に一度開催されていた。役員は出席しなかった。

　役員がいないのは気が楽だったが、ある時会議中に、ある人から役員の一人が私について、あることを言っていたと聞いた。その役員は、私が会社にかかってくる電話に出ようとしないと言っていたという。それは、ある程度は本当のことだったかもしれない。私はいつも時間が足りなかったため、仕事中も時間を節約したかったのだ。ちょうどその職場に居心地の悪さを感じ始めていた頃でもあったため、その役員の言葉はショッキングなものだった。私は思わず涙を流してしまった。

　しかし、概ね管理職の人も含めて、他の社員の人たちは私に協力的な感じだったため、ひとまず安堵した。それ以降、私はもう一度気を取り直して、できるだけ一生懸命働こうとした。

　私が電話に出ようとしないと言われたため、もっと電話に出ようとした。その後、管理を担当する別の役員宛の電話を取った。それは一種のセールスの電話で、私はその電話にまともに回答した場合、どのような

結果になるか、予測できなかった。その担当役員は外出中だったため、私はその電話をかけてきた人から、会社の管理担当者、すなわちその役員の名前を聞かれた。私はその名前を伝えた。するとその人は、後で改めてその管理担当者に電話すると言った。

　その役員が戻った時、私は彼が外出中にかかってきた電話について伝えた。すると、彼はそんな電話の相手に名前など教えるなと言って、私を厳しく叱責した。それ以来、電話で管理担当者の名前を尋ねられる度に、「申し訳ありませんが、担当者の名前はお伝えできません」と言うようにした。

　他にも、私はその役員に厳しく叱られたことがあった。どういう状況であったかは覚えていないが、彼から私の仕事をする能力が欠けているということを指摘された時に、私は彼に、私に限界があることを理解して頂きたいと懇願したような状況だったと思う。それは、彼には口答えのように聞こえたのかもしれない。その日、私はずっと泣きながら家にたどり着いた。

　その役員の席は、私の席のわずか3メートル後ろにあった。私は仕事をしている間、いつも緊張していた。役員が席にいるかどうかを見るために振り返ることさえできなかった。私の些細なおかしな行動でさえ、私に対する彼の怒りを引き起こしてしまうのではないかと恐れていた。

　父との悪い関係が、私と職場の役員たちとの関係に、悪影響を与えた可能性もあるだろう。比較的温厚な役員もいたが、それでも私は、彼に心を開くのが困難だった。概ねその仕事は、私が取り組むのには難し過ぎたと思う。

　家の外で仕事をするようになってから、日曜日の礼拝にあまり出席していなかった。T牧師の礼拝の会場は、私が引っ越した後遠くなり、次第に礼拝に行く回数が減っていた。その会社の社員になってからは、ほとんど礼拝に行かなくなった。普通は、私は週末を休息に充てていた。また、出勤する土曜日もあった。平日は、仕事から来る緊張のせいか、あまりよく眠れなかった。週末は家に居るようにして、睡眠時間を補った。

　そこで働き始めて数ヶ月後、自分にできることは、日々の仕事をこな

していくことに専念するだけであると共に、この仕事に関する私の将来については不確かであると感じていた。何か非常に悪いことが起きて、私がそこで働くことができなくなったら、それまでのことだと思った。

　私は辛うじて日々の日常生活を送っている状態で、思い切ったことをするのは難しいと思われた。しかし私は、もっと会社に近い、別のアパートにどうにか引っ越すことができた。当時の私の収入は、一般的なパートタイム労働者よりも少し良かった。私の新しい部屋は、以前の部屋よりも少し広くて新しかった。私には達成感があった。

　金曜日や土曜日の仕事帰りに、近くのショッピングセンターで、色々なお店を見て回って気分転換することもあった。ジューススタンドで見た、南米アマゾン産のアサイーベリージュースに興味を持った。当時は、この果物はあまり知られていなかった。飲んでみたいと思った。

　私は時々、そのジュースを飲んだ。色は濃い紫色だけれども、味はあまりない。アサイーにはポリフェノールが多く含まれていると言われ、その成分が健康に良い影響を与えていると感じた。

　とにかく、私の仕事の日々は続いていった。私が最も気掛かりだったのは、一人の役員のことだった。自分に席が近い役員ではなく、私が電話に出たがらないと言った役員の方だ。この役員は、役員の中で最年少だったが、現社長が退任した後には、社長の地位を引き継ぐことになっていた。

　ある日、管理職の一人が解雇された。最年少の役員は、その管理職が会社を裏切ったため、今後は社内の誰もが、彼と連絡を取ることは許されないと言った。その管理職と会社の間で、何があったのかは分からない。

　私は、最年少の役員と特に接点はなかった。当時の私の印象は、彼は人の粗探しが得意で、実業家としては世間知らずで繊細な感じがしたということだけだった。

　管理職の解雇の後、最年少の役員の存在感が大きくなって、その奇妙な力が社長の力を超えているように思えることがあった。その役員は、気に入った社員には親切だったけれども、私は彼に見下されていることを知っていた。

　私は、いつか彼に追放されるのではないかと考えるようになっていた。会社に長く留まろうとするよりも、彼に深く傷つけられる前に仕事を辞めた方がいいと思った。

　時代が変わった。リーマン・ショック後、経済情勢が悪化した。会社は、管理職ではない一般社員は、今後、週３日のみの出勤となることを発表した。

　私は、週に３日で自分の仕事をどうこなしていったらいいのか、分からないと思った。私は直属の上司に、限られた日数でどう仕事をしていったらよいか相談した。その後、彼は私と一緒に社長室に行った。そして、私の仕事は週に５〜６日でする必要があると社長に進言し、私がこれまで通りの日数で働き続けることができるかどうか、社長に尋ねてくれた。

　しかし、社長はその進言を退けて、その二人の私の上司の話し合いは、私の退職に向かっていった。会社は、もう私を必要としていないのだと感じた。それで終わりだった。しかし同時に、私は安堵していた。その時が予想していたよりも、少し早く来ただけのことだと思えた。私は、そこで１年半働いた。それが私の限界だった。

　私には男性との関係に根深い問題があると気付いた時に、自分が結婚できるように祈ることを止めた。しかし、経済的な不安から逃れるために、会社の正社員などの、充分な収入を得ることができる仕事に就きたいと願い続けていた。

　長く続けることはできなかったが、その仕事を通して、一度は希望が叶った。それは、私の多くの試行錯誤の末の、神の憐れみだったのかもしれない。

　仕事を辞めるのは少し残念だったが、会社を去るのにはちょうどいい時期だったと思われる。その後、他にも普通には考えられないような理由で、会社を辞めた人たちがいたことを聞いた。

　別の管理職の人は、彼の管理職の地位を剥奪され、アルバイト並みの待遇になって、数ヶ月後に会社を辞めたという。最年少の役員に気に入られていた人たちでさえ、小さなミスのために解雇された。驚いたことに、私に席が近かった厳しい役員も、私が辞めてしばらくして辞任した

と聞いた。私は最年少の役員が、その厳しい人が居るのが嫌なために、彼を辞めさせたのだろうかと考えてしまった。

その会社で勤務していた時を思い出すと、今でも複雑な気持ちになる。一方で、会社の敷地内から他の人たちと一緒に、近くで開催されていた花火大会を見たり、珍しく雪の積もった日に皆で雪掻きをしたりと、社員としての良い思い出もある。雪の日には、誰もが子供のようにはしゃいでいた。

会社には、クリスチャンの女性上司がいた。彼女は私を、公的にも私的にも支えてくれた。有り難いことだった。その後、彼女が行っていた教会に行く機会があり、それが私の新たな教会生活につながった。

その会社で起きた、私にとって重要な出来事の一つは、「宇宙人（Extraterrestrial, ET,: 地球外生命体）」の概念を授かったことだ。それは霊的な経験だったと言える。

ある日、何らかの理由で会社の食堂に大勢の人がいた。普通は、営業担当者は外出していて、昼食時に不在なことが多かった。そのため、テーブルの席が埋まってしまうことはなかった。しかしその日は、いつもは不在の営業担当者も社内にいたため、全ての席が埋まっていた。テーブルの端だけが、椅子を移動して席に着くことができたため、私はそこに座ろうとした。

同僚の一人が私と席を交換すると言ってくれたが、私はそのテーブルの隅にある椅子に座ると主張した。それが何となく気に入っていた。すると、ある言葉が頭に浮かんできた。「これは宇宙人の席だから、私の席なんだ！」

私は新しいアイデンティティを獲得したようだった。宇宙人は変わっているから、「地球上の日常生活」の問題に対処するのは不器用でうまくいかないかもしれない。また、宇宙人は地球上の社会に溶け込むのに苦労するかもしれない。しかし私は、宇宙人のような人がいてもいいのだと感じた。

ある缶コーヒーブランドの、テレビコマーシャルのシリーズがある。いつも同じキャラクターが、コマーシャルに登場する。彼は「宇宙人・

ジョーンズ」で、地球を調査中なのだ。この場合の地球は、「日本」を
意味する。アメリカの俳優が、宇宙人を演じている。

　ジョーンズは、他の作業員がきちんと仕事をしている間に、建設現場
の鉄骨にヘルメットをぶつけてしまう作業員など、色々な「どじを踏
む」キャラクターとして登場することが多い。一方で、彼の超人的な力
が、人々を驚かせることもある。彼はぎこちなくて変わっているように
見えるため、人々は彼をからかう。それでも彼は、真面目で称賛に値す
る者のように思われる。

　コマーシャルの最後に、彼は仕事の疲れを癒やすため缶コーヒーを飲
んで、喜びに浸る。彼の心の声を語るナレーションは、「このろくでも
ない、すばらしき世界」と言う。このコマーシャルシリーズには多くの
エピソードがあり、彼の役割は様々だ。しかし、彼の朴訥とした誠実さ
は変わらない。

　私の宇宙人の概念が、ジョーンズのキャラクターに繋がった。架空の
キャラクターであるものの、自分と何か共通点がある人を見つけたこと
が嬉しかった。それ以来、社会生活で問題を抱えやすい自分の傾向から
来る悩みが軽くなった。

　時々私は、宇宙人のように不器用で、社会に溶け込むことが苦手な人
がいてもいいのだと考える。宇宙人キャラクターの概念は、ユーモラス
で好感が持てると思う。その想像上のキャラクターは何度も私を励ま
し、私の自己受容を増した。

46　新しい教会生活

　会社を退職した後、私は公共職業安定所に就職活動のため、時々通っていた。私は求人情報に基づいて、何度か企業に履歴書を送った。しかし、良い反応を得ることはなかった。景気は停滞していて、仕事を見つけるのは非常に困難だった。

　ある意味、私の就職活動の目的は、失業保険を受給することだけだったと言っていい。失業給付を受けるためには、毎月、求人に応募したという記録を職安に提出する必要がある。私は、退職後すぐに失業保険の給付を受けることができた。それは、退職理由が会社の事業縮小という雇用者側の理由であったためだ。

　当時、アルバイトやパートタイムの仕事が得られたとしても、その給料は、私が貰っていた失業保険よりも少なかったのではないかと思う。更に、私の失業給付期間は3ヶ月間延長になった。私は、全部で9ヶ月間給付を受けた。他の多くの求職者も、給付期間が延長になっていたようだ。それほど景気が悪かったということだろう。

　一方で、私は失業しているものの、失業給付を受けているために、気楽な生活を送っていた。そんな頃、アパートの近くの教会の日曜礼拝に出席し始めた。以前の会社の元上司が、私を誘ってくれたからだ。そこもペンテコステ派の教会だった。自分が教会に戻るのに、ちょうど良い時だと思った。

　私には、他の選択肢もあった。それは、T牧師の礼拝に行くことだった。しかし、電車やバスを利用して遠くまで通うのに、交通費もかかってしまうと思った。毎週、日曜礼拝に行く代わりに、月に一度のT牧師の実際のカウンセリングを参観する、「公開カウンセリング」というセッションに参加するようになった。

　何十名かの人たちが、そのセッションに参加している。毎回、2～3名が自ら進んでT牧師のクライアントになる。私は、今でもそのセッションに参加し続けているが、そこから多くのことを学んでいる。自分

がクライアントでなくても、カウンセラーとクライアントのやりとりを通して、自分自身がカウンセリングを受けていると感じることがある。

　それは、私が自分の問題に対処していくための手掛かりを見つける助けとなることもある。質疑応答の時間や、他の参加者やクライアント本人からの感想やコメントを聞くのも興味深く、注意深く聞く価値がある。私は「公開カウンセリング」に参加するようになってしばらくした後、再びカウンセリング・ロールプレイクラスにも参加し始め、今に至っている。

　私が通い始めた教会については、自分に合っているかどうかと考えた。私が最初に行った教会が同じペンテコステ派だったため、そのような教会には馴染みがあった。私はその教派の教会の良い点とそう思えない点について、自分なりに意見を持っていた。私が最初の教会で経験した問題は言うまでもない。それ以外にも、真面目でクリスチャンのあるべき姿になろうとするのは良いことなのかもしれないが、私はその教えが、理想的であろうとすることを強調し過ぎていると感じることがある。

　それでも、その教えに慣れている教会に行くのは、都合がいいと思った。教会で起きる出来事に対して、どういうスタンスでいれば良いのかを考えやすいだろう。また、そこで起きることの結果を想定し、それに対する自分の態度を決めることも、ある程度、楽にできると思われた。

　色々な教会に行ってみることは、必ずしもうまくいくとは限らない。それぞれの教団・教派のキリスト教組織の特色があり、また、それぞれ個々の教会にも、独自の雰囲気がある。私たちがそこにいる限り、私たち一人一人は、多かれ少なかれ、その教会に合わせて適応する必要があるようだ。

　教会は霊的な場所であり、仕事をする場所ではない。したがって、利害に関わる問題が起きることはないはずである。しかしながら、教会に典型的に見られる問題があると思われる。愛に満ちた神への信仰のために、教会の人々の相互の間に過度の依存と期待感があるように思う。そして、それは時に教会の会衆の間に問題を引き起こすようだ。

　日本では、クリスチャンは多くない。そのため、クリスチャンの同じ

仲間へ期待する思いは、クリスチャンが多い他の国々よりも大きいかもしれない。

　仕事を辞めてしばらくしてから、私は個人的に TOEIC（Test of English for International Communication：国際コミュニケーション英語能力テスト）の高得点を取ることを目指した。その試験で高得点を取ることを目的とした通信講座を受講した。一度だけ、999点満点のテストスコアが900点をわずかに超えたことがあった。概ね私は、失業給付を貰いながら、自分がやりたいことをするという、楽な生活を送っていた。

　翌年、私の新しい教会の年配の牧師夫人が、子供たちのための英語教室を始めた。私は彼女に、その教室のために何かできることがあれば手伝いますと言った。そうする必要はなかったのだが、私は自らそうすることを申し出た。私は当時働いておらず、他にも何かしているわけでもなかったからだ。

　失業保険の給付期間は、既に終わっていた。私は仕事を探す必要があった。そのため、私が指導者としてクラスを受け持つことは、相応しくないと思われた。牧師夫人と女性の教会スタッフが指導者になった。

　私は教室の受付、会計、毎月の月報の作成、また時々、クラスでビンゴなどのゲームをすることがあった。更にクリスマスやイースターが近くなると、パーティーのための準備をする必要があった。最も労苦したことの一つは、お菓子やプレゼント、部屋の飾り付けやパーティーで使う装飾品や道具を作るための材料を揃えることだった。予算が限られているために、このような特別な行事の経費を最小限に抑える必要があった。私は100円ショップを見て回り、買い物をするのに、多くの時間を費やした。

　教室運営は、利益が多いものではなかった。牧師夫人は、副収入を得るためにその仕事を始めたのだが、教材を提供する会社に、教室の規模にしては高額のロイヤリティを支払わなければならなかったのだ。

　英語教室の運営に関わる以外に、私は英語教育に関連する2つの資格を取得することを目指した。英語学習者のアドバイザーになるためのワークショップに参加し、小学校英語指導者の認定を得るために通信教

育を受講した。これらの資格を取得したものの、あまり活かすことはできなかった。

　当時、公立小学校における英語活動を推進する政策が取られていた。英語のネイティブスピーカーばかりでなく、日本人の指導者の需要も多いと言われていた。しかし実際には、日本人指導者の求人は多くなかったようだ。私は一度だけ、その仕事の面接を受ける機会があったが、うまくいかなかった。

　私が唯一したことは、実用英語検定の会話テストの合格を目指す人の練習相手になることだった。このテストは、英語検定1級に合格するための、最終段階のものだ。その人の英語力は、私よりも勝っていたが、私は「英語学習アドバイザー」として、練習相手になることを引き受けた。半年くらい、そのようなことをやったが、それは興味深い経験だった。

　しかし私は、自宅で子供たちの英語教室をしていた時を除いて、継続的で系統だった英語教師になる機会がなかった。もし自分が若かった頃に、私が40代以降になってから身に付けた英語力を持っていれば、状況は違っていたかもしれない。しかしながら、自分が抱えている弱点のために、私が英語教師になるのが良かったかどうかは、何とも言えない。

　約2年の間、私の唯一の役割は、教会の英語教室に関わる作業をすることだった。毎月の報酬は、小学生のお小遣いと同じぐらいだったと思う。求職活動はしていたが、アルバイトも含めて求人は少なかった。また、応募しても、うまくいくことはなかった。

　このような時期に起きたのが、2011年3月の東日本大震災だった。この震災によって、経済情勢は更に悪化したようだった。そんな頃、教会で英語教室の作業をしていると、最初の教会で、日曜日の午後、一人で教会の会計をしていた時のことを思い出した。どちらの状況も、非常によく似ている気がした。私は自分に問いかけた。「何やってるの、あなたは？　いつも誰かに搾取されているんじゃないの！　悔しいと思わないの？」しかし、私にできることは、その状況に耐えることだけだった。

孤独を味わいながら、英語教室に関わる作業を始めて２年くらい経った時、牧師夫人と教会の女性スタッフと一緒に、教室の運営について話し合う機会があった。

　私は感情的になって、その二人からの充分な協力がないままに、クリスマスやイースターのイベントのために色々な物を準備するなどの細かい作業をしたことや、自分の経済状況についてまで言及し、不平不満を言い表してしまった。二人は私の怒りに驚いた様子で、言葉を失っていた。その後、何かが変わったということもなかったが、不満をあらわにした後は、気持ちがすっきりした。

　自分がある役割を果たすことが本当は嬉しくないのに、問題なくやっている振りをするのは良くないことだと分かっていた。最初の教会に行っていた時に、私はそれを痛いほど思い知らされた。自分の英語教室の役割を教会にお返ししようかと考えたが、引き継いでくれる人がいないことは明白だった。その役割に対する私の不満のおもな理由は、それが私の抱えていた古い心の傷を疼かせたということだ。その他に、その役割を遂行することができない理由があるわけではなかった。

　結局、英語教室が最終的に閉鎖になるまで、私は教室の運営に携わった。教室は10年間続いた。その間、他に仕事をしていないこともあれば、仕事に疲れていた時もあった。

　最も苦心した作業は、月報のために小さな記事を書くことだった。教材を提供する会社が、各教室が独自の月報を作成するためのA4サイズの書式フォームを提供していた。英語教室と教会行事に関する情報を記入する以外に、何か他のことを書く必要があった。大きな空欄ではなかったが、何を書き込んで埋めたらいいのか、悩んでいた。

　最初の１〜２年の間、私は毎月、空欄に何を書いたらいいだろうと、色々考えていた。その時々に話題になっていた社会現象などについて、何かを書いていたと思う。

　その後、記事を計画的に書く方法を思いついた。主題を選んで、それを１〜２年続くシリーズにした。例えば、聖書に登場する動植物（ライオン、葡萄、聖ペテロの魚、乳香、その他）、ＡからＺの文字で始まる英語圏の国（オーストラリア、カナダ、イギリス、インド、アイルラン

ド、アメリカ合衆国、その他)、AからZの文字で始まる聖書に登場す
る人物の名前（アブラハム、カイン、ダビデ、ゼカリヤ、その他）であ
る。

　聖書の登場人物の名前の日本語の発音は、英語とは異なる。中には、
かなり異なっているために、同じ名前だと認識しづらいものもある。例
えば、John（ジョン）は「ヨハネ」、Matthew（マシュー）は「マタイ」
などだ。このような一般的な英語の名前が聖書に由来することは、日本
ではあまり知られていないようだ。この名前に関する記事は、興味深い
ものになるだろうと思った。

　私はどうにか、より効率的で容易な方法で記事の欄を埋めることがで
きた。その10年間は、教室の月報を作る以外に、頭脳労働をする機会
があまりなかった。この作業が、私の思考力が鈍らないように活かし続
けるのを助けた。もし私が、長期間にわたって記事を書くことがなかっ
たら、今取り組んでいるこのような回想録に自分の経験を記述すること
は、もっと困難なものになっただろう。今思えば、英語教室の役割を途
中で投げ出さなかったのは、幸いだった。

47　吸血鬼

　そんな頃、以前の会社で元上司だった人の娘さんから、パートタイム
の学童保育指導員の仕事をしてみないかと言われた。私は子供を含めて
人と関わることが苦手なため、自分がその仕事を相応にやっていけるか
どうかは分からなかった。しかし、私は仕事を見つける必要があった。
また、仕事を探そうとしてもうまくいかず、応募しようと思えるような
仕事も限られていた。

　私はその仕事に応募して、補助指導員として採用された。学童保育指
導員は皆、パートタイマーだが、多くの指導員はフルタイム勤務で、そ
の人たちが「指導員」と呼ばれる。私を含めて、短時間勤務で週に４日
だけ働くのが「補助指導員」である。

　私が配属された学童の教室に「吸血鬼」がいた。前もって私は、ある
恐ろしい指導員がいて、同僚の指導員を追い詰めたために、その人は仕
事を辞めざるを得なくなったということを聞いていた。私は、その指導
員のことを危惧していた。同じ不幸が私を襲ったことを理解するのに、
それほど時間はかからなかった。

　教室には他に３名の指導員がいて、皆女性だった。一番年長の人は、
私が「吸血鬼」（Vampire：以後Ｖと記載）とニックネームを付けた指導
員だった。彼女は私より10歳ぐらい年上で、60代半ばだった。そして、
とても自惚れが強いように見えた。

　仕事は毎日、児童が学校から帰る時間よりも、１〜２時間早く始まっ
た。普通はこの時間帯に、学童の職員はクリスマスやこどもの日などの
行事の準備等の、教室のために何かをする時間だった。または、教室運
営の改善するべき点などについて話し合う時間でもあった。しかし、私
が配属された教室は大きく異なっていた。Ｖ以外の指導員は、１人は中
年で、もう１人は若かった。Ｖとその２人は、頻繁に楽しそうにおしゃ
べりをしていた。それは常に雑談やうわさ話であり、教室の運営とは無
関係のものだった。

　Ｖは私がおしゃべりに加わらないことに、気を悪くしたようだった。彼女は同僚と色々な話をすることで、互いのことをもっと知る必要があるのだと主張した。そして彼女は、私があまり話さないことが不愉快だというようなことを言った。

　雑談しながらの指導員としての仕事は、とても気楽なものに見えたが、本来の放課後の児童への指導業務に加えて、教室やトイレを掃除する必要もあった。私はＶに良く思われなかったため、既に緊張していた。そのため私の行動が、更にぎこちなくなっていたかもしれない。

　Ｖは私に「嫁いびり」のようなことをした。彼女は声を荒げて、「もっとキュッキュッと力を入れて、流しをこすってきれいにしなきゃダメじゃない！」などと私に叫んだ。私に対する彼女の粗探しはしばらく続き、彼女たちのおしゃべりの時間が、Ｖが私を尋問する時間になってしまった。

　彼女は、私が独身で子育ての経験もないことから、学童の職員として無能であるとレッテルを貼ったのだろう。また、彼女は恐らく、私が彼女の八つ当たりの対象として、ちょうどいいと感じ取ったのかもしれない。

　Ｖは、私が学童できちんと役割を果たせることなど決してないと主張した。また、私が全くその仕事をする資格がないにもかかわらず、なぜ私がそこで働くなどということを考えたのか、理解に苦しむと言った。彼女は眉をひそめて、絶えず私に文句を言った。

　彼女の「演説」は芝居がかっていて、理想を語っているようだった。学童保育の仕事は崇高なものであって、その職員には大きな責任があると強調した。また、もし大地震が襲った時には、私は子供たちを助けることなどできないと付け加えた。当時、東日本大震災は、私たちの記憶に新しいものだった。

　Ｖは正義の味方、そして悪党と戦うスーパーヒロインのように振る舞っていた。私への尋問は１〜２ヶ月続いた。私は、何を言っても彼女には伝わらないことが分かっていたため、あまり話さないようにしていた。

　ある時私は、他の２名の指導員も私が無能だと思うかどうか、尋ねて

みた。Vが私を尋問している間、その2名はあまり話すことがなかったからだ。2名はVの意見に同調し、私がもっと良い働き手にならなければならないと私に言った。Vは私をいい気味だというふうに眺めた。2名はVに追従しているようだった。

　私は、その職場の力関係を知った。どうしたら良いのか、分からなかった。学童の教室は、最小限の職員で運営されていた。自分が無能だと見なされていても、いきなり仕事を辞めることを躊躇した。また、その仕事を辞めたとして、別の仕事が見つかるかどうかという不安もあった。

　夏休みの時期がやってきた。それは学童の教室で、年間を通して最も忙しい時期だ。子供たちは朝から教室に来て、午後6時か7時くらいまで留まる子供たちもいた。時々、学童の職員は、子供たちをスイミングプールに連れて行くこともあった。夏休みの間だけ雇用される、短期の職員もいた。

　そのうちの一人は経験豊富で、子供たちを楽しませる方法をよく知っていた。最初は、Vが彼女を気に入っているように見えたが、ある時、Vの彼女に対する態度が変わった。Vは彼女がしたことについて文句を言い始め、彼女に辛く当たった。Vがそのような有能な職員を嫌ったことは、予想外だった。結局その職員は、すぐにもっと良い仕事を得て、教室を去っていった。

　実際、その教室では、普通ではないことがたくさん起こっていた。夏の間、子供たちと職員は、午後に昼寝をすることになっていた。子供たちは落ち着かず、度々眠らないことがあった。彼らは互いにおしゃべりをしたり、立ち上がって跳ね回る子供さえいた。Vは、よく子供たちを叱っていた。しかしある意味、私はVが子供たちに舐められているという気がした。

　子供たちに対するVの態度には、一貫性がなかった。教室では、追いかけっこは禁止されていた。しかし、彼女自身が子供たちを追いかけていることがあった。彼女には、何人かのお気に入りの男の子がいた。そして、ティータイムの休憩時間に、その子たちが指導員の席に来て、彼女と話すことを許可していた。

　しかしある時、彼女が何らかの理由で、お気に入りの男の子の一人に、腹を立てて叫んだ。「お前は、いつもしてはいけないことばかりする悪だ！　休憩時間に私の所に来たり、何でそんなことばかりするんだ！」それはたわごとで、彼女自身が来ることを許可していたのだ。

　私が児童虐待なのではないかと感じたことも、何度かあった。どのように「吊し上げ」の状況に発展していったのか記憶にはないが、ある男の子が部屋の中央に立っていた。その子は、時々暴力的になることがあった。Ｖは部屋にいる全ての子供たちに向かって声を上げ、「○○（男子の名前）は厄介者だから、どこか別の所に行ってほしいと思う人は、みんな手を叩いて！」と叫んだ。

　拍手と歓声が起こった。勤務中だった中年の指導員は、子供たちと一緒になって同じことをしていた。こんな光景は、見たくなかった。私にできることは、項垂れて下を見ることだけだった。

　吊し上げの喧騒はしばらく続いた。最後にＶは男の子に、「お前は、どうしようもない奴だ！　ちゃんと心を入れ替えなければ、どうにもならなくなるんだからな！」と叫んだ。彼は、身がすくんでしまったように見えた。

　また、男の子にしてはおしゃべりな、ある男の子がいた。Ｖはよく彼をからかっていた。ある日Ｖは彼に、女の子用のＴシャツを着て髪飾りを付けるよう強制して言った。「お前みたいなおかしな奴は、女の子のものでちょうどいい」彼女は、そこにいる全ての子供たちに、彼の格好を見るように言った。すると子供たちは、彼を嘲笑した。彼がその時、本当はどう感じていたのかは分からないが、彼がそのことを気にしているようには見えなかった。彼の方が、Ｖよりも上手のように思われた。彼が傷ついているようには見えなかったが、このようなことは許容されるものではないと思う。

　子供たちへの接し方に関わる問題だけでなく、教室の運営管理も腐敗していた。私の勤務シフトは午後２時から７時までで、他の職員は午後１時から７時までになっていた。しかし毎日交代で、２人の職員が午後７時より早く５時か６時に帰宅し、残った１人が午後７時まで留まった。

午後５時を過ぎると、教室に残っている子供の人数も少なくなる。それでＶは、職員も２人で充分だと考えたのかもしれない。その職員たちは、早く仕事を終えているにもかかわらず、午後１時から７時まで６時間働いたと報告していた。彼女たちは、役所からお金を横領していたのだ。Ｖは他の２人の職員に、そうするように指示したのだと思う。

　忙しい夏休みの時期が終わった。その頃Ｖは、私を批判するよりも、無視するようになっていた。彼女は、自分が他の２人の職員と雑談している間、建物の外側の通路や階段の掃除などをするように、いつも私に指示を出した。それは、私にとって幸いだった。Ｖの突然始まる私への攻撃を恐れながら、彼女たちの無駄話を聞く必要がないからだ。

　秋が深まる頃、新しい職員が、思いがけずその教室に配属されてきた。しかし、配属後しばらくして、彼女は教員になるための教育実習に参加するために、約１ヶ月間、教室を離れることになった。

　Ｖは、もう１人の職員が来たため、私を教室から追放するのに最適なタイミングだと思ったのかもしれない。また、新しい職員が不在の間に、私を排除する行動を取る方が、都合が良いというふうに考えたのではないかと思う。

　ある日Ｖは、前の週の土曜日に子供たちが絵を描いていた時、私が子供たちを指導しなかったと批判した。その土曜日は、私とＶだけが同じ時間のシフトに入っていた。彼女は私に何も言わなかったが、私は緊張していた。

　絵を描いている子供が２人いて、私が彼らの後ろにいたのは、本当のことだ。Ｖは、私が何もせずに彼らの後ろに留まっていたのは不気味だったと私に言った。実際は、私が彼らのために何か手助けをしたとしても、Ｖが私を批判するのではないかと恐れて、何もできなかったのだ。私が何かを彼らにしたとしても、彼女は私が彼らをうまく手助けしていないと非難するだろうと確信していた。

　その時、Ｖの２人の追従者は、以前よりも攻撃的になり、私を批判した。彼女たちは私に言った。私はその時気付かなかったのだが、外遊びをしていた時に、私の後ろで転んだ子供を助けなかったことや、数名の子供たちが学童の教室の範囲を越えて、立ち入りが許されない建物の部

分に行ってしまった時、私が彼女たちに助けを求めなかったことなどに言及した。

　最初は、彼女たちが何のことを言っているのか、分からなかった。しばらくして、私は数日前に起こったことを思い出した。何人かの子供たちが廊下を通り抜けて、建物の中の別の場所に行ってしまった。私は彼らを教室に連れ戻した。それほど長く時間がかかったわけではない。

　私は既に無能であるとレッテルを貼られて、多くの批判を受けていたため、他の職員に助けを求めることなどもってのほかだと思っていた。私は唖然とし、返す言葉もなかった。同僚の職員たちの言葉が、私の心に響くことは全くなかった。

　また私が、遊戯室で騒いでいる子供たちを静かにさせることができなかったことも批判された。しかし私の見解では、そもそも状況は制御不能になっていた。私がその部屋に入る前に、子供たちは既に騒いでいた。

　その教室の子供たちは、落ち着かないことが多かった。Ｖが子供たちに対して度々していた、一貫性のない叱責が子供たちを不安定にし、それが学級崩壊のようになった理由の一つだったと思われる。全ての同僚が、色々な問題を私のせいにしているようだった。

　若い職員は、他の人のアドバイスに謙虚に耳を傾けて態度を変えるように私に勧め、それが人のあるべき姿であると主張した。私は彼女に何も言い返さなかったが、この若い女性は、本人よりも30歳年長の人に、何を言っているのか分かっているのだろうかと感じた。

　その晩、私は仕事を辞める決心をした。もうそこで働くことは不可能だと思った。それは追放されるも同然だった。私のことが、無条件に問題だと思われているようだった。

　翌日、私は3人の同僚に、私の理解力が足りないせいか、彼女たちが私に言ったことを理解して従うことができないため、仕事を辞めることにしたと伝えた。私はそこで、更に2週間働く必要があった。困難な時だった。お腹が痛くなり、よく眠れなかった。

　私がすぐに仕事を辞めることになったにもかかわらず、Ｖは執拗に、私に喧嘩を売ってきた。ある時、彼女は私に、何か言いたいことがある

かと尋ねてきた。なぜそのようなことを、彼女が言ったのかは分からない。私はしばらく考えた。Ｖは私の父に似ていた。その二人は、ある意味、雄弁だった。二人の主張は論理的で、辻褄が合っているように聞こえた。しかし、その物言いには詭弁が含まれていた。そういう人たちは、相手を巧みに追い詰めようとする。そのため、注意深く冷静にその話を聞かないと、騙される可能性がある。

　他の２名の中年と若い職員は、Ｖの言葉に騙されたところもあるのかもしれない。また彼女たちは、Ｖを怒らせることを恐れていたというのも、Ｖに追従した理由だろう。

　しかしながら、その教室で起きていたことは、普通では考えられないことが多かった。騒々しい教室の状態や勤務時間中の職員たちの楽しそうな無駄話、適切ではない子供たちに対する態度やお金の着服などである。また、新入職員を明白な理由もなく、尋問し続けていたのだ。

　私は、仕事に従事する者は職場で起きていることが妥当なものであるかどうかを判断する必要があると考える。何かが相当におかしいと感じるのならば、その問題に対処するように努めるべきだと思う。

　私はＶに色々言いたいことはあったが、一つのことに絞った。彼女から受けた様々な批判の一つ一つに反駁することが、うまくいくとは思えなかった。彼女の反応は予測できず、私はそれを恐れた。

　私は彼女に、私が「危険思想」を持つ人間だと言われたことに言及した。それは事実だった。私が子供たちに甘過ぎると彼女が批判した時、このような言葉を使ったのだ。彼女はそんなことは決して言っていないと否定し、もし言ったのだとしたら、いつ、どのような状況の時に言ったのか、執拗に私に聞いてきた。

　私は彼女に、その時の詳しい状況を話した。そして私は、彼女の口から出た言葉をそのまま語った。「あなたは独身で、子供を育てたこともなく変わっているから、危険な思想の持ち主だ！」私は、これで状況説明を締めくくった。この「危険思想」に関することは、数日の間、彼女の中で燻っていたようだった。

　彼女は執拗に、そんなことは言っていないと主張した。私は、その言葉が私の頭にしっかりと張り付いて残っていると伝え、彼女がその言葉

を言っていないと100％確信していると証言できるかどうかを尋ねた。それは、私の彼女に対する「尋問」だった。

　彼女は「危険思想の持ち主」のような言葉は、彼女にとって非常に時代遅れの言葉に聞こえるため、この言葉が彼女の口から容易に出てくることは考えられないと答えた。仕舞いには、彼女はある程度の遺憾の意を表したが、私がその言葉に引っかかった理由は、私が独身であることに対する劣等感によるものだと言い張った。更に彼女自身は、人が結婚していてもいなくても、そんなことが気になることは全くないし、彼女の独身の娘たちにも満足していると付け加えた。しかし実際は、彼女が自分の未婚の娘たちのことが心配で仕方がないと人に言っていたということを、友人から聞いたことがある。

　彼女は常に、話題を変えたり詭弁を弄したりして、議論の相手に勝ちたいと思っているようだった。そのような人と議論することは、無意味で虚しいものである。

　私がVと口論している間、若い職員は項垂れて下を見ていた。彼女は、心の中で私を叱責しているように感じられた。「なぜあなたは、偉い指導員の先生に口答えするの？　不道徳だわ」こんなふうに言っているように思われた。私は、Vへの忠誠心を彼女がどれだけ示さなければならないのだろうかと考えてしまった。

　口論の最中、私はこの教室に来て以来、Vから尋問されているような気がしていたと、思わず彼女に話した。彼女は「尋問された」という言葉に反応したのか、私を睨み付けた。私は「怖ーい！」と叫んだ。すると、彼女は私を軽蔑するように、彼女でさえも、出来の悪い相手に対しては厳しくなることがあると言った。彼女は、自分が容易に怒りやすいことにも気付いていないようだった。

　彼女はまた、ある奇妙なことを私に言った。彼女のお気に入りのある男の子は、他の子供たちが本を読む時間に、彼女から自分がやりたいことをするのを許されていた。状況はよく覚えていないのだが、ある時私は、彼に他の人たちと同じことをするように指示をして、彼に本を読ませた。彼は、私の指示に従った。

　Vはこの件を持ち出して、私に言った。「彼はあなたが怖かったから、

言うことを聞いたんだ」彼女は、私も怖いのだと言いたかったようだ。自分が怖かったのかどうかは、どうでもいいことだろうが、人を威嚇することが、人を従わせる唯一の方法ではないと思われる。

　私にこの仕事を紹介してくれた友人から、私の職場の問題について、労働組合のリーダーに相談してみないかと言われた。そして私は、その組合のリーダーと友人と一緒に、自分の状況について話す機会を持つことができた。

　リーダーは私に、学童指導員の相談役に、教室で私に何が起こったのかを話してみることを勧めた。またリーダーは、私が別の教室で働くことができるかどうか、役所に尋ねてみると私に約束してくれた。

　リーダーや友人が、私を支援してくれたことは有り難かった。その会話の中で、他の教室で働いている同僚の中には、Ｖに対して、かなり否定的な感情を持っている人たちもいることを知った。

　その後リーダーから、職場での人間関係の問題が異動の理由としては認められないことから、私の異動は承認されなかったと聞いた。

　次のステップとして、相談役に会う約束をした。私は彼に、Ｖの「嫁いびり」のような行動から、「危険な思想の持ち主」の発言に関わる話まで、教室で起こったことを大まかに伝えた。

　以前、その相談役が私たちの教室を訪れた際に、Ｖは彼に言った。「父親しかいない男の子がいるのだけれど、その子が将来、好きな女性と交際することがうまくできないのではないかと思うと、気の毒だ」ということだった。彼女は、上司などと一緒の時は、優しくて良い人の振りをするのが得意だった。しかし、そのような物言いは、例えば「その人は、障がい者だから可哀想だ」と言っているようなものであり、奇妙に聞こえたかもしれない。

　私の話の後、彼はその教室での私の困難に、深い同情を覚えると言った。彼は、他の職員の側の話は聞いていないため、まだ不確実な部分はあるが、適切な時期に、同僚のことを尊重するように、当該職員に忠告することを約束してくれた。

　また、私が別の教室に異動して、再び補助指導員として働く気持ちが

あるかどうかを聞かれた。しかし、それが可能であるかどうかは、彼にも分からないということだった。私は、その質問に対して「はい」と言うのを躊躇した。絶え間ないバッシングを受けた経験が、自分が同じ仕事を続けることを許さなかった。

　結局、私はその仕事を辞めた。しかし、職場で自分が経験したことを上司に伝えることができたのは救いだった。本当は、児童虐待と思われる事柄や、お金の着服の件についても言いたかった。しかし、無能だとレッテルを貼られ、職務経験も浅い私の立場で、これらの問題にも言及してしまうと、物議を醸すことになり兼ねない。私は、不平不満を言うだけの人と見なされてしまうことも考えられた。

　私よりも後に配属された新しい職員は、私が辞めてしばらくして、仕事を辞めたと聞いた。彼女は、お金の着服の問題が気になっていたようだ。良識のある人が、あのような職場に留まることはないだろう。

　Ｖは、私が辞めた３ヶ月後の翌年の春に仕事を辞めた。彼女が自発的に辞めたのか、それとも退職するように促されたのかは分からない。若い職員も同時に辞めて、転職したと聞いた。

　後になってお金の着服の問題は、役所と全ての学童の職員に知られることになった。教室に唯一残っていた中年の職員は、他の同僚たちからそのことを責められて困っていたと聞いた。また役所は、全職員に「同僚を不当に扱うことはしません」という旨の誓約書を提出させたという。

　これは比較的記憶に新しい体験であり、その７ヶ月間の仕事のことは、今でも私にとって痛みを伴う記憶として残っている。賢明でプロ意識があると期待されるであろう年配の職員が、新入職員に深く依存し、八つ当たりの対象としている一方で、彼女の「追従者たち」はやみくもに、彼女の好き放題を許していた。

　これは、普通には起こらないことのように思われるかもしれない。しかし実際は、社会の至る所で同じようなことがあるだろうと思われる。私にとって、それは両親に侮辱されていた、以前の私の人生の再現のようだった。毎日私は、状況が改善されていくようにと祈っていた。この仕事の経験の収穫は、日々の祈りの習慣を身に付けたことと、たくさんの奇妙な人間関係を観察したことだと言っていいだろう。

48　社会の縮図

　学童の教室勤務を辞めてから、何ヶ所かの倉庫で働いた。体力に自信がなかったため、週5日働くのは無理だと思った。そして、職場の繁忙期のみの短期間の仕事を選んでするようになった。ある程度、自分の都合で勤務時間や日数を調整することができた。

　小冊子を出荷する倉庫で働いていた時、私たち臨時作業員は、棚から商品を集荷するのに、いつも走って集めるように急き立てられた。倉庫の監督者の一人が、いつもメガホンを握って、「さあ走って、速く集荷してください！」と私たちに叫んでいた。

　その指示を無視して、走らなかった人たちもいた。会社が作業員に走るよう強制することなど、合理性もなく無理だと思われる。そのため、指示通り厳密に従わなければならないとは思わなかった。しかし私は、仕事にうまく適応するのが難しいことがあるために、解雇されることを恐れていた。監督者たちが繰り返し怒鳴り、まるで私たちを奴隷のように扱って時間を無駄にするよりも、私たちと一緒に商品を集荷するために走った方が良いのではないかと考えながらも、できるだけ走ろうとした。

　私はその仕事に対して、複雑な気持ちがしていた。商品は重くないのだが、集荷する商品のリストを受け取る場所から商品棚まで、何度も何度も動き回らなければならなかった。時計の針が1分進むまでの時間が、物凄く長く感じられた。何度か集荷を繰り返しても、時間が少ししか経っていないことに気付いては、疲れを感じたものだった。一方で私は、体重が減ることも期待していた。

　約1年の間、私は数ヶ所の倉庫で働いた。通常、商品の集荷作業は、倉庫の仕事の初心者がすることが多い。様々な種類の商品や集荷場所があった。広い集荷場所から大きな物を取ってくるのは、大変だった。

　短期間の作業員として働いた後、日用品を扱う倉庫で仕事をすることになった。その会社は、事業拡大のため大量募集をしていた。大きくて

重い商品があまりなく、商品の集荷場所もそれほど広くなかったのは幸いだった。大きな商品を集荷しながら、長距離の移動をしなければならなかった他の職場よりも、働きやすかった。

　作業員は２つのグループに分かれていた。事業拡大の前から仕事をしている人たちと、私も含めて、事業拡大に伴い雇用された人たちがいた。

　数名の監督者や事務職員を除いて、正社員はいなかった。非正規労働者である作業員の多くは１日８時間、週５日の勤務で、「レギュラー」と呼ばれていた。私も含めてそれ以外の人たちは、１日８時間、週に３〜４日の勤務で、「スポット」と呼ばれていた。私はスポットだったため、いつまでそこで働けるのか分からなかった。しかし結局、私はそこに３年以上居ることになった。

　作業員の人数も多く、中には変わった人たちもいた。妄想を抱いているように思われる女性が、スポット作業員の中にいた。実際彼女は、非常に奇妙な行動を取ることが多かった。

　私は彼女に、「妖怪」というニックネームを付けた。妖怪は、商品集荷の作業中に、ある男性作業員が彼女を追いかけてくると文句を言っていたという。彼女は監督者に、その男性について苦情を申し立てたらしい。監督者は、それを真に受けてしまい、男性にその迷惑行為について問い質したそうだ。男性はそれを完全に否定し、たとえ自分がそういうことをするとしても、それに値するだけの魅力的な相手を選ぶだろうと付け加えたという。私は、妖怪が魅力的だったとは思わない。

　一方で妖怪は、職場に自分の彼氏がいるように振る舞っていた。彼女は、好きな男性の「彼女」の振りをしていた。彼女の確信に満ちた演技は、その男性も彼女に合わせて「恋愛関係」にあるように振る舞うことを仕向けられているようだった。彼女が恋愛していることを演じていたのか、それとも彼女にとっては、自分を愛してくれている彼氏がいるということが現実だったのかは、私には分からない。しかし、その男性にとっては、拷問のようなものだったに違いない。

　妖怪と女性の同僚たちとの間にも、多くの問題が起きた。しかし彼女には、自分が問題を引き起こしているという認識はないようだった。妖

怪はある女性と親しくなり、二人は一緒になって、まるで子供のように興奮してはしゃいでいた。しかしある日、妖怪は些細なことで突然その女性と絶交し、他の何人かの人たちに、親しかった女性のひどい悪口を言い始めた。

　妖怪はまた、彼女が気に入った女性と親しくなり、いつも一緒にいたいと思っているようだった。何人かの女性が、妖怪との付き合いに苦労したと聞いた。妖怪は仕事を終えた後、倉庫の外で同僚と話し始めると、彼女たちを簡単に帰宅させなかったという。私たちは残業することもあり、終業が午後9時か10時頃になることもあった。夜中の12時を過ぎるまで、妖怪に「さようなら」を言うことができなかった人もいたようだ。

　更に妖怪は、別の女性を繰り返し罵り虐待した。例えば、その女性がエレベーターの中で妖怪と二人きりになってしまった時など、他の人たちには分からないように、激しい言葉の攻撃を受け、それがしばらく続いたという。妖怪が彼女のことなど、よく知っているはずもないのだが、突然、攻撃の対象になってしまったようだ。

　妖怪は、彼女がふしだらな女性だから、職場で数名の男性を追いかけ回していると、何の根拠もなく主張していたらしい。その女性は、妖怪からの攻撃が肉体的な暴力行為に発展するのではないかと恐れていた。

　彼女は監督者に妖怪との間の問題について訴えたが、効果的な対策が講じられることはなかった。彼女だけでなく、妖怪からの被害に遭っていた他の人たちも、その問題について会社に訴えた。しかし、解決に至ることはなかった。

　妖怪は、良い働き手ではなかったと思う。私たちが一斉に商品の集荷をしている間、私も他の人たちも、彼女が時々、集荷場から姿を消すことに気付いた。彼女は仕事をサボっていた。主任監督者も、私たちが商品を集荷する間じゅう、腕組みをして私たちをじっと監視していたのだから、それを知らないはずはなかった。

　私たちの多くは、妖怪が辞めることを望んでいたが、それが実現するまでにはかなり長い時間がかかった。結局、彼女はその倉庫の仕事を辞めることになったのだが、それは彼女が商品を検品する時に決められた

手順を無視したために会社から警告を受けて、腹を立てたことが理由らしい。彼女はそこに1年以上留まった。あのような女性が、思いのほか長期間にわたり、仕事にしがみつくことができたのは不思議なことだ。とにかく彼女の退職は、多くの作業員にとって、ひと安心できることではあった。

　付き合うのが難しい人は妖怪だけではなく、他にもいた。私は過去の複雑な人間関係の経験から、付き合うことが厄介になりそうな人を見分ける能力を、ある程度身に付けていたと思う。妖怪を始め、そういう人たちと初めて会った時に、私は何か言い知れぬ不安を感じて、あまり近づかないようにした。後になって実際、それらの人々が作業員の間で問題を引き起こすことになった。

　良識があって人にも配慮できる振りをした、女性のレギュラー作業員が入ってきた。彼女は如何にも自分が新入りであって、前からいる他の人たちに対して敬意を払っているように振る舞っていた。

　しかし彼女は、いつも昼食時のグループ内のおしゃべりの主導権を握りたいと思っているようだった。彼女は同僚に対して、雄弁に色々なことを話した。それは、時には機知に富んでいて、面白そうな話に聞こえた。一方で、彼女はこれまでの人生について話すことも多かった。かつての見合い相手の、裕福だけれどもけちな男性についての話などを語り、周囲の人たちの注目を集めようとしているようでもあった。

　しばらくすると、彼女は親しくなった同僚たちの内の何人かと不仲になり、彼女の昼食時の話題は、その人たちに対する不満に変わった。その人たちの望ましくない行動や仕事振りについての彼女の言い分は、理にかなっているように思われた。しかし同時に、彼女の言い方は攻撃的で一方的でもあり、情け容赦のないものに聞こえた。

　彼女は、それらの同僚の有るまじき行為と思われることについて、監督者に知らせたこともあるようだ。彼女に「よくぞ言ってくれた！」と言った人もいたが、同僚の多くがもはや彼女と親しい関係ではなくなったため、彼女の状況は悪化していった。そして彼女は、私が思っていたよりも早く会社を辞めた。

　もう一人、考えられないような作業員がいた。彼女は20代前半で、

会社が新しく導入した午後からのシフトで仕事を始めた。出勤してくる時、彼女はいつも笑いながら小さなエレベーターホールと事務所のドアを通り抜けていたため、私たちは彼女が来るのがすぐに分かった。彼女は、いつも自分が芸能人のような注目の的であるかのように振る舞っていた。

　私と同じように、彼女のことを変わった人だと思う人たちもいた。しかし、しばらくするとその人たちは、彼女は見た目よりもまともだと私に言った。私はその意見には同意しないで、彼女から距離を置いた。

　程なく、彼女は交際相手を探すために仕事を始めたらしいことが分かった。彼女は、副監督者の1人にモーションを掛け始めた。副監督者も非正規労働者であって、給料も私たちより少し多いくらいだっただろう。彼は、あまり高給取りではないということだ。しかし、彼が職場のリーダーとして指揮を執る姿が、彼女には素晴らしく見えたのかもしれない。

　休憩時間に入ると、彼女は早速彼に近づいて行き、何か楽しそうに彼に語り掛けた。仕事の後も、彼女は彼を追いかけていた。二人が一緒に道を歩いているのを見た時、私は自分の目を疑った。彼は彼女に対してよそよそしい感じではあったが、彼女が付いて来るままにさせていた。彼女の彼への接近はしばらく続いた。

　その後、彼らはカップルになったと聞いた。それ以来、彼が職場で指示を与える時に、彼女に楽な仕事を与えるなど、彼女との関係が仕事に影響することもあったようだ。

　また、彼女が彼と同棲するために、程なく彼の家に引っ越すらしいということが噂になった。彼女は、少し前にレギュラー作業員になっていたが、突然仕事を辞めた。副監督者である彼にとって、自分と特別な関係を持つ人が職場に一緒に居ることが、ストレスになっていたのかもしれない。

　これほど、理解に苦しむような人間関係を職場で見ることになろうとは、予想もしていなかった。もし私がもっと若い頃に彼女に出会っていたら、彼女のことをとても羨ましく思ったことだろう。彼氏をいとも簡単に作ってしまうなど、自分には到底できないと思うようなことができ

てしまう陽気な若い女性に見えたからだ。しかし、彼女のような状態が
羨望の対象であるとは、もはや思っていない。

　他にも付き合うのが困難な人たちがいた。その中でも突出していると
感じた人がいた。実際、私が以前の職場の学童保育教室で遭遇した「吸
血鬼（Ｖ）」に似ていた。そのため、私は彼女に「吸血鬼Ⅱ（Vampire
Ⅱ：以後ＶⅡと記載）」というニックネームを付けた。

　幸いなことに、私が彼女より年上だったせいか、彼女からの攻撃の直
接的な対象にはならなかった。それでも私は、度々彼女に不快感を覚え
た。そして彼女は、誰に対しても攻撃的だった。

　彼女は既に50代前半だったが、自惚れが強い若い女性のようだった。
彼女は説得力があるように見えたが、自分の都合で議論を吹っ掛けて、
他の人たちを攻撃するのが得意だった。一方で彼女は、ちょうどＶのよ
うに、必要な時には思いやりがあって親切な振りをしていた。

　ＶⅡは、いつも職場のボスであるかのように振る舞っていたいよう
だった。彼女は時折、個人的に自分のお気に入りの作業員のグループを
作り、彼女がそのボスのようになって自分のやり方で作業の指示を出し
ていた。それらが職場の規則に従っていなくても気にしていなかった。

　彼女にはＶと同じように、2名の忠実な「追従者」がいた。私は、彼
女と彼女の追従者の一人が規則に反することをしたために、副監督者か
ら叱責されているのを目撃したことがある。その後、彼女はしばらくの
間、聞こえよがしにその副監督者が近くにいるところで、叱責されたこ
とについて不平不満をぶちまけていた。そのためか、彼はもう彼女を叱
責することができなくなってしまった。

　実際、ＶⅡは威圧的で恐ろしかった。他の作業員たちは、彼女が指示
することは理屈に合わないと思っていたのだが、彼女を恐れていたた
め、その指示に従わざるを得なくなっていた。彼女はリーダーではな
かったし、他の人たちに対する何の権限もないはずだった。しかし彼女
は、いつも偉そうにしていた。また、子供を叱るように自分が気に入ら
ない人たちを厳しく叱りつけていた。

　そして、事件が起きた。誰かがＶⅡに、ある女性が他の人に「あの人
（ＶⅡ）には注意した方がいい」と言っていたと伝えたらしい。私たち

だって同じようなことをお互いに言っていたため、それは何も特別なことには聞こえなかった。しかし、VⅡは激怒して、そのことを言っていたという女性をトイレまで追いかけていった。そしてVⅡは、その言葉はどういう意味なのかと厳しく彼女を問い詰めたという。彼女は何も言えず、どうすることもできなかった。VⅡは彼女に叫んだ。「あなたのような人には、絶対に友達なんか、できやしないんだから！」

　その女性作業員はくずおれて、その日に仕事を辞めた。彼女は何が起こったのかを会社に訴えた。しかし会社側は、VⅡがどのような人であるかを既に知っていたにもかかわらず、何も解決策を見出すことができなかった。VⅡが他の人を退職に追い込んだのは、これが初めてではなかったのだ。

　VⅡのような人にとって、「友達がいない」というのが嘆かわしいことのようである。そして、他の人たちを攻撃する時に、この侮辱的な言葉を使う傾向があると思われる。しかし、このような人たちから有無を言わせずに付き合うように仕向けられて、友達の振りをしているだけの人たちは、彼らの本当の友達と言えるのだろうかと思う。

　私は、何ヶ所かの倉庫での仕事の経験を通して、作業員はまるで品物のように扱われていると感じた。作業員の人事管理に従事する正社員は最少人数に抑えられていて、問題を解決していく力も限られていると感じる。

　VⅡは非常に強く見えたが、私は、彼女の弱点も見たと思う。VやVⅡのような人は、両側から自分自身を支えてもらうために、少なくとも2名の追従者を必要とするようだ。追従者たちからのサポートを得た後に、そういう人たちは攻撃的になり、やりたい放題に何でもしてしまう力を得ると思われる。

　しかし、そういう人たちが、追従者との関係を維持することができるかどうかは分からない。追従者が自分に対して忠実であるかどうかを、常に確認しておく必要がある。Vの場合は職場で一番年長で、しかもVと追従者の2人と私しかいない時が多かったため、楽だったと思う。

　一方でVⅡの場合は、彼女が安心して職場に居られるようになるには、より困難があっただろう。彼女は無意識に、職場に多くの敵になり

得る人たちがいることを知っていたに違いない。そのため彼女は、彼女のお気に入りの人たちを、近くに引き寄せておく必要があったと思われる。

　不思議なことに、彼女は追従者ではなく、職場の他の人たちと昼食を食べていた。彼女のランチメイトは、時折変化していた。私は、彼女が一緒に昼食を食べてくれる人たちに、高級なお菓子などをプレゼントするのを見たことがある。

　彼女はまた、クリスマスプレゼントやバレンタインデーの義理チョコを、お気に入りの男性の同僚に贈ることに熱心だった。お気に入りの人たちに贈り物をあげるという彼女の作戦は、その人たちから見捨てられたら困るという不安から来ていたのではないかと思う。

　彼女の追従者の一人が、会社の別の作業場所に異動した。そのため彼女は、その追従者の代わりに、彼女のお気に入りの副監督者に依存するようになった。彼女はまるで幼稚園の先生にまつわり付く園児のように、彼にすがっていた。彼女は彼をとても頼りにしていたせいか、彼が視界からいなくなると彼女は不安になるようだった。彼女がこう叫んでいるのをよく聞いたものだ。「彼はいるの？　どこへ行っちゃったの？」普通は、このようなことは職場では認められないだろう。しかし副監督者は、そのまま彼女のしたいようにさせていた。

　普通ではない人からの嫌がらせの被害者になるのは不快だし、私はもうこれ以上、いじめの対象にはなりたくない。しかし、そういう人たちから好かれることも良いことではない。お気に入りになった人たちは、常にその「ボス」を怒らせないように注意しなければならなくなる。

　実際、お気に入りになってしまった人たちの多くは、その状況に困惑していると思われる。その人たちは、「ボス」に好意を持っているから一緒にいるというよりも、「ボス」に従順であるよう強いられていると言える。

　別の作業場所に異動したⅤⅡの追従者の一人が仕事を辞めた。後になって、彼女はⅤⅡとの関係に、実は悩んでいたと聞いた。ほぼ同じ頃、私も仕事による肉体疲労が激しくなったため、その倉庫の仕事を辞めた。

ⅤⅡは、更に１〜２年その仕事を続けた後に辞めたという。また、彼女と同じ作業場所に留まっていたもう一人の追従者は、彼女が辞める前に彼女と喧嘩別れしたということも聞いた。

49 使 命

　まだ倉庫で仕事をしていた時、ある郵便局で「産業カウンセラー養成講座」に関するチラシを見つけた。それが私の関心を引いた。私が働いてきた様々な職場では、倉庫だけではなく他の職場でも、自分自身を含めて働く人たちの間に多くの問題が起きてくるのを見てきた。

　私はＴ牧師の学校で、カウンセリングや心理学を学んでいた。しかし、自分がカウンセラーになれるとは思っていなかった。私の自信の無さがその理由の一つだったが、それに加えて、大学院を卒業して心理学の修士課程を修了した人だけが、カウンセラーになる資格があると聞いたことがあった。

　しかしその時、その養成講座で勉強すれば、自分も一種のカウンセラーになるための資格を得ることができる可能性があることを知った。講座に申し込むために、特に必要な資格要件はなかった。講座の期間は、約１年だった。受講者は、自宅で理論を学ぶと共に、週末に開催される15日間の実習授業に出席する必要があった。

　受講料は、当時の私の月収よりも高かった。そのため、その時は受講する余裕がなかったが、およそ１年後に自分の状況が変わり、私は講座に申し込むことができた。

　その頃、母に認知症の症状が出始めたため、母が家計の管理をすることが難しくなったのだ。そして、姉が実家の家計の管理を手伝い始めたことから、私にまとまった額のお金を与えてくれた。姉は私に、「このお金は余っている分だから、好きなように使っていいよ」と言った。思いがけず、臨時収入を得ることができたのは幸いだった。

　当面の間、お金の心配がなくなったため、安堵した。私は、最後の頼みの綱だった郵便局の簡易生命保険を解約して受け取ったお金を使い果たそうとしているところだったのだ。しかし私は、そのお金を使う必要もなくなって、産業カウンセラー養成講座を受講することもできた。

　実際に受講を始めると、仕事と勉強を並行して取り組むのは、体力的

に厳しかった。また、同じクラスの人たちは、皆、私とは違っていた。私のような非正規労働者は誰もいなかった。何人かの人たちは、会社の人事部門で仕事をしていて、他の人たちも真っ当な職業に就いていた。

　クラスには14名の受講生と2名の指導者がいた。若い受講生も数名いたが、中高年の人たちも多かった。それでも、受講生の中で自分が最年長だったかもしれない。

　最初は、自分が場違いな所にいるように感じて緊張した。何年も前に同じ状況に遭遇していたら、私は恥ずかしさのあまり、すぐに教室を出て行ってしまったかもしれない。しかしその時は、冷静さを保つことができて、少し変わった宇宙人みたいな人間が、普通の人たちの中にいても大丈夫だと思うことができた。

　クラスの人たちは、親切で思いやりがあった。カウンセラーを志す人たちだったからかもしれない。全てのカウンセラーとクライアントは、T牧師のカウンセリング・ロールプレイクラスと同じように、クラスメート同士で役割を担った。ちょうどその頃、T牧師のクラスがある月曜日に、私は会社から必ず出勤するように言われていたため、T牧師のクラスに行けなくなっていた。そのため、自分の職場で起こっていることを養成講座で話すことができたのは良かった。

　私は、異なる業界間の格差を感じることもあった。例えば、システムエンジニアのような頭脳労働者が鬱状態になり、最悪の場合、仕事を辞める人もいるということは、典型的な職場での精神衛生上の問題の一つだ。そのような精神衛生上の問題が、なるべく起こらないように努める必要があることは言うまでもない。

　一方で、倉庫のような職場で起きている問題は、一般にあまり注目されていないと思われる。そのような職場のほとんどの労働者は正規職員ではなく、その多くは、自分自身の生計を立てるのに辛うじて充分な収入を得るだけの状態であるだろう。また、その状態に満足できなくても、他のより良い仕事を得る機会に恵まれなければ、現状に留まらざるを得なくなると思われる。

　会社の運営管理が不充分なためか、中には普通ではない同僚からの理不尽ないじめや嫌がらせに遭遇する人たちもいる。私は、そのような話

をクラスメートに話した。

　私は、何とか養成講座を修了し、産業カウンセラーになるための資格試験を受けた。しかし、筆記試験で不合格になってしまった。一方で、私のクラスメートのほとんどは、技能試験と筆記試験の両方に合格した。私は惨めな気持ちになり、それとともに、肉体労働を続けることが難しくなっていた。

　その頃、会社で業務の効率化がなされ、私たちは以前よりも多くの商品を持ち運ぶ必要があった。遂に私は、その倉庫の仕事を辞めざるを得なくなった。

　それから3ヶ月後、私は別の倉庫で働き始めた。しかし、当時のこの自分の決定を思い返すと、それは正しい選択ではなかった。2ヶ月間、仕事に耐えていたが、会社から仕事振りが悪いとクレームを付けられて、不快な気持ちで仕事を辞めた。倉庫の作業員として働き始めて以来、蓄積していた肉体疲労から、完全には回復していないことも分かった。

　次の産業カウンセラーの資格試験が、5ヶ月後に迫っていた。試験に合格したいのならば、その準備をする必要があった。自分の経済面も気掛かりだったが、筆記試験の勉強を再開した。

　再び試験に落ちたくなかったため、一生懸命に勉強した。そして、何とか合格することができた。私は二度と惨めな思いをしたくなかった。また、自分の経済面も守られて、ひと安心した。

　そして、次は何をするべきかと考えた。もし私がプロのカウンセラーになりたいという強い意志を持っていたならば、そのような仕事の機会を探したことだろう。しかし、私にはカウンセラーとしての仕事を探すのに、充分な決意とエネルギーがなかった。

　正規職員として働いた経験は限られていて、人を監督するような立場になったこともない。私のように一定の責任ある仕事を任された経験が乏しく、一般的に定年退職に至る年齢をもうすぐ迎えようとしている人間が、責任ある立場の仕事をこなせるものかどうか疑問に思った。

　結局私は、再び倉庫などの作業員の仕事を探し始めた。作業員の仕事で困難を感じていたにもかかわらず、自分にできるのはそういう仕事し

かないと思った。その理由は、それが最も簡単に得ることができる仕事の一つだと思われるからだ。私は幾つかの求人に応募した。しかし、うまくいかなかった。私はその結果に落胆し、本当に自分は役立たずだと感じた。

しかし、しばらくして、私は新しい考えを持つようになった。倉庫での仕事を始める前に、私はある SNS に入会し、自分の書いた英文の添削をしてもらうことができるようになっていた。倉庫で働いている間、私は自分の書いた文章を添削のために提出することが、ほとんどできない状態だった。

しかし、いつの日か添削のための文章の提出を再開できることを期待しながら、会費を支払い続けていた。会費を支払う毎に、英文の添削文字数と交換することができるポイントが溜まっていった。

私は、「自分史」を書いてみようという考えを持っていた。大分前のことになるが、ある時私は、自分が経験してきたことを日本語で書いたことがある。しかし、それから年月が経って、私の価値観や人生観が変わり、更に様々な出来事を経験してきた。英語の添削サービスに利用できるポイントを活用するために、いっそのこと、自分史を英語で書いてみようではないかという考えに至った。

その年のT牧師のカウンセリングスクールの新春特別セミナーの講師は、実践的な心理療法家であり、実存主義心理学の専門家のM教授だった。私はその先生は、真面目で優秀な人なのだと思っていたが、講義は面白くてわくわくするものだった。

M教授の指導の下、参加者がチームになって踊ったり、会話をしたり、叫んでいるうちに、私たちは明るい気持ちになり、解放されていった。私は、自分自身が子供のようになっているのを感じた。お互いにコミュニケーションを取りながら、人間関係に大切なものを理解するための、巧みな手法だったと思う。

M教授の実践的な講義に強い印象を受けた私は、その後、更に3回、彼の講演を聴きに行った。彼は、私たち皆、一人一人がその人生における使命を持っていること、そして私たちが老年期に入ろうとしているな

らば、自分自身の使命であると信じることに取り組むのを躊躇すべきではないと、繰り返し私たちに語った。彼の言葉は、私を自分史の執筆に取り組むように促した。

　文章の下書きを書くのに、約２年かかった。私の懸念材料は、いつものように自分の経済のことだった。しかし、ただ心配しているよりは、作業に取り掛かった方がいいと考えた。その間に、姉が母の家計から再びお金を与えてくれた。それで私は、執筆に集中することができた。

　思い出したくないことを書く時には、不快な気持ちになった。しかし、嫌なことでも書いていくと、出来事や関係者に対する怒りなどの否定的な感情が、幾らか軽減されたと感じた。それは確かに癒やしのプロセスだった。

　別の言い方をすると、おもに両親からの不当な扱いによって、私の心の状態が不安定になったことに対する復讐の道具であるとも言える。この問題を抱えたことによって、私は独身のままでいることを余儀なくされ、また、これといったキャリアを積むこともできなかった。しかし、執筆を通して自分の感情を表現することで、私の気持ちは楽になっていった。それは、一種の昇華だと言えるのかもしれない。

　私がもし自分史を書くとするならば、両親が亡くなった後にするべきことだろうと思っていた。記述の内容が、存命している人たちを言い表すには、やや過激なのではないかと感じられたからである。しかしながら私は、父と母の二人がまだ生きている時に執筆を始めた。

　感情的なことや複雑な状況を英語で書くのは、とても困難だと思われたが、私はどういうわけか、例えばどのような職種であっても、再び勤め人になることよりも、実現可能なことだと感じていた。

　書いていくうちに、仕事を始めとして、日常生活の中で起こってくる様々な事柄に対処していくことが、私にとってどんなに難しかったのかを認識した。私の自信と社会性の欠如は、幼い頃から私の人生に深い影を落としていて、私のぎこちない行動は、容易に解消されるものではないだろう。

　私は自分の弱点に気付いた時、それらを克服しようとした。しかし、私たちが幼い頃や若い頃に習得しておく必要のある社会性の欠如を全て

補うことは、非常に難しいと思われる。

　私が仕事に従事していた時や仕事を探していた時には、自分が仕事に関わる問題に対処するのが苦手であることを認識していなかった。しかし無意識のうちに、どこかで分かっていたのだとは思う。

　私が仕事をしなくなって、この回想録を書き始めた後に、このことをはっきりと認識したのは、私にとって幸いだった。仕事をしている間にこのことに気付いてしまったら、仕事のやる気も低下し、更に憂鬱になっていたに違いない。

　この下書きを書き始めた頃には、私は既に６年間両親に会っていなかった。その最後に会った時、私は姉と一緒に両親を訪ねた。訪問の目的は、私が両親の家に残してあった幾つかの物を、自分のアパートに持ち帰ることだった。私は、ひとりで両親に会うだけの充分な勇気がなかったのだ。

　両親は私に、「よく来たね」と言った。しかし私は不快な気持ちで、両親に何を言ったらいいのか、そしてどう振る舞ったらいいのか分からなかった。母は、「アパートの近くにコンビニはあるのね？　それはいいわ、便利な所で」などと無意味なことを聞いてきた。

　父は、私に姉と仲良くしろと言って、姉に、自分と私が一緒に写る写真を撮らせた。私は父と一緒に写りたくなかったが、抵抗することはできなかった。その写真がどう写っているのか分からないが、少なくとも、私は微笑んではいない。両親の家にいる間、私は最初に彼らに「こんにちは」と言い、無意味な質問に対して「はい」と答え、そして最後に「さようなら」と言っただけだった。

　私は、以前そこに住んでいた時と同じように緊張した。私の両親は、私とそのような偽りで上辺だけの関係を持つことで満足しているようだった。私は、本当に言いたいことを両親に言うことは、決して許されないことを悟った。その時私は、もう彼らに会うまいと決心した。父を見たのは、これが最後の機会となった。

　この訪問より更に３年前、父は心筋梗塞で倒れた。その時は、ちょうど私が正社員として働いていた会社を辞めた直後だった。私は病院にいる父を見舞おうかどうしようかと躊躇したが、母、姉、そして姉の家族と一緒に病院に行った。同行した家族が父に語りかけ、励まそうとしている間、私はどうしたらいいのか分からなかった。

　その後に、私は父に「早く良くなってください」とだけ言った。私は不快な気持ちで、本当はそれを言いたくなかった。しかしその状況が、

私に別の行動をとることを許さなかったと思う。

　実を言えば、私は父が早く亡くなってくれることを望んでいた。もし父の資産が残っていれば、私はその中から、幾らかのお金を貰えるかもしれないと思ったからだ。しかし父は、更に10年間生き延びた。その年月の間、気持ちが塞ぎ込んでいると、私は「くたばれ、じじい！」と心の中で父を呪った。それは祈りではなく、つぶやきだった。私はこのような不平不満をこぼす時には、神の名を使うことを恐れた。

　私は、果たして父の死後に彼の財産が残るのかどうかと考えながら、最悪のケースを想定した。父が亡くなる時までに経済情勢が悪化し、お金の価値が急落した場合、父が資産を持っていたとしても、その価値は著しく低下してしまうと考えた。

　また私は、父が亡くなる前に自分が死んでしまうことも想定した。本当に最悪の場合、私は相続も何も受けられず、馬鹿を見ることになると思った。私は、そのようなことが決して実現することがないように望んでいた。

　結局父は、私が父との間に起きた極めて重大な出来事について、下書きを書き終えた直後に亡くなった。私はその死を、翌日になってから姉からの電話で知らされた。姉はその出来事を、すぐに私に知らせる必要がないことを知っていた。

　私の甥と姪は、彼らの母である私の姉がその晩滞在していた祖父母の家に駆け付けたという。父は倒れて意識不明になり、救急車で病院に運ばれて死亡した。私の姉だけが、父の死の床に寄り添って看取ることになった。母は年を取るにつれて更に怠惰になり、父の世話を姉に任せていた。

　その状況は、父が最初に倒れた時に似ていた。姉とその家族は、それぞれ父親や祖父に愛着を持っていたが、私は父の死を知ってほっとしていた。しかし、その時はまだ、父のお金が残っているかどうかは分かっていなかった。

　私は自分の家族のメンバー同士の関係について、複雑な思いを抱いていた。父は利己主義で、特有の奇癖があったと思う。父が他人の所有物を目障りだと感じると、その持ち主に何も言わないで捨ててしまうこと

も度々あった。姉はそのことを知っていたが、それでも父親に愛着を持っていて、父が亡くなるまで世話をしていた。それは大変な労力が要ることだったと思う。その姉の労苦には、感謝している。

　誰もが、その家族構成の中での立場というものがある。それは各々のメンバーの力と、お互いの関わり方によって決まってくるものだと思う。時には、あるメンバーが意識することもないままに、不利な役割を果たすことを強いられる場合がある。

　父の遺影を見た時、父は3次元の世界から2次元の世界へ行ったのだと感じた。父に関わる事柄は、終わったのだ。特に何かを感じるということもなかった。私は、冷静にその事実を受け入れただけだった。

　父の遺言に書かれていたことについて、言及する必要がある。「父親として、下の娘に対して、精神的にも物質的にも、充分に面倒を見てあげることができなかった。その償いとして、残った資産を家族で分配する時に考慮して、彼女に多くの部分を取らせてくれるように」という内容のことが書いてあったのだ。

　父が私に対して、後悔の思いがあったことを知ったが、私との関わりについて、父が実際にどのような気持ちであったのかは分からない。私は父を完全に赦すには至っていないが、それでも悪い気持ちではなかった。そして幸いなことに、私は父の資産から、幾らかのお金を受け取ることができた。

　私は父の通夜だけに列席し、告別式には行かなかった。私が葬儀に列席するのに、ある問題が発生したからだ。通夜の前日、母が突然、私に電話をかけてきた。私が実家を出てから後は、母が電話をしてくることなど、ほとんどなかった。また、珍しく電話をしてくることがあっても、母からだと分かると、私は思わず反射的に電話を切ってしまうようになっていた。

　通夜の前日に母からの電話があった時、私はいつもと同じことをした。私は母に何も言わなかった。そして、私が電話を切る直前に、母がパニック状態に陥ったことが分かった。母は自分の夫の死を私に知らせて、私を葬儀に列席させようとしたようだ。もし私が葬儀で母と顔を合わせたら、どうなってしまうかと考えた。母が私を見たら、動揺するの

ではないかと心配になった。

　私は姉に電話して、私と母との間で起こったことを姉に話した。私が母の目の前に現れることで、母の気持ちが変に刺激されることがないように、姉と私は、私が通夜だけに列席することに同意した。

　私は、通夜が始まる直前に斎場に到着した。そして、通夜の儀式が終わった直後にそこを出て、母に気付かれないようにした。私は父の死に顔を見る機会もなく、通夜の後の列席者のための食事会にも参加しなかった。

　何年も会っていない親戚の人たちに、何を言ったらいいのか、どう振る舞えばいいのか分からなかったため、私にとってはその方が好都合だった。それに、集まった人たちが亡くなった人を悼む葬儀の場所に私がいることが場違いだと感じた。私は、そこにいる他の人たちと同じ気持ちではなかったと思う。母に会わないようにするために、翌日の告別式には行かなかった。

　私の人間関係は豊かではないが、短期の契約を含めて20ヶ所以上の職場で仕事をしたことがある。これまでの間に、私は10人以上のいじめやハラスメントをする人たちを見てきた。今日、パワーハラスメントは、職場で取り組むべき課題になっている。しかし以前は、職場でよくあることとして、見過ごしにされてきたのだと思う。

　胃潰瘍を患っている人が、前日にその病気で欠勤したために、その上司から叱り飛ばされるのを目撃したことがある。私は、上司の叱責が、その人の病気を悪化させてしまうのではないかと心配になった。

　もう一つの奇妙な話がある。私が働いていた会社に、上司と部下の2名の男性だけで構成された小さな課があった。その二人が同時に職場にいる間、その上司は彼の部下に対して、際限なく悪態をつき、罵り続けていた。その年長の男性が、よくもこれほどたくさんの悪口雑言を思い付くものだと驚いた。

　その課と私が所属していた課との間には、仕切りがなかった。私たちにも直接、激しい言葉が聞こえていた。その上司の男性は、そのことを全く気にしていないようで、他の人たちと一緒にいる時は、普通の人の

ように見えた。

　その会社の正社員によると、その部下の立場の社員は、上司からの暴言のため、３年毎に次々と入れ替わっているのだということだった。当時は仕事を探す場合、一つの職場での実務経験が最低でも３年必要であって、そうでないと、応募の際に求人している企業から信頼されないという考えが一般的だった。

　私は更に何回か、女性によるいじめも見てきた。また、「吸血鬼」のような人がいると、その部屋を支配する磁場のようなものが歪んでいる気がすることがある。そういう人たちは職場ばかりでなく、教会にもいた。あまりよく知らない人で、その人が本当にいじめをするかどうか分からなくても、その人がいることで、部屋の空気に何か違和感があると、私はそこから逃げたくなったことがある。

　そういう人たちは、母に似ていたと思う。しかし、ある意味では、その人たちは母とは非常に異なっていた。彼女たちは外向的で社交性に富んでいて、他の人たちを従わせたいと望んでいるようだった。一方で母は、母のことをよく知らない人たちには、親切で控えめな老婦人に見えていたようだった。

　しかし、いじめをする人たちと一緒にいる時と同じように、母と一緒にいると空気が歪んでいると感じていた。私は、外向的ないじめをする人たちは社会の中で目立ち、人と交流するのが好きなのだと思う。彼女たちは家族以外の人をいじめの対象にしているようなのだが、母は内向的であったがために、欲求不満の解消の標的を自分の家族にしていたのではないかと思う。

　姪を含めて、私の家族が皆、母の標的になった。しかし私自身が、母からの攻撃のおもな対象になっていたと思う。母は、他のいじめをする人たちと比較して、話し好きでも雄弁でもなかった。しかし、母自身が歪んでいたためか、母の言葉はねじれていた。例えば、母は私に「とても宗教家とは思えない！」と言ったりした。どうやらそれは、私がとても残酷だから、母は、私がそうあるべきはずの優しいクリスチャンだとは到底思えないということを、遠回しに言ったもののようだ。

　母は、何もしたくない時が多かった。どうしても、やりたくないこと

をしなければならなくなった時だけ、母は仕方なくしていたようだ。ま
だ私が若かった頃、アルバイトをしていた会社で社員旅行に参加する機
会があった。釣りをした人たちが、家に持って帰る魚を皆に分けてくれ
た。

　家に帰ると、私はお土産に魚を貰ったと母に伝えた。父がそれに気付
いて、その晩の夕食に魚の天ぷらを作るように母に言った。父が台所を
出た直後、母は私に激怒した。母は、私が生の魚を持ってきたおかげ
で、魚を切り身にして揚げなければならなくなったことで私を責めたの
だ。母は少しの魚だけを調理し、大部分は捨ててしまった。母は魚を下
ろすことはできたが、それをしたくなかったのだ。

　母は、何であっても自分に問題が降りかかる可能性があるものを、全
力を尽くして避けておきたかったのだろう。そういう人にとっては、家
族を持つこと自体が大きな問題になってしまうに違いない。

　私は一度だけ、父の死後、母に会った。父が亡くなってから約1ヶ月
後、再び母は私に電話をしてきた。私はいつものように、そのまま電話
を切ろうとした。しかし母は、私にとても大事な話をする必要があるか
ら、言うことを聞いてくれと主張し、私の都合の良い時に母を訪ねてく
るよう私に頼んだ。その後、母は「お父さん、死んじゃった！」と言い
ながら、泣きじゃくった。それから、母は電話を切った。

　その電話があってから約2ヶ月後、私は気が進まなかったが、母の家
に行った。姉も一緒にそこにいた。実際、母は私に会いたくないような
感じだった。後で聞いた話では、私が行く前に、母は姉に「（私が）何
で来るの？」と言っていたそうだ。私は長時間滞在しなかった。私が帰
る時、姉は母に、私に何か話したいことがあるのではないかと聞いてく
れた。すると、母は首を横に振った。

　それは、驚くことではなかった。それより2ヶ月前に、母が私に何を
言いたかったのかは分からない。しかし、私たち二人は、お互いに真面
目な話などしたことはなかったのだ。どういう話であっても、母と話し
合うことは不可能だったと思う。

　姉の話によると、母は夫の死後、自分の家屋が私の姉夫婦に奪われる
のではないかと恐れていたという。2ヶ月前に母は、私と結託して自分

の財産を守ろうと思ったのかもしれない。母は認知症になっていて、考え方も歪んでいた。母が企んでいたことは謎である。

　この時の訪問が、私が母と会う最後の機会になるかどうかは分からなかったが、結局、母はその日から7ヶ月後に、私と二度と会うことなく亡くなった。私も、姉とその家族も驚いた。母は90代前半の高齢者としては健康で、姉は医療従事者の人たちから、母は100歳くらいまで生きるのではないかと言われていたという。

　その頃の姉は、将来にわたって発生するであろう母の介護や世話に関わる様々な問題や必要なお金のことを心配していた。その状態が更に10年も続いたとしたら、それは姉にとって、大きな負担となったことだろう。しかし私は、母は精神的な脆弱さのため、生きたとしても、あと数年なのではないかと感じていた。

　母は、私の最後の訪問から2〜3ヶ月後に転んで骨折した。そして、リハビリのための病院に入院中、食道がんと診断された。医師からは、母の余命は半年くらいだと言われたという。しかし母は、診断後3ヶ月で亡くなった。母が夫を亡くした後、母の健康状態は急速に悪化していったようだ。母は、夫の死後、わずか10ヶ月で亡くなった。

　両親は仲の良い夫婦ではなかったと思うが、母は父にかなり依存していたようだった。母は近所の人たちとの付き合いも、父に任せていた。それに加えて、何十年もの間、慣れ親しんで当たり前になっていた母の日常生活が、突然終焉を迎えたのだ。母は夫の死後、自分がどれほど夫に頼っていたのか、気付いたのかもしれない。母は唯一無二の支えを失って、その現実に途方に暮れたのだと思われる。

　母のように、自分にとって煩いの種になりそうなことを、何でも避けて通ろうとする生き方に慣れてきた人にとって、人生の最晩年を迎えてから精神的に自立するのは、非常に難しいことに違いない。

　母の気難しくて理屈に合わない言動が、家族にとってより明らかになっていった。それは、姉と母の妹である私の叔母を、とても驚かせたようだった。母の軽度の認知症を考慮しても、母の言動は姉や叔母にとって、考えの及ぶ範囲を超えていたようだ。姉や叔母は、過去に母の言動がどこかおかしいと感じたことがあっても、母の性格に問題がある

とまでは思っていなかったようだ。母について何かおかしいと感じても、その都度忘れてしまっていたのだろう。

　父が亡くなる前、母の未熟さは、私以外の家族の間では、うまくカムフラージュされていたようだ。私が母の性格の問題を幼い頃から知っていたのは、私が家族の中で一番年少だったため、容易に母のいじめの対象になったからだと思う。

　その一方で、入院していた病院の医療従事者の人たちに対して、母は優しくて良い人のように振る舞っていたらしい。母は死ぬまで、身内以外の人たちに対しては、「良い人」を演じていたようだ。なぜ母がそのように振る舞ったのか、はっきり分からないが、母は他の人たちから批判されることを毛嫌いしていたのだと思う。そのため母は、批判されることのないように、何の落ち度もない完璧な人の振りをしなければならなかったのかもしれない。

　実際の母自身は、母が装っていた人格とは非常に異なっていた。母は自分がどれほど怠惰で無責任であるのかを、人に知られることを恐れていたのだろう。母は人の言葉で傷つけられることのないように、いつでも逃げ込める目に見えないシェルターを身の回りに構築し、身を守ることに成功していたと思われる。しかし、そのシェルターが、母が人々との間に親しい関係を築くことを妨げていたとも言える。

　私たちは皆、一人一人に欠けた部分があるのだと思う。まず、自分自身がそれに気付いて受け入れることができれば、私たちは寛容さを身に付けて、他の人たちにも心を開いていくことができるのではないだろうか。自分の至らぬ点を全力で隠し通そうとするよりも、そのように生きる方が、はるかに楽なのではないかと思う。

　母はどのような状況であっても、いつも責任逃れがしたかっただけなのかもしれない。そのため、私を虐待したつもりはなかったのかもしれない。しかし母は、私にとても悪いことをしてきたため、無意識のうちに私を怖がっていると感じた。母が私に会いたがっているとは思えなかった。私は、母の見舞いにも行かなかった。

　私は、母の告別式に列席した。その時は、既に新型コロナウイルスの感染拡大が起きていたため、葬儀に列席したのは、姉と姉の家族、そし

て私だけだった。疎遠になっている親戚の人たちに、何を言ったらいい
かなどと心配する必要もなかった。

　母の死に顔を見た時、表情が無いせいか、今まで見た中で一番まとも
な母の顔だと思った。生きている間、母の顔には、いつも不安や心配が
表れていたのだ。

　火葬の前に、私は母と別れることに悲しみを覚えるのではないかと不
安になった。私が子供の頃、母が私に最も近い人だったというのは確か
だからだ。私たち二人が一緒にいた時は、お互いに何も言わなくても、
母が感じていることが自分にも分かったことを覚えている。母が何を考
えているのかは分からなかったが、母の情緒面は、手に取るようによく
理解していたと思う。それはあたかも、私が母の一部分になってしまっ
たようだった。

　しかし私は、火葬後の骨を見ても、特に何も感じることはなかった。
これで両親に関わることは、全て終わった。私は、両親を赦してはいな
いと思う。しかし私は、両親に対しての愛着もないためか、彼らに対す
る私の憎しみと怒りのエネルギーも限られているようだ。そのため私
は、父の時も、母の時も、別れることに対して感情的にはならなかっ
た。

　職場や教会で、自分に似ている数名の女性と出会ったことがある。彼
女たちは、恐らく両親から不当な扱いを受けたためか、僻んだ思いを
持っているようだった。彼女たちは人々に不適切なことを言ってしまう
傾向があり、その言葉は、いじめと見なされてしまう可能性もある。そ
のような人は、恵まれている人に対して、責めるような気持ちを込め
て、「私は惨めだから、あなたのようにうまくいくことなんかないのよ」
などと言ってしまうことがある。

　私はそういう人たちに同情を覚える。しかし、自分がかつてそうで
あったように、劣等感に支配されている限り、その人生も悲惨なままに
なってしまうだろう。そういう状態であるならば、私は安全で落ち着い
た場所でサポートを受けるのがいいのではないかと思う。

私は様々な経験を通して、非常に重要なことを学んだ。それは、他の人から言われる言葉が不適切なものであれば、それを真に受ける必要はないということだ。状況が変わることがなく、不当に自分を責める人たちから逃れることができなかったとしても、そのことを知っていると、幾らかの支えになる。かつて私に悪いことをした全ての人々は、もはや私の視界から姿を消し、どこにも見出すことができない。

　私は自分の家族を持つこともなく、仕事でキャリアを積むこともできなかった。そのことで惨めな気持ちになることもあった。しかし、私が家族の世話や要求の高い仕事をすることがあったとしたら、自分の力不足のために、対処していくのが非常に困難だったと思う。今は、重症なアダルトチャイルドのサバイバーとして、穏やかに暮らすことができていることに感謝している。

あ と が き

　2018年5月に、この本の執筆を始めました。当時は、英文で回想録を書くなど、とても難しいことだと思う一方で、うまく説明はできないけれども、必ず完成することができるに違いないという確信があって、6年余りの年月をかけて、日本語版も完成し、出版することになりました。

　これまで私を支えてくださった、トータル・カウンセリング・スクールの方々を始め、お世話になった諸教会の方々、友人、知人の方々、家族に深く感謝しています。
　また、英語版作成に当たって、私の拙い英文を英作文として形を成すことができるように、詳細に指導していただいた Dr Kit Brooks 氏、および出版用の図書として、更に相応しい文章にするために、多くの助言をくださった Jim Allen 氏 に深く感謝しています。

　この執筆が本という形で完成できたことは、奇跡であるとともに、私の人生のこれまでの経緯を考えてみると、ある意味、必然的にできあがったものだと感じています。

　この6年間のことを思い巡らすと、新型コロナウイルスの感染拡大を始め、様々な驚くべき出来事が起こってきています。私も地上を歩む限り、自分が今生きている意味を考えつつ、希望へとつながる光を見上げて歩んでゆきたいと考えている、今日この頃です。

　終わりに、出版の機会を与えてくださった東京図書出版の方々、この本に関心を持ってくださった方々に感謝申し上げます。

2024年4月

至論明恵井

The Monologue of an Extraterrestrial

Contents

1) Early Memories: Shopping Game

There was a weekly TV show that I often saw when I was a child. It was a shopping game program. A comedy duo of two brothers presided over the show. Each episode, three families, who were ordinary people, participated in the game.

Prior to the main game, each family drew lots in order to decide their ranking. The first winners got the right to try to obtain as many as goods as possible equivalent to 70,000 yen in total. There were many kinds of commodities in the studio, including clothing, furniture, and what were considered attractive electric appliances in those days. The second winners were allowed to try to get goods worth 50,000 yen in total. The last team hoped to get things of 30,000 yen in total.

The rules of the game were: within the time limit, a family team indicated as many goods as possible, which did not have a price tag. There were a few conditions to obtain the goods: exceeding the total price of 70,000 yen, 50,000 yen, or 30,000 yen would disqualify that team. For a team given the right to get up to 70,000 yen goods, if the total price of the family's choices were between 66,000 yen and 70,000 yen, they could keep all things they chose. However, if the total price was less than 66,000 yen, they could not keep anything. Likewise, it was acceptable if the total price was between 46,000 yen and 50,000 yen, and between 26,000 yen and 30,000 yen in the case of the other two teams.

In case their choice was exactly 70,000 yen, 50,000 yen, or 30,000 yen respectively, they would also get an extra prize. I do not remember what it was: it could be overseas travel or an extra 70,000 yen, 50,000 yen, or 30,000 yen in cash, accordingly.

That show ran for many years. At some point, the price limits changed to 100,000 yen, 70,000 yen, or 50,000 yen because of inflation.

Now, some parts of my memories of the show are not very clear, but as a young, warped child, at the time, I viewed the TV program quite cynically. However, I was impressed with those people who failed to get anything. Most of them just laughed at themselves and left the studio. I thought that they must have been very disappointed and frustrated, but, they laughed. It really sounded like an incredible reaction. I may have thought that they were extremely amenable.

On the other hand, I remember one old man: he did not smile at all during the game. He looked ill natured. I hoped he and his family would lose. But, eventually, the family won and obtained the prizes! Right after that, the man gave a big smile. I hated seeing it! I think I thought he was egotistical. I felt he had something in common with my father (hereafter F).

I could not put my feelings into words then, but I remember how my emotions moved inside of me, how heavy I felt, and so on. Finding words to explain my emotions has been an essential part of my mental recovery. It is a long process, but each small step makes me feel a little more free. The TV show was on the air in 1960s', when Japan was experiencing a period of rapid economic growth. I must have been about seven years old when those contestants stirred my emotions.

2) Early Memories: Sparrows

I like watching sparrows and other kinds of birds. When I was a child, there were many more sparrows in urban areas than there are today. In some other countries, sparrows are friendly to people: I sometimes see a wild sparrow on a person's hand in a park on TV. Such videos must have been taken outside of Japan. In Japan, sparrows have been driven away by rice farmers since rice became the nation's staple food. Still now, it is said that more than ten percent of the crops are eaten by those small residents before the harvest. I think that is why sparrows will not come to people.

As a child, I was a little sad when they flew away from me. But, they always behaved like that when they came across people. So, I realized that they were fair. I did not have many friends to play with, and did not know how to associate with people, including adults. I tended to be isolated, so even though sparrows did not come to me, they interested me.

They seemed to be "another form of people," having smaller eyes that resembled human eyes, forming flocks similar to human families, and having conversations with each other. I thought that they were better than humans, because I felt they were honest and good natured. Although I did not have enough imagination and ability to make a fantasy story such as "being an alien member for the community of the smaller good people," it was always a relief to watch a flock I came across.

3) Early Memories: Puddles

I went to kindergarten nearby when I was little. I couldn't talk to anybody there. I was very, very shy.

One rainy day, many puddles appeared in the yard of the kindergarten. On that day, each parent of a child, usually their mother, had to come to fetch their child after the classes. I don't remember the reason why the parents needed to come, maybe the teachers had to give some announcement to the families of the children.

On the way back home, I saw many children jumping around in the puddles in their boots and having fun. Truthfully, I wanted to do the same thing as they did, but my mother (hereafter M) said to me, "They are bad children, so you wouldn't do that, would you?" I do not remember whether I replied to M or not. I did not soak my boots in the puddles anyway.

However, after coming back home, I got the desire to go back to the yard and have fun with the puddles just like other children did. It was not far. I went to the yard, nobody was there. I started splashing in the puddle, and my boots got wet.

Right after that, I heard a shrill voice saying, "Who is it? What are you doing? Don't do that! Go home!" I couldn't recognize who shouted. The woman could be one of the teachers from the kindergarten. I was so frightened that I turned pale, and was shivering with fear, coming home crying.

M found me crying and said, "What's wrong with you? Well, I guess you're worried about dad, because it rains a lot and dad always comes back late, so you got sad, right?" I couldn't say anything to M. Instead, I just nodded without thinking anything. I didn't know what to do except just pretend to agree with M. I had already learned that complete obedience was the safest and easiest way to deal with M by that time.

Actually, I didn't like my father (hereafter F). I do not know how M made up such an unrealistic story. I am sure that M had not noticed anything wrong between me and F. When F came home that night, M said to F, "Today, this child (me) was sad and crying, because you come home late recently, so she is very anxious about you." F said to M, "Is that so?" Although I was very uncomfortable, I couldn't say anything and I just swallowed the misunderstanding. Now, I think that I was already emotionally controlled by M and F then.

4) Early Memories: Playground

I didn't have many friends when I was little. There were a few small girls nearby who were as old as I was, their fathers having the same occupation as my own father. All our fathers were police officers. I didn't talk to anybody at the kindergarten, so those few girls were the only friends I had. My mother (hereafter M) probably didn't want me to play with others who seemed untrustworthy, meanwhile I had become an extremely shy child.

One day, a friend of mine and I met a group of boys while we were playing outside. My friend knew them, and she and the boys seemed to play with each other from time to time. I was so surprised at how she made so many friends while I didn't know any of them, and a boy who looked older than the others said to my friend, "Who is this?" I felt a little humiliated. But, that encounter led me to a new experience.

We all went to a playground, and the oldest boy told us what to do: he suggested playing a game to us. The game was: first, we would play janken, the Japanese name for rock-paper-scissors, to determine the order that each of us would play the game.

There was a plastic bag with a small hole and a water faucet at the playground. So, the janken's first winner would fill the bag with water and walk around the playground holding the water-filled bag, and the others would follow the trail made by the drops of water from the bag.

It seemed to be really great fun. I would make a line of water and the others would follow it! I was excited with the idea that I would be something like a leader. Unfortunately, I lost the janken, and so I was last. But, I still had hope to be a leader, and I waited for my turn patiently, while walking around the playground many times.

Suddenly, an unexpected thing happened: my friend felt the need to go to the bathroom just before my turn to lead. Our game was ended by the course of nature, and everybody left the playground. I was very disappointed, and cried. That exciting moment turned to a miserable outcome. It was like an experience where a demon whispered to me, "Your hopes will never come true! You will always be a loser, ha-ha!" It hurt me a lot, and it was one of the experiences that led me to be an insecure person lacking in confidence.

However, after many years, now I have another point of view: that I was fortunate to have such an exciting moment as a small child following the lines made by water drops, hoping to lead the other children afterwards. Even though I didn't get the chance to lead, it was one of my scarce experiences of being a simple and innocent child.

5) Early Memories: Satsuma Mandarin Oranges

Satsuma oranges used to be an extremely common fruit decades ago. Though it is still one of the major fruits in winter time, the consumption of satsumas was much greater than that of today. It was much cheaper, and more abundant. Some people including children in those days had too many satsumas in a day, and their palms turned to an orange color. Now, we have many more choices of fruit and confectionery that we can have as a snack. It may be difficult nowadays to find somebody having "orange palms" caused by the excessive intake of satsumas in winter time.

Many adults and children liked satsumas, and most of them ate whole segments of the oranges. This meant they ate segments without removing the skins and pith. While fewer people pinched a segment and sucked the juice and flesh out of the back, and then put the leftovers into the peel they tore before eating the fruit and threw them away.

When I was little, I didn't know how to eat satsuma oranges. I could only rip and remove the peel with my fingers. I don't remember how I ended up getting help from my mother (hereafter M) when I tried to eat satsumas. It was considered by M that I didn't have the ability to eat satsumas by myself when I was five or six years old.

When I tried to eat it, M said to me, "Let me make LIONS out of the orange for you," and ripped the skins of the segments and took the flesh from them, and gave it to me. One time, during a social gathering, M did that ritual as usual, while the other children ate satsuma by themselves without problem. I was embarrassed, but I could not help but nod. "Making LIONS," this may mean extracting the flesh from segments of oranges. I, however, never heard those words except from M.

But, when I talked about this story with my elder sister (which was not very long ago), she told me that this explanation used to be used in the past: when we tear the skin of a segment with our fingers, the flesh is split into two parts. The split shape looks like a "LION's mask" opening its big mouth while performing "shishimai," the lion dance. This is a Japanese traditional ritual at New Year. My sister added that she was told by M that she had an allergy. This was not true.

Furthermore, M thought that I could not eat raw fish. I don't remember why M started boiling pieces of raw tuna fish for me, saying, "This child can't eat raw fish," while other family members were eating sashimi. I don't remember how I learned to eat food. Although I don't have memories of resisting eating food, it was true that the food I could eat was limited. I only remember eating cooked rice, bread, meat, cabbage, laver, apples, confectionery, and some other foods.

I was often called skinny by others. I feel M didn't try hard enough to have me eat many things. But, from M's point of view, it must have been that I could not eat many things, and my sister had an allergy. As a child, I was uncomfortable when I heard such remarks by M, but I couldn't do anything about it.

Satsumas and other kinds of citruses easily mold. In winter, I often buy a few pieces of satsuma fruit and eat them. I still don't like eating whole segments, but I enjoy eating the fruit without being bothered by anybody. Prices of fruit in general have been rising for a few decades. Taking time to eat the orange is a luxury I enjoy. I think a large majority of people still eat whole segments of satsumas. It is said that eating whole segments of the oranges is good for health because those whole segments are nutritious, while it is also said that the skin and pith are indigestible.

6) Early Memories: Gaps Between Her Fingers

When I was around seven years old, I repeatedly suffered from inflammation of the middle ear. So, I often went to an otolaryngology department of a hospital. My mother (hereafter M) took me there. The consultation room was close to the operating room of the hospital.

One day, there was an operation being held in the operating room. The sign saying "operation" was on. Finally, the patient having the operation came out from the room. The big double doors opened, and a man lying on a bed appeared from inside of the room. There were some people including children waiting for their turn to see the otolaryngologist. Nobody showed any particular reaction toward the situation except me and M.

Before the end of the operation, M seemed to be anxious about me that I would not have enough courage to see such a patient. M told me that I had better not look at the patient because it would be unpleasant and scary. I pretended to be obedient to M. When the bed was moving in front of us, M covered my eyes with her hands, saying, "It's scary, so don't look!"

Actually, I saw the scene of the bed through the gaps between M's fingers. As I recall the circumstances, I somehow understood that as long as M thought that she could control the situation, that would be all right, even though the facts were different from what M thought.

Even as a child, I knew that a patient who got an operation doesn't show their surgery scar while lying on the bed being towed through a corridor. I also felt a little sorry for the patient because M and I behaved rudely by treating him as if he were an unpleasant object. But, I think overall I triumphed then, as a child who ought to be curious about many things. I didn't push M's hands away, because that would have been scarier than seeing the patient coming from the operating room. And because I witnessed it, I was satisfied.

7) Early Memories: Weekends

When I was a child, owning a car became one of the trends of the era. More ordinary people purchased a car. My father (hereafter F) got a light automobile. The car's interior was very small, but, still four family members could get in the small car. When the engine was on, the interior smelled like gas. I often got sick when I was in the car because of the smell and its compact space.

When F had a day off, he occasionally wanted to go out by car with us to shop and have dinner. When the car reached the parking lot of the shopping center, sometimes I was about to throw up, even though I rarely actually did it. It was always a painful moment. F disapproved of my poor state, and he didn't allow me to have a rest. Instead, he just made me follow the rest of the family to a restaurant. It seemed that F was irritated by his younger child not behaving as he liked.

Later on, I was often left alone in the car when the rest of the family went shopping on foot from the parking lot. My mother (hereafter M) said to me decisively, "You won't go shopping with us, right? You'd better stay in the car. It won't take long."

I remember one summer day. I was in the car alone as usual. I was alright. However, as time went by, the sunlight shone into the car. The temperature went up rapidly. I was forbidden from opening the doors and windows of the car by M and F. I just managed to take off my clothes. Finally, I wore only underwear. I was sweating a lot, and agonized, noticing some people peeked into the car through the window. I was irritated by them, thinking that I became like an object in an exhibition.

Finally, the rest of the family came back to the car. The sunlight had already moved away from the car. I don't remember very well what happened afterward. I think I tried to explain what happened to M and F, but they didn't take it seriously. My pleas didn't reach them, and my painful experience was ignored.

Years later, some accidents occurred due to similar circumstances as I had experienced then happened one after another. In the summertime, babies and small children left alone in cars fell into a coma, or even died because of the extremely high temperatures inside of the cars caused by sunlight while their parents were shopping, playing pachinko (Japanese pinball), and so on. I realized that I was in a very dangerous situation at that time. I was a little older than the children who became victims. Therefore, if I could not sustain the heat, I would have opened the car windows. Now I think people who looked into the car may have worried about me.

Actually, I didn't like shopping with my family, in particular with M. She was only interested in sale items. It seemed non-discounted items did not catch her eye at all. When she found a sale, she was beside herself, and rushed to the shop. If there was a sale for children's clothing, she dragged me by my arm and led me to the shop, and tried to find the items that fit me. Many times she bought a few items for me without asking me if I liked them or not. I didn't enjoy shopping when I was very young anyway.

8) Early Memories: Breaking a Bone

My parents seemed to think that I was weak, sickly, and a nuisance. When I was about five years old, I broke one of my legs while playing by myself at home. There was no crash into somebody or something. I just fell down and hurt myself. I still don't understand what happened back then.

I was in hospital a while. After coming home, me and my mother (hereafter M) went to the hospital a few more times to remove my plaster cast. The most scary memory was part of the cast being cut. The doctor used an electric saw to cut the plaster around my knee. A big hole appeared around the knee. The edge of the saw touched my skin. It was painful. In addition, my skin peeking from the hole looked very different, it had become dry and wrinkled. For a small child, it was a shocking event. I was timid and a crybaby.

After that injury, I became more introverted and dependent on M. When I was very small, she seemed to be satisfied with me when I was obedient to her without saying any opinions of my own, and when she may have felt that I was pitiful.

I think that she didn't like to be bothered by others, and that she tended to be lazy. But, she helped me a lot, or too much for everything I needed to do, like eating fruit, getting dressed, and so on. She often said to me, "I'll do that for you!" In the end, my skill in doing chores had not improved very much. After I became an adult, sometimes I still had trouble when I was engaged in jobs that required speed when handling things.

I also think that M didn't want to see her younger child become a self-sufficient adult, and that she hoped I would be a small, incompetent, and weak thing forever. This kind of desire may belong to the unconscious mind. Therefore, it may be very difficult to be aware of it for the person who holds such an unhealthy desire. Another reason for this attitude of M's could have come from somewhere else, such as the idea that teaching and helping children to do their chores by themselves is more difficult and time-consuming than taking the chance for children to grow by performing their own tasks. It may lead children to be spoiled.

Overall, however, while I was very small, the relations between me and M seemed to be peaceful as long as I didn't say anything offensive to her. In a sense, my life was easy: M seemed to be kind and gentle, but in another way, I lost some chances to grow. But, the formation of the ego occurs to everybody. Even though I was a quiet, and obedient child, I was gaining my own concept of myself, and my sense of values as I grew older. The older I grew, the more conflicts occurred between me and M.

9) Early Memories: Father's Hometown

When I was in elementary school, me and my family went to my father's (hereafter F) hometown in the summer. It was a few days' trip on vacation. I think we went there three or four times all together. I don't remember those trips very much except an old wooden washroom in the garden, and a lot of insects that I didn't like. The house was located in a rural area.

My mother (hereafter M) was grumbling about staying at F's brother's house. M didn't like F's family and relatives. Actually, M didn't like most people, so M would rather we had stayed at a hotel. But, F didn't allow it.

On one particular trip, I had a very painful experience. I was about seven or eight years old then. On the way to the town, we had lunch at a restaurant. We all ate "unadon," a bowl of hot cooked rice topped with broiled eel. A small bone from the eel stuck into my throat. The bone hadn't come out for several days. Even after coming back from the trip, I was still in pain.

I complained of the pain to M and F. F didn't take it seriously, and ridiculed me saying, "You, stupid girl! An eel's bone stuck into your throat? You, idiot! Ha, ha..." F repeatedly said that during the trip and mocked me. F told the story to his relatives, too, exaggerating how stupid I was. The whole trip had been ruined for me. If a child has a problem, don't parents try to help the child? Looking for a doctor to remove a bone, for instance.

F often treated me like that. Even though there were no particular reasons: F said to me, "Your sister was born from mom, but, you were floating down on the ABC river." (ABC river was famous for its dirtiness in those days.) In addition, F sang, "donburakokko, gikkoko, donburakokko, gikkoko..." It didn't make sense, it sounded like the noise of rowing a small and shabby raft. F sang it in a unique tune, and laughed at me a lot. F seemed to anticipate that I would also make fun of myself and laughed at myself. I think I tried to laugh at myself, but tears came out of my eyes instead. I didn't understand what was going on.

F frequently did similar things to me, speaking ill of me, mocking me. Besides those, he accused me of being cheeky, naughty, stupid, blockheaded, stinky, and so on. I don't think I did very bad things to F. Sometimes, I may have asked him common questions that ordinary children tend to ask their parents.

But, he didn't listen to me, and he treated me like an idiot or a criminal instead. It seemed very, very difficult to have mutual understanding with F, although the same thing had been happening between me and M anyway.

In a sense, F was more violent than M was. Since I was very small, I thought that I was just like a toy to F. When he came home, he occasionally chased me and caught me. I didn't like to be caught at all, but I always failed to escape because he was much bigger and stronger than I was.

When I think about F's attitude, it sounds stupid, idiotic, and even perverted. F placed me in a double shoulder lock, and forced me into saying, "You should say, 'I like daddy,' ten times," "You must repeat, 'I'm your child' ten times," and so on. Until I spoke those words ten times, I was never released.

Sometimes, F did abhorrent things to me. In a coaxing voice with an obscene smile, he would say to me, "Let me touch you." I didn't understand what was happening. But, I noticed that he was interested in the lower half of my body, while he was rubbing my buttocks and thighs repeatedly, I remember being confused with F's liking of those private places. I felt very humiliated, uncomfortable, disgusted, and odd, although I didn't understand the circumstances.

Besides, F got angry when I didn't behave as he expected, and if my feelings were different from what he expected, it wasn't acceptable to him. Even though he was doing strange things to me, he seemed to think that I was pleased with his behaviors.

From time to time, F's character seemed to change a great deal. Sometimes he said to me, "I like you very much, my child!" with odd voices and strange smiles. I was confused and I thought that F didn't like me, but he liked touching my body only. I hated to be hugged and touched by F.

I don't remember whether I was raped by F, but I remember once he stuck his tongue into my mouth. Those strange relations had lasted for quite a while, since I was very small. I am not very sure when those stupid dealings ended. Perhaps, it lasted until I was about to reach puberty.

F was a successful police officer, but from my point of view, he was insane, and his moods just changed from time to time. He rarely got drunk because he was only a social drinker, but his behaviors were like a drunken person. I may have become a target for F to vent his anger upon. It may have also been caused by M's attitude toward F. It was scary when she got angry with his negative remarks.

F's occupation was stressful, which must have been the main reason for his rage. However, for the smallest one in the family, becoming a target of his stress relief was unbearable. M didn't do anything to help me, either. I couldn't find her anywhere while I was being treated like a toy by F. Basically, this kind of power structure that was built when I was very small had never changed. The only thing I could do was be patient and quiet.

10) Around Puberty: Car Accident

When I was nine years old, I got in a car accident. On my way home from a calligraphy class, I was hit by a car as I tried to cross a road. I got injured, but it was minor. I got a few grazes.

Two men came out from the car, and apologized to me for hitting me, and they were about to drive away. A moment later, they came back to me, and told me that they would take me to a doctor. So, I got in the car as I was told to do so. I was shy and not assertive, but I had one question in my mind: if it is alright to get in the car, these men might be kidnapers... I heard that children need to be careful about strangers. But, I couldn't resist their offer due to the fear of offending them.

However, I was brought to a hospital and I got treatment. Afterward, the men and I went to the police station, and we were questioned. It turned into a long day.

The accident was witnessed by one of my friends, and her mother called my mother (hereafter M) and said that I was taken into the car, and the car drove away. When I got home along with the two men, M was talking on the phone, on a call that could have been from the police station. Right after M saw me, she shouted at me, "Damn! You, stupid, 'cause you're hanging around, so you got into the accident!" I cried a lot. M's ultimate anger appeared, while saying to the men, "Please come in, I'm sorry for this child causing trouble for you..." in the politest manner that M could manage.

Afterward, my elder sister said to me, "M was relieved to see you, so she got angry." It might have been true, but I didn't understand why I was treated like that, while the two men who caused the car accident were treated politely. In addition, M looked very frightened due to the fear of the result of the accident. For me, it was not a message of care and love from M. It only made me feel more distrust towards M, who easily became upset, and who tended to hold on to negative feelings for a long time.

That moment may have been a turning point in my life that changed my view of M. Before that, I think I tried to find good things about her, and I wanted to rely on her. But, I was more disappointed by her, and I started thinking that it was not worthwhile to count on her.

Several years later, a middle aged man visited our home. He was the man who was on the front passenger seat when the accident occurred. According to him, he remembered the house of the injured girl when he came to the town, and just wanted to make sure whether the girl was alright without suffering from any aftereffects of the injury. He had been worrying about me for several years. He seemed to be relieved to see me.

I felt a little bad about causing concerns on my account. I think I learned there are many different types of people in society. It meant there are people like my parents who don't care about their family, on the other hand, there are some other people who even care about strangers. It was a relief for me to realize that not everyone in the world was like my parents.

11) Around Puberty: External Otitis

When I was about eleven years old, I suffered from external otitis (an acute infection of the skin in the ear canal). I don't remember in which ear I got it. My ear started aching in the afternoon. At night, my father (hereafter F) came home and found out about my aching ear. F insisted that the ear would be fine if it was cleaned. So, he forced me to let him see the ear.

It was so painful that I didn't want him to touch and clean it. Although I resisted the cleaning, he became furious, and insisted again, saying, "I was in the war (World War II), so I know everything about the body! Let me see, it will be fine!" In the end, he "cleaned" my ear. My suffering ear became more painful than ever before.

The following day, the ear was diagnosed with external otitis that had got worse by his fumbling. When F came home at that night, my mother (hereafter M) told him about the diagnosis. Even though I had a pain in the ear, I anticipated that he would apologize to me for the aggravating it: he had never apologized to me in any circumstances. But, it was very obvious that he ought to be blamed for my worsened ear. So, I had a faint hope.

As F heard the magnitude of my ear pain, he didn't even speak a word, and became more cross. My pain was just ignored, and it seemed that the case was closed... Having a faint hope was in vain.

F was abusive to me in many ways. But, I hadn't had any apparent physical scars given by him except that one. He was a police officer, so he may have known about traditional signs of child abuse appearing on the child, such as the back burn of a lit cigarette, and so on. I guess because of his occupation, he avoided giving physical injuries to his family consciously, and unconsciously.

On the other hand, I received many invisible scars in my heart. For F, no physical scars may have been equal to no child abuse, but that is not always true. However, I think I need to be grateful for small mercies: it would have been an extremely painful experience, if I had burning cigarettes held to my back. The pain would be beyond my imagination.

12) Around Puberty: My Frustration

I had a tic, a stammer, and selective mutism when I was a child. I was not actually diagnosed with those disorders, but it was apparent that I had them. I often blinked my eyes too much, I couldn't pronounce particular sounds when I tried to talk, and so I gave up talking. I was very shy while I was in public. The mother of one of my classmates told my mother (hereafter M) that I possibly had a tic, and then M told me that in her reproaching tone of voice. It seemed M thought that I, myself ought to be blamed for the disorder in spite of it being said that those kinds of ailments are caused by the problems coming from one's environment. I don't have a tic, or selective mutism anymore, while I am still working on overcoming my stammer. When I am tired or stressed in particular, I feel my words become less fluent.

Around the time when I started elementary school, I got sick without a known cause. I had a pain in my chest. Sometimes, it ached a lot. One night, I cried and complained of the chest ache. M and My father (hereafter F) were stunned and petrified. The following day, I was taken to a hospital. The doctor was unable to diagnose what was wrong with me. Now I think that it might have been caused by the stress occurring due to the harassment at home.

Sometimes, I lost my temper at home, but I don't remember very well. I only remember it indirectly: I was given a nonprescription medicine called "hiyakiougan." It was a medicine for small children who had convulsive fits. There was a TV commercial for this medicine. Babies and toddlers appeared on the screen, but I was a school-aged child. The rest of my family, including my elder sister, said, "Give this child the medicine to prevent a convulsive fit occurring! 'Hiya' (the first part of the medicine's name) sounds like your scream, ha-ha!" I was humiliated and became more angry.

When I was a school child, bowling was popular. On Sundays, F, my elder sister, and I often went bowling. Every time, at first, it was fine. I was full of enthusiasm for the games. However, usually I guttered the ball consecutively after a while, and I didn't get any scores. I became frustrated and angry. I don't remember how I behaved, but I must have shown my vexation from the whole of my body.

First, F seemed to try to help me, letting me hold the heavy ball with both hands in order to make it easier to throw the ball rather than using just one hand, while chuckling. But, I became more cross because I may have felt I was being treated like a smaller child. Finally, F also became very angry with me, and the game was over. He hit my head with his hand, and I cried: we left the bowling center without speaking.

I don't remember whether the same thing always happened after the games. But, that was a typical outcome, and I suffered from feelings of vexation and self-condemnation. I regretted that I made F angry. But, now I think that it is understandable that I easily became angry under the stressful circumstances.

My emotions were unstable and my anger appeared sometimes at home, although I tended to be shy and cowardly when I was outside. I think that one of the reasons for that was my selective mutism. In Japan, there is a word "uchi-benkei." "Benkei" is a historical samurai, and represents a very strong warrior. "Uchi" means inside. Therefore, the word "uchi-benkei" means a person who is aggressive at home while being a coward when they are outside.

When I became angry, M and F criticized and ridiculed me, repeatedly saying, "Uchi-benkei! Uchi-benkei! Damn, you!" But, from my point of view, M was very much like an uchi-benkei. As I grow older, I have found people tend to criticize others for having the faults they themselves possess.

13) Around Puberty: Elementary School

I had difficulties fitting in with other children at kindergarten and schools. I didn't know how I should behave in different circumstances. Up until end of my first year of elementary school, I couldn't speak to anybody in my class. After I started speaking, I had another problem. There were bullies.

I was timid and nervous at school, and I couldn't talk back to somebody who spoke ill of me. So, I became a target of bullying when I was around nine years old. Things, like my shoes and rulers, were hidden by bullies, and they teased me.

I was sad and humiliated, but I couldn't do anything. Some people say that a person who becomes a target of bullying has their own problems, so not only bullies should be blamed. That might be true, because such a timid and shy person seems to attract bullies to bully them. However, I think that many times, bullying victims cannot do anything to resist bullying. In the first place, much of their confidence has already been shattered by previous unhealthy power relations, such as child abuse at home, and they don't know how to cope with the situation. On the other hand, there are some bullies who had themselves been bullying victims. I think that bullying issues are complicated, and the stereotype doesn't fit.

In my school days, society was simpler, and bullying could be simpler, too. Nowadays, bullying becomes more sophisticated and nasty. It was my good fortune that I was born and had school days in a more peaceful era.

By the end of elementary school, the bullies gradually became quiet. They might have thought that teasing a dull girl was silly and nonsense. Although I still had an awkward manner in my class, my first experience of school life ended calmly. However, I was going to come across other bullies in the future even after I became an adult. On a few occasions, I became a victim again, and sometimes, I witnessed other people being bullied. Both were equally painful.

14) Around Puberty: Randoseru (School Backpack)

I had a strange experience when I was about ten years old at school. My homeroom teacher was a middle-aged man, and his way of managing the class was eccentric.

Usually, homeroom teachers gave the children printed announcements that had school information for their parents. Instead of those papers, he made us write down what he said to us in our notebooks. Sometimes, his speeches were long, and the number of the sentences had increased. He spoke slowly, and he made brief pauses from time to time. So, it may have been possible to write down all the words he said within the allowable time.

But, I was always anxious about if I could catch up with the writing. I wrote the words in a hurry, and scribbled them in the notebook. The letters were difficult to read. I think because of this experience, I am not good at handwriting. The messages were for the parents. But, I don't have any memories of me showing the notebook to my mother (hereafter M). I am not sure of the reason why I didn't show it to her.

It may have been because the writing was not good, so I hesitated in showing it to her, and the details of the writing could be something trivial like a greeting referring to the season. So, it may not have been a big problem, even if I didn't show it to her.

One day, when it was time to go home, the teacher made us pack our school backpacks with our eyes closed. That meant we had to close our eyes completely, and had to manage to pack all the things into the backpack. I followed the directions without fail, but even after that, there were many things scattered on the floor around my desk, while the other children were ready for going home with a completely packed school rucksack used by Japanese children and called a "randoseru."

First, I didn't know what was going on. Although I did just what I was told to do by the teacher, why did I have to have such embarrassment? I may have been overly serious. As a child, I didn't know how to cope with such unusual situations. If only I had had more interactions with many people including adults and children since I was born, I wouldn't have been such a stiff and awkward girl. The same thing happened two or three times. I felt so stupid that I couldn't cope with new situations.

The teacher liked competition. Once, a school excursion photo contest was held. The teacher was the examiner. Actually, it was fun. Prizes were given to the winners. The first winner received a lot of stationery items. The second one got a little less than the champion, and there were around ten awards.

I think my photo was chosen as the sixth place. I don't remember what I received, but it was not bad to get a prize. Even though my photo of buildings taken through the bus window was a little blurred, the teacher told everyone that taking photos from a moving vehicle is difficult. So, it was appreciated. That was the only one thing that I remember he praised me for.

In addition, there was another competition throughout the year while he was our homeroom teacher, and it was strange: he encouraged us to do homework of kanji (Chinese characters) transcription a lot. The notebooks we used are for compositions, with columns of cells, with one character to be written in each cell. The race became harder. He checked how many pages each child wrote down kanji over a period of time, like in a month or a week. He gave prizes to some children who did a lot of kanji homework.

The rules of the writing were not established except for how much we did. There was a boy who frequently got first place. He finished a notebook by filling all the cells with kanji in every page overnight. But, I saw the same simple kanji, having only a few strokes, written in all pages of his notebook. The teacher didn't say anything about it, and always praised the boy's hard work, and gave him a lot of prizes.

As I saw that strange situation, it sounded ridiculous. What is the point of writing kanji? It is for practicing and memorizing letters. What was the meaning of writing thousands of the same simple kanji? Even if I could win a lot of prizes, I wouldn't do it! I refused to join such a meaningless and wasteful race. But, it was an assignment, so I did some writing as homework.

I find it remarkable that a timid girl, who lacked common sense of someone her age, still had a point of view about what was reasonable. I am now surprised at the calmness I had.

There was another unusual phenomenon in the class. About one third of the boys had left the classroom by the end of the school year. The class consisted of about twenty boys and girls respectively. I remember six or seven boys moved to another school that was for children who needed special attention because of their physical weakness. It was a dormitory school located in the country, and it was owned by the same municipal office as the elementary school. Only one boy in our class had a reason, as he was obese. The rest of the boys didn't look like they needed to go.

The following year, our homeroom teacher was replaced with another teacher. Usually, from the fourth grade to the fifth grade, there was no change of the homeroom teacher at that school. So, it was exceptional. I heard that the boys having gone to another school had escaped from the teacher because he was too severe with them, while he favored somebody like the kanji writing champion, and a boy with five siblings. The teacher often said to the boy, "You have many siblings, so you are tough and good!"

The parents of the boys who left the class must have pleaded with the assistant principal to replace the teacher. I didn't notice that the boys had great hardship while he was the homeroom teacher, although I was also not treated nicely by him, so I might have been insensitive.

I don't think the teacher was good at teaching. He often digressed from teaching, and talked nonsense stories, although some of those were funny. Some unit learning was omitted due to the time shortages caused by the digressions that happened more often than in average classes.

M seemed to admire that eccentric teacher. At the first PTA gathering of the new fourth grade class that he was in charge of, she was very impressed with what he said. She fascinatedly said to my father (hereafter F) and I, "He is a real good teacher!" According to her, because he used to be a junior high school teacher, he knew many students who lacked academic ability. So, he would try hard to train the children. His ways of teaching would be severe, but due to that policy based on his real experience, the parents were required to accept his ways.

I was almost persuaded by M's eloquence, and I thought that he was a good teacher to some extent. But, now I think that if I hear those kinds of dogmatic from somebody, I am instantly suspicious. My experience taught me to have mixed feelings toward the teacher.

After the new teacher came, the boys returned to the class, and everyday school life returned to normal. I think my backpack events encouraged some children to bully me. But, the new male teacher was concerned about me sometimes. The bullying didn't stop soon, though my school days became much easier than before.

When I recall the year of the eccentric teacher, the atmosphere of the class was unstable and restless. I didn't notice it while I was in the midst of those circumstances. It was a tricky time, but it was fortunate to have lasted for only one year.

The randoseru, the name coming from the Dutch word, "ransel," has been a symbol of school children for more than half a century. I wonder why those big heavy items for children are still necessities for school life. The materials of the packs have been improved, and the weight of the packs has been decreasing. But, for younger children, randoseru still seems to be a burden for them.

15) Around Puberty: Mother

I don't think that I could go through puberty, a critical time of life, in an appropriate manner. I felt I was being watched by my mother (hereafter M). M didn't want me to do what I liked or what I was interested in. M seemed to be very sensitive about whether my behavior was within her acceptable limits.

One time, when I laughed at a scene performed by popular entertainers on TV, M got angry and said to me, "You, bitch! You like such nonsense and trashy fellows! Damn!" It was nonsense because sometimes M was also laughing while watching funny TV programs. But, I became afraid of doing things that M once criticized me for doing, and I think I refrained from doing more and more things.

In addition, M worried about whether I was making friends with delinquent children. Actually, I didn't have many friends. I guess because me and my parents scarcely had meaningful conversations. I often didn't know what to say to people. I hadn't practiced everyday conversations as a child very much. So, I tended to be isolated in school.

M didn't like other people. She always overreacted when strangers needed to come to our house in order to fix broken appliances, and so on. From a few days prior to the day when the strangers would come, she started acting irritably. However, while they were in our home, she was able to behave like an ordinary person, and didn't say any inappropriate things. Just her voice rose an octave, which showed she had become very nervous inside.

M didn't like to associate with people like the parents of her children's classmates. In spite of that, she was appointed a PTA committee member of my elder sister's junior high school class. A phone call informed her that she had become a committee member, and she cried and grumbled about the fact. I think that because M didn't want to be chosen as a committee member, she was absent from the PTA meeting that was held to choose the next year's members. Since she had not given any particular reason why she should not be a member, the PTA people made the decision that she should become one.

After M and other committee members started working together, they seemed to be getting closer. M's voice, however, sounded higher than usual when she talked with the other members on the phone, which told me she was tense. I don't know how she could contribute to that committee. She might have been a burden on them.

One day, I happened to be at a gathering of the committee group along with M for some reason. It was a very rare opportunity that me, M, and non-family members were in the same place at the same time. M didn't speak a lot. Instead, she was always giving ingratiating smiles. That was what I expected beforehand though, I felt uncomfortable about her smiles, and thought that her attitude was shameful, miserable, and untrustworthy.

However, even though she didn't like people, somehow she enjoyed her relationships with the other members, and it seemed that she wanted to be considered as a nice person by them. Grumpy people may still want to have some relations with others. The group consisted of several people, and it was not supposed to require difficult face-to-face communications. I think that was why M barely managed to get into the group, and had some fun.

But, after that, M told me that she would never be a committee member of my class, and she hadn't become one. I don't know how she managed not to be chosen as a member.

At home, M tended to be peevish, and easily got angry. Sometimes, her sullen face lasted for days. My elder sister and I talked to each other about whether there was a reason for that. Sometimes, we concluded that the cause of her anger was some trivial back talk from us. At other times, we never knew the reason. M might have had a melancholic personality, but, overall I think she managed not to confront trouble at home, and tended to have an easier and stress-free life.

16) Around Puberty: Junior High School

After I started elementary school, I didn't have many problems learning except for physical education. By the time I finished junior high school, I could get relatively good scores without making great effort. I don't know why. But, it kept me from having an even deeper sense of inferiority. If I was not able to get reasonable scores, my pride as a child would have been completely shattered a long time ago.

I was not good at sports. I think because my mother (hereafter M) didn't allow me to play with many children, and she restricted my activity since I was very small. She had always an anxious look on her face, and said, "I'm worrying about you..." M seemed to try to show her consideration for me, but it was unwanted false kindness toward me. I didn't even notice that then.

The students from my junior high school were relatively apathetic, and inactive. Most of them didn't work hard at their studies, nor did they do anything naughty.

Since I was a "good student," and I looked calm because I didn't speak a lot, I think I was considered to be a kind of "an honor student" by others, although my reality was not like one of those other "honor" students due to my lack of confidence.

One of my classmates told me I must have thought some TV shows were rubbish and that I despised those who watched those TV shows because I was conceited. At that time, I was disgusted with her, and I talked back, but, I don't remember what I said.

I was so passive that I was used by another classmate who was not close to me at all. She was looking for somebody who could attend an explanatory meeting for a high school along with her. The time was just before the entrance exams season, when nobody wanted to make time for others. She asked me a lot to attend the high school with her. First, I tried to refuse her request, but, I finally said to her, "yes," because she begged me to do it. I'll never forget the unpleasant aftertaste I had then. I knew that I was seen as a real dupe by others. Although I had problems with the above-mentioned two girls, I wasn't the victim of any continuous bullying in my junior high school.

I started learning English when I was ten years old. So, I had an advantage in English classes at junior high school. M allowed me to attend the private English school operated by an old bilingual Japanese woman while I was in elementary school, because my elder sister had already joined it. It was only once a week, but it helped me a lot after entering junior high school. That is one of the scarce things that I need to be grateful to M for.

As for club activities, I belonged to the table tennis club. Even though I was not good at sports, I wanted to try to do some sport. My school was relatively lazy, and the clubs were no exception. It was just right for me. One particular thing I recall is that we went to have matches with other schools. I had matches along with other club members. We only played singles games. A few times, I was in the lead in the early stages. But, my opponent always caught up and I never won. It might have been because our team was inactive and weak. In addition, I think it showed my lack of confidence, which was the existential issue that I needed to work on for a long time.

Overall, the era of my junior high school was dim, but calm and relatively peaceful compared to other times due to those passive circumstances.

17) Good Memories of My Childhood

I don't have many good memories of my childhood. But, I did have some good memories.

In my very early memories, I liked a Japanese folk song called "Mamuro-gawa Ondo," that includes some romantic details. The main meaning of the song is like this: there is an ume (Japanese plum) blossom of a tree planted on the bank of the Mamuro river located in a town of northern Japan. The blossom is talking to an "uguisu," a bush warbler who had come to peek at her since she was a bud. I didn't know the metaphorical meaning, but, I sang it joyfully, and I did it even in front of people.

However, I quit singing the song at some point. I don't remember what happened though, somebody, very likely that my mother (hereafter M) or my father (hereafter F), might have made fun of me when I sang it. The cheerful singing me doesn't seem to fit the gloomy me I became. But, I still remember the tune and the joyful feeling while singing.

Speaking of bush warblers, our family had a Java sparrow that imitated bush warblers, and sang just like it does. Bush warblers are known as good singers that start twittering in early spring. They sing like, "hoo-ho-ke-kyo," and we named the Java sparrow "Hokekyo."

There were some bush warblers in urban areas then, so, the our pet bird could learn the sounds of these great singers. Now, I think we hardly hear real "hoo-ho-ke-kyo" songs in urban areas, although recorded sounds can be heard in some places like train stations, shopping arcades, and so on.

We kept some other birds, too. My elder sister was given some birds from her friend, and F bought a canary for me. Actually, I didn't want to have a pet bird because taking care of pets is troublesome. At the pet shop on the rooftop of the shopping center building, F purchased the bird even though I resisted having it. But, he told the clerk that this bird was for this child that was me. F may have wanted to hear the songs of the bird at home. I felt like I was used by F to have the singing bird, and I didn't feel good.

On the other hand, the canary sang very well. One day, one of our neighbors came and gave us some greens. The woman told us that the gift was for the singing bird, because it always sang beautifully, and she was glad to hear it. I'm not sure, but the neighbor might have been implying that she was actually annoyed with the sounds.

The canary lived only for a couple of years. When it died, I was sad and cried a lot. My elder sister tried to soothe me, but I said to her, "I just simply wanna cry, 'cause it's dead! Leave me alone, and let me cry!" I don't know why I said it to her, but, after I cried, I felt better. It is said that shedding tears may bring us peace. I experienced it at that time.

I don't remember how many birds we had all together. The time we had at least one bird may have ranged over ten years or so. My family, including me, were not good pet owners. First of all, we were too lazy to take care of pets properly.

It should be relatively easy to take care of small birds compared to other kinds of animals like dogs and cats. Basically, you just change the paper on the bottom of the cage, the water in the water holder, the food in the food tray, and the greens in the greens holder. If the bird is hand-trained, it is also important to frequently play with it. If we fail to do those things, the bird will suffer.

Except for the canary, it was uncertain who owned each bird, me or my elder sister. The two of us were not good at doing chores just like M wasn't. Still, M sometimes told me that it was too pitiful to see the bird in such a dirty cage, so she changed the things instead of me. It was not a good memory, and I regretted not being a good pet owner then. However, I remember those two birds, Hokekyo and the canary sometimes, and I recall their adorable behavior.

I was hardly ever caught up in and enthusiastic about anything. If I became very eager to do something, M would criticize me. She said to me, "What a waste of time! You'll never be successful!" I don't remember the exact situation when M shouted that at me. But, I believe that I was trying to do something new.

However, I had only one thing that I was hooked on when I was a child. It was playing with beanbags: it is called "otedama" in Japanese, and it is a kind of juggling. M gave me some beanbags. They may have been a birthday present. I remember M gave me a birthday present each year, but I don't remember what I received as a present at all. It was likely that those presents were trivial things like stationery.

I practiced juggling using beans stuffed with small cloth balls. I became successful at handling three balls with two hands, and two balls with my right hand. I don't remember how long I was hooked on it. It may have been for only two or three months. Adding one more ball was very difficult, and it seemed impossible. So, I gave up doing it in the end. It seemed that M could not complain about my enthusiasm for juggling because she was the one who equipped me to do it.

As for F, I have only one memory where he seemingly behaved sanely. When I was in junior high school, me and F happened to take a trip together. M became sick that summer, and we had no plan for summer vacation. So, I complained about it.

My image of my childhood is that I could never say anything to M and F because if I talked back to them, I would get punished more. But, it was not always like that. I think I tried to insist on things I wanted that were not too harmful or offensive for them.

In the end, we went to F's hometown and stayed there for a few days. My elder sister had something else to do, so she didn't join us. Before the trip, I was scared of the result of my grumbling, and I regretted it. I wondered what would happen if I traveled with F alone. He would often get angry towards me...

But, to tell the truth, the bad things I expected didn't happen. I don't know why F was like a normal person while traveling. It was possible that he was released from his stressful work or his wife (M), or both factors may have given him calm. Also, the situation of only the two of us going on the trip may have brought some anxiety, as we would have been worried about any potential trouble between us.

I was relieved from the uneasiness. However, this unusual event didn't have enough power to change my image of F. As I got older, the troubles between me and F became more complicated and severe.

But, that experience taught me that people are easily affected by their surroundings. Now, I believe that I wasn't the central cause of F's peevishness.

When I was in kindergarten, I was criticized by M and F for being too shy at school, and being too haughty at home. However, the kindergarten teachers didn't criticize me even though I was unusually shy. I believed that shyness is not good for a child. Perhaps, I saw and judged myself through M's and F's eyes. I wondered why the teachers didn't criticize me, but I felt easier because I wasn't criticized at kindergarten.

One day, the children were given BCG vaccinations. Before the injections, a teacher told me I didn't have to get one. However, when the other children formed a line, waiting for the painful moment, I thought that it must not have been true that I didn't have to get the injection, while others had to. Even though the teacher told me so, I thought it couldn't be that easy. I think that I was a child who was very sensitive to pangs of conscience, and I easily felt remorse whenever I felt I did something wrong.

When I was in elementary school, I did something very unusual on a field day. Every child ran in a footrace, which was an activity I was not good at. At the starting point, several children stood in line from the inside lanes to the outside lanes. At the sound of the starter's gun, they started running. The children who started from the outside lanes could run toward the inside lanes because if they ran along the outside lanes, they would run a longer distance than others who ran in the inside lanes.

I was in the most outside lane. I started running, but, I kept running in the same lane all through the race. So, it took a lot of time to reach the finish line. Other children told me that I could run toward the inside lanes. Somebody's mother said, "You're very, very serious." Of course, I knew I could enter the inside lanes, but somehow I couldn't push myself to do that.

There is another episode that shows my unhealthy thoughts when I was a child. Soon after I entered elementary school, each member of our class made a paper carp-shaped streamer for a coming Children's Day event. The teacher's directions were to stick scales made of colored paper onto the body of the fish. We needed to cut the scales from the paper beforehand. When we stuck the scales on, we needed to stick them on the body just like real scales: that meant we cut many small scale-shaped parts out of the paper, and glued only the edges of the scales in order to make layers of the scales on the fish body.

First, we all started with the directions, but, it took a long time to make the layers of the scales on the body. Other children started sticking roughly cut scales on the body sparsely. The end of the time of the drawing and crafts class was approaching, and most of the children finished their work while I was still working on sticking scales. I think I finished only one third of the body, and I was afraid that I would not be able to finish it by the end of the class.

I asked the teacher what I could do about that: she drew the scales on the space of the fish body, and told me that I did the work very precisely, and that my work was pretty good. After that, the teacher also told M that I did the work very precisely and patiently, while other children cut corners. I wondered why the teacher praised me even if I was about to fail in finishing the work within the time limit. However, I was glad to hear it, and I recalled the words from the teacher as a comfort from time to time when I felt I was useless as a child.

It seemed that I was always hearing a voice saying, "You shouldn't cheat! You should be completely obedient and honest!" I cannot explain why I became so masochistic, and it took a few decades to overcome that unhealthy belief.

As for the vaccination at the kindergarten, before getting the shot, one of the teachers found me standing in the line, and let me leave the line, saying, "You don't have to get a shot! I told you!" I was rescued from the damage that might have been caused by non-appropriate use of a vaccine because my tuberculin reaction was already positive. I recognize now that this was a significant moment, and I was fortunate to avoid the side effects caused by misuse of the vaccine, but it took a long time to be aware of it.

When I was in the fifth grade of elementary school, our homeroom teacher was a middle-aged man who replaced the former year's eccentric teacher. In Japanese class, the new teacher conducted a type of discussion that was not familiar to school children then. Furthermore, most Japanese people didn't know the word "debate" in those days. Actually, the discussion was a debate, although the teacher didn't use the word debate.

The class was divided into two groups, and the teacher gave us a topic. It was a simple one: which is better to live in, a flat place or a sloping place? One group needed to support the idea of living in a flat place, and the other group needed to support the opposite view. Everybody had to follow the group's policy given by the leader even if they had their own opinion that was against their group's policy.

I don't remember the details of the discussion except an idea that a boy insisted on. That idea was like this: it was hard for an elderly woman to carry heavy baggage in a sloping area, and she would fall down on a slope. The debate went on without any judgement from the teacher.

I was fascinated with the discussion. Even though I was usually shy, I expressed my opinions like this: the boy only repeatedly expressed his old woman's policy, so he shouldn't talk about it anymore. It may have been the most exciting moment in my elementary school life.

I expected another debate class, but it never came. That class was the first and the last one. It was no wonder that the introduction of debates was not likely accepted into the curriculum of elementary schools in Japan a half-century ago. I experienced the joy of talking freely without being interrupted by anybody.

When I was a child, there was generally only one TV set in a household. So, the person who monopolized the TV channels mattered to each family member. When F was at home, he always watched the TV shows he liked. Many times, those TV shows were samurai dramas. Some dramas were alright for me to watch, while the others were too violent and scary, so I didn't watch them.

I still remember some of the characters on TV, and watching those dramas may have helped me compensate for some of my lack of social skills. The language spoken on the dramas is Japanese in the Edo period (A.D. 1603~1867). It is different from modern Japanese, but it was still easy to guess and comprehend the words. I was interested in those older expressions.

I liked watching "The Wild Kingdom," a weekly TV program about animals in nature of all over the world. There were not many documentary TV shows in those days. I still remember the little halting voice of the old former director of the zoo in Tokyo who was the narrator of the program.

When I saw the show, I was alone, and enjoyed it by myself without being interrupted by anybody. Nobody was around me in the living room. Each of my family members may have had something else to do or may have not come home yet. It was my time of bliss when I was a child. It seemed that I escaped from reality by imaging animal life in other worlds.

The news of NASA's Apollo spacecraft reaching the moon in 1969 was a very exciting event to me. It was a fascinating moment to see a human's first step on the moon. I think I had a sense of unity with people all over the world. I was very pleased with a miniature Apollo spacecraft that was a free gift of a science magazine sold at school.

In 1972, the first winter Olympic games were held in Asia. The host city was Sapporo. There was a female figure skater representing the United States of America. She was beautiful and radiant, and she smiled even after she fell down on the ice. I was surprised at the truth that such an extraordinary person exists.

The matters of the Apollo mission and the figure skater may have had some influence on me. Those matters may have motivated me to study English for many years.

18) High School

I entered a public high school oriented toward preparation for university entrance examinations. Because I got relatively good grades in a junior high school that had a low academic standard, it was not difficult to go to its associated high school. However, I was afraid of my future in the school before I entered.

There would be many confident and smart students whom I didn't know how to associate with. Only my mother (hereafter M) was irresponsibly joyful, because without making great efforts, I could go to the high school that was one of those public schools with a good reputation, and the school fees were reasonable because it was a public school. But, I didn't have any ideas about how I would cope with the new environment.

I was scared of being there. But, I went to school every day. Going to school was an unavoidable task. The word "futoko," non-attendance at school, was not generally known then. Nowadays, futoko is not rare. If I had known the phenomenon that there are students who cannot go to school or are not willing to go to school, I might have followed their example. But, I think I unconsciously understood that I couldn't do any unusual things because my father (hereafter F) had a deep antipathy toward things like truancy. So, I continuously went to school and finished it somehow.

That routine was like walking through a desert. I was in school, sitting on the chair, and using the desk, but, it seemed that I was in a strange place. I couldn't study hard and I got only poor scores. Actually, I was about to fail the exams on physics and mathematics. A math teacher always gave me directions to solve very simple problems in front of rest of the class. I wrote my answers, such as numerical formulas, on the blackboard. It might have been the teacher being considerate, but, I felt embarrassed and humiliated.

I tried to study more, but, at the same time, I resisted studying. I didn't notice it, but when I recall the circumstances then, I think I wanted to reveal my stupidity, and to seek help: that wouldn't help to improve my scores, but it might rescue me from maladjustment to my social environment. Help didn't come, however.

How did I spend those three years in high school? Most of the memories of my school life are obscure, but, I remember an embarrassing experience. Each class needed to choose a class representative. One day, the election was held to choose one. As the vote-counting began, the name of only one of the class members was called again and again.

Only one time, another name was called. A stir arose in the class. Actually, that vote was cast by me. I didn't know that the next representative had already been decided by collusion among the class. Only I was out of the picture. I was isolated, and nobody told me about the conspiracy.

Nothing happened after the election, even though one odd vote was found. But, I was ashamed of having been neglected by the class, and possibly, having it be known that I had cast the outlier vote: I imagined some people would think that I, the very shy, stupid, and abnormal girl liked the boy who got the one vote. I really wished I could disappear.

I just joined the election as usual. I didn't have any particular attachment to the boy. I thought that it was better to cast a blank vote, although I had no choice but to participate in the election seriously without knowing the conspiracy. I don't remember anything about the boy including what his name was, and what he looked like. But, I still remember how I was embarrassed, and depressed. That was my school life reality.

I belonged to the table tennis club in the high school. Attending club activities was also hard for me. I didn't have enough physical strength or mental strength. I'm not sure why I joined the club. I tired easily. That could be one of the excuses why I couldn't study hard.

Perhaps, attending only classes was suffocating, and I still wanted to have some communication with others. In addition, as long as I attended the club activities, I had excuses for my poor scholastic ability due to the time-consuming and tiring commitments, although that was only my rationalization.

In the club, I also had problems fitting in with others. I played table tennis a little in junior high school. I was disappointed and even cried when I was defeated by a club member who didn't even start playing table tennis until after entering high school. I was very shy and different, so an elder club member asked another member who was in the same grade as I was, if I was alright getting along with the club.

When I joined my first summer training camp, I couldn't keep up with the other members. During an early morning practice, I crouched down and screamed something. I didn't know what happened to me. My shrill voice lasted a while: everybody there was stunned, I didn't know what to say about it. The coaches came to the conclusion that I tried to practice so hard that I got nausea, so I needed to restrain myself doing practices. Since then, I was allowed not to participate in activities that were too hard for me.

I was relieved, but in the same time, I was disappointed that I couldn't keep up with others in either academics or athletics. I felt like I was becoming a dropout, and I was going to have that feeling of inferiority repeatedly in coming days. I'm not sure if it was a phenomenon of a panic disorder that I had during the camp, but, it was true that I was under inexplicable stress.

I found another strange attitude of F because of the training camps. I was away from home for a few days. After coming back home, F grumbled and complained about me a lot, because I hadn't given him a phone call while I was away. It was surprising, and I had never imagined that F would say such a thing to me.

Usually, I wasn't treated nicely by F, and was ignored by him. I didn't understand his attitude at all. It might have been his consideration for me, but, I was not glad at all, and it made me more distrustful toward him.

The following year, when I joined the summer training camp again, I made a phone call to F at night. It was a ridiculously short call with only a few words. Nobody in the club did the same thing. Somebody might have misunderstood that I was loved by my father. It was like playing games to pretend to be a "good family."

I somehow took part in the club activities in high school. I was neither a good table tennis player nor a cheerful club member. I was more like a burden for the club. I was pessimistic, and murmured that I couldn't catch up with the others. I talked about myself negatively, which caused some other members to try and comfort me. So, now I realize that I was playing games to get a little energy from other people. When I think about myself then, I was a "jerk." But, I couldn't do anything about the situation.

The club members were relatively mature, and intelligent students, so nobody spoke ill of me. Although I was not able to fit in with the club sufficiently, belonging to a club is better than not belonging to any club. At least, I could get rid of some stress while playing table tennis, and if I didn't attend a club, I would have had fewer chances to talk to others. The club activity may have been something like an oasis in my desert.

19) A Slight Hope Beyond Deviation at Home

When I was in high school, I didn't talk a lot about school life to my mother (hereafter M) and my father (hereafter F). It was not an unusual thing because I hadn't talked very frequently to them even before I entered high school.

One day, M and F suddenly said to me, "You don't talk about your friends since you entered high school, don't you have any friends there?" I couldn't say anything. I kept silent. M said to me, "How come, when I ask you whether you have friends or not, you just cast your eyes down, and look sad..." It was torture for me. I didn't have enough courage to say I had no friends. I was afraid of M's reaction as always. M and F might have worried about me. But, when I think about their attitudes toward me at that time, their feelings toward me seemed inconsistent, and it even seemed they hoped for my misfortune.

One day, we had a school excursion. The whole group arrived at the destination together, but, after the school activity was completed, the students broke off on their own. I came back by myself. On the way back home, I bought some sweets downtown. M noticed that I got something from a big shopping center, and asked me, "Where did you go?" I replied, "ABC town." Then, M said to me, "Did you go there with your friends?" I replied to her, "I went there by myself." Then, M gave a big laugh and shouted, "What a pitiful mother I am! Having such a lonely child!" and cried. I was at a loss and confused. I'm not quite sure if M was glad or sad to know I was lonely. As for F, he made fun of me as always, saying, "You don't have any friends!" with a scornful tone in his voice.

M had never encouraged me to associate with others from the very beginning. When I was still in elementary school, I sometimes went to a friend of mine's home to play with her. Her father was a police officer, too. So, I believed that even my misanthropic mother somehow accepted that family.

One day, I stayed at their home for a long time, and it got dark. My friend's mother told me I could stay there and have dinner with them, and she kindly telephoned M that I would have dinner with them, so, no need to worry about me. I had a good time along with that family, and went back home.

I will never forget the furious expression on M's face. She was so angry that she looked petrified, and lost her temper. M just said to me, "What a bad child you are! You even don't know what you shouldn't do! Having dinner at other people's homes? There's no way!"

It was a very scary moment. I felt like a chill was coming from hell. I wondered if what I had done was so unacceptable. But, because of M's fury, I must have thought that I would never be able to become close with others and do things such as having dinner with their family. I think it is very difficult for a person like me, who is affected by their parents' destructive view of socializing, to enjoy a social life.

Now I suppose that M got angry because I looked happy after staying at another family's home. It offended her feelings and made her furious because I might have always looked unhappy while I was in our home.

Another story occurred when I was in elementary school. There was a scientist who appeared on TV, and talked about his theory: current children would not live long. Most of them would die in their thirties or forties because the environment would be destroyed.

M repeatedly told me this theory joyfully. I generally worried about what to say after M said something to me, at that time I was really confused about what she said. The theory sounded like a curse on the children in those days, including me.

Even though I was a child, I wondered if M really believed the theory, and if M realized that she talked about the story to somebody who would be negatively affected if the academic's opinion proved true. M looked happy when she told me. I thought M hoped I would die young.

I don't know how I can explain about the relationship between M and F. I remember M grumbling about how badly she was treated by F, like being told she was "stupid," or "thickheaded" a few times. I felt sorry for M then, but those conflicts were only temporary things. Overall, I don't have the impression that M was weaker than F. Their power seemed equally matched.

From my point of view, our family didn't tend to have big problems because M and F didn't run their own business, they didn't have to take care of their old parents or disabled family members. So, I don't think that M had much trouble as a housewife, besides the times when we moved from one place to another almost every other year because of F's job rotation. The transfers were within the same prefecture. It was not a big move each time, though moving was a tough task, and F worked for four different police stations as the chief.

When I think about a person like M becoming a wife of an executive officer, M might have felt out of place. But, things were not always bad. The people from the station helped us to move every time, and they respected us as the chief's family. Even though M may have been unhappy with her circumstances, I think overall she successfully pretended to be a nice person when she was with the people from the police stations. In those days, I had already lost my will to have mutual conversations with M and F, and suppressed my feelings of anger and sorrow.

However, one day, something occurred I can't forget. M and F were talking to each other. F told her somebody in the police had talked about M. The person knew M for a long time, even from the time before M's marriage to F. It is very hard for me to imagine that M used to work for the police. But, actually somebody at their work had introduced M and F as a matchmaker. There were still some people who knew M at the police then, so, one of those people told F that they still didn't understand why F got married to such a woman as M. F bluntly relayed that to M. Apparently, "such a woman as M" had a lot of negative nuances. M got very angry, and grumbled about it repeatedly.

A while after, I pricked up my ears to listen to the conversations between M and F, I realized that what the person from the police had said was really true. Although I don't know the person, and have never seen them, I'm still thankful to them. I was not able to explain what I felt then, but, I remember the incident very well, and my feelings became a little easier.

As I recall the situation, and clarify the story, it was like a dim light shooting in the darkness. I felt that the world was bigger than I imagined, and maybe, somebody in the world would understand my situation and sympathize with me.

I was confined within a small place. The image of that place was a house made of walls and ceilings that were strengthened by the oppressive psychology of M and F, and I couldn't find any route of escape. But, at that time, it seemed that a crack appeared somewhere in the house, although I wasn't able to see the other side through it.

It gave me the feeling that there was something outside, beyond the walls and ceilings, and hope that someday I would find the way out to the unknown world. It wasn't a big event, but, I unconsciously got a kind of relief and warmth inside. It would sustain me while I felt hardship.

20) Midnight Calls (Father)

Our family didn't have guests over very often. I think it was because my mother (hereafter M) didn't like people. But, still once or twice a year, relatives like my uncles, my aunts, and my cousins visited us.

While some other people were visiting, my father (hereafter F) always dominated conversations. Others rarely talked back to F. Although his way of speaking was a little milder than usual because there were some non-family members present, he always seemed to want to be the greatest of all the people at gatherings.

I thought F knew a lot of things and that he was smart, even though I already hated him. Children may tend to look for something good about their parents no matter what kind of relationship they have with them. Now I believe that F just wanted to be proud of himself and didn't want to be talked down to by anybody. The relatives might have known about F's temper, so they refrained from talking back to him.

One day, F talked to our relatives about an incident that was caused by a popular young male celebrity. The young star was violent toward a person who irritated him. F insisted it was no wonder that a young man like the star got angry and did such a thing after having been provoked. I was surprised to hear that, and I wondered how F had taken the side of such a violent man even though F was a police officer.

On the other hand, F never took my side. I was suspicious of his attitude that seemed to be so favorable to such a fellow.

There was a time when a set of words became very popular. Those were "nekura" and "neaka" in Japanese. Nekura means "a gloomy type," and neaka means "a cheerful type" when referring to someone's personality. A popular TV personality often used those two words during his shows.

According to F, my family was divided into two groups. One of the groups consisted of F and my elder sister who were cheerful and superior, and the other consisted of M and I who were gloomy and inferior. F repeatedly said to M and me, chuckling, "You two belong to nekura types, ha, ha... dark and worthless, but me and the elder sister belong to neaka, cheerful and excellent!"

Hearing that made me more gloomy. I couldn't talk back to him as usual. But, I got hurt even deeper for being lumped in with M. Now I suppose that F himself was a real nekura and wicked.

I don't remember when it was, though once I appealed to F to talk to me a little more mildly, because I would become more awkward and depressed when I was blamed harshly by F. His reply was, "That shouldn't be true! Ridiculous!" The situation was really helpless as usual.

On another occasion, F said to me unpleasantly, "You're a child who doesn't understand other people's feelings." I didn't understand why I had to be told like that. I had no clues why F told me so. But, I think that F himself was the one who didn't understand other people's feelings.

When we lived in one of the official residences of the police, sometimes, an emergency telephone call rang in the middle of the night. The telephone set was placed near F's bedside. He got up and answered it. A while later, F ranted and raved at the person over the phone. He shouted very furiously, "How come! Calling me for such a trifling matter! Damn you!" I woke up and I was frozen. I was very scared of F's fierce tongue and felt sorry for the person over the phone.

I suppose a police officer on night duty called F. Judging from the circumstances, the police officer was a man. He might have been very serious. I suppose that even though he knew he would get rebuked for calling F at midnight, he couldn't help but inform F about occurrences like car accidents, and robberies that happened in the middle of the night, while other officers wouldn't do that.

There may have been a perfunctory rule that an officer on night duty had to inform the chief about the incidents occurring during the night.

21) Choice of Career

After high school, I went to a two-year junior college. I wasn't a good student at high school, and I had no idea of what to do in my future. I entered a private women's college and majored in food and nutrition. I don't remember the reason why I chose the college or the course.

I had never dreamed of a future occupation. In general, if a child is asked, "What do you want to be?" they will answer something like, "I want to be a pastry chef," or "I'm eager to be a pro baseball player," and so on. In my case, I didn't have any answers. Meaningful conversation within my family was scarce, so, I have no memory of having talked about my future with my mother (hereafter M) and my father (hereafter F).

In that era, about forty years ago, there was still deep-seated discrimination against women in the workplace. Usually, the occupations women could pursue as a professional were limited, such as school teachers and nurses. Many female high school and junior college graduates were likely to get jobs at private companies and public offices as clerk, although most of them were expected to work only for a few years until they got married.

For the women who hoped to work longer, being a public office worker could be a better choice because there more women worked after their marriage and pregnancy than in private companies. As for college and university graduates, it was said that those well-educated women could hardly get any clerical work. Even though they succeeded in becoming an office worker, their main task was making and serving tea for their bosses, colleagues, clients, and so on. Another task for those tea ladies was doing odd jobs around the office, such as making copies of documents.

It seems that there is still considerable discrimination against women. But, the idea of the dominance of men over women among people was much stronger then than it is today. I think F also despised women including me and M, although I am not sure about my elder sister. F wanted to control everything at home.

Under those circumstances, images of my future were obscure. So, I just tried to imagine the life of a woman that was likely to be average. I thought that I would join a company after junior college, and work for several years there, and then, hopefully I would marry somebody. Actually, it was a typical stereotype of a woman's life in those days, and it is still a stereotype to some extent.

I had other choices, too. While I was still in high school, I took an exam to become a public employee that was intended for high school graduates. I passed it, and I was in a position that if I hoped to be a public worker, I could be one. In my high school, only a few students started working right after graduation. I don't remember why I took the exam. I think one of the reasons was that unconsciously, I already hoped to leave my parents' place as soon as possible. Even though I didn't notice my real intention, it was reasonable to feel that being a regular worker as a public employee would help me become independent from M and F.

I passed an exam for kind of a mediocre four-year college, while I failed an exam for a national teachers college. It was very difficult to enter a national college given my high school grades.

After getting the exam results, I was confused because I was immature, as a high school graduate, in many ways. I was at a loss for what to do after graduation. Even though I had a few choices for my future, I somehow knew I was not able to choose my future by myself. That was because I was too immature to be ready to confront affairs of my adulthood, and also, I was in a position where I wasn't allowed to do anything without F's permission.

M and F didn't want me to go to the four-year college. F must have thought a girl didn't have to go to a four-year college, and that it was no good for a girl to get more education and become even more impudent. In the end, I entered junior college, although I was still attached to the idea of becoming a public employee. M was just pleased that I became a student of one of the junior colleges that had a good name for admitting daughters of respected families.

The chance to be employed by a public office was valid for one year after passing the exam. So, even after several months had passed after I entered college, I still had the opportunity to be a public employee. Therefore, I sometimes got information about job vacancies for public offices. Every time, I received a letter, I wavered between staying in college and applying for the job.

When M noticed my wavering, she became angry and criticized me, saying, "You forget yourself! Stupid! You don't have any ability to work! You're impudent!" So, I never applied for a public office job, and time went by. Finally, my eligibility to apply for work in a public office lapsed.

I was a little disappointed about losing the chance to be an employee then. But, as I recall the circumstances, even if I had applied for a job then, my overall situation would not have changed very much.

In a sense, what M said to me was right because my social or communication skills had not developed as I grew. I must say that M herself didn't let me grow in an appropriate way. It sounds like she was afraid that I would be more capable than her, and that I would despise her. The strange thing was: M was not happy with me when I didn't help her to do some chores at home. On the other hand, when I tried to help her, she often told me I didn't have to do it. Many years later, I found that it was a "double bind" situation like that proposed by anthropologist Gregory Bateson.

I had no choice but to finish college, and I did. Fortunately, I succeeded in getting a job as an office clerk for an organization other than a private company or government institution. The organization was a kind of cooperative association, and the working conditions were similar to those of public offices. It sounds like there was no considerable difference between becoming such an organization's employee after junior college and becoming a public employee after high school.

I wonder why I was able to pass those employment exams and job interviews when I was a student. I was a coward and didn't know what to do under unusual circumstances. I may have successfully behaved like a normal young woman—just like M behaved like a nice person when she was with other people. I might have learnt from her behavior and followed it. And also, it is generally said that new graduates always have an advantage over the people seeking mid-career hiring.

I worked for the organization for nearly six years. If I had grown to be an average adult, I could have worked longer. Actually, the organization had quite a few female workers who were in their thirties or forties just like public offices did those days.

If I became a public employee after high school, I'm not sure what would have happened. In stories of movies and dramas, a young person from a broken family joins the army, and gets training from their superiors, and finally becomes a fine officer. I don't think such a thing often occurs in reality. In addition, even though they become a successful worker, if they neglect their family or vent their frustration on their family because of failure to manage job stress, it is a tragedy for their family.

22) Junior College

Even though I majored in food and nutrition, I was not good at cooking class. I had been criticized for taking too much time to do anything by my mother (hereafter M) and my father (hereafter F) many times since I was a small child. Their criticisms were countless. They often said to me, "Noroma!" (slowpoke) and "Guzu!" (sluggish). In particular, F repeatedly spoke those words to me without any reasons, and they affected me just like a spell.

Cooking practice was stressful. During practice, each group in the class prepared a meal including a main dish, a few side dishes, soup, and dessert. About five or six people were in a group, and each one of us shared the tasks. There were not enough pans for everybody, so we had to take turns using them.

One day, my role was to fix a dessert that used strawberries. I wanted to hold back a pan and asked somebody to let me use it. But, actually I didn't use the pan quickly because there were some procedures I had to do before I boiled the fruit. Another member of the group also needed a pan at that time, and there was no available pan. So, I was told that I needed to give the pan that I was holding back to that person because I wasn't using it at that moment. I got into a panic, although I knew what I was told was really true.

At the same time, I was about to be overwhelmed by the feeling of fear that I would be scolded by somebody if my dessert dish was not completed within the time limit. I was in a double bind situation. I criticized myself for being egoistical in holding back the only available pan, while feeling fear of being reproached for being slow. I don't remember what happened afterward. I think I gave the pan to them, and somebody else helped me fix the dessert.

I didn't know why I felt like that. Now I think that M and F's criticism was running through my brain. The more I feared receiving criticism, the more awkward I became. It became like my behavioral pattern, and it seemed that I repeatedly behaved like that in many circumstances other than that particular incident during the cooking class. I didn't take cooking classes in the second year while most of the class happily took more difficult levels of cooking class.

The two years passed very quickly. I had a few friends in my class. It was common that students having close registration numbers on the attendance list were likely to be doing things together in classes. So, I got a few people who were often with me, although I had a feeling that I did not fit in with them. I felt that they considered me to be formal and stiff.

There was a serious and pessimistic girl in my group, and she was my closest friend. Now I realize I sometimes looked down on her and sneered at her. Although I don't know how much my contemptuous attitude was known to her, she stopped being friends with me just before graduation. I think we had something in common like worrying too much about trivial things and grumbling about the difficulty of daily life.

I didn't notice having a false sense of superiority over her. Now I realize I was employing the psychological defense mechanism of projection. Back then, I was subconsciously glad to have found a more miserable person than I was. But, it was not true. I myself was miserable, so I needed to utilize the defense mechanism just as M had laughed at my cowardly character because she herself was really a coward.

As for my other friends, I met them a few times after graduation. However, within a couple of years, I lost contact with them. One of the reasons was my lack of confidence. I think I was not sure they considered me their friend. They might have just adjusted to my odd ways while we were in junior college.

I only joined our first class reunion. I remember that I talked about my work to my former classmates, and expressed to them how hard my working life was. I made silly complaints at the reunion. Later, I was ashamed of having behaved stupidly, but I was in such a state then.

I have not attended any kinds of school reunions since then. Several years later, one of my former classmates encouraged me to come to another college reunion, but I declined to join the gathering.

For me, attending school reunions is a great challenge because I have no family, and I have never been a career woman. It is hard to explain my situation to others. Also, I was afraid of feeling miserable when some others talked about their happiness and success. But, since I feel uncomfortable attending reunions, I don't have to go.

The two years of school life were short. It was fortunate those years didn't demand a lot of tasks and responsibilities before I began working. It was still a calm and peaceful time for me.

In addition, I joined a tea ceremony club held on the campus while I was a student, and I continued to learn how to serve and drink tea according to the ritualized manners after graduation. Joining that club gave me some comfort while I was a maladjusted office worker.

23) Being a Working Adult: Bullying

I started working after graduation at the age of twenty. I was scared of being an employee because I heard workers' lives are very different from that of students. Workers need to cope with people at work even when some are not compatible with them.

With that anxiety, I joined an organization. I got very nervous, but I tried not to think about my obscure future. I pretended to be a normal young woman as much as possible, although I was scared of what would happen at my workplace.

I was assigned to a section that issued vouchers. I remember that I had to suppress yawns while receiving training from one of my bosses. Because of the tension I felt then, I couldn't sleep well. I tried hard to learn what to do on my job, and I somehow managed to perform my tasks.

But, I was still experiencing severe tension because I couldn't get along well with the other people. I didn't know how to socialize with my elder colleagues and bosses. I had no idea what to say to them. I hesitated to ask questions about my tasks, and I needed to summon my courage to ask people around me questions. I mostly hesitated to ask my elder female colleagues while they were chatting with each other. I patiently waited until their conversation ended, and then, I would timidly ask them.

I wondered why they didn't notice that I wanted to question them. I guess I didn't know there were some people who were not always sensitive to the emotions of people around them. I think I always had the feeling that my mother (hereafter M) was very sensitive about my emotions, and she reacted accurately to changes to my emotional state. I became used to M's behavior, so it was difficult for me to recognize there were other very different types of people.

One of my colleagues who joined the organization as a new employee at the same time I did was also in my department. She knew a lot about the people in my section, things like their ages, and whether they had family or not, while I still had a lot of troubles associating with them.

When a woman in the department divorced, that story spread among the women in the department in whispers so as not to be heard by the men in the department. I knew that story long after the other women. That newly employed colleague was surprised when she found out I didn't know. I had a sense of inferiority toward her.

I tried to compensate for my inferiority complex by using an unconscious defense mechanism, where I rationalized the fact that her father used to be an executive at our organization, and that was the reason why she had confidence and our colleagues trusted her, too. So, I tried to believe that it was reasonable even if I couldn't behave like her. But, such compensation didn't help much.

There was a boss who told me I needed to cope with people more appropriately—just like that newly employed colleague did. Me and her were often compared with each other. I was sure I looked gloomy and not friendly, while she looked cheerful and friendly. My heart ached. I couldn't do anything but suppress my feelings just like I had at home.

While I was very nervous in front of my elder colleagues, I was at ease when I was with newly employed colleagues my age from other departments. I chatted with them in the locker room. When somebody told me my elder female colleagues mentioned I talked to only friends my age while ignoring them, I became more depressed.

Another person told me I should count on the elder people, who would be happy with my dependence on them, and they would look after me nicely. They told me that for my sake, but I felt I was being blamed for doing things wrong. I started weeping after that. I wept at the office for different reasons just like a child. I didn't know what to do except crying then.

On the other hand, I was surly and impertinent, and I may have been considered a problem in the office. In those days, I always thought I was the weakest and had no power. In addition, I grumbled to myself about how the others treated me badly.

But many years later, I realized I had considerable hostility toward people around me just like I had toward M and my father (hereafter F). The first adults I met in my life were M and F, and I hated them. When I was younger, I couldn't realize and explain my feelings of hatred and hostility toward them.

I heard that parents, in particular fathers, represent society for their children. If a child has hostility toward her parents, she may tend to have the same feelings toward older people around them. I wasn't aware of my emotional mechanisms then, but, I behaved as if I had the world against me, while I was suffering from the pain caused by misery, feelings of inferiority, anger, and loneliness.

My attitudes were contradictory. I needed fundamental psychological help, but, I couldn't find that, or even understand my circumstances or know what I needed. However, I had an obscure sense that my difficulties in socializing with people stemmed from the relationship between me and my parents.

I was most afraid of a female colleague who was twenty years older than me. For an insecure young employee like me, such a person looked intimidating. In addition, she was big and fat. Usually, she ignored me, and sometimes criticized me in a shrill voice.

When I caught a cold and had a runny nose, she brought me a few pocket packs of tissues, saying to me, "You are allowed to bring tissues when you have a runny nose. It's no good to make sniffling sounds." I was petrified by the words. Even though I lacked common sense as a young adult, I realized it was an insult. I didn't say anything to her, and ignored the tissues placed on the side desk next to my main desk as form of a passive resistance. The tissues had been left in the same place for a long time. I supposed that somebody cleared them up while cleaning the office on the last business day of the year.

I couldn't get along well with the people in my section including that fat woman. I was isolated, and felt uneasy about it. In a sense, however, my isolation protected me from difficulties caused by interacting with the others, and I always tried to keep busy doing my tasks, so that the others couldn't easily talk to me.

In my second year, my duties changed, and I was asked to work by myself, apart from the other members in my section worked together. I was afraid of doing jobs on my own. For me, it was like a heavy burden. I felt I was cursed with a destiny of loneliness. Even though I didn't like the other people, I was disappointed with my situation that I couldn't get any help from others anymore.

On the contrary, I had a complicated feeling that I was like a tragic heroine, and in a sense, I enjoyed that self-pity. It was like my identity that people around me were nasty, no one helped me, and I just endured my hardship. I didn't notice it then, but, it was really a reproduction of the relationships between me and my parents. It was a scenario explained by the theory of transactional analysis.

In my third year, a new employee joined my section. She was two years younger than me, and although I thought that she was a little tough and willful, she seemed not to have much difficulty coping with the others. At almost the same time, another relatively young female employee moved to my section from another branch. She was just a few years older than me, and she and the new recruit became close while I felt like I was being looked down on by the new recruit. I was frustrated with the circumstances.

I vaguely knew I was odd and didn't fit into the section at all, so I was despised by even the younger colleague. I couldn't do anything but endure.

Because I was in charge of an independent task, I didn't have to care about the others. I was lonely, but in a sense, it was easier. Gradually, I noticed others worried about our oldest fat colleague and tried not to offend her. They were afraid lest they be ill-treated if they made her angry. She already hated me, and I didn't have to depend on her, so I was not involved in that concern. My only thought was that I had an easier life as far as she was concerned.

On the other hand, I blamed myself for not having difficulties with her, while the others did. I felt bad about being exempt. I didn't have to think in that way, but I tended to feel unreasonable guilt in various ways. I suffered from unrealistic self-condemnation and a sense of inferiority. It was really hard to overcome those unhealthy deep-rooted ideas, and it took a very long time to be freed from them. It seemed I had been imbued with a heavy, guilty conscience since I was very little.

I was surprised when one of my elder colleagues, who the fat colleague used to like, suddenly got on her bad side. The fat one started ignoring her while joyfully chatting with another colleague who the fat one hadn't liked very much before.

I don't know what happened between the two people. A slight incident may have happened between them, and it may have made the fat one angry. After that incident, the relationships between me and the elder colleague the fat one hated became a little easier, although it didn't mean we became closer.

That fat older colleague was the first bully I encountered at work. There may have been some reason why she hated me, but, I think it is also true that there are people who are always eagerly looking for targets for their bullying and happily bully them.

24) Being a Working Adult: Comfort

Going out in the world was a great challenge for me. Adjusting myself to the environment, or rather, pretending to adjust myself to the environment, was really tough. However, it is true there were some people who supported me.

I joined the table tennis club at work. There was a public school near the office that opened its gym for the locals. The club used the gym for practice. Some employees from other departments were in the club. One of the club members was very eager to practice. For my first two years at work, she often asked me to go to the gym to practice table tennis after work. Although I was not always energetic enough to do any extra activity after work, I went to the gym with her. She was like my table tennis partner. Once I started rallies, I hit the ball propelled by my anger toward my elder colleagues. It helped me to release some of my job stress.

The office owned a gym in a suburban area. Several times a year, I went there to practice table tennis with my table tennis partner and the other club members. Once I attended the national table tennis tournament of the organization that was held in a town a long way off. I wasn't a strong player, but, I was allowed to take part in the event. I don't remember very much about the trip or the results of the tournament. But, I was happy going there without paying for transportation or accommodation. Also, I was released from the stress of being in the office for a while. It was my first and last business trip.

The younger employees tended to be involved in labor union activities. There was a subcommittee focused on the youth and women. It was called "Seinen-Fujin-Bu." Some labor unions used to have that subcommittee. Nowadays, it sounds obsolete, and the state of labor unions has changed a lot. In those days, no matter what character I had, I was almost forced into joining a subcommittee and doing some work for it.

My table tennis partner was also one of the core members of the subcommittee. I worked for that group along with her and some other members, and I became close to a few of the other members, too. They were one year older than me. My table tennis partner had leadership and planning abilities. In the office, there weren't many younger men who were in their twenties, so I think she made a great effort to make planned events successful, things like a youth camp and a field day. She was determined, assertive, and influential.

Her friends supported her, while some other people criticized her for involving other people in doing a lot of extra work for events. I don't think she was mean to other people, which is unusual, as powerful people like her tend to be severe with others. She was kind to me.

I had never acted on my own initiative, and I wasn't able to define what I wanted to do. It was very likely that I just followed what other people told me to do. It was inevitable that I was involved in the subcommittee doing essentially voluntary work. A similar behavioral pattern occasionally appeared in my life. Some people might say that I was stupid. But, I would have been more lonely and helpless, if I had not joined such voluntary activities.

There was another employee who was a year older than me. She was a member of the table tennis club, and a member of the executive committee of the labor union. She was discreet and modest. She was also close to my table tennis partner and her friends. She was concerned about me, and sometimes tried to cheer me up. She was an only child of relatively old parents. I don't know if she had some difficulties with her parents, but, she seemed to have been aware of my sadness at home and at work. Her consideration helped me a lot.

My first experience of working life was hard and painful. But, it was also true there were some people who helped me, and that is a cherished memory.

25) Being a Working Adult: At Home

Even though my working life was tough, the time I spent at home was more troubled. My mother (hereafter M) and my father (hereafter F) weren't supportive at all. From the very beginning, they got angry when I showed any negative feelings about my working life.

There was a new recruits' welcome orienteering activity held by the labor union on a weekend. We were not forced to join the event, but, it was difficult to get out of it. Most of us took part.

It was a very long day. We traveled quite a distance on trains, looking for the answers to the questions given by the leader. The questions were things like, what the statue on ABC bridge was. We walked a lot all day long. After that, we had a party.

When I got home, I was exhausted. I told M what happened earlier that day. M became furious and said to me, "You, stupid! You didn't know what orienteering is! That's your fault you went to the place and you didn't know what's going on!"

Now I think that it was a baptism of being an employee and a member of the labor union at work. Such a thing can be seen everywhere in society. M's behavior was twisted and it lacked common sense. It must be very difficult for children from such households to survive in working life.

During my second year of work, I was in a severe situation. I suffered from maladjustment and bullying as usual. Although I don't remember if a particular incident happened at work or not, finally my frustration exploded. Usually, I didn't talk about negative things to M and F because I was afraid of their reactions. But, at that time, my frustration exceeded my ability to suppress it. I complained about how hard my job was, how nasty the bully was, how cold the other people were, and so on at home. It was a risky gamble, but, I couldn't help but let it out.

F made a fuss about my complaints. He looked agitated and became hysterical and shouted, "You became idiotic, 'cause of the old woman! I'll never allow you to work there anymore! I'll make you quit the job as soon as possible! I can't bear to see you're in trouble 'cause you're so pitiful!" Those words sounded a little comforting, but, I didn't feel any sense of consideration from F's attitude. He became more emotional than ever, and it was a very, very scary moment for me. M was quieter than F, and she became very cross and looked cold.

I didn't intend to quit the job then because I subconsciously knew that quitting the job and staying at home would be even more disastrous than staying in the job. F always wanted to do whatever he wanted without fail, or without consulting with me. I was scared that if I quit, he would force me to do things I would never be willing to do.

It seemed too early to be out of that job. Sooner or later, I anticipated leaving the office, but, I was so young and weak at that time. I thought I didn't have enough power to resist F's demands, so I couldn't stop working.

Instead, I started a counterattack. I insisted on not quitting the job with all my strength. It was just around the time that my tasks were changed. So, I argued that my human relationships at work would also be changed soon, so the situation would improve. I think I raised my voice awfully high. I had never spoken in such a shrill voice when I was with F. I made a great effort not to be forced to quit by F. I barely won the battle, and I didn't have to leave the office. However, my torment at home continued.

After that, F ordered M to send a gift to my superiors along with a letter describing how sorry they were for their daughter causing trouble, while asking my superiors to take care of me... M told me that F insisted on her doing it, and demanded she show the receipts for the gifts to him. So, M told me she would do it. She was totally incompetent, and didn't protect me at all.

I felt gloomy and depressed. I was terrified of what trouble sending the gift would cause. I couldn't explain my feelings then. Now I feel that such an action by F may be considered uncivilized. But, I couldn't do anything but let matters take their course.

I had three superiors then, and each one's reaction was different. The wife of one of the superiors phoned M, and expressed their gratitude for the gift. Another superior just sent a return gift to F. The section manager gave me a traditional Japanese doll made in his hometown. He gave me that at the office. It was a big and well-made one. I was so embarrassed that I wished I could sink through the floor. I don't remember how I took the doll home.

After that event, I became even more reticent than before. I hardly spoke about my working life to M and F. F's behavior toward me seemed to be tormenting me rather than helping me.

However, I had succeeded in rebelling against F at any rate. It was a really scary moment. I was confused and didn't know what to do. I think that I just reacted to things by instinct in those days. I only remember the sense of facing a crisis I had on each tricky occasion including that of F's gift sending. I guess he just wanted to let the matter end simply and quickly, although it didn't help solve the problem at all.

Many years later, I recalled what happened and realized the meaning of my behavior. To my surprise, I found that my choices were reasonable under those difficult circumstances.

F built an apartment building. A part of the building was for our family. He rented the other rooms. After his retirement, he, M, and I moved into the house. My sister had already got married, and she and her family lived in another suite of rooms of the house then. That was during my second year at work.

The suite of rooms we lived in was a little strange. There were two rooms, and each room was separated into two sections by fusuma, a Japanese sliding door made of wood and paper. F's bedroom was one of the rooms, and M's was the other. I slept in either room at different times. "My room" was always a part of a parent's room. I don't remember how often or why I changed my bedroom.

When I read books in bed after eleven o'clock at night—my only pleasure then—F, lying behind the fusuma, suddenly shouted at me, "What the hell are you doing! Don't make noise! Turn off the light immediately, and sleep!!" I couldn't do anything but follow what he said.

During the period when I slept in M's room, she said something sarcastic to me while I was drying my hair in front of the room's air conditioner on a winter day. I came back late, so after taking a bath, I needed to dry my hair after 10 o'clock. M was about to sleep, so the noise may have irritated her.

On the other hand, one day, M was watching a TV show in the middle of the night. I was tired and wanted to sleep soon. At that time, the fusuma sliding doors were removed from the room. I don't remember the reasons for that. The room was bigger than F's one, and had no fusuma partitions, so it was spacious.

The TV show was a stage broadcast, and the actors' voices were clear and loud. Therefore, I couldn't stand the noise, and I dragged my bedding to a corner of the room and tried to sleep. I, however, couldn't fall asleep anymore, because I was wide-awake: the voices of the actors had already stimulated my senses.

M said to me, "I'm sorry, I'm sorry," and covered the top of the TV screen with a towel. It didn't help at all. The sound was more of a problem than the light. Using earphones would have helped some, but M had no idea of using such devices due to her aversion to electronics. She kept watching the play, while I hardly got to sleep. I was still afraid of her reaction if I had asked her to turn off the TV.

My own space in the building was a part of F's room. I don't remember very much about the space, or what I did while I was there. I don't think there were shelves or cabinets. One day, two of colleagues, who were a year older, gave me a souvenir from China. I was glad to have it, but, I couldn't find any place to put it.

It was a small ornament of a rooster made of glass. So, I placed it in the cabinet in M's room without telling M or F about it. A few days later, M asked me what it was: I told her that it was a souvenir from China, where my work friends went sightseeing. It seemed that M became unpleasant because I didn't get permission from her before placing it there.

After a while, M started saying queer things: "Why didn't you join them and go to China? Why did you miss the chance of travel? Humph, you weren't invited. So, you weren't real friends with them! You are lonely after all!"

Although I now realize that many times M's words were strange and distorted, I couldn't do anything but grow silent. My depressing daily life just went on while I couldn't find any solution. I didn't have any concept of a "dysfunctional family" then. Today, some people know that technical term. But, the idea that children must be unconditionally obedient to their parents, coming from traditional Asian thinking, tended to be respected in those days.

Basically, I thought that I had to try to follow "my parents," and that I had to endure the difficulties caused by the relationships between me and my parents because I was a member of the family.

However, it was true that I had some family support from my elder sister and her family. They lived in the same building back then. Actually, I spent a lot of time with them after coming back from work. I grumbled about my work and my colleagues to my sister. My appeals were incoherent, and sometimes I ended up weeping over my circumstances. She listened to me, or paid no attention to what I said. But, I was grateful that I was allowed to say what I wanted to say at any rate. My small niece and nephew were cute and in the bloom of childhood. I took comfort from their adorable behavior.

I heard that my sister's husband, my brother-in-law, told her that he wondered why I didn't have my own room. When I heard that, I didn't understand the reason why he said such a thing. I didn't know it was unusual that an adult daughter didn't have her own room in an average household. I was confined in a small world without doubting the family system I belonged to.

26) Being a Working Adult: Driver's License

I had days off and free time after work just as other people do. But, I didn't fully enjoy my spare time.

On some weekends, my father (hereafter F) drove me to a golf driving range. F practiced golf for an hour or two each time. While he was practicing, I was just waiting for him to finish. I would watch goldfish in some large outdoor tanks, or view the strange shaped rocks sold in the gardening shop next door.

Me and F didn't talk. My role was to accompany him. He may not have wanted to go there by himself, and my mother (hereafter M) didn't want to go because she was scared of riding in cars. Therefore, when F wanted to drive, M would say to me, "You'd better go for a drive with dad, it's sunny, so being outside will be comfortable..." I just did what she told me. Now I think I was just being used by them.

Going for a drive with F wasn't fun. Actually, however, other than those small drives, I didn't go out very often because I didn't have any close friends who I could go out with to have fun, not to mention a boyfriend.

I remember only one thing that F did that was supposed to be a good thing for me. One day, he abruptly told me and M that he would let me get a driver's license, and he would pay for the driver's school.

I was concerned about practicing driving. I was not good at sports, and I wondered if I could cope with attending the driving school while I was handling tasks at work on my own. But, it was a "command" from F as usual. So, I just needed to follow it without thinking about the consequences.

A few days later, me and F went to the driving school and we met one of the managers there. Because F was a former police officer, he might have thought that we could get good treatment from them. As far as I remember, they didn't give us any discount, but, they allowed me to have some priority when I booked the training.

When I was sitting on the chair along with F, facing the manager, I was uncomfortable. It was a very rare occasion that F asked somebody to help me out, so that I could get an advantage. But, as I saw F sitting next to me, I spoke to myself silently, "Who is this? What is this fellow plotting to do, while pretending to be my parent?"

My driving training started. Usually, I was extremely passive in those days. I might have looked weak-willed in particular when I was in unfamiliar circumstances. Now I feel it was a great challenge for me.

I had to receive the training. So, I tried not to think about each coming lesson beforehand, although I was very nervous because I needed to meet a stranger each time to be taught how to drive a car. All the instructors were men, who I tended to fear.

Some of the instructors weren't very serious about instruction. One instructor told me I had better take a taxi all the time when I went out instead of getting a driver's license because I was so poor at driving and it would take too much time and cost a lot to get a license. The only thing I could do was stupidly agree with him.

Another instructor's attitude was unusual. When I got into the car, the man was lying back in the passenger's seat, and the lesson started. I still don't know what his condition was like then. Was he drowsy, or did he think that I was alright without any instruction? He was wearing sunglasses, and I couldn't see if he was awake or not. He looked very relaxed or haughty. He was quiet, and I don't remember if he gave me any instruction or not.

I tried to drive the car on my own. Gradually, I became afraid of driving without any instruction. If a normal person faces the same situation, they would say something to their instructor. If they are assertive, they might say, "Are you sleeping? Wake up!" or "Be serious!" But, I couldn't say anything to him.

Shortly after that, I somehow bumped the car I was driving into another car from behind. That car was parking. There was another pair of an instructor and a learner in that car. They said to me, "We are alright." But, I worried whether they were really alright. They might have got a whiplash injury. My mind went blank, and I was overwhelmed. I thought that I may have been really the stupidest and the most miserable person in the world.

Despite my worry, nobody spoke to me about the accident afterward. The accident occurred because the instructor didn't properly perform his duty, and the damage from accidents at the driving school were covered by insurance.

But, I felt that I had a problem on my side, too, because I couldn't say anything to the instructor when I worried about what to do. I suffered from self-condemnation and depression again. It was a replication of the relationships between me and my parents. I was so afraid that I accepted criticism from them many times even though I didn't think I had done anything wrong.

In the end, I stopped talking about my problems to M and F. I think I just wanted to talk about matters in my everyday life to my parents when I grew as a human being just like other people do. I couldn't do that, and I just swallowed my tormented feelings, and waited for time to pass and ease the pain. It sounds like it became my acquired habit. That acquired habit may lead to a risky situation because it was difficult for me to seek help when I needed it. That car accident may have occurred due to my acquired habit.

I tried not to think about what would happen while learning driving in the coming days, and I resumed learning driving about one week after the accident. Finally, I obtained a driver's license after spending twice as much time and cash as other people. Still, I felt good about the result. It seemed I finally was able to belong to "the society of ordinary people," at least as far as a driver's license was concerned, although my nature hadn't changed at all.

After getting my license, F let me drive his car as he gave directions. He was in the passenger's seat, and shouted at me harshly while giving me directions. It was not surprising, and I thought that I needed to endure it as usual.

As we came back to our parking space, I mistook the accelerator for the brake. Our car was about to fall from the parking lot: there was only a flimsy fence between the space and the road below the lot. F set the emergency brake instantly, and we were saved. I think that F gave me driving instruction only a couple of times. I became afraid of driving, and F seemed to lose interest in teaching me.

In the end, I became a "paper driver," a Japanese-English word meaning a person who has a driver's license, who doesn't drive. As I think about my life so far, it is enough for me to be a "paper driver." Life with a car must be costly. Considering my later economic status, I couldn't afford to pay for a car, gas, parking fees, maintenance, and so on, while I can just use my driver's license as a photo ID.

A while after I became a "paper driver," there was an occasion when F came back from a trip, and he made me and M come to the nearest train station to meet him. We took his bags home. We all walked to home, and F was very cross and grumbled, "You guys can't even pick me up by car! Good-for-nothings!" Maybe, F wanted to make me his chauffeur if things went well, although I could never imagine it, and I never knew the reason why F let me get the license.

27) Toward the Final Days of My First Job

Meanwhile, my situation at work hadn't changed much. I still had difficulties coping. I couldn't behave naturally and friendly to others in my office. Many times I fretted over trifles, things like the timing of when I could ask the others about things that I needed to know. I was still odd and awkward, and I was often tilting at windmills.

However, about two years after I started there, I somehow got used to the circumstances a little. That means I tried not to think about the course of the events of what I did every working day, and if some pain remained in me, I just swallowed it in order to stop thinking about my troubles.

For another two years, my working life became a little more stable as I learned techniques to avoid thinking about my work struggles.

In addition, getting a salary became a pleasure for me. Because of my modest association with people, I didn't spend a lot of money, and savings became a pleasure, too. I thought that only money was reliable. People were not.

I didn't like attending parties. But, as an employee, I needed to join year-end parties, farewell parties, and so on. It was very difficult for me to join in conversations there and I felt out of place.

I cannot drink much alcohol. Although a person cannot drink a lot, if they keep on drinking, they would develop a better resistance. In my case, I never tried to improve my resistance to alcohol.

In a sense, I was lucky because drinking alcohol costs a lot, so I couldn't afford to pay for that in the long run. Besides, if I had tolerated alcohol, I would have been an alcoholic. There was a possibility that I would have tried to escape my reality and start drinking in order to forget the pain in my everyday life if I liked alcohol. It would have been a lonely and unhealthy habit.

Around my fifth year of work, I started worrying about my circumstances again. A couple of female employees who joined the office when I did got married. I became uneasy about the changes of those friends' lifestyle. One of my distresses then was that I had never had a boyfriend. I started thinking if I would be able to marry somebody or not. I knew that I was not good at socializing with people. Although it was a little easier to associate with women, it was almost beyond my imagination that I would privately associate with a man.

I tried to think that the reason why I couldn't get any boyfriends was because I wasn't in good circumstances, so maybe, I would be able to have one if my circumstances changed for the better in the future. But, I wasn't convinced.

I think I had already unconsciously known that marriage would be very difficult for me as a choice. I supposed I would stay single and keep working at the office for another few decades. I thought that I wouldn't be able to continue working while most of the female employees in my age group getting married.

There was still a strong stereotype that women's happiness depended on being able to marry a good man. My father (hereafter F) also told me that women who stayed single were the most miserable species in the world. Now I know that I didn't have to take in such nonsensical opinions, which F frequently uttered. But, I was afraid of being a single woman all my life because of the stereotype and F's silly words.

Actually, it was difficult for me to control my envy toward young women who were married or expecting marriage. I wasn't aware of the disparity between my will and my reality, or more likely, I had already unconsciously known my reality.

Another problem was about the oldest colleague, the bully, who was big and fat. Besides her bullying, I was afraid of my future at work because she was also single.

It seemed for me that a woman, who stayed single, would become such an undesirable creature after many years of working. It may sound like nonsense, but, I automatically projected my own future onto her.

There was another older female colleague who was in the same generation as the bully in my section. She was also single. She wasn't assigned any particular tasks. She made copies of documents when the superiors asked her.

Many times she looked drowsy, just sitting at her desk all day long. Occasionally, she made strong green tea for herself to stay awake. She was taking strong medicine for her mental disorder, so the medicine may have caused her drowsiness.

Her home was far from the office. Her commute by train took more than two hours each way. It was impressive that she took a long time to get to the office in the morning without fail, and stayed there everyday until evening.

I had complicated feelings toward her, although nothing happened between the two of us. I respected her patience for staying at the office while fighting her drowsiness all day. On the other hand, I was envious of her position where she could get paid without doing any responsible tasks. Sometimes, I felt that her demeanor was similar to my mother (hereafter M), things like being melancholy, idle, and cross. I wasn't comfortable with a person who reminded me of M.

However, she disappeared from the office without even saying "goodbye" to us. We heard her physical condition became worse, and she couldn't come to the office for the time being. She took sick leave, and six months passed: a personnel staff member came to our section, and asked the manager if there were any personal belongings of hers or not. That was the time her leave expired and of her resignation. I think she was in her mid-forties.

Later, I heard that the color of her leg had dramatically changed, so she needed medical treatment. I didn't understand the meaning of that then. Many years later, I found that such color changes of the skin may be caused by diabetes. She suffered from both mental and physical diseases. It was a heavy story. I often had been contemptuous of her unproductiveness, but, at that time, she also became a vision of my possible future.

I started thinking that I would be a person like one of those two older colleagues in the future if I worked for the office for many years to come. I would be like a "bully," if I were lucky. Even though I would be hated by many others, at least I could get paid and survive. In another case, I would be like the other, sickly woman. This was more likely because I was very shy and weak, and it would be a disaster. I started facing a kind of existential crisis, and I thought that if I kept working at the office, I wouldn't have any good prospects in the future.

Once, after having caught a cold, I had a persistent cough. Once I started coughing, it didn't stop for a while. It occurred at work as well as at home. F made a fool of me saying, "You're coughing again, stupid!" Around that time, I acquired the strange habit of rubbing my face with my hand for no reason. Now I think that it seemed to be a kind of compulsive behavior.

Needless to say, F mocked me as usual. Even when my extended family, my sister's family, was with us, F said to my little nephew, "Your auntie is weird and stupid!" Without becoming aware of that, F treated me like the most worthless and ridiculous person in my family including my sister's family. Sometimes, I felt that the rest of the family followed F's demeanor towards me, too, although I believe my sister and her family meant no harm.

Little by little, I was driven into a corner mentally and physically. My cough didn't stop, and I thought that I had asthma. I saw a doctor, but I wasn't diagnosed with asthma. The doctor told me my cold had been lingering. There was not an effective treatment for the symptoms. Now I think that it was very likely that my cough and the strange face rubbing habit came from the stress caused by maladjusted relationships both inside and outside of home.

I became vaguely aware I would stop working in the near future. The biggest worry was my economic situation. I needed to think about how to make money after I quit. I started thinking about taking lessons in other kinds of cultural accomplishments.

I had already joined the flower arrangement club and the English conversation club at work. Those clubs were not very intense, so apart from my own job circumstances, I took some comfort from such activities. I remember that touching plants at the office refreshed me. Although I wasn't good at socializing with people, it was fun to listen to the other people's opinions in the English conversation club.

I knew my weak points including my poor human relationships, and it made it difficult for others to appreciate me. Therefore, I often tried to obtain certificates to verify my skills in order to compensate for my weak points with certificates proving things I could do. My earlier examples of this were taking the STEP Test almost every other year when I was a student.

Club activities at work were like a pastime for the members, and those didn't aim at getting useful certifications. In addition, I expected to quit those clubs when I left work. I needed to learn something new.

While struggling with my mental and physical condition, I joined a tai chi club held near my office. I'm not good at sports, but I heard that practicing tai chi is good for health and it gives us mental composure. It seemed reasonable for me to start tai chi. However, I am not sure how effective the practice was, then. I think that my body and mind were so stiff that only once a week practice didn't work very well. But, at that time, I thought I could be one of the tai chi instructors if I kept practicing it. It was the kind of unrealistic illusion an immature person tends to have. Before I quit my job, I also quit the tai chi club.

I joined a school that taught how to make artificial flowers, too. I had experienced fresh flower arrangement in the office club. But, those flower related skills are very different. Making artificial flowers is a kind of handicraft, and it takes time to make each part of a flower such as a petal, a calyx, a stem, a leaf, and so on. Also, the finished work must look like a real plant.

I cannot recall why I decided to learn that. I may have seen artificial flowers somewhere, and have been impressed with their beauty. It was fun to make the flowers with cloth, dyestuffs, wire, and so on in the beginning.

Gradually, the work became more precise and more difficult. I started doing some work at home. Cutting a lot of parts from the cloth produced dust. It might have been one of the causes of my cough. Around that time, making the flowers became more of a burden than a pleasure. I wasn't able to work quickly with my hands, and it took a long time to finish pieces.

Even though I had difficulties, I couldn't stop making the flowers. I was stubborn and inflexible. I didn't want to give up things once I decided to complete them. It was like a compulsion. My lack of common sense and my lack of ability to estimate my aptitude were crucial weak points. Once I determined to obtain some skills, which sounded attractive and useful to me, I tended to pursue them until I was satisfied with the outcome such as earning certifications. It wasn't always successful, and my attitude while aiming at the skills may have been blind without considering any downside.

I had been learning to make artificial flowers up until one year after I quit the job. I only got a beginner's certificate. The last year of the lessons, the head teacher became severe towards me and criticized my work. I happened to weep in the class. The teacher became more severe saying, "Damn! How nasty you are! Stop crying!" I think the same thing happened three or four times repeatedly. However, I tried to encourage myself to endure the hardship a little more until I finished the certain period of the course that I had already paid for. My endurance might have been morbid.

I didn't realize hope of becoming an artificial flower-making instructor or being an artisan of artificial flowers. From my point of view, I was already a failure because I couldn't survive as an office worker, and I had paid money for the school, determined to be successful in my next job. I was in despair, and I couldn't think about things flexibly. Looking back, I think I didn't have to corner myself like that, but, I was naïve and I had weakness that is typical of so called "Adult Children."

I did really want to get another job opportunity. But, as I think about my real emotional condition then, I didn't have enough self-confidence to be an instructor or an artisan. It seemed I wasn't able to evaluate my own abilities. Even though I had some skills, I didn't know how to use them.

I hadn't realized that there are facts that are more important than any certificates when we seek job opportunities and success. For example, practical experience, social skills, a problem-solving ability and emotional control ability are preferable. I didn't even know I lacked those skills and abilities.

I thought that I was a cooperative person. But, that was my misapprehension. It was true that I wasn't assertive at all, and I tended to follow other people's decisions due to lack of experience of expressing my opinions at home. But, without knowing it I sometimes became sulky like a child while working. I was a pitiful young woman.

As for the artificial flower making lessons, the head teacher, who was a woman, sounded very similar to F. The two of them were scary, and grumbled a lot about me. There might be a phenomenon where people who have already been intimidated by an abuser and are still suffering from the effects, are more vulnerable to other abusers treating them the same way. My timidity may have caused the teacher's anger. It also reproduced the relationship between me and F.

If I was able to go back in the time when I was weeping, I would say to the younger me, "You don't have to finish your work. Don't worry. You can stop doing the things that give you pain. You need a rest, and you'll be alright."

28) The Final Days of My First Job

While trying to find my identity through learning new things, my frustration had been growing, and the frustration was connected with my anger. I had restrained my anger for a very long time. It started even before I became an office worker.

The anger originated from the unfairness I had felt since I was a small child. Whenever I was unreasonably insulted, criticized, and scolded by my mother (hereafter M) or my father (hereafter F) without my understanding, my anger built up little by little. This anger led to my strong feelings of unfairness.

I suffered from feelings of unfairness at work, too, although it might have been my one-sided assumption. I had already had a biased view of both myself and the world. Many times, I felt I was treated unfairly and badly by people around me.

But, it seemed I had developed the attitude that I wasn't worthy to be liked or loved in the first place. I was obsessed with a sense of inferiority and self-condemnation, and my mind was filled with self-pity, while my behavior often changed: sometimes, I was impudent. At other times, I was a tragic heroine or a depressed person. I was unstable just like M was as I recall my state then.

I tried to control myself, but, there was something like magma inside of me, waiting to erupt outside. I didn't realize my condition and how I affected the people around me at all. I realized my situation many years later after getting some knowledge of psychology. While working on artificial flower making to beguile my frustration, the eruption of the volcano inside of me was only a matter of time.

One day, I banged the door of my locker in the locker room while nobody was there. After that, I repeatedly did the same thing. The sounds of the bangs must have been intimidating because I shut the door with all my strength along with my anger.

Once, when I was alone with my table tennis partner in the locker room, I banged my locker's door while making some complaint. She was surprised. After that, I apologized for my bad behavior and told her that I was alright. But, the truth was that it had been getting more difficult for me to control my anger.

Originally, my anger came from the relationships between me and my parents. I automatically projected my anger on the other people who weren't the cause of that. M and F never paid attention to my anger toward them, and they just ignored it.

The people at my office weren't the right targets for my anger. But, my constant anger, originally from home, didn't choose the targets at which I lashed out over the maltreatment from my parents who were supposed to be the closest to me.

One day, I became angry while working, although I don't remember the details. I found fault with my youngest colleague and requested she adjust things more appropriately not only for the other people but for me as well. I shouted at her abruptly. I always had a sense of inferiority toward her because she seemed to cope with other people in the office without any problems even though she was younger than me. I also worried about a slight inconsistency between me and the other people in my section because of the difference in our duties. If I had been a mature young adult, I would have talked to her calmly. I didn't have to raise my voice. However, I couldn't help doing it.

The reactions of the people in my section varied. The youngest colleague was offended, but, she partly accepted my request while asserting there was some part she couldn't accept. The bully criticized me a lot. I don't remember what I said very much, but, I think I begrudgingly told the people in my section that I had been greatly inconvenienced because I was in charge of the tasks all by myself.

Another colleague told me that if I was going to be furious with people in the section hereafter, it would be very difficult for them to cope with me, and she indirectly suggested I had to be more mature. I don't remember the reactions from the male superiors. They may have speechlessly looked on at the disturbance.

If I had been a normal young adult, that kind of problem wouldn't have occurred. I subconsciously knew that then. I remember I blamed myself for not being like somebody else. Not a particular person, but someone who was more mature than me and was able to cope with my working conditions. I think I made up my mind to quit the job even before I caused that trouble. Therefore, I became reckless and it became easier to ignite my rage.

A while after, I told the section manager my intention to resign due to my ill health. He just inquired if my financial state would be alright without working. I replied to him that I would be alright because my father was still at work. Actually, F worked for a private company after his retirement from the police. There was no dissuading me, and my resignation was decided.

The people around me may have been relieved to hear that the troublemaker would leave the office in the near future. I stayed at the office for about three months after my departure was fixed. It became a little easier for me to cope with the others because they realized they would be soon released from the difficulties related to me.

Up until the last day of my work there, I was busy with handing my tasks over my successor. I remember the inside of my desk and locker were both still messy on the last day I went to the office. Although I am not good at putting things in order, I think that the chaotic states of my belongings indicated a kind of mental disorder of mine. It seemed my working life there was like a malfunctioning car that barely runs while making clanks and bangs.

I am sure that I had no choice but to quit then. But, I was sad about it. I lost my position as an office clerk, and expectations of income. I realized that I had become a failure.

F said to me, "Be grateful to me, 'cause you can eat without earning your livelihood." M complained to me of having not consulted her when I decided to resign, even though she had often irresponsibly said to me, "You should think about quitting the job sooner." I had never come up with the idea that I would consult M or F about the resignation.

In those days, it seems I made decisions by my instinct. I couldn't reasonably and objectively understand my circumstances. However, now I think I chose what to do realistically even though I wasn't able to explain my choices systematically in my own words then.

I unconsciously waited for the time to leave the office, not to be too early, or not to be too late. Also, I unconsciously expected the hardship at home after my resignation would be tougher than what I experienced at the office.

I think I chose the right timing. I became a little stronger than I used to be when I was younger, and I still had some resilience. If I had worked at the office longer, I would have become more mentally and physically weakened. I think I was fortunate I could be aware of what my instinct was telling me even though I was in confusion.

29) A Great Contradiction

After my resignation, I was released from my duties at the office, and life seemed easier. However, staying home wasn't comfortable. I was still searching for what would help me to find my identity, while studying the expression on my mother's (hereafter M) face. I wasn't fully aware of my unhealthy tendencies toward her yet.

I started studying bookkeeping at an accountants' school. I joined a part time class twice a week.

After enrollment, I hesitatively told M that I was going to that school. M became sullen and said to me, "How come, you're gonna do such a foolish thing! It's a worthless!" Her bad mood lasted quite a while.

At that time, I had some money, so I paid for the class. It is reasonable to think that nobody is entitled to hinder an adult doing normal things with their own money. After some years of toiling in society, I must have grown as a human being to some extent even though I still had many problems. But, M's attitude toward me had not changed at all.

I got a second grade bookkeeping certificate. I tried to obtain the first grade of bookkeeping certificate, but failed. Besides those studies, I tried job hunting a few times. But, I couldn't get a job. I was disappointed at the results. At the same time, however, I was relieved by the fact that I didn't have to work for the meantime. My life was still full of contradictions.

Almost six months after quitting the job, a disquieting atmosphere appeared at home. My father (hereafter F) forced me to go to a beautician's shop every other week. He told me and M that if I would not follow his words, he would do some harm to M. It may have meant that he would use violence on M. It sounds ridiculous, but, I couldn't help but go more often than before.

I wasn't very interested in cosmetics, clothing, and accessories. F didn't like that and said to me with an obscene smile, "It's completely useless to say how a woman is capable or competent, it only matters if she is good-looking or not!" I hated to hear that, but, the only thing I could do was angrily glare at him. "Shit! You glare at your father! How naughty you are!" He shouted with a contemptuous smile.

It was true that I wasn't like an average young woman in many ways, including my lack of interest in dressing up and making up. One of the reasons for that was because I was absentminded in many ways. Actually, I was thinking much about what to do, but while thinking, doubts emerged. Usually those ideas were trifling, and sometimes, it was difficult to explain them in words. In the end, my complicated emotions led to self-contempt.

It sounded like words echoing inside my brain such as "stupid," "worthless," "never be successful!" Now I think it was like miniature versions of M and F living in my brain shouting nonsense words at me. Although I consumed much time in thinking, I often failed to reach conclusions. So, many times I couldn't act after all. I became extremely passive. My autonomy hadn't been established at all.

Another reason why I wasn't interested in dressing up might have been because I was afraid of men due to my bad relationship with F. It was possible I unconsciously tried to not attract men's attention, while wondering why I couldn't get a boyfriend.

A while after I was forced to frequently go to a beauty shop, F insisted on taking my pictures. Then, F, me, and my small nephew went to an amusement park. I wore a suit, and it is needless to say that I had my hair set, and thickly powdered as F liked. I hadn't been aware of how significant that event was: it was a part of F's firm strategy for making me marry.

It was fun to go to the park, and me, F, and somebody else, my nephew, was there, too. So, there was less tension between me and F. I was only irritated by F's precise demands as he took a large number of pictures of me.

A few weeks after that excursion, I was surprised with the outcome of that small trip, and I regretted having been photographed. F brought me somebody's resume, and said to me, "This is a man's information. You're gonna meet a prospective husband. So, make peace with it, ha-ha!" He ridiculed me with an indecent smile.

My mind went blank when I heard that. I knew the photos were for a prospective marriage partner, but, I didn't fully expect that those materials would actually be used. In addition, I thought that if the photos were used, it would take quite a while for a meeting to actually take place.

Although I was afraid of F as usual, I instantly reacted to him in a very negative way: I don't remember what I said to him, but, I think I mentioned that the man was from a remote island, so our lifestyles should be very different. F became panicked and furious, and he seemed to have anticipated that I would be glad to see the resume. M also showed an unfavorable reaction to the prospective candidate, although she would have found fault with anybody.

There was no photograph on the resume. As far as I remember, he was the same age as I was, and his hometown was very far from where we lived. He was a police officer, because F requested F's former subordinates to find somebody among his people who was suited to be a prospective husband.

F had already retired, and I wasn't acquainted with the former subordinate of F's. That meeting was totally unfamiliar and abrupt, and it horrified me. Even though me and M weren't happy with the arrangement, F forced me to go to a restaurant to meet the man along with the F's former subordinate.

Strangely, F made M go there with me, while he decided to stay home on that day. It seemed nonsense to let M attend an important meeting with other people. She was useless, and the only things she did was make ingratiating chuckles to the people there. I was ashamed of her.

In addition, F was irresponsible. If a father hoped to make his daughter's marriage arrangement successful, it would be helpful to meet his daughter's prospect to judge if the man would suit his daughter or not. Parents' attendance was acceptable then. However, concerning F's former career as a successful officer, he might have refrained from meeting the prospect in order not to intimidate him. I never knew F's mindset, though.

On the contrary, now I am quite sure I was not at all ready for marriage. The strange and contradictory meeting ended without any meaningful conversation. I was very nervous, but pretended to be a friendly young woman.

After the meeting, nobody told me about the result, which meant if the counterpart would like to meet me again, and try to get to know each other as a real prospect for his marriage. For about six months, I felt uneasy about what was going on with the result of the meeting. It is unusual that the reply to the counterpart of the arranged meeting takes such a long time. I wasn't allowed to say "no" to the man.

I had a grudge against F who had been silent on that matter, and who seemed to ignore me. I didn't have enough courage to ask F about the issue. If I had been informed the man turned me down, I would have been hurt, even though I didn't want to meet him again.

I still hoped I would marry somebody in the future at that time, but, the truth was that I unconsciously had an aversion to men in general, which originated from the relationship between me and F. I was in confusion. My state of mind was filled with contradictions. My worry intensified after F brought me another resume.

One day, M and F faced me in a slightly formal manner. They seemed serious. M began to talk: "Please attend the next arrangement introduction for marriage. We know you don't like police officers, but, before your father talks to the matchmaker about your intention, he gave us another option. Please meet another man so that your father won't lose face." M bowed to me.

I couldn't say anything to her. I was discouraged and wondered why I had to endure such a torment again. I might have told M that I didn't like police officers, but, it was not the point. For me it was not acceptable to be involved in a marriage proposal due to my state of mind. M bowed to me, and the only thing F wanted seemed to be persuading me to attend another arranged meeting. It sounded like I had no option but to comply.

I anticipated that if I only attended in order for F not to lose face, the result of the meeting did not matter. But it was not that simple. I had to meet the man twice. After the first meeting, I didn't want to continue meeting him. But, F didn't allow me to do so.

F came and talked to me. At that time, he seemed to be trying to conciliate me. Such an attitude from him was very rare. It seemed his elder brother, my uncle, put an idea into F's head. F told me his brother had chided him. He told F that I was a good girl, so F had to let me marry happily. Speaking his own thoughts, F added that he thought I was a nice woman who could make such elaborate flowers: I was just working on my last artificial flower pieces then.

I was surprised by F's flattery. It felt good, but, it was obvious that those nice words were a part of his plot. It was twenty years too late to try encouraging me after having denigrated me for all that time. F succeeded in making me promise to meet and evaluate the man in a positive light, at any rate. Actually, I was forced to say so, and my reality had not changed at all. In spite of that, F was satisfied with my words.

I reluctantly went on the second date. I was more awkward than usual. My counterpart might have noticed something wrong. Although I tried not to offend him, I didn't talk a lot. After the dinner at a restaurant, we watched a movie and then went to our respective homes.

After getting home, I talked to M about my impression of my counterpart because I was afraid of F more than M on that matter. I think I told her that he was arrogant, and I didn't want to see him anymore.

In the middle of the night on that day, F suddenly came to me. It was like a raid. He was furious with me. He cursed and swore at me for a few hours in the middle of the night.

At that time, I started working as a part-timer, and was going to work the following day. At work, I tried to pretend to be normal, and behaved like nothing had happened to me. But, it was hard to endure the working hours. My face and eyelids had swollen. It was one of the hardest days in my life. It was not a day of a "broken heart," it was a day of torture from "my father."

F had abused me a lot. I don't remember most of the words he said to me, but, I remember a few points. He reproached me for telling M that the man was haughty. He also told me that it was completely unacceptable to explain that a person's character is arrogant without knowing much about them. That may be true. But, I had just wanted to escape that very uncomfortable game. I needed a reason for turning him down.

From my point of view, the man was on F's side, even though the two of them didn't know each other. Because F brought his offer, I couldn't positively think about the man. It was like the expression, "He who hates Peter harms his dogs."

Actually, I previously had a couple of offers for marriage arrangements. Those didn't come from F. One of those came from my sister's acquaintance, and I met the man. That case had no relation to F. So, it sounded like it would be easier for me to face my counterpart. He looked quiet and calm, and I had a hope that I might get along well with him.

However, he turned me down. I was disappointed with the result, and I did something excessive. I wrote a letter to him. I think I wrote about my regret and suggested that it would be better to tell me directly if he had negative feelings toward me. But, the letter was returned without being opened. That means I received a larger envelope including my original letter.

I didn't even have a basic understanding of the relationship between a man and a woman. I realized I had done something I shouldn't do. I was sad, and blamed myself. But, I tore the whole letter into pieces and threw them away. After that, I decided not to think about it anymore. I think that my marriage attempt would have failed whoever had introduced the arrangements due to my chaotic mental state.

Another offer came from my aunt on my mother's side. I expected to meet the man. But, the meeting was canceled because F rejected the offer. He told us that he would not allow me to marry the oldest son of a family. The oldest sons may have more responsibilities than other siblings, such as taking care of their parents.

But, the reality is that there are many oldest sons in Japanese society due to the declining birthrate after World War II. Today, the declining birthrate has become more severe. But, an average household had one or two children when I was a child. If someone had three or more children, it was considered a big family.

While grumbling about me in the middle of the night, F brought up the failed case again: the case where I was declined was unavoidable because the person had some reason for that, and F insisted that the current case was the last option for me. Also, he decisively told me that if I turned down the case, I would stay single for the rest of my life and would become like an animal kept without apparent use for life. F added that I should not have resigned from my former job.

His remarks hurt me deeply, but, now I think his words were stupid and ridiculous. I didn't know if the current man liked me or not, and I wondered why I was the only one who wasn't allowed an opinion.

I mustered the courage to ask F a question: if he thought each offer was very important while the chances were scarce, why had he rejected the offer from my aunt? I was surprised at F's answer: F had let the police examine the family of the man, and they found he was really a mama's boy, so F said "no" to that case.

F had already retired from the police, but, he still used his past authority. I became furious at this abuse of his authority. I didn't know the English phrase, "asshole" then, but, this expression perfectly explained him.

A funny thing occurred during the perfunctory dates with the current man:

he might have been a mama's boy, too. He gave me a box of cakes each time, saying, "This is for your mother." It seemed that "mothers" were exceptionally important to him. Although I didn't hope to be his girlfriend, I had an odd feeling, like my existence was being ignored.

After a long period of criticism from F, I was sick and tired of his abusive language. I became silent. After I stopped talking, he rebuked me for not being able to argue against him because I was wrong. F repeatedly shouted at me, "You ARE bad and wrong!" I was really bitterly disappointed, but, there was nothing I could do.

It seemed F wanted me to marry somebody only because it would reflect well on his family. He struggled in vain to easily try to make his failed daughter get married while involving other people. I don't think such a trick will be successful. It must have been a great nuisance for the people involved in F's nonsensical plot. As for M, she just stood idly by, and had no power to prevent F from being reckless.

30) In the Wake of the Storm

After the midnight argument, I became depressed. During the argument, my father (hereafter F) criticized me for being in my bed until late in the morning when I didn't go to work. I hadn't been energetic and tended to be lazy in the first place. I think I lost more energy through the stress caused by the pressure from F.

While sleeping, I didn't have to think about my worries, and I was able to avoid my mother (hereafter M) and F. I was in danger of being torpid, and of being like a "hikikomori," which means someone who withdraws from society in Japanese. That word wasn't generally used those days, in the late 1980s. But, there were already people always staying home without going to work or school. F shouted, "There're such useless fellows in town. If you become like that, it's a disaster!" He hated things out of the ordinary such as hikikomori.

I think that an alarm went off within me. It was unconscious, but, I somehow felt it would be a disaster if I would become a hikikomori. I imagined how harshly F would treat me if I did.

Some cases of hikikomori lead to domestic violence inflicted by children upon their parents. I can imagine the situation: if I had not been able to go anywhere, and had great frustration at home, I would have wreaked my anger on something. I would have been afraid of attacking M or F with my hands. So, I would have thrown and destroyed things like cookware, small items of furniture, and so on.

F didn't employ severe corporal punishment on us, probably because of his occupation as a police officer. But, I imagine if I became violent, F would become violent, too. Even though I had not been struck by F, I had seen murderous expressions on his face a few times, and it was very terrifying. So, I needed to not offend him.

Actually, he stopped talking to me after that midnight argument, so I ignored him as he ignored me. I somehow knew I needed to be careful about not being a hikikomori myself. I kept working as a part-timer. It wasn't difficult work, and going out was better than staying home. Gradually, I spent more time out of the house than before. Sometimes, I ate out for dinner by myself after work. I wanted to avoid seeing my parents as much as possible.

M didn't like that, and criticized me for being selfish. She became more sullen than before. It seemed that she was always displaying the sentiment that all her unhappiness came from me.

A part of the reason for M's misfortune might have been my failure to marry. However, M's behavior was contradictory. I remember the time when my sister was engaged. Before she got married, she stayed home for about six months after quitting her job. M sometimes angrily shouted at her, "How come! You'e taken in by a petty bold fellow! Stupid!" My sister occasionally wept after hearing that, and sometimes, she had a rash on her limbs. I believe that her rash came from the stress from premarital anxiety powered by our mother's harsh words.

Even though her words were not directed at me, hearing them might have put me at a disadvantage when I sought a chance to marry. However, my confidence as a girl had already been ruined by F. Therefore, it was very likely that I would stay single.

I was uncomfortable at home. There had been considerable tension between me and my parents. We never had meaningful conversations among our family even before the frenzy caused by F as he failed to get me married off. The situation became worse. I didn't have any specific ideas for how to cope with it.

But, I thought I had to do something useful to sustain myself while enduring the hardship at home. Using the public library nearby was a good idea. I stayed there to spend time, borrowed books, and read them.

I mainly read books about historical figures from the chaotic period of the last days of the Tokugawa Shogunate in the middle of the 19th century. I was fascinated with those people who fought for opening a new era for Japan at the risk of their lives. Their courage impressed me a lot, and I tried to encourage myself to find a way out from my difficulties.

I felt anxious that I wouldn't have any positive prospects in the future as long as I kept living at home with M and F. I had not yet been released from my guilt that came from the reality that I wasn't a good child for "my parents." However, my desire to leave M and F became stronger than ever. Now I think that it was just the course of nature. Living with people who wouldn't make any concessions to me, and wouldn't try to understand me at all was tragic.

I thought that I needed to stay away from M and F for quite a while. I had no idea whether they would chase after me or not if I went somewhere inside of Japan. But, I was certain they wouldn't come to another country to bring me home. In addition, since I was a child I had a dream that someday I would go overseas to study English. So, I thought that I would go abroad rather than somewhere in Japan. I started seriously thinking about going to another country.

The system of a "Working Holiday" had just been introduced in those days. There was an age limit to apply for the visa, and I was very close to it, so I decided to go to New Zealand, an Oceanian country, as soon as possible. I asked a travel agent to arrange a course at a language school and a host family.

When I filled out an application form, I found a blank to be filled in with a signature of a guarantor, who was usually a parent of the applicant. I hesitated to fill in the blank with a disguised signature of mine because I felt guilty to do it. However, I knew I had to fill in the blank with my false signature. I was determined to go, and it was possible to stay there for one year if I got the visa.

I shared my plan with my sister. She and her family had already moved from our place to their own house. She told me that we, the two sisters, didn't have much experience of adventure and socializing with many kinds of people while growing up due to our parents' restrictions. So, she strongly recommended that I join a sightseeing group tour first, so that I had a look at the country in advance. She added that in case I would go there and stay there for a long time without any experience of being there, I would have more difficulty managing unexpected things happening in a place far away from home by myself.

I thought that made sense. Although I didn't want to spend extra money for a tour, it seemed it was essential for getting her cooperation. So I followed her advice.

I bought a big suitcase, but there was no place to hide it at home, and M saw it. My sister told me our mother wondered why I bought such a big suitcase, and worried about what I was planning.

A few weeks before the departure, M asked me with a worried expression if I would travel to Hokkaido, a big island in the north of Japan. I bluntly answered the country's name. M was dismayed by the answer, and muttered, "Is that so?"

Still, I went for about a week. It was my first overseas trip. I am not still sure if it helped me to live there. But, at least, I realized that sightseeing and living in the country are very different.

A couple of months after the trip, the day of departure for my escape approached. I was afraid of what might happen in the future. It sounded like a matter of life or death. I was like the last person one would expect to do such an extreme thing. I was feeble and timid, but instinctively, I knew I needed to leave.

A few years after coming back, I watched the movie "Cry Freedom," and it fascinated me. It is about a South African journalist Donald Woods who published a nonfiction book on the death of anti-apartheid activist Steve Biko who was tortured to death. In order to publish the book, the journalist, and his family made a dramatic escape to seek political asylum.

Although it may sound exaggerated, as I watched the movie, I vividly recalled the feelings I had around the time of my getaway. For me, that escape was really an adventure.

The first trial was to let M and F know my decision about staying in the other country. One day, I left a letter for M and F at home when I went out. It was about one week before my departure. The letter was about my upcoming trip. I was afraid that if they had known my plan earlier, they would have obstructed it.

I was very nervous that day. I didn't want to come home early. I killed time walking around a shopping center. Before I got home, I telephoned my sister. She had already heard the situation from M on the phone. She told me that F was furious, and that he said that he would never let me go. Considering F's temper, it was no wonder. I was frightened to return home, but, I needed to.

M and F were in the living room. To my surprise, F left the room as I entered. M was more sullen than ever, and she looked fierce. I don't remember what she said. She may have criticized me for being selfish as usual. Her words weren't reasonable or persuasive. I only remember the absurd atmosphere then. F seemed to make M complain about me in his place. He avoided facing me. He may have been cowardly then, although he was usually arrogant.

In the end, I set out. The morning of my departure, F was weeping. I don't know why, but his tears seemed to be reproaching me, and it made me uncomfortable. M insisted on seeing me off at the airport. I tried to dissuade her, but, she followed me. I didn't want to be followed, but, she chased after me.

I didn't understand why a person who strongly opposed my plan came to the air terminal to see me off. I wonder if M wanted to pretend to be an understanding mother because of her "pride as a mother," even though she hated my decision and it shouldn't have been acceptable to her. Her attitude was yet again contradictory.

Many years after that, I somehow feel M had been so irresponsible that she didn't care about the results of things she once strongly opposed. Once things had ended without causing trouble for her, it was just fine for her. On the plane, I was at last an individual, freed from abusive parents.

31) My Escape Journey

As anticipated, I stayed in New Zealand for one year. Despite that, I told my mother (hereafter M) before that I would return in three months because I thought it was not a good idea to give M and my father (hereafter F) an even greater shock.

Three months passed, and I heard from my sister. M and F made an issue of my not returning home. I just ignored it. I didn't want to write or telephone M or F, while I called my sister once a month in that time before the internet was everywhere.

One day, I abruptly received a phone call from M. I don't remember what we talked about. I just remember feeling uncomfortable when I heard her voice. According to my sister, M suddenly became anxious about me after a report was broadcast on TV about a Japanese woman who got in trouble in a foreign country. My sister strongly recommended I write to M at least once a month. Emotionally, I didn't want to follow my sister's advice, but, I did what she said to because I thought it was not good to cause more trouble between me and my parents.

Sometimes, M wrote me, too. However, none of her letters touched my heart. I was confused by her manner of expression, saying things like "I am always on your side." I wondered why she wrote such a thing to me. I escaped because my parents drove me into a corner.

Only once, I wrote F from abroad. I told one of my English teachers about my troubles with M and F. The teacher suggested I write him. I never thought about that, but, it sounded worth doing. In the end, I only sent F a simple postcard after wavering between some different kinds of postcards that looked nice at a souvenir shop. I carefully wrote sentences that were harmless and noncommittal. There was no reply.

In the next letter from M, she mentioned my postcard to F, and she just expressed thanks to me for that. But, there was no information about F: if he reacted to it or not, or liked it or not. It was no wonder F didn't write to me. It was a wasted effort as I had expected.

My postcards to M were always stilted and reserved. I wrote, "How have you been? I hope you are doing well. I am fine. Please take care yourself." I couldn't write about my everyday life in the other country. I was afraid that even a small experience of mine may have worried her.

Besides the unpleasant mood I had when I recalled M and F, I was released from facing them. I was happy about it. Although my nature hadn't changed, and I still had many weaknesses, I gained some strength.

Being among people who were all strangers was a huge challenge. However, at the same time, it was a relief that nobody knew my past life. It seemed to be the right time to make a brand-new start.

I stayed at my host family's home for about the first five months, and attended a language school for three months. After having moved to an apartment from my host family's house, I joined another language school for about five months. Basically, we were not allowed to stay at the host family's home after finishing the courses at my first language school.

There were many Japanese students in those language schools along with some Swiss and Southeast Asians. They were people of a wide range of ages. Some of them were close to my age. I got close to a few classmates. I was learning English seriously while some other students mainly enjoyed having fun. I wanted to make maximum use of the learning opportunity I paid for.

Since I went to that country as a tourist, I didn't have much enthusiasm for traveling. I was cautious, and not used to breaking out of bounds. In the early days, I followed the routine of attending school. It seemed to take me back to my school days.

After finishing the course at my first language school, I needed to find another place to stay, and I worried about what to do. Fortunately, a museum guard introduced me to a vacant apartment because I often visited the museum on weekends by myself, and sometimes we happened to chat. My host parents were nice to me, but, they were working on weekends. So, I needed to find something to do on weekends. It was easy to stay at the museum and kill time.

I started living in the apartment. There were some people sharing the kitchen and the bathroom. Their nationalities were varied. Around the same time, I started learning at another language school, and attended that school until I returned to Japan.

For the last four months of my stay, I worked for a hotel as a laundry attendant. It was amazing that I tried to do as much as I could do while staying in a strange place. Although I was not looking for adventure, I pursued my goal of obtaining as much proficiency in English as I could. As a result, my English improved to some extent, and it was satisfactory.

However, I also had troubles from time to time. While staying at the apartment, I got a phone call from one of my roommates. He asked me to leave the front door open overnight because he would come home very late that night. But, I misunderstood what he said, and he eventually slept out overnight. It might have occurred because of my lack of English comprehension, but, I feel that my lack of commonsense and hasty judgement were causes of the trouble, too.

When I started working at the hotel, I was a housekeeping attendant. The work was done in pairs, and a woman offered to partner with me. She was an immigrant with a big family, and she seemed to have gone through many hardships. She was a little younger than me, but looked older.

I may have been awkward due to my lack of experience with housework. She was strict with me, and she often criticized me for not being accurate or fast enough. I didn't understand my situation then, but, that incident might have been the first time that I was considered to be unfit as a laborer. It would unfortunately happen several times in my life.

My coworker was very serious. I felt she treated me like a child, and I was uncomfortable. A while later, my supervisors told me that I could move to the laundry room because it was less stressful. The bosses had already noticed the tension between my partner and I. First, I told them that I was all right, although I was a little ashamed of my poor performance. But, I finally followed their suggestion. I didn't want to be scolded by my coworker anymore.

I worked in the laundry room until I returned home. I think I was an awkward and odd worker there, but, I somehow managed to work there for about four months.

I had several Japanese friends there, and a few of them seemed to be my close friends. I hoped our friendship would last long into the future. However, I lost contact with them within a couple of years of my return. A part of the reason may have been my negative character. I was still hampered with an inferiority complex. I couldn't control my emotions, and I think I often told my friends how pitiful I was, while sometimes behaving haughty. I wasn't aware of my negative behavior at the time though.

My journey wasn't perfect, and I had some problems, too. But, it was my good fortune that I didn't suffer any negative consequences. Now I consider my runaway trip to have been pretty good for such a troubled young woman like me. It happened very long ago, and I don't often recall those bittersweet memories anymore. But, I am happy to have had such experiences in a foreign country when I was young. I believe it was a celebration of my youth.

32) Return Home

I didn't really want to come home. When the plane took off, I shed tears knowing I would once more be smothered at home. I wished I could stay in overseas longer. At the same time, I think I knew that I would have more troubles if I stayed longer. I stayed there for only one year, and I could just barely manage my everyday life there.

I think staying in an unfamiliar place like a foreign country for more than one year requires a commitment by an individual with enough motivation to do something meaningful there. The only reason I hoped to stay longer was to avoid my mother (hereafter M) and father (hereafter F), but I didn't have enough strength to continue everyday life as a long-time resident.

I couldn't help but return home. Luckily, M and F settled me in a vacant apartment in their building. I think that they didn't know what to do with me anymore, and they decided not to let me live in the same space as they did. It was good timing that a family had just moved out.

M and F said to me, "Welcome back," as I got home. They didn't say any bad things to me, but, I felt they were cold and distant. It seemed that they became more indifferent to me than ever. I thought that I needed to be thankful to M and F for not criticizing me as they had before, but, I secretly felt that they were irresponsible and sneaky.

In spite of that, it was a relief to live in an apartment without M and F. F ignored me, and didn't speak to me as he did before. M sometimes tried to ingratiate herself with me, while getting angry with me when she was irritated. Her demeanor towards me became like how it was towards other people. It was, however, much easier than before because I saw them less.

A while after I came back, my aunt on M's side came to visit. It seemed she wanted to know about my trip, so she asked me to show her photos from my time abroad. I hesitated to show them because M was with us. I hadn't shown M any photos so far, because I was afraid of how she would react when she saw them. I could only imagine her confused expression mixed with shock, contempt, hatred, and so on. It may have been impossible for her to accept I was having my picture taken along with some strangers including foreigners. I looked for photos that had only scenery and animals among my photos, and I showed those to my aunt.

I was still disappointed that circumstances had not changed. I may have had faint anticipation that M and F would become "my parents," who would listen to me, and make concessions when appropriate. But, the situation hadn't changed.

I wanted to create a diversion, and went on a trip by myself to Nara prefecture in the west of Japan. There was a big exhibition being held there. Nara used to be an ancient capital of Japan, and the subject of the exhibition was the history of the trade and ancient cultural exchanges with the West via the Silk Road.

I stayed at a youth hostel. There were a group of elderly people staying at the same hostel. They were a pastor, his wife, and two women who were members of his church. Two young women from Israel were staying there, too. I happened to know about the two women's stay, and I told somebody in the group of four about it.

The pastor was excited and said he wanted to talk to the Israelis. He asked me to attend the gathering with his group and the two women because I spoke some English. So, I joined.

The pastor was a researcher studying about the ten lost tribes of Israel. There is a hypothesis that Japan is the location where the ten tribes finally settled. So, he had been to Israel, and wanted to talk to the people from that nation.

I didn't know much about Christianity, and I had no clue how Israelis are related to the religion. I only remember that the pastor asked the Israelis about their religious practice, and some words they used, which were unfamiliar to me. Although those words sounded like technical terms to me, the two different parties seemed to understand each other through particular words like Moses, the Passover, and so on. I wondered why those two different groups of people could communicate with each other. Later, I found that Christians and Judaists share a common scripture, the Old Testament.

I knew the name of Moses because I had watched the movie, "The Ten Commandments." But, I didn't really know who Moses was. I don't know how much I could help them with my limited interpretation. But, the pastor and the other church people were grateful for joining their small gathering.

A while after I came back from the trip, I received a letter from the pastor. He recommended I visit a church located near my place where another pastor, who was his friend, was ministering. A few days after receiving the letter, I got a phone call from the pastor's wife from the nearby church. She also encouraged me to visit their church.

I wondered if I should go or not. Many people think religion is a kind of brainwashing, and that it is safer to stay away from it. I didn't have to go there, but, my emotional state needed some support.

My parents were irresponsible and just ignored me, even though I had desperately carried out a drastic action. They never knew how deeply I suffered from my circumstances at home. I had almost given up on them. I felt I wished to have another object that was like a parent, which is a god, a spirit, or whatever it is.

I decided to go to that church. I attended a Sunday service. It was my first time visiting a Christian church. There were a dozen people. I received a warm welcome from them including the pastor and his wife. I was obedient and followed what I was told to do by the people, and I started attending Sunday services.

I wasn't interested in anything in particular then. I had no family and friends who I could regularly spend free time with. I was used to being lonely, but, I think I still had a faint hope for having good company and another kind of parent, if that was possible.

It seemed I had nothing to lose. I didn't have an adequate job. I was a temporary worker on a short-term contract. If I had had reasonable relationships with M and F, I would have hesitated to go to a Christian church just like many Japanese.

I don't think many people here are practically engaged in any religion. But, usually people have a connection with a Buddhist temple because their family tomb belongs to a temple. Therefore, it might become a problem if somebody in a family becomes a Christian.

I didn't care what M and F thought about me anymore, and I thought it was not a big problem for me to be a Christian. Within a month, I made a confession of my faith. Three months after that, I received a baptism.

I felt I could start my new life, and the church people were kind to me. I thought that I finally found my peaceful place... Well, I still had some suspicions about the church. I had been going through difficult human relationships, so it was counterintuitive to think things would go well.

But, I made up my mind to follow the people who looked nice at least for the time being. The teaching that a person will become a child of God through their faith was also attractive. At any rate, I started making a spiritual voyage across a wide expanse of ocean.

33) Novice

When I went abroad, I was still studying the tea ceremony. It wasn't intense practice, and I did it only two or three times a month. When I was in the tea-ceremony room, I composed myself to concentrate on tea ceremony protocol. While doing that, I could forget my anxieties, and the tea ceremony practice was like a refuge from everyday life.

After returning, I wondered if I would resume the practice or not. However, due to my time commitment at church, I didn't have the chance to continue tea ceremony practice again. Our religious life may give us composure, too. But, in reality, my church life wasn't always calm, but was rather stormy overall.

Religion was new to me, and I lacked common sense. In the early days of my church life, I just followed what the people told me to do. I was a little surprised when I heard we had to attend Sunday services without fail, even when we were sick. That meant that as long as we were physically capable of walking to church, we had to attend the service. It was also said attending the services took priority over our jobs.

I thought that sounded strange, but I swallowed it. I considered that I knew hardly anything about Christianity yet. Even though I didn't understand the strict pressure to attend Sunday services in that moment, I needed to accept that it could be right.

I started joining prayer meetings, English Bible studies, and coffee shop Bible meetings as well. I was obedient, and I think I was easily controlled by the church leaders. First, I attended an English Bible study out of curiosity. After I had attended the studies several times, the pastor (hereafter P) told me I had been late, and I needed to come on time because he expected me to help interpret.

I joined the studies just as a participant, and I was not always on time. The studies were held before the morning Sunday services. For me, it was a challenge to always be on time for the studies. I was a little puzzled to hear what P said to me, but, I thought that I had to follow his request. At the same time, I was a little proud that he evaluated me positively as an interpreter. Some years later, I realized that I just allowed him to lead me. Some other relatively young church members were also expected to join each church event.

P looked very enthusiastic about preaching, and he often talked about how God was good to him. While he was preaching to the congregation, he became emotional, sometimes extremely so. I thought that he had such great experiences, and I also wanted to have similar ones. I was so naïve that I accepted his words without question. That was one of the reasons why I became a Christian.

I felt I was a failure, and relying on God and obtaining a blessing from Him seemed to be the last option for my happiness. So, I tried to follow what P said to us.

Looking back now, I see P's attitude was overly dramatic and exaggerated. It seemed like he was self-absorbed. I think to some extent he deceived me. On the other hand, I kept his words in mind, and considered them when necessary. Later, that habit would lead me to think out things by myself.

One day, in a prayer meeting, P rebuked us for not offering bills after the prayer meetings. He insisted believers offer bills not coins, because we had to show our thanks to God through our sufficient offering.

Somebody talked back to P, saying that as long as we offered tithes, we could decide how much we paid for services and meetings. P rejected that opinion. There was no argument, but, I was surprised at what P told us.

I thought that being a Christian required a lot. I instantly felt that way, but, swallowed my feelings. Then, I tried to offer at least a 1,000 yen bill, the smallest of all the bills, after services and meetings. It was just like when I swallowed what I had wanted to say to my parents in the past. I had been so afraid of talking back to people with authority over me that I became helpless.

P liked Bible studies very much. He always tried to make people join his Bible study classes. Once, every church member was assigned to make preparations for his lecture on "The Epistle of Paul to Philemon." That has one of the shortest parts in the New Testament, a letter written by the Apostle Paul.

Our task was to read it very carefully, and to understand what Paul's real intention was. It is not a long letter, and its message seems to be clear: Philemon was a Roman Christian who was supposed to be converted by Paul. Philemon had a slave whose name was Onesimus. Onesimus did something wrong, and he was imprisoned and happened to meet Paul who was confined in the same jail as him.

He had become a follower of Paul, and had converted to Christianity. He became a useful man, and Paul would send him back to Philemon. Paul asked Philemon to accept Onesimus as a brother in Christ, more than a slave... I thought the outline of the letter roughly read that way.

Before P's lecture, each one of us talked to the other people in the class about their own opinions. I remember most of us expressed similar opinions to the class. P, however, explained a contrasting view to us: Paul's real intention was asking Philemon to let Onesimus always stay with Paul because Paul needed Onesimus's help.

I was surprised to hear that, and became fearful. I worried about my lack of ability to find the right answer from the context. That fear was related to my existential problems. I had no confidence in my ability to make right decision regardless of the circumstances. I feared being deceived because of my inability to judge situations.

The other people also didn't have "the right answer," and I was sure that "the right answer" was not deduced by P on his own. Indeed, he used somebody else's idea for his lecture. I didn't have to react to my failure in such a way, but, it really mattered to me then.

I said to P that I was shocked at the outcome that I had no ability to understand the Bible, and that I would never attend a Bible study like that again. P seemed a little confused, and he could not say anything to me. Usually, I hesitated to insist on my intentions. Now I think it was a good decision to tell P what I wanted. I suppose I could say that to P because he was not my parent. I guess some egoistical parents like mine tend to be so obtrusive that their children are not likely to talk back.

At that time, I had believed that church was the only hope I had of being led into satisfaction. However, my vague doubt about that church may have grown. Since then, I have been transformed from a blind follower into someone, who, little by little, is able to think by myself.

34) Company

At that church, the members were encouraged to interact with each other. A church may truly be a family. In a sense, I had the most intimate human relationships of my life in that church. However, my church life there was restless and unstable.

The church belonged to the Pentecostal denomination. Not long after I went there for the first time, the pastor (hereafter P), the pastor's wife (hereafter PW), and some other people prayed for me to get the gift of tongues. I had no idea what the gift of tongues was. I just let nature take its course... A while later, I started saying strange things.

Speaking in tongues is considered to be a manifestation of the work of the Holy Spirit, which forms the Trinity along with the Father (God) and the Son (Jesus). When a person gets the gift of tongues, they start speaking strange languages that people usually don't understand. It's said that those tongues can be unfamiliar foreign languages or languages spoken by angels in Heaven. After I got the gift of tongues, everybody blessed me, and I was glad.

However, a few days later, I developed a queer condition. While I was at home by myself, I automatically said some eerie things. That frequently occurred, but, I didn't consult P about that. During the next prayer meeting at church, I spoke in tongues that sounded like shrieking or cursing. Although what I shouted was ambiguous, it was apparent that something was wrong.

P asked me why I didn't consult him when I became like that at home. It is natural if a person has a similar experience, they will be afraid of it, and will quickly talk to somebody else like a pastor about it. Of course, I was surprised by my state, and I felt unpleasant.

However, I didn't seek help. I was not used to doing that. Also, I had another idea that the occurrence was not my first. When I was in high school, I unexpectedly screamed something strange at a table tennis summer training camp. I think that might have been caused by the fear of not being able to keep up with the others.

That fear was strongly associated with my repression and anger accumulating from my stressful relationship with my parents. I thought my current problem was another emotional eruption. Even as a teenager, I already had a considerable amount of fury in my heart. How much of that negative energy had piled up by the time when I was around 30?

P told me that I was hindered by an evil spirit while speaking in tongues. Many times, the others prayed for me to be delivered from the evil spirit in Jesus' name at church, but, it didn't seem to work. That kind of personal spiritual warfare lasted for quite a while, and then, my eerie tongues gradually subsided.

It seems to depend on each Christian how important the gift of tongues is. Some people say that while speaking in tongues, they are extremely delighted, and they seem to experience Heaven in advance. Once, I experienced a brief ecstasy right after I started speaking in tongues. That did not happen again. Usually, I don't feel anything in particular.

Some people worry about not having received the gift of tongues even though they have been praying a long time for the gift. On the other hand, other people do not recognize the gift of tongues as a spiritual gift. It seems reasonable to think that speaking in tongues does not occur indiscriminately.

Another spiritual ministry I received was the "inner healing." It is a procedure to know flaws in a client's character, and the client and the minister pray for healing the scars in the client's mind.

First, the minister provides a chart that explains the four kinds of human character. The client seeks their own type of the character among the four. Then, the minister indicates the particular flaws that each type of people tend to have. The two of them pray for the adjustments to the flaws that the client may have.

For the second session, the client has to prepare a list of as many as possible of the events that affected them in negative ways in all of their life so far. In cases where the client did something wrong to other people, they confess their wrongdoing and pray to God for forgiveness of their sins. Then, they pray for reconciliation with those people who were supposed to have been hurt by them if it is appropriate to pray.

In opposite cases, the client confesses how they were hurt by others, and prays for healing the wounds in their heart. Then, they proclaim their forgiveness for the others who did something wrong to them. After the prayers for all those things, the list of the events is burned.

I thought that such a ministry was exactly what I needed, and I hoped my heavy heart would be radiant afterwards. However, things didn't change very much. First of all, I couldn't remember the events that hurt me very clearly.

Although there must have been a large number of bad memories in my mind, I could only recall one incident: I didn't like melons when I was a child, and my father caught me and forced me to eat the fruit, saying, "How come?! You won't eat such a nice fruit?! Stupid!" Then, he repeatedly put the flesh of the fruit into my mouth with a spoon until a slice of melon was finished. I was around eight years old.

My list only had that event.

After the ministry, I didn't have any feeling of having been healed. I couldn't sense my changes, because they were all minor. I received the same ministry a few more times, and did it by myself, too. I only recalled some minor incidents that were similar to "the melon affair."

I was still in chaos, and I couldn't explain my troubles in specific words. I had no remarkable restoration through the ministry. It seemed I was not yet ready for that kind of ministry.

For not only the inner healing, but other consultations, P often met each church member individually. There were only a dozen people. In some cases, each of us asked P to give us a consultation, while other times, he made a person consult him. In those cases, it was likely that P challenged us to repent our sins. It depended on the person as to what kinds of sins they needed to repent.

In my case, P often said I had to repent the sin of "lack of belief." Since I didn't have enough conviction in my healing, my negative attitude hadn't changed. So, I was pessimistic. According to P, I had already been healed because I prayed to God for that. If I said I was not healed, it was because of my lack of faith. Despite being blamed like that, I had nowhere to turn beside that church.

P stressed to us that spiritual affairs were crucial to Christians, and that we needed to be careful not to have relations with any spirits except the Holy Spirit. He mentioned that even blowing out candles on a birthday cake was not good for our spiritual health. I began thinking that I couldn't even recognize what was good or bad, and fell into dependence on P whenever I needed to make choices.

A few years later, I realized a pastor's job is a strange one: listening to people's problems and secrets. Doing such things without hesitation seems to be in bad taste, although P may have meddled too much in other people's lives.

This realization was a sign that I began seeing people around me objectively.

35) Servant

The pastor (hereafter P) often said to us that each church member was a servant of God, and each of us Christians was supposed to do something for their church. I was deeply involved in serving that church. There were not many members. We were encouraged to serve there as much as possible.

First, I worked at making monthly newsletters and tracts, because in the time before computers became common I had a portable Japanese word processor. Making documents with a word processor was still a useful skill then. There were only limited number of people who could make printed material with such a device.

I was proud of doing the tasks and was pleased to be useful for the others. I was immature, but it brought me some satisfaction then. It seemed to fill some of the hollow space in my heart.

The first occasion where I had doubts about serving the church was when the chapel house was being renovated. I was one of five or six relatively young and single people at church. The church planned the house repairs on an Easter Sunday. After the service, those younger members were expected to do the repair work.

It was a wooden house, and the repair required knocking down a wall of a room in order to make two rooms into one larger room. It was a big repair, and it was a challenge for those of us unfamiliar with construction.

I was afraid about what would happen during the repair, and I was reluctant to attend the Easter Sunday service. I, however, went to church as usual. Two of the younger people were absent from the service.

The repair work took many hours, and didn't finish that day. Although there were still some minor adjustments left, we were dismissed at 11:30 p.m.

On the following Sunday, at the service, each one of the absentees came up to the front of the chapel, and asked the congregation for forgiveness of their sin of not attending the repair work the previous Sunday. I don't know whether P told them to repent in front of everyone.

I had a strange feeling when I heard their confessions. I participated in the work because I was afraid about what the other people would think of me, if I did not show up. I cared about what others thought. It was my only motive to do that work. I was a hypocrite.

The absentees were just honest to follow their real feelings, but, they needed to repent of their "wrongdoing" in front of everyone. Since then, it seemed that serving the church became more compulsory for the singles who were not likely to be bothered by their families.

One year after I joined that church, I happened to be the church accountant because the pastor's wife (hereafter PW) wanted to hand over her accounting tasks. Although I don't remember whether I told her I had learned bookkeeping, she knew I could do some accounting. The pastor had a big family, and PW had difficulties in taking care of them.

Later, I found that it is unlikely for a novice church member to serve as church accountant. Now I think that PW was pushing, and she led me to take over the tasks from her. I was still obedient, and one weakness was to do extra work in order to feel self-satisfied.

The accounting was a constant role, and it didn't allow idleness. I did the accounting until my mental state deteriorated, and was not able to do it anymore.

A while after taking over the accounting, another woman took over my task of making the monthly newsletters. I was grateful to her, but felt a sense of loss. As I recalled that situation later on, it would have been very difficult for me to both make the newsletters and do the accounting. I depended too much on doing extra things then.

The accounting emotionally affected me from time to time. I needed to be left alone to do it after lunch on Sundays. While doing the work in a small room, some other people would still be chatting with each other in the chapel.

I recalled how lonely I had been in many places like at home and at schools. It was like a devil was laughing at me, saying, "Look at you! You're always lonely and friendless! ha-ha!" The voice was very much like my father's.

Counting coins took time. So, I bought a coin sorter in order to make the work easier. Although I expected the gadget would work well, coins frequently stuck in the corners of the tube in it. In addition, it made an uncomfortable noise as the coins fell down, so I stopped using it.

A while after I gave up using that, PW called me. She seemed to be irritated. She told me what happened: a guest family visited the church, and they stayed in the room where I did the accounting. They found a toy-like thing there and asked PW if it was a souvenir for their children.

She didn't know about it, and she called me to confirm what it was: I told her that it was the coin sorter I bought for my accounting work. Then, she asked me if I still used it. I replied that I didn't use that anymore. PW raised her voice, saying, "Why did you buy such a useless thing without consulting an authority within the church? Purchasing anything without permission is NOT acceptable at all!"

I wanted to vindicate my reasoning, and explain it wasn't expensive and that it was about the price of a lunch at a casual restaurant. That may have been the reason why the tool performed poorly.

I was overwhelmed by many thoughts of self-condemnation, loneliness, feelings of unfairness coming from the time-consuming accounting work without pay, and the anger toward PW. My immature heart and brain were filled with those negative thoughts, and I couldn't explain. I just became quiet and sullen.

I gradually found that the relationship with the pastor couple was difficult. The church members were expected to serve the church as much as possible. The couple seemed to believe that each Christian can serve the church a lot because they have already received blessings from God, and that they will serve Him in return.

However, the reality wasn't like that. The indispensable area of the service at the church was taking care of the pastor's family including looking after their children, fixing meals for his family, and doing some housework.

I wasn't good at taking care of children, and I had told the couple about it. Usually, the other women who liked coping with children took care of them. Even I was called to take care of them when the others weren't available.

PW may have been stronger than P. She looked determined and filled with confidence. Like P did, she often tried to persuade the church members to be a "better Christian."

I remember she abruptly told me that I had to "depend on God to overcome my weaknesses." Through that, she insisted I rapidly step up to this challenge without focusing on my self-pity. She seemed to react to what I said. Although I don't remember, I may have uttered some negative words.

I was on my way home after shopping. I dropped into the church to do something, and I didn't expect to stay there for a long time. My shopping bag included frozen food. I worried about the food while PW was lecturing me. I couldn't say anything about the frozen food to her. As it was, the food was barely alright, only because it wasn't summer.

Although her remarks seemed reasonable, I had no idea what to do. The same remarks sparked self-condemnation because I hadn't changed even though I learned God's precious words. I couldn't refute her argument.

PW argued well, and she was good at wheedling people into following her requests. Some other church members unanimously mentioned that they could not turn down her requirements because of her clever power of persuasion. I felt the same. We hesitated to say what we felt to PW. P often said to us that we needed to respect the church leaders as our authority.

The situation began getting worse after the pastor couple's youngest child was born. After the Sunday services, things got out of control. During lunch preparation time, lunch time, and cleaning up the kitchen time, the submissive women, including me, were very busy working. At the same time, the couple's children and some younger men were having fun and making a noise.

Our church life was not peaceful. It was hard to maintain my composure. The only thing I could do was concentrate on those things in front of me. Each Sunday ended with fatigue. Even though, I might have looked like a "serious Christian," I could not acquire habits of daily prayer and reading the Bible.

Some other Church members also got tired of the chaos. A younger woman told PW that PW always asked her to do things without any hesitation, and that it was hard to resist those requests. We all had the same feelings toward PW, including two middle-aged homemakers. The two of them occasionally helped PW do housework on weekdays.

Those tired women including me and the pastor couple talked to each other about what we felt about the service at the church. Each one of us was so busy doing things at church that we had lost the joy of serving the Lord.

The pastor couple listened to us, and said that the situation should be changed. Then, they apologized to us. On that night, P and his family were alone, and they looked helpless.

However, soon after our discussion, there was a surprise. A woman, who was almost the same age as me, suddenly proclaimed she would become a committed church staff mainly serving the pastor's family. P performed laying on of hands and prayed for her commitment in front of the congregation.

She was among those of us who had expressed discomfort to the couple for their work at the church. I knew she had a wish to become a committed church staff member, and she liked working with children. But, still I thought that it would be a big challenge for anyone to be a committed staff member.

The woman who became one of the church staff (hereafter S) was often with me. Both of us were in our early thirties, attending the prayer meetings, and doing some work at the church. For a time, I cooked meals for the two of us. Before prayer meetings, we had the meals together at the church. I offered to fix meals for her. I needed to cook for myself at any rate, so it was no problem to double the ingredients.

Although I was with S many times, and I tried to be nice to her, I had some strange feelings toward her. I couldn't verbalize what I felt then. I, however, "prophesied" what would happen between us. I thought that currently I didn't have enough courage and strength to end our close friendship. But, in the future, when the time came, I thought that I would not be with her anymore. I subconsciously felt S tried to be all things to all people, and her hidden desire may have been to be praised by many people.

S was deeply involved with the pastor's family, and her service was a part of a disciple's training. First, she was in a good mood. Later, her state began getting worse. There were some troubles between her and the pastor's family. I wondered if PW was too strict with her, or she didn't follow what PW said to her. Although I didn't know what was going on between them, it was apparent that something was wrong after S began serving the pastor's family.

Meanwhile, my situation also became worse. I was not still in a position to pursue my self-actualization. The only thing I could do was follow what other people said to me. Some other relatively young people like S told us their visions of a Christian, something like to be a missionary and a Christian counselor. I couldn't picture anything in my future, and I didn't like the word "vision."

P sometimes asked each one of us what our vision was. I didn't have an answer. I always thought that I would be happy if I were an average person. My mental images were obscure, and I didn't have any concrete ideas about my future. My attitude toward my future hadn't changed at all since I was very young.

I had always been obedient to the people in authority over me, or at least I pretended to be. At that church, that didn't change. I didn't know how to develop autonomy, and I felt I was only being used by the others. It sounded like even my meager bookkeeping skills were heavily exploited. I felt desolate, and wondered if God would help me to have a hope of self-realization in my future. I wasn't sure about it.

I was weeping during a Sunday service because of my helplessness. I thought I was like a robot, which wasn't an AI robot, but a conventional one, completely controlled by somebody else.

After the service, PW came up to me with a smile, saying, "I've got a message from Jesus to you! He loves you very, very much!" That's right! Sometimes, she performed such obvious stage theatrics. At that moment, something inside me snapped.

Until then, I always thought there was something wrong with me when I had negative feelings toward P or his wife. I believed that each one of my criticisms of them sprang from my disobedience: I was in the wrong, while they were blameless.

Although I still felt some self-condemnation, my feelings of rebellion against P and PW grew significantly. I was a part-time worker, and didn't have much responsibility for my tasks at work. Actually, four or five core church workers were in that church including me, and none of us had full-time jobs.

One day, I said to P that if the attendants at church were not full-time employees in society, I was afraid that it would not be a good example. P replied, "Don't worry, workers at every church are like you!" I wondered if it was true or not.

Besides P's opinion, I thought I tended to be exploited, because I wasn't engaged in a full-fledged job. If I got a full-time job, I wouldn't have enough spare time to do the church work. I started seeking more demanding employment.

One day, I received a letter from a company managing household English tutoring schools for children. It was job information about the tutors. A while after I got the letter, a person from the company telephoned me. He invited me to an explanatory meeting for that. I wasn't interested in it due to my fear of children. I couldn't fit in well with other children at kindergarten and schools. Even after I became an adult, I sometimes felt despised by children. But, I thought just attending the meeting wouldn't harm me, and I went.

A few days later, I got a call from the company again. The person told me that my scores from the meeting were excellent, and recommended I become a tutor. I still had no intention to be a tutor, but, I replied that I would call him in case my mind changed.

I had tried to get a job related to English after coming back from abroad. But, it was difficult for me to get jobs like an English instructor for adults. I started thinking about work seriously again. If I hoped to become an English specialist, I had to start with what was available now even though there was uncertainty. In a short time, my thoughts had completely changed, and I signed a contract with the company to be an English tutor.

36) Make-Believe

The preparation for opening an English school at home required a lot. I needed my parents'cooperation to do that job at home. The relationships between them and myself were still cold and unfriendly. But, I needed to try to normalize my relationships with them. There was another reason for that.

In Christian churches, we learn the Ten Commandments. Among those is a caution to honor our parents. I had complex feelings about that. I was told that I had to forgive my parents, love them, and respect them.

The pastor (hereafter P) insisted that we had to forgive everybody without conditions. I had been struggling to forgive my parents, and I didn't know what to do.

One day, at the Sunday service, P performed an odd ritual. He suddenly started "repenting of his sins," shouting, "Oh, Lord! Take pity on me! Let me repent all of my dirtiness, and clean me! Help me, Lord!" He knelt down. It sounded like an insinuation from him, saying, "You-guys! I'm humbly repenting my sins on my own initiative here, why don't you repent your horrible sins, too?"

I don't remember our response very well. A few may have repented their sins just like P did. I was overwhelmed by the power of "the dramatic repentance show." I don't think I was the target of P's insinuation, but, my heart ached because of my sin of "not forgiving my parents," and I cried during the service.

That happened a little before I started my English school. Now I think such a repentance show is inappropriate. In those days, however, I still wanted to be a good Christian who was full of love and forgiveness, or at least I hoped to look like one of those Christians. I still also lacked the ability to observe situations objectively.

To open my English school, I needed to get permission from my father to use my apartment as a classroom. I thought that if I relied on my parents, the relationship between us would become better. It would be a good sign for reconciliation, at the same time, my rebellious feelings toward P and his wife were growing.

My father allowed me to open a school, and my mother just followed my father's decision. When I needed some assistance, they helped me make a signboard, to pack bags with sweets for a Christmas event, and so on. I pretended to be a good daughter, and I assume they also pretended to be good parents.

Our relationships were businesslike without getting emotional. I automatically kept them at a distance in order to avoid the troubles. Even though I tried to be nice to them, I vaguely felt there was a massive wall between us.

For about three years, I played this make-believe, and we pretended to be a normal family, just like playing house. I believe that my parents did, too.

Trying not to be myself wasn't good for me. I wonder how I managed to do it. Not only behaving like a good daughter, but pretending to be a tutor who liked children, I tried hard to become another person without being aware of the contradiction.

The first year of my English school, I felt considerable stress. To advertise a newly opening English school, I put thousands of fliers in mailboxes in houses, and sought places where I could stick up the posters for the school in the town.

The school started with nearly twenty students along with assistance from the managing company. Arranging classes was difficult, too. I needed to consider each student's age and available days of the week to schedule the classes. One class started with five students from the same class of an elementary school nearby, while another class had only one student. There were about five classes all together being held on three weekdays.

Handling a big class, which was supposed to be profitable, wasn't easy. All of the class members were close with each other, and they enjoyed making noise. It was disruptive. They disparaged me, and I lacked ability to lead the classes efficiently. I think the other classes weren't very different.

Along with my lack of confidence, my lack of experience in associating with normal, innocent children may have affected me. Coping with their parents, mainly their mothers, was also difficult. I was not good at coping with people, no matter their age or gender. Some mothers seemed disappointed with me. But, I may have been too helpless to become a better tutor.

At almost the same time as I started my school, I got a part-time job as a business correspondence clerk for a small trading company. It was a good chance for me that I could get a second job to supplement my income, which would be unstable because it varied depending on the number of students. I was able to use some of my English writing skills, too. I did that job for the first two years of my tutoring until the company hired a full-time employee for those tasks.

The job was likely to have been one of my stress relievers along with grinding peanuts with a pestle and a mortar to make peanut butter. I still wonder how I could sustain the pressure while working for my own English school. Maybe, I was still young and energetic, despite my many weaknesses.

Just before I opened my English school, I attended a counseling seminar held by a Christian church located in the Tohoku Region, the northeast part of Japan. The studies at that seminar were new to me, and they fascinated me. We learned how each one of us is precious and worthy of being encouraged to live our own superb life. The teachers gave us lectures on easy psychotherapy, people's character types, how to improve our self-image, and so on.

The teachers never spoke negative words. They stressed that each one of us is a work of God, and that no matter what happened to us in the past, each one of us is so precious that our wounds can turn into blessings more often than we expect.

It was a three-day session. For those three days, I felt like I was in Heaven. After returning from that paradise, my everyday life went back to normal, and my life didn't change. However, what I experienced at the seminar remained firmly in my heart.

Around that time, a person came to join our church. She was a young woman who had just finished a Christian disciple training program of a missionary organization. P was excited about accepting a trained young woman into his congregation. The people in the church including me also expected her to be a great asset to our church. The first time I saw her, I "fell in love with her." She looked reserved and mild.

As I studied about different personality types at the last counseling seminar, there was a lecture on a theory based on psychoanalysis. According to that theory, there are three types of people: the type of under the age of one, the type of a one-year old, and the type of a two-year old. We worked on a questionnaire to find out which type each of us belonged to during the session.

I found I was very much like a typical child under the age of one. That sounded weak, helpless, and vulnerable. I didn't like to have those characteristics, but, I had to admit to having those tendencies. Because I learned everybody and every type is wonderful, I was somehow able to accept myself to some extent. In addition, I felt that I was touched by the pathetic state of myself in the past and then. I felt a little positive toward that child-like side of me. Then, I met that young woman.

Almost automatically, I started behaving like a small child when I was around her. The child was like a part of myself that had been neglected for a long time, and that child suddenly rose up to the surface. I said to her with my childish voice, "I happen to like you a lot! You're like a kindergarten teacher to me!" I became like a fretful and unreasonable four- or five-year-old child, and made a fuss about trifling things to her. I was dependent on her just like a small child following her favorite adult.

I let her call me "big sister." I grumbled to her and said, "You think your big sister's weird, but you don't say that, do you? 'Cause you're dishonest and sly!" I gave her a nickname and called her "Chick." She accepted being called by that strange name, and to be treated like a guardian of a regressed individual, although I was older.

I didn't always behave like a child when I was with Chick. I think I instinctively considered whether I could regress or not from time to time. I didn't want my overdependence on her to cause her to hate me. I sometimes gave her things like an umbrella, and treated her to lunch and ice cream. I had never treated people who were younger than me. It gave me a sense of superiority, and it was a good feeling.

When Chick hesitated to get something from me, I said to her, "You don't obey your big sister?" I was bossy. My hidden nature appeared in some ways under those unusual states of mine.

I recognized these moments of change in my mental states. My regressed states lasted for a certain time, and then, I returned to my regular self who was about ten years older than Chick. I still wonder how the mechanism of those mental states works.

I learned a little about multiple personality disorder. It says that people having multiple personalities do not remember what happened while their original personality changes to another. I remembered what happened while I was regressed, but, it was like I became a completely different person. The person was relaxed, and easygoing.

In those days, I was stressed, and my stammering often occurred. While I was regressed, I didn't stammer. It seemed that I tried to escape from a stressful state to a stress-free state without knowing the workings of that defense mechanism.

Reactions among the church people varied on my strange behavior. Some of them made fun of me, and treated me like a small child along with Chick, while others tried to make me stop behaving strangely. I think that it was my unexplainable, but inevitable state then. However, that church was not a safe place for someone who was in trouble, and in a chaotic situation.

37) Torment at Church

On one Sunday, in the evening, I came back home from the church after spending several busy hours there as usual. A few hours later, my landline phone rang. The call was from one of the male church members who had got married a while before. He insisted on meeting me then because he had something to talk to me about, and it would be necessary to meet me in person.

I didn't have any concerns about his remarks, and I went out and saw him waiting for me in his car parked on the road nearby. He insisted that I sit in the front seat next to him, but I got into the car and sat in the rear seat. Our pastor (hereafter P) often told us that a man and a woman shouldn't sit next to each other except married couples. I just followed P's words.

We drove off. For a while, the man was flattering me, something like how I worked for the church a lot. Gradually, his words became strange. His wife was pregnant, and he was going to have another family. Although I don't remember clearly what he said, I think he whined about the hardships and burdens in his future. Then, he parked the car.

The car reached a dry riverbed. Suddenly, he came close to me over the back of the front seat, and he held my face and kissed me on my lips. Then, the rascal tried to strip my clothes off. I was so surprised that I shouted, "Help me, God!!"

The man seemed to come to his senses, and apologized to me for the wrongdoing. I wanted to come back home as soon as possible. The time was already late, after 9 or 10 p.m.

The man drove around some more, and this seemed to calm him down. I couldn't tell him to drop me at my place as soon as possible because I was afraid of him and the unpredicted circumstance that was being confined within the car. Finally, the car returned to the road near my place.

When I left the man, I told him that I would not tell anybody about that incident, but a moment later, I corrected myself that if I did tell somebody else about it, I would inform him beforehand. I was still stupidly softhearted. But, it was good for me that I could correct myself.

The following day, I made a phone call to the man at his office. Then I insisted on talking about the things that happened the previous day to P, because

I was afraid of the work of evil spirits among the church. He seemed to resign himself to his fate, and he himself talked to P about what happened the previous evening on the phone before I tried to do it.

The three of us, the man, his pregnant wife, and I were summoned to the church on the Monday evening. First, only the couple was questioned about what happened. After that, I was separately questioned, too.

At that time, we had another pastor at the church. The church invited him as a co-pastor (hereafter CP) to help to build the church along with P, the head pastor. It was a small congregation, so we wondered if another pastor would really come to work with P. But, CP arrived at his new working place sometime before. Therefore, I was questioned by P, his wife (hereafter PW), and CP.

The three of them already knew an outline of the incident through their questioning of the couple. I only spoke a little more about my experience of the incident, and added that I trusted the man as one of the church members who was senior to me at the church even though he was younger than me.

Now I think I was stupidly innocent. On that Sunday, before the incident, the man stayed at church until late. He was cheerful, and told some jokes. It was rare in those days. He used to be a leader-like figure when I joined the church. Later, he seemed to have backslid to some extent. During that time, he got married to an innocent Christian woman who had hoped to marry him.

The couple came to Sunday services, but, the husband avoided getting involved with church affairs. They usually left after services without having lunch with the others.

On that Sunday, the man's behavior was unusually friendly. I recall that he touched my waist too familiarly, and I said to him, "Don't do that!" But, I had completely forgotten it. It took a while to recall that previous misbehavior after the incident. I should have been more attentive, but I wasn't. I knew the darkness in men's minds through my father's behavior. I, however, was not able to imagine how the darkness of men is revealed more generally in the world. I lacked common sense.

Still, I believed I was a victim of a man's wrongdoing, and I expected to be consoled by the church leaders. But, things didn't develop as I expected. Even though they admitted I had a bitter experience, P blamed me for having behaved like a child. He concluded that the man was seduced into attempting to violate me by my strange behavior, and told me that I had to repent of my wrongdoing: behaving like a child at church.

PW and CP seemed to agree with P. PW nodded repeatedly, and she seemed to say, "That's right, that's right!" in her mind. I will never forget her behavior. I think I was aware nobody was on my side.

After hearing from me, the couple joined the meeting. The three of us: me, the man, and his wife confessed our own wrongdoing to each other, and proclaimed forgiveness to each other. After that, CP prayed for us. His wife was weeping the whole time. I don't know if P also blamed her. But, I suppose she was devastated.

In that kind of emergency, I think usually we have no choice but to follow our leaders. However, things were complicated, and it would not be easy to find a quick solution.

P often told us that confessing things could change our minds, and it would lead us to spiritual liberation. Even though our feelings didn't seem to follow the words of confession, after saying them, he supposed we would be released from our sins.

I had no choice but to follow his teaching. I had to admit I had done something wrong, which was behaving like a child at church, and I confessed something suitable for that situation. But, later I found that I had spoken insincere words that weren't in accord with my heart while confessing my sins. Not only that time, but also at other times, I had never felt spiritual liberation when making specious confessions.

I also suppressed my uncomfortable feelings for having been judged by the church leaders as a person who had to repent their own sins even though I believed I was the victim. For a naïve person like me, I think it was difficult to imagine such an awful incident could so easily occur at church, which seemed the last place something like that would take place.

CP encouraged the man to go to the countryside someday with him and pray together, so the man could relieve his stress. I felt uncomfortable with the suggestion, because those words of CP sounded so kind to the man.

I was dissatisfied with other affairs, too. The church leaders told us the couple would be prohibited from joining the upcoming Holy Communion as a punishment. As for me, I would make a choice after considering my situation if it would be appropriate for me to attend the ceremony or not.

On that Sunday, at the time the Communion was held, the couple participated in the ceremony, while I refrained from joining it. I was surprised at that. After the service, I asked P why they joined the Communion. He told me that CP had reconsidered and decided the punishment was too severe, so they were allowed to do that.

P told me that he was sorry for not telling me about the change earlier, noticing my dissatisfaction. I think I had wanted to ask P the reason why he didn't tell me about the change beforehand. But, I didn't have enough strength to do that, and I swallowed my words as usual. I regretted not having given him one more push though. I guess he just lacked consideration for others.

Meanwhile, I had been planning to attend a Christian convention around that time. The pastors told me that it was inappropriate to go to a strange place when we needed to repent our wrongdoing. I didn't quite agree with them, but, I once more suppressed my feelings and followed their advice. I pulled out of the convention, and my participation fee wasn't refunded due to the late notice.

There were two more people at the church who backed out of the same event just before the first day. One of them was an overseas student. I happened to know the cost for overseas students was paid by the church: that was a policy of that church. I was surprised to learn that. However, it made sense because P always favored foreigners.

In the case of the other person, P had enrolled at the event on their behalf without confirming if they could actually attend. P told me he would pay for her cost because it was his fault.

Only I had to pay for my cost. It wasn't a big expense, something like a cost of an overnight stay at a cheap hotel. Although I was worried I might be being immature if I was still bothered by it, it seemed like once more I was the only one to suffer.

I became more emotional than ever. I think I became surly when the church leaders were around. They summoned me again to ask what was going on. P and CP were there. I think I barely talked to them about the feelings I had when I thought I was not treated as a victim after that offensive incident.

P asked me if he did something offensive to me when I had to pay the cost for the event I couldn't attend, and if so, he said that he would apologize. It was rare for P to try to make concessions to others like that. CP might have given P some advice on how to soothe me. I wasn't fully satisfied with just the money issue, but, I felt that it was absurd to be obsessed with it any more.

In addition, the convention I missed seemed to be a difficult one. I heard the outline of the event from somebody who attended: the speakers stressed the importance of our devotion, and the necessity of precise writing of what God talks about to each one of us every day. It was clear I couldn't have followed the teachings because I hadn't even acquired the habit of praying everyday.

It was said anybody could join the event, but, it seemed to be mainly for church leaders and staff, and I realized it was not for me, and that I didn't need to attend it at all.

The toughest thing for me was not being able to say anything about the incident to anybody. Of course, the people concerned with the incident were prohibited from speaking about it. Some other church members seemed to be aware something was very wrong, and tried to cheer me up. But, I just tried to smile at those people noncommittally.

The loneliness I felt was similar to when my father bitterly harassed me. I felt I would kill myself by jumping in front of a train if I was not careful. So, I carefully walked far from the edge of platforms of train stations.

I went to work, and taught English to the children as usual. It was fortunate I had something to do while I was depressed. When I needed to focus on something else, there was no room for lamenting. I tried not to focus on my pain too much, and lived from day to day without thinking about the future.

To make matters worse, there was another incident at the church. The church staff member who was close to my age (hereafter S), suddenly got engaged to a man from another church. After being released from the duty of serving P's family, she became cheerful, and met the man she knew from her previous church.

After being released from her tasks, S was still a staff member of the church. The church leaders let me and her do the church accounting together after that offensive incident happened to me.

I was often irritated with her while doing our tasks. My mental state was poor, and another problem may have been that we were incompatible. She would get ahead of what I instructed her to do, and we would have to go back to a previous stage.

I think I was so frustrated with various developments at the church, and showed my anger to her. I spoke harshly to her from time to time. She would reply by saying something like, "I love you even when you're in a bad mood." That only irritated me more.

One day, I asked her if she would get married soon. She said that she had no plan yet. Still, I think that the wedding plans at least must have been progressing.

Actually, I witnessed their meeting after they hadn't seen each other in a long time: he visited our church unexpectedly. The two of us were doing the accounting after the service. The man was still there, and asked her a lot about her church life, and I felt that he was interrupting our work.

A while later, their engagement was announced. It felt like I'd been hit in the head by an iron bar. I hung my head down all that day. She apologized for not telling me the truth about her marriage. She made an excuse for that, too: that she wasn't always allowed to tell the truth to others at church, she insisted.

That was certainly true. I also had a big problem because I couldn't tell anyone about my torments. As for telling the truth, that's a reasonable thing to expect, and usually it isn't necessary to explain that to adults.

She talked to me about the course of the announcement on that day. I felt she told me that like she was soothing a child. It was not because I had behaved like a child at the church. I felt she despised me. I don't remember what I said to her.

That day, my desperation reached its peak, but, I couldn't do anything but be downcast. It had been my style of enduring hardship since I was small. I think I just hoped the following dawn would come.

S stayed at the church for a few more months. One day, at the prayer meeting, she testified that she had apologized to her father, whom she had some problems with, and that they were reconciled, and both became very happy.

I don't know if she meant to insinuate something to me, but, her words made me uncomfortable. Again, I felt like I was being condemned by people, including her, as somebody who couldn't forgive their parents. It seemed like they were saying that I would never be blessed as long as I would not forgive my parents, and that was why I couldn't get married and only encountered problems. In those days, I felt like I was cursed. But, I couldn't do anything about that.

When her wedding day got closer, she started being proud of her new church, new pastor, and new congregation. No matter who was with her, she stressed how beautiful the church was, how wonderful the harmony in the church was, and so on.

The people around her just nodded and said, "Is that so?" I wondered if she was beside herself with joy, or she was exaggerating her bright future while feeling considerable anxiety about her marriage. Her manner sounded so unnatural.

This was an unfortunate development between S and me. I had thought I would not be her friend anymore, and that happend when she got married. However, I am thankful to her for one thing: She asked P to find a counseling school related to Christianity, so she could learn counseling. Because of that, I joined that school, and have obtained considerable benefit from its teachings ever since.

38) A Faint Light

After S, who was a church staff member left, all of the accounting tasks fell to me. I did that by myself for a while. But, the church leaders told me somebody else would take them over. They may have considered me unsuitable for doing those tasks any longer. It was good to be released from the accounting, but it sounded quite late for the church leaders to make that decision.

The church gave me a wooden ornament engraved with a verse from the Bible. The announcement about me receiving the ornament was made during a Sunday service. According to the pastors, it was an expression of appreciation for my doing the accounting for years. They added that I was not able to do the duties anymore, but the church was grateful for my having done the tasks diligently.

I am sure that it was the co-pastor's (hereafter CP) idea to show gratitude. After S's wedding, he may have indeed thought I deserved pity. It was not bad to receive a token and their gratitude, still, I was deeply down, and I wasn't able to be glad.

After being released from the accounting, I had less contact with the head pastor's wife (hereafter PW), and had more chances to be around one of the homemakers at the church. She was nearly twenty years older than me. She was like a relatively young mother to me. When I was depressed, she sometimes spoke to me gently, and we gradually became close to each other.

She allowed me to call her "mother." Actually, I sometimes called her "okaasan-mama," meaning "double mom." Okaasan is one of the major words used when we call our own mother in the Japanese language. Mama is another major word to call our own mother widely used that comes from foreign languages.

My strange relationship with Chick continued. Although I tried to be inconspicuous, I couldn't stop depending on her even more while enduring the loneliness after that offensive incident.

I behaved like a teenager when I was with my double mama (hereafter DM). I talked to her about what happened in my everyday life. I needed somebody who would listen to me. I scarcely had casual conversations with my mother, so it was very difficult for me to verbalize my feelings. Chatting with DM helped me to realize what I really thought and felt.

I thank God for letting me meet those two women, who were like angels. My interactions with them supplemented my lack of experiences of conversations at home. After a few years of the relationships with them, I felt like I could fit in with the world to some extent.

Besides that, I joined a counseling role-playing class held by the counseling school where I had attended the three-day workshop before. I learned that such a class was held once a week in a place where I could commute. My desire to be released from my pain by telling things to other people raised my interest in joining such a class.

I was still afraid of my church leaders, and thought I had to obey them. I didn't want to make the head pastor (hereafter P) angry due to my attendance at a class connected with another church.

At that stage, I wasn't fully aware that I was being controlled by the church leaders. I had always studied my superiors' expressions, and it became very natural and automatic for me. I thought I had to obtain permission to join the class from the church leaders as usual.

When I wanted to ask for permission, P was away from the church, and only CP was there by chance. It was fortunate for me. CP was easier to talk about such a matter. He told me that I could attend the class. He promised he would explain my desire to join the class to P, and that he would get P to approve it without fail.

Fortunately, I started learning counseling through role-playing in the class. I was very nervous when I first entered the classroom. I was relatively young compared to most of the other students. In addition, the class was supposed to be a place for people who hoped to become a counselor. Because of that, people like me, who would just want to talk about their own problems to the others seemed unworthy of taking part.

The workshop was a great challenge for me. Even though I had difficulty communicating with people, I recalled happiness at the previous three-day seminar. I also kept telling myself that a person like me was still worthy of attending the class because it could be a good chance for the other students to cope with somebody who was like a real individual in need of psychological counseling.

The first stage of the training was practicing listening skills based on a manner of acceptance toward a person seeking help. We were required not to give advice, to those seeking help, but it was a struggle.

Listening to a counselee earnestly without interrupting them is a basic necessity for counselors. The training gives students perseverance. Counseling clients, who are also students, gradually find a way that leads to the solution for their own problems through speaking about things without being interrupted by their counterpart. Each one of us experienced both being a counselor and a counselee, and those experiences greatly benefited us.

I wasn't used to speaking about things freely to other people. I don't remember what I spoke about in my early days in the class. But, I became accustomed to the role-playing little by little. Needless to say, it was much easier for me to speak about things without interruption. It was a revelation for somebody who had been unassertive for so long. Along with my relationships with the two ladies at church, Chick and DM, I had been recovering step by step.

Sometimes, the Reverend T, who was the chief minister of the church managing that counseling school, came to visit our class. He gave us lectures, and counseling demonstrations. We had question and answer sessions, too.

His teachings were amazing. I used to think that the Rev. T was like an exalted person, but, he was highly humorous. In addition, his way of convincing people of the essentials of understanding human nature was marvelous. While he was speaking about things filled with wit and humor, we became freshly aware and encouraged.

After joining the class, I felt Rev. T became more familiar to me. I pictured my imaginary family consisting of DM, Chick, me, and Rev. T. I imagined I had a kind mother, a gentle sister, and a father who had a great career. Although he was usually away from home, his existence was something for me. Even just imagining that made me happy and cheerful.

39) A Process of Recovery

In the early days of my Christian life, two female ministers from abroad came to visit our church. They performed a spiritual ministry. During the ministry, the main minister, a Canadian, told us that one of our congregation had lost most of their confidence because of their father's abusive language. She added that God loves the person very much, so He would pull the knife stabbed by the disparaging words out of their chest. Then, she prayed for that.

Right after that, I felt something like an electric jolt go through from my chest to my throat, and I shouted something. The people in the chapel noticed that something had happened to me. I was taken to another room by the other minister who was Japanese-American and spoke fluent Japanese.

She spoke to me, and gently asked me what happened and how I felt. I replied to her awkwardly about my experience, and explained the problems between me and my parents as far as I recalled at that moment.

She listened to me attentively, and prayed that the hurt in my mind would be healed. She told me that praying for me was also a blessing for her. In the past, she had to leave her daughter due to an indescribably difficult situation. Eventually, she was reunited with her daughter. But, she still had some trauma that came from the pain caused by their parting. She said that through praying for somebody whose state resembled her daughter's, her trauma was further healed.

I had never heard such a story. I was a little glad that I could help somebody else without doing anything other than receiving a spiritual shock. I was also thankful to God for not having forgotten me, and showing His mercy through that miraculous sign.

However, I wasn't aware of any changes in my heart. Even though the spiritual knife was removed from my chest, and someone had prayed for my healing, I felt that my heart was still heavy as lead. I blamed myself. It seemed it was my fault that I had not been released from the trauma. My heart was like hard soil that does not easily absorb the rain of blessings.

I think my heart gradually became softer and started receiving grace through conversations with people after I could talk freely. I became aware that chatting with reliable people was fun, and that it was alright to talk about serious things when in a safe place.

I regained my composure, and it gave me the ability to think about myself more objectively. My ability to adapt to the environment had been improving little by little, and my heavy heart had been getting lighter as well.

The first time I became aware of my drastic change came while drying dishes with a towel at home. I got a strange feeling that I had never had before: that my attitude toward life was similar to my mother's (hereafter M)—was alarmist, negative, pessimistic, cowardly, lazy, not constructive.

I had thought I would never be a person like M since I had become old enough to understand things. However, I found my attitude was just like that of my mother's that I hated a lot. My surprise was beyond description.

But, when I calmed down, I thought it couldn't be helped that I resembled M because I had been with M almost every day up until my late twenties. My circumstances always forced me to see what M was doing. My way of thinking and my behavior automatically followed hers.

"What a shame!" I cried over these consequences. At the same time, however, I was relieved that there was an explanation why my life was so troubled. For a person like M, it is very difficult to adjust themselves to society. Many times, they try to avoid any kind of human relationship.

I had become like M. It was a tragedy. On the other hand, I found that it wasn't my fault, and that I didn't become such an outcast without reason. I took comfort from the knowledge that I wasn't cursed by nature.

I shared my new understanding with the others at a prayer meeting at my church. The co-pastor (hereafter CP) told me that it was the first time for him to see me be a little more positive. That meant I had always been negative. I felt uncomfortable hearing those words, but, my reality may have been very close to what he said.

I occasionally went to Christian conventions held in my area in those days. One day, an American minister called attendees at a session onto the stage who had had bad experiences related to the Great Tokyo Air Raid of March 10, 1945 by the US armed force during World War II: things like losing their families or relatives by the raid.

That was in the 1990s, more than twenty years ago. There were more people who had been directly affected by the war than today. There were also younger people whose grandparents were killed in the war.

Dozens of people climbed onto the stage in the hall. I saw what was happening on the stage from my seat. It seemed like the minister listened to the experiences of each one of the people one by one through his interpreter, and that he apologized to each one of them for the sin committed by the United States during wartime. The minister looked like he was weeping. Finally, he got down on his hands and knees on the stage and apologized to all the people there. The whole episode took quite a long time. I was only watching the event progress, but, I gradually had a queer feeling.

At the previous year's convention, I think the same minister did the same thing to the people affected by the atomic bombs in Hiroshima and Nagasaki. For me, those incidents sounded like somebody else's problem. Even though those cities are in Japan where I live, those places were far away, and I didn't have any relatives and friends there.

However, at the current session, he mentioned the Tokyo air raid. It was more familiar to me because that happened close to where I lived. I happened to remember what M told me about it before: M's older brother who was drafted into the military did not come back from the war, and she was bullied by locals when she evacuated to the countryside in wartime. My father (hereafter F) went to the front in China. F seldom talked about the war to us. I only remember once F told my sister and me that he had killed some enemies during the war.

I didn't have any hostility toward the United States. But, I concluded that one reason for the destruction of M and F's mentalities may have been their war experiences. Apart from such detailed cause-and-effect consequences, I felt that the minister apologized to me on behalf of M and F.

I was sitting in my seat staying still. I felt a part of the inside of my heart begin to get warm, and I started weeping. I shouted in my mind that I would forgive anything if that man did that much. My heart became a little lighter still.

What I forgave wasn't M and F, but myself who was wounded and miserable due to their inappropriate treatment. Another way to say that I was forgiving myself is to say that I was reconciling with the part of myself that I had hated for the misery it carried.

I used to think that I would never forgive someone who hurt me without receiving a direct apology from them. Through that convention, I realized making apologies sometimes works, even when made by someone who is not responsible for injury.

Forgiveness can release us from pain coming from hatred, and Christians tend to stress the importance of forgiveness. However, the more harshly we are hurt, the harder it is to forgive. I think setting aside the people who hurt me, and accepting that part of myself I had ignored for so long is worth a lot. Accepting the ignored aspect of myself as a part of myself made me relieved and happy.

I didn't forgive M and F. But, I was still kind of a "goody-goody," and I had some relations with them because of my English school in their building. After having been released from some agony, I thought that I had to try to reconcile with M and F. I tried to be with them as much as possible, and I occasionally had meals with them. But, that make-believe didn't last long.

Later, I realized that I was trying to do something beyond my power. When I pretended to be a good girl to M and F, I was close to losing sight of what I was really thinking and doing. I was in a state of uncertainty.

It is said that Jesus Christ died on the cross to rescue us from our sins. I heard of another interpretation: people stabbed Him to death to take their revenge on others who did wrongdoing to them. Jesus became the scapegoat for those who are hated by other people. Who are the people who hate others, and are hated by others? We must all be candidates for both groups.

There are scriptures that explain a man who was pierced for our sin, and his wounds healed us.

"Surely he took up our pain and bore our suffering, yet we considered him punished by God, stricken by him, and afflicted. But he was pierced for our transgressions, he was crushed for our iniquities; the punishment that brought us peace was on him, and by his wounds we are healed. We all, like sheep, have gone astray, each of us has turned to our own way; and the Lord has laid on him the iniquity of us all." (ISAIAH 53: 4~6 New International Version of HOLY BIBLE)

It is said that these verses from the Old Testament in the Bible written before the time of Jesus, represent the crucified Jesus Christ. Through a movie, I vicariously experienced that event which happened 2,000 years ago through the perspective of its leading character.

In the movie, Judah Ben-Hur is a young man from a noble family in Judea. Judea is controlled by the Roman Empire, and people there suffer under the tyranny of the Empire. He lives with his mother and younger sister. He has a childhood friend whose name is Messala. Messala becomes an officer of the Roman Empire, and returns to his hometown as a successful man.

Judah is pleased to meet Messala again, and praises his old friend's success. The two men go out to have fun. They go on horseback, and shoot an arrow at a wall of a building that has a shape of a cross on it made by a horizontal line and a vertical line. They aim the arrow at the center of the cross that invokes the Cross of Jesus.

After the excursion, Messala strongly recommends that Judah support or even join the Empire, so that he could be as successful as Messala is. Messala stresses how powerful and advanced the Empire is. But, Judah refuses Messala's proposal with anger. He thinks his old friend has completely changed. He has no intention to leave his people even though Judea is oppressed by the Empire.

One day, a Roman commander visits Judea. He and his subordinates are marching along the street in front of Judah's residence. While Judah and his family are watching the procession from the rooftop, his sister drops a tile from the edge of the roof down to the street by mistake, and it interrupts the march.

Judah insists that it was an accident, not done on purpose. However, Messala severely punishes Judah and his family. Judah is sent to a galley to be a slave, and his mother and sister are sent to prison.

Judah goes through a desert along with other convicts. He falls down on the ground, and is about to lose consciousness. There is a man coming to Judah, and he makes Judah drink water from a dipper: the water saves Judah's life, and he stands up and walks again.

He sustains hardship as a rowing slave of a galley, and survives the collision between the galley and another ship. He escapes from the site of the accident, and gets protection from a nobleman living in a province of Rome. The man doesn't have any heirs, and he offers Judah the position of his heir. But, Judah's determination to return to Judea is firm, and he safely returns home.

Judah hears his mother and sister are dead. His anger toward Messala leads him to compete with Messala in a chariot race. After a fierce competition, Judah beats Messala. Messala falls from his chariot, and is fatally injured in the final stage of the race.

Messala calls Judah to his bedside, and says, "Your family are alive, they are in a dungeon. You think you won, and the fight was over. No, it's not over! I'm still worth being hated by you!" Being in a dungeon means they have Hansen's disease. Judah is deeply overwhelmed by grief again. People suffering from that disease were completely segregated from society in those days.

A female servant of Judah's family tries to calm his anger. But, his anger is not appeased. He tells her that he was saved by a man who gave him water in a desert, but, it would have been better if he had died there.

Nevertheless, Judah looks for his family. He finds the dungeon where they are, and comes across the female servant there. She has helped his family behind the scenes. She takes Judah and his family to the town to see a man who had appeared in the news healing sick people and talking about a message of hope to people.

As they get to the town, they encounter an unexpected and terrible scene. The man in the news had been flogged, and is carrying a cross along the road toward the hill of Golgotha. They are astonished. But, Judah's mother and sister get a great deal of consolation from the merciful expression of the man who must be bearing great pain.

Judah finds that the man is the same person who gave him water when he was about to die in the desert. As the man stumbles and falls on the road, Judah tries to give him water, but, an officer prevents it.

Judah follows the progress up to the hill, and looks at what happens there until the man is crucified and dies on the cross. Judah hears that he says on the cross, "Father, forgive them, for they don't know what they are doing."

After his death, a severe thunder storm occurs. Judah returns home the next sunny morning. There are his family who are healed from Hansen's disease and the servant waiting for him. They all rejoice each other at the good news brought by the man, Jesus Christ.

I watched the video of that movie, "Ben-Hur" eight times over a few months. Around that time, I closed my English school due to the difficulties in keeping it profitable. I occasionally went to CP's home to help when his family was expecting a baby. Actually, CP had stopped coming to our church due to his health concerns. Other than visiting his home, I didn't have any particular things to do. So, I had time to repeatedly see a movie that lasts more than three hours.

I was fascinated with the story, and gradually came to empathize with Judah. Me and Judah are very different; he is a sturdy young man. His target of resentment is different from mine, too. But, his agony evoked my torments. Each of us has different pain, but, our varied pain may have something in common.

When Judah follows Jesus up to His death on the cross, I couldn't restrain a kind of feeling of refreshment as I saw Jesus suffering great pain helplessly. It was terrifying, and I wanted to look away. I, however, felt some of my agony was absorbed by the wounds given to Jesus, who was unfairly judged.

Through those recovering processes, little by little I had been changed into a calmer individual. I got information about a seminar that would be held at the Reverend T's church located in the Tohoku district, the north-eastern region of Honshu. The seminar was about TA, transactional analysis. I didn't know much about TA, but, it intrigued me.

Although I didn't want to offend P, as an obedient church member I asked him whether I could go there or not. P replied to me, "If you are really led to go there by Lord, I cannot hinder you even though I'm not happy with that." He couldn't help but admit my transformation through the teachings of the Rev. T's ministry.

I was so excited about the trip, that I said to Double Mom and Chick, "I'm gonna go to Rev. T's church, getting on the Tsubasa!" ("Wing," the nickname of the Bullet train) I was overjoyed just like a child. They were glad and told me that they hoped for the blessing of my trip. I started off for the trip, or a new phase of my life.

40) Departure

When I was standing in front of the entrance of the big chapel, I was moved to tears by the thought that I had finally come to the Reverend T's church. The seminar began right away. The speaker was Professor S, an affable elderly man. His presentation was interesting, and I tried hard to keep up with the lecture. I understood some parts of it, while the other parts were a little difficult for me to understand. I took as many notes as I could.

The seminar was held on a Saturday and I attended the Sunday service the following day. I met some familiar faces from the Tokyo area. They were my counseling role-playing classmates. The church people were kind and friendly.

While attending the solemn service, I felt some words engrave upon my heart, saying, "You should treat yourself well, and you can put aside people who cause you a nuisance." It was not a voice, so I didn't hear the words. But, it was so clear that I feel that message has always been in my heart in the years that followed. I had a splendid time while staying at the Rev. T's church. I was spiritually fulfilled with a sense of satisfaction.

The next Sunday, I went to my church to attend the service as usual. The pastor's wife (hereafter PW) asked me how the trip was. I replied that I had a good time and that the place was closer than I expected because it took only two hours or so by Bullet Train. She said to me, "Huh, two hours? That's a lot! It's not close is it?" She often reacted negatively when people positively mentioned activities of other churches.

It seemed PW was extremely worried about members of her congregation moving to another church. It was unrealistic I would move to a church that took more than two hours to get to, not to mention the expensive train fare. In spite of the fact that she usually looked very confident, I thought she was acting strangely.

Actually, Chick was going to marry a minister of another church. I was envious of her, and I said bad things to her like, "I wanna kill you! But, you're so cute that I can't do that." I was still in a state of disquiet because I was unable to get married. I, however, had been healed to some extent, and she was always supportive to me, so eventually I congratulated her upon her marriage.

About one month after the trip to the Rev. T's church, I reviewed what I had learned at the seminar. I read handouts given at the seminar, and my notes taken during the seminar, again. I tried to understand what I didn't understand at that time. I repeatedly read difficult parts of the material.

My attention was led to "game theory" based on transactional analysis. Game transactions take place between two or more people. Two kinds of parties involve these transactions. A party tries to take advantage of the other, and they provide with a "Gimmick," a trap. The other party, who has weaknesses, is lured into a "Con," bait, placing in Gimmick.

That is not a constructive relationship, but it is repeatedly held. Every time, the parties involved in those transactions have similar unpleasant aftertastes. I recalled that Professor S stressed how we feel it. "You LIKE the feeling very much, but at the same time, it is very uncomfortable." When I had had conversations with the pastor (hereafter P) or PW, I frequently felt a similar unpleasant aftertaste. Although I didn't like that feeling, as long as I had a bad aftertaste, it was possible that the transactions between me and them were game transactions. I tried to recall the situations when I had had bad feelings toward them.

Not very long before that time, I had grumbled to Double Mom at church about the hesitation that I had when I wanted to ask for P's permission to do what I wanted. It may have been the time when I was going to ask him whether I could go to the Rev. T's church. She said to me, "You're afraid of his sullen face, right?"

"That's right!!" I replied to her, and I realized that I had always studied the expression on his face automatically. I was not even aware that I had had such a habit. I was trying to avoid making trouble with P, when I talked to him about anything that could upset him. I had developed that technique since I was small through the almost one-way interactions between me and my parents. It was an everyday affair, and I had never taken it seriously.

Once, I saw a dog on TV: it ate pickled vegetables as its owner gave it pieces of vegetable one by one by fork. The owner was pleased to see her dog eating the food. However, a guest veterinarian on the show indicated that pickles are not good for dogs' health and that dogs do not actually even like them. He added that the dog ate the vegetable only because its owner smiled as it ate the food.

What a pitiful dog it was!! I felt like that. As I recalled the TV show then, I realized that I was similar to the dog, just blindly following its owner's wishes. I had had my own problem with Gimmick. I had hoped to have security, happiness and prosperity if it was possible. P stressed to us that the church would be greatly blessed. According to this prophecy, within a few years the congregation would grow to 500 or 1,000.

P told me that I would be a decently paid fulltime church worker doing administrative work in a few years' time. For a person like me, who was frail and vulnerable, depending on such a hope seemed very important. The more P stressed the coming blessing, the more I clung to that hope.

Even though I had had bad feelings toward the leaders, if staying at the church for a few more years would pay off, I thought I had to be patient.

In addition, P also stressed that church members needed to keep attending the services at their mother church, so that we would not give the Devil the chance to attack us. He added that there were some people who were in trouble because they didn't listen to his advice and left the church. The warning made me afraid, and I thought I would never leave the church.

P's words sounded plausible. But, after I learned transactional analysis and game theory, I had to reexamine his words and what was happening within the church. Still, I don't know if he was being bombastic or just showing his firm faith toward the revival of his church. I am also not sure if he intentionally tried to trick me.

In game transactions, the states of the people who try to trick others vary: from salespeople who successfully make their customers buy expensive goods by tickling the clients' pride with a complement to people who just say unrealistic things to others unconsciously because of their chaotic mental state—like having an inferiority complex.

In addition, how seriously those transactions affect the people involved vary, too. Some of them occur in everyday life, and end up being minor matters. In my case at that church, the game transactions prohibited me from becoming an independent individual as long as I was involved in the game.

The church experienced a constant turnover in its membership. Once, I noticed that more than half of the people attending the evening prayer meetings had been replaced within six months. I was occasionally disappointed with the shrinking membership, and thought about how long we would have to wait for the revival. When the church invited the co-pastor, I expected it was a sign of the revival. He, however, stayed at the church for only three years or so, and stopped coming.

Meanwhile, P still seemed to have "grand visions" of prosperity for his church. He was about to start out his new Bible class. He had his own plan and anticipated who would attend his class. I was one of his anticipated students. But, I declined to join the class because all the other people were men.

At that time, the only single female regular attendees of the church were me and Chick, and Chick was going to leave the church soon. I didn't want to mingle as the lone woman among men who were more argumentative than me.

P told me that it was not an issue of whether I could choose to join the class or not. I felt considerable displeasure toward his remark. I was no longer an overly obedient person who was glad just to be asked to come to the meetings without fail.

P offended me with another suggestion. He told me that I had already studied a great deal of the Rev. T's teaching methods, so it was the right time for me to change a different counseling school to continue learning. He recommended that I join the counseling class of the Bible school he had graduated from.

Actually, joining that class was a great burden. The school's fees may not have been very high. But, attending the class required staying in a city in a foreign country for at least six months without a job. It was not likely the church would pay for my tuition, accommodation, and expenses.

In the end, P said to me, "Study there, and help me!" I was stunned, and wondered what that meant. Did he want me to be a church counselor, or HIS counselor? It was too ridiculous to ask him about his true intentions. I felt a chill go down my spine.

I always felt a little intimidated when I saw PW. She looked very confident, and was good at persuading others by cleverly rationalizing with them. However, I gradually began to feel she was eccentric.

She often spoke ill of others behind their backs. She told us things like: "A" only attended the prayer meeting when "A" was going to take a test, and it was not a good attitude, "B" was so impudent that she still relied on her younger sister for money, and so on. Actually, "B" was sick, and could not work.

I was no exception. I heard from a woman at church that PW told her that I made a telephone call everyday to a couple of women in the church to grumble at not being able to marry. It seems PW said that before I experienced the offensive incident. I was surprised to hear that, and the story wasn't true. Some incomplete information about me seemed to have formed in her brain, and became that story. Also, it was secondhand information from the woman. I will never know exactly what PW said to her.

I happened to know that because the woman told me the story after having ignored me for a few years. According to her, after hearing PW's remark about me, she had thought that I disliked her because I didn't call her in those days. Then, she started ignoring me. It sounded ridiculous, but, such immature, low level relationships were often seen within that church community. It seemed PW herself led weak people toward confusion.

The last time I joined a church trip, a missionary couple came to stay with us. While the others were cooking under PW's directions, she followed the missionary's wife around. Most of the time, she complained about the troubles occurring in her family. The two of them spoke to each other in English that some people didn't understand. I thought PW's attitude was rude and sly.

Finally, I began to doubt the church leaders' motivation to manage their church. For me, everything within the church seemed like make-believe. I started thinking about leaving. But, I thought it would be very difficult to actually do so.

One of my concerns was the pastor's children. I wasn't good at associating with children in general, and I had stayed away from them. Earlier I had envied them because they looked happy to be loved by their parents and people filled with God's love.

Later, I gradually had found that it was an illusion. It had been created in my mind through the staging of P and PW. They often said how they were moved to see God work through their children.

The reality was that PW tended to ignore her children, and they were often irritated with her. In addition, the oldest son angrily asked her why Mr. (Ms.) So-and-so didn't come to church anymore each time somebody disappeared from the church. She tried to reason with him by saying things like the person moved to their friend's church. But, he didn't seem to be satisfied with his mom's explanations.

My envy of the children had turned into sympathy. Their circumstances may have overlapped with my childhood experiences. I had had a feeling that it was not right for me to leave the church for their sake. But, a while later, I reconsidered and decided that it was not an issue I could cope with. I thought if I stayed at the church for the children, I would be hypocritical, and conceited.

Before her wedding, Chick told me a strange thing: actually, she didn't want to come to the church because she had already known P, and thought that P was not acceptable as a pastor. But, she went there reluctantly because God told her to do so. Meeting me was a great comfort to her. I was surprised to hear that. I thought I had been only a burden on her. Sometimes, we do not really know what is good for a person.

After her wedding, the atmosphere in the church changed. After the services, there were more arguments over Christian doctrine among some of the men. I became very reluctant to go. A few times, I forced my legs to walk to the church. Without that, I couldn't have gone.

I finally said to P that I needed some distance from the church, and that I might go to the services of the Rev. T's church held in the Tokyo metropolitan area. P looked very surprised and shocked, and asked me why I was leaving. I was sure that it was impossible to make him understand my feelings, so I just said, "I can't explain it."

He asked me if somebody had become a stumbling block to me. I didn't deny that, but, I didn't say who they were. "Yes! You're one of them!" I shouted in my mind. It would have been natural for me to have left the church when I was about to be violated by a church member a few years before.

In the end, P pleaded with me to consider him as a brother in God's family. I agreed with that, and I parted from him.

I didn't say anything about my departure to PW. I was more afraid of her reaction than P's, and I had the malicious intention of humiliating her by not informing her of my departure directly. I will never know how she reacted to my disappearance, though.

Finally, I left my first church. I was released from studying my leaders' expressions. Previously, the idea of leaving the church seemed so very difficult. After learning TA at the Rev. T's church, my emotional situation quickly changed, and it took only three months to make that decision.

I still envied the people like Chick and another woman who left the church as a consequence of their marriage. However, I knew I really needed to make a firm decision by myself to move on.

I had stayed at the church for about seven years, while many of the people stayed there for less than a couple of years. I still believe that I needed those years to figure out my needs and to overcome my ingrained negative habits through the experiences there even though many of them were unpleasant.

One day, I ran into PW in a store. She spoke to me, and tried to talk about a person who was at the church while I was there. She couldn't remember the person's name, and she looked nervous and different. I wondered at how I had been taken in by such a timid woman. I felt like the spell that had bound me while I was in the church was broken.

Later, I heard that several of the pastor's children kept causing problems, such as skipping at school and delinquency. Still, P and PW didn't stop pastoring their church. But thirteen years after I left there, they were dismissed by their congregation. I don't know what exactly happened. I was not surprised.

41) The Answer (I)

One month before I left the church, I started working as a part-timer at the order-receiving division of a processed food manufacturer. I worked only in the morning. We received orders by phone, by fax, and online. That was like an original form of Internet shopping.

Usually, the orders had to be processed by noon for the following day's shipment to shops and wholesalers. On busy days, like before holidays and right after the release of new products, things were hectic. It was in the middle of the 1990s. I was surprised to know how quickly the goods were delivered.

The job was a little challenging. Communicating with the clients on the phone, entering orders into the PC under pressure of time, when most of my co-workers were homemakers. However, overall I could cope.

It was a sign of my spiritual healing because I didn't care very much whether I was the only single woman there. I even became close enough to some of them to have lunch with them away from work.

The work tended to be busy, and we needed to cooperate. Those factors may have helped me, as I had no spare time to think about trifling matters while working.

Later, I had a dissatisfied feeling toward the company due to worsening working conditions without any definite explanations. But, I worked at the office until my life moved on to another stage.

Around 2000, it was said that many businesses tried to cut personnel expenses by taking advantage of the belief that the "economy is depressed."

Since leaving my former church I was no longer surrounded by "religious games" and unexplained enthusiasm at church.

I began attending the Sunday services of the Reverend T's branch church held in the Tokyo area. It took about two hours to get there by bus and train. Previously, I had had no intention of taking public transportation to attend services. But, I still needed spiritual help, and I knew that Rev. T's teachings were practical and helpful.

I was vaguely aware of the ultimate obstacle that had prevented me from becoming who I should be, and that I had to overcome it. I had already denied the authority of the leaders of my first church after thinking a lot about whether it was appropriate for me to follow them or not.

Again, I found that I had another great problem concerning authority. That was my parents. Since I stopped running my English school, I had kept them at a distance, and had fewer occasions to meet them. Still, I was wondering about how I should behave when I was with them. I had to pretend to be somebody else who was nice to them, and it was very uncomfortable.

Still, I was strongly controlled by the cultural rule to respect one's parents. In addition to Moses' Ten Commandments, there is a Confucian influence that stresses the need for respecting parents in Japan.

It sounds natural for any human being to respect and love their parents, but, I couldn't do that, not after I had been repeatedly blamed for not being a good child. Through those experiences, I suppose I unconsciously developed a deeply rooted sense of self-condemnation.

My worries about my relationship with my parents had deepened after I left the leaders of my former church. Once I decided not to follow those at church, leaving them was easier than expected. They were not my family or relatives.

However, parents should be special. It would take more time to reach a conclusion about trying to reconcile me to my parents. The pastor couple were like my parents in miniature. Although those people were different from one another, there was something in common concerning their power relationships with me.

The experiences of having been in that church gave me a crucial opportunity to objectively see the power relationship that existed inside my family. The church leaders tried to make me do whatever was useful for the church, while my parents forced me into obedience. Although the two couples' purposes were different, all of them aimed for my obedience. Because I was familiar with the power relationship in my family, I may not have had any question about the pastor couple.

While wondering about my family relationship, I happened to listen to the Rev. T's teachings that said, "Many times, the right way for you is not the one you prefer." After hearing his words, I felt that both alternatives of trying to reconcile me with my parents or leaving them sounded extremely difficult. I thought I had come to an impasse.

I had another chance to attend Professor S's seminar. At that time, the main topic of the lecture was "family relationships." Prof. S explained how to ease and solve emotional problems occurring within families. One of the therapies is called "empty chair," which comes from "gestalt therapy."

There are two chairs provided facing each other. The client of the therapy sits on one of the chairs, and speaks to another chair pretending that there is a person, who the client has problems with, sitting on it. Then, the client moves to another chair, and tries to become that person themselves, and imagines what they would say in response to what the client previously said to them. The client repeats the process by turns, moving from their own chair to their counterpart's chair, and returns to their own chair, again and again.

While keeping on conversing with the counterpart in this imaginary way, the client may understand how the counterpart feels about the issue. That may lead to a solution.

I wondered if "empty chair" would work in my case. I couldn't imagine the conversations between me and my mother or between me and my father over the "empty chair." Besides "empty chair," family therapy requires the cooperation of one's own family. I thought it would be extremely difficult to apply family therapy to my family.

I asked Prof. S a question in a question-and-answer session. I said that I would like to normalize the relationship with my parents, and that it seemed extremely difficult to have a normal emotional connection with them. Therefore, I was afraid family therapy would not help to solve our problems. I wondered if I could do something to come to a solution. I added that I am a Christian, and that I hoped to lead my parents to believe in Jesus Christ.

Prof. S could not provide a clear answer. I, however, obtained a clue about how I could cope with the situation. When I asked him a question, he sympathized with my situation, and said, "It is very understandable that you hope for your parents' salvation because you're Christian." I think I replied to him that he was surely correct.

A while later, after the lecture, everyone who had attended the seminar was leaving. I began feeling an emotion I had never had before. It was like a part of myself that I hadn't found until then. It shouted, "I've never hoped my parents would be Christians! I have nothing to do with their salvation!"

I became aware that it was very much like the "real me." The real me seemed to get angry with the ME that pretended to be good. I had to admit the existence of the real me. I had found a part of myself that was lost very long ago. Prof. S's empathy led me to an encounter with the real me.

After the seminar, I still worried about whether it was acceptable to deny the family relationship that is essential to all of us, whether as a human being or as a Christian. For a person like me, who was filled with guilt, I needed to find the reasons that justified denying any relationship with my family.

There are tyrannical rulers in history. Large crowds became enthusiastic supporters of those figures, but in the end the people who followed them suffered great misfortune due to their being misled. I tried to convince myself that not all leaders are appropriate to follow and obey. I was not completely certain, though.

One day, there was another occurrence. I got a telephone call from the man who used to be a church member of my former church and attempted to violate me five years before. I was astonished at the call, and my body stiffened.

I didn't want to talk to him, but, he insisted I listen, otherwise it would be unjust. I was afraid of making him angry, so I started listening.

First, he asked me to invest money in his new business. I refused the investment. Then, he incoherently said things about his previous church life, his family, and so on.

Finally, he asked me if I could meet him. I was still afraid of making him angry and the outcome of his rage. I told him that he could only meet me at the Rev. T's Sunday service. After that, his words became more obscene. I began to feel that it was unwise to talk to him any longer, and I told him that I would hang up the phone and did.

I was afraid of what the man intended to do. He still tried to harass me. I got the idea of asking the former co-pastor at my previous church to pray for my circumstances because he was one of few people who knew about the incident that occurred between me and the man at the previous church.

I told him what happened on the phone. He blamed me for speaking to the man until he became indecent, and gave me the advice that I had better let the man's wife know what the man did to me.

I was uncomfortable while hearing the ex-co-pastor's suggestions, and I became angry with him and my circumstances. I shouted, "Why should I have such bitter experiences related to the church?" He replied to me, "I understand your situation." But, I didn't feel like I was understood.

I expressed my anger toward the pastor, too. The ex-co-pastor said to me, "If you don't forgive the pastor, you won't be blessed. Even though you have some negative feelings toward him now, you should bless him anytime as you see him in the future."

I shouted again, "The pastor, the man, and my father are all the same to me!" The ex-co-pastor gave me a final suggestion: a spiritual minister from overseas was staying at his place for the time being. Her prayers were so powerful that I would receive spiritual liberation. If I wanted her to pray for me, I should visit them.

I was sure that it was not what I needed. I was disappointed with the conversation. I just said to him that I understood what he said, and hung up.

After that, I recalled what I said: "The pastor, the man, and my father are all the same to me!" Although it was not a counseling session, I recognized what the real me had thought about those men. They all exploited me. I, however, had had difficulty rejecting them.

My fear of men, who are more powerful than me, and my deeply rooted self-reproach had made me helpless. Because of that, I still let them impose themselves on me. I couldn't help but admit my problematic attitude. It originally came from the abusive relationship between me and my father, and it seemed to prevail beyond my family.

Those men could have picked up on my weaknesses. It seemed like the scarce interactions I had had with men as a single woman were usually embarrassing ones.

I felt sorry for myself, and I flew into a rage against the men and my fate. "Konchikushoh!!" (Damn it!!) I moaned. I felt extremely humiliated by my misfortune.

It took five minutes or so to come to my senses... I had become a different person. I realized that the things that have happened so far cannot be changed, and that I had to accept myself as I am. It wasn't a joyful moment, but, I happened to know what I needed.

I had obtained a certain answer about the direction I needed to take. I would rather have left my parents than have tried to get along well with them. I realized that if children have to respect and to obey their parents unconditionally, children who have harmful parents cannot protect themselves from harm. My way of thinking had been masochistic.

At the previous church, I was told that if I had a fear of my parents, it came from a guilty conscience from my disobedience. When I heard that, it made me feel helpless. I had found that the reality was very different. I was afraid of them because they were harmful to me.

I wrote a letter to the Rev. T to ask what was the right way to cope with the man. In addition, if his solution would also include letting the man's wife know the situation, which is what another pastor had told me to do.

About a week later, I received a reply. It said that I should reject the man until he gave up, and that it would be more effective than letting his wife know the truth. The Rev. T added that he would pray for my problems, and hope for a solution.

It seemed extremely difficult to tell his wife the truth. It may have sounded like the right thing to do, but, it was a sensitive matter. If I had informed her of her husband's behavior, she, who may have been pregnant again, would have more torment. I think it wouldn't have led to a solution. Furthermore, it may have caused more unrest between them.

I didn't tell his wife about the problem, while I told it to Double Mom, Chick, and some of the people at the Rev. T's church. I took comfort from those people. When the first incident concerning the man occurred, I wasn't allowed to tell anybody about it. It had been a harsh experience.

Because I had left the church, the man may have thought that it would be alright to trick me again because I had no relationship with the pastor anymore. Although my having stayed at the church may have prevented him from harassing me, there weren't plausible reasons to stay there anymore.

I was still afraid of him. He knew where I lived, so I worried if he would hide and wait for me. I tried to come home before sunset. I kept holding a noisemaker while going out. I was unable to relax for a couple of months.

The man called me almost once a week. I tried not to speak to him a lot, and hung up soon after he called. It was the fourth or fifth time he called me when I finally summoned the courage and said, "I don't know why you call me, but I'll never associate with you! Don't do nasty things to me anymore!!" Then, I hung up.

Right after that, the phone rang again. I picked it up, but I hung up quickly without saying anything. The unpleasant telephone calls had ceased then. For another one or two weeks, I was still a little afraid of him calling again. There were no calls, and my everyday life returned to normal.

My anger against men originally came from my father. At that time, however, my anger was mainly directed to the pastor probably because the man had been his disciple. The two of them weren't close to each other anymore though.

I felt an impulse to give the pastor a silent call or a nuisance call saying, "Your disciple is a bastard! What will you do to repair damage caused by him?!" But, Double Mom advised me not to, because it is not the thing a person of good sense does.

So, I tried to vent my anger by listening to a song. The title of the song is "I Will Survive," one of the American oldies. It is a song about a woman who expels an insincere man from her life. The up-tempo music and emotional lyrics fit my state of mind. I repeatedly listened to that, and was immersed in the music to get comfort.

Regarding the relationship with my father, I began turning my face away from him more obviously than before. I don't know if he noticed the change in my attitude or not. After all, the two of us had never built a mutual relationship as humans and family members.

42) The Answer (II)

A while after the telephone calls ceased, I experienced another occurrence that led me to stay away from my parents. It was my birthday, and I found a string bag hung from the doorknob of the front door of my room. It was a "birthday present" from my mother (hereafter M). I don't remember what was inside of the bag, but, I remember the details of the letter attached the item.

It was almost entirely consisted of quotations from a book written by a famous author. It looked like a few pages of the book were copied verbatim. The gist of the writing was that "there are some people who still have a grudge against their parents due to bad childhood memories with their parents. However, people who do not try to forget the memories and forgive their parents even though they have become an adult are unsightly and mean-spirited."

There was no doubt that that part of the book was a reflection of M's opinion, which she was unable to express using her own words. It was an insinuation against me. It may have been more unpleasant than her blaming me directly. I realized that there was a reason for my leaving my parents' house on M's side as well. I almost had made up my mind to leave home then. From that time on, my immediate priority became getting out of there.

Regarding letters, I had received odd letters three times from M and one of my relatives at intervals of almost every ten years. The first one was when I was about thirty years old. Soon after I became a Christian, I received a letter from my aunt, who is M's younger sister. Actually, she was the person I showed my photos taken in the other country to before. It said, "You are cold to your mother. You must treat your mother gently. Who on earth do you think cares for you more than your parents? What do you think of your attitude toward your mother? Please reply to me without fail if you can change your attitude..."

The main point of the letter was like that. I was shocked to get such a letter from one of my relatives. Being a Christian means God has forgiven my sins. So, that fact had eased some of my pain, and it was helpful.

I think I wrote back to her that although M might have been pitiful, something about her was beyond my control. There were no further exchanges between me and my aunt.

Years later, I became convinced M had asked her sister to write the letter. I became sure of that due to my long observations of M and my sister's opinions—she knows our aunt better than I do.

When I got that letter, I had no idea there are people who have somebody else write an admonishing letter to a family member. I had believed nobody would do such a thing that reveals their own faults to others. In addition, it must be extremely difficult to make somebody else change their attitude by just writing a letter. I believe that doing such a thing is shameful and humiliating.

M, however, somehow succeeded in making her sister write me a rebuking letter. It was far from a solution. On the contrary, it gave me another reason to dislike M.

I received another letter from M about ten years after I got her strange quoted letter. It was the time when I lost a job as a regular employee because of the worldwide depression after the Lehman Shock. I had already left my parents' home.

The letter chided me for bothering others, it didn't say what that bothering was, though. That may have meant an economic issue. It also said that consulting my brother-in-law, my sister's husband, was a good thing to do because he knew a lot about society. But, I should never rely on him, and never bother him or others.

I guess that M tried to avoid being asked for money by me before I did it. Actually, it was too frightening for me to ask M for money. I couldn't do that no matter what the circumstances were even though my parents were always richer than me. The letter was disgusting, and I just tore it to pieces and threw it away. M's behavior was totally incomprehensible.

After I made up my mind to leave my parents' building, I had become more afraid of seeing them. My apartment was on the second floor. As I went out every morning, I needed to go down the staircase and through the corridor in front of their first-floor apartment.

Usually, the front door was open. Each time I passed by the door, I hoped not to be noticed. If M sensed me passing, she said to me from behind, something like, "It's a good sunny day, isn't it? Enjoy your day!" or "It's going to rain in the afternoon, don't forget to take an umbrella." Those words just sounded like ordinary daily conversation.

However, I felt extremely unpleasant whenever I heard her voice. I never turned around and I hurried to leave there without saying anything to her. I hated M's attitude and how she pretended to be a good mother without considering any of her own faults. I was also angry at her staging that tried to show that there were no problems between the two of us.

I don't remember what the actual situation was when a strange thing occurred: M suddenly started weeping and shouted, "What a pitiful mother I am! Having such a cold-hearted daughter!" I couldn't do anything but be silent as usual. I think that because M was always nervous when I was with her, I also became nervous and reticent. She grumbled about my demeanor and remarked that I was cold-hearted. However, from my point of view, her attitude led me to be "cold-hearted." M's odd behavior had made me bear guilt toward her for years.

But, I gradually had found it was nonsense to have a sense of guilt towards M. She may not have intended to play-act, but she couldn't seem to express her real emotions. The more I learned counseling and psychology, the more I doubted her honesty when she became very emotional.

Even though M cried over not having a gentle daughter, I didn't feel she really wanted to have a good relationship with me. Later, I would find that I was right.

My first priority was to get a job where I could earn enough to live by myself and pay for my housing. I knew I had to make a great effort. Ever since I was little, I had had a feeling of anxiety that I would never catch up with others as long as I was merely obedient to my parents. Although I had no words to explain my fear, I felt it instinctively. I realized it was time to overcome my fate.

I wondered what I could do to become a capable person. I was already close to forty. The older a person gets, the more difficult it is to find a good job. Business growth was still stagnant. For a person like me, not having job experiences at the expert level, and not being very young, it seemed very hard to obtain a good-paying job.

I got information that SOHO businesses are open to all generations. In Japan, SOHO is as an abbreviation for "Small Office Home Office," and is a real estate term to describe a space that can be used both for an office and a residence.

If I worked at home, I would not have problems with people in a company. It sounded good because I was not good at coping with people. Therefore, I aimed at becoming a SOHO worker.

I hoped to use my English skills for work. Although my English skills were still not enough for a professional, I thought that it was at least worth trying to be a translator. I started learning more English through correspondence courses. Taking those courses costs less than attending schools. I had been working only in the morning, so I studied in the afternoons and the evenings.

I took four courses over three years. I learned business correspondence, listening comprehension, basic technical writing, translation from English into Japanese, and from Japanese into English.

It is hard to work translating into another language with different grammatical rules. There are words that have similar meanings, and it is hard to recognize the specific nuance of each word.

After considerable effort, I took a test to be a translator. But, my score fell short of the professional level, and I was disappointed.

Meanwhile, I found a job offer for the language-related division of a temporary staff agency at a newspaper. It didn't really matter whether I would work at home or at a company as long as I could work. I had another test there, and was registered as a translator.

I got the chance to have an interview for the job along with two others. The three of us were expected to work as a team. Although I was invited to the interview, I doubted whether I would be able to get the job.

Usually, client companies of a temporary staff agency are not allowed to turn down potential staff without a specific reason. As long as an individual's skills are sufficient, they should be permitted to work.

However, I had some uneasiness about having three people in the team. It sounded like too many. I thought that there was a chance the number might be reduced to two.

On the Monday after the interview, I waited for a phone call from the agency. They were going to call me and let me know the next steps. But, I had not got a call by 8 p.m.

I wondered what happened, and called the agency. They told me their client hired only the other two. My apprehension had been correct. I may have been the oldest, and least skilled among of the three.

Someone at the agency should have called to inform me earlier that day, but the person may have hesitated to tell me the cruel outcome.

The time was not good for job-hunting. Illegal procedures often occurred, such as when a client company declined a job candidate chosen by a temp staff agency, but such occurrences were just overlooked.

In a sense, I had experienced the misfortunes that were typical for job seekers then. However, I felt that I had used up all my energies and was overwhelmed by a sense of fatigue for a week or two.

Just before that Monday, I had listened to the Rev. T's teachings at Sunday service. He said, "Things are not always going as we hope, and we are disappointed. But, we need to accept the situation that God allows to happen."

I expected positive and encouraging teachings on that day because I was about to enter the new job environment if things went as planned. I became uneasy about how the teaching would practically affect me. Later, I found that the teaching was a provision for my deep disappointment after many efforts and eased some of my pain.

A while after, I was diagnosed with severe anemia. It may have been caused by my poor diet. I had concentrated on studying, tried to spend less on meals, and often ate out.

I wanted to use my time to study, so I usually didn't cook for myself. Eating out without spending much may have led me to become malnourished. My state of mind and body may not have allowed me to work at an intensive job after all. My sister gave me bottles of prune extract, and I was grateful.

I was like a student who was twenty years older than normal students. I had tended to blindly pursue acquisition of the skills I aimed for just like younger people do.

Sometimes, I felt that I was doing things that I should have done long before. I think that is a typical trait of "adult children."

Although I had no more power to work hard to become an English specialist, I still had no other ideas except doing a SOHO business.

I had found some ads for Japanese transcription correspondence courses in newspapers and magazines. I thought pursuing a job using my native language would be more feasible.

I enrolled in one course. It was much harder than expected. It took quite a long time to pick up words while playing back the cassette repeatedly. Although it was a part of the education we needed, to listen to unclear sounds, many times it was too difficult to transcribe.

For about one year, I spent most of my time working on assignments when I wasn't sleeping, working, and eating. However, I couldn't send all the assignments to the company to get corrections within the deadline, and I needed to pay more to extend the length of the course.

When I finished the course, I took a test to evaluate whether I had enough skills to work as a professional. The test manuscript had to be sent to the company within two days, and the contents were very difficult. I had barely finished the test within the time limit and sent it...

The result was a shock. I was greatly disappointed with another failure. I had the sense that I may have been cursed again. At the same time, I became furious with the company. The course brochure said, "Whoever has a junior high education can complete the course."

I complained about the brochure's misleading explanation to the company on the telephone. I requested they rewrite the section that could lead to misunderstanding, because I, a junior college graduate, had failed the test even after a significant effort. I added that people tried hard to get qualifications to have more chances to get a job during the economic recession. For them, taking that course was something like clutching at a straw.

A few years later, I found the company had been really shady. They were denounced as fraudulent. It was about the year 2000, when protecting consumers' rights had become an issue in society.

I guess quite a few people tackled the same correspondence course and failed to become a transcriber. Some of those people may have reported what happened to a consumer information center.

According to a news program on TV, the company only gave jobs to one person for every 3,000 that took their courses. The company's business was selling teaching materials. I learned that there is a public office where we can report problems with goods and services of companies.

I had chosen the shady company among those offering similar educational programs. I was unlucky. However, when I saw that news on TV, I had already become a transcriber through another educational program.

After I failed the shady company's test, I became obstinate in pursuing becoming a transcriber. I had no other ideas for my future even though I repeatedly had had bitter experiences while pursuing a SOHO career. My thinking had become inflexible.

I decided to learn the same transcribing skill at school. I commuted to the school for four months and eventually started working as a transcriber at home. I was relieved from anxiety about my future to some extent.

After I obtained a SOHO business opportunity, I became serious about leaving my parents' building. Although I still wasn't sure of being fully independent, five years had already passed since I decided to leave.

I had been very uncomfortable living there and fearing interacting with them by chance. I felt like sneaky because I tried to avoid them as much as possible. It was a queer unexplainable feeling. I was already in my mid-forties. My greatest fear had been getting older without making any radical changes.

I was not sure whether my parents would lean on me when they got very old. Or, since there was no trust between us, they would just be more irritated and angry with me. For me, either would be very difficult to cope with.

My top priority was nurturing myself without worrying about my parents' reactions and bringing myself to even just a slightly better and easier state.

I quit my part-time job, and started looking for an apartment in the suburbs with many warehouses and factories. In those areas, it would be convenient to seek part-time jobs. Along with transcribing at home, working at those facilities would help me survive.

I found an apartment in an unfamiliar area. The rent was much cheaper than where we had been living. It was a great challenge for me to decide to rent by myself.

Next, I needed to tell my parents about my move. The situation was similar to the time when I went overseas fifteen years before. I told them about it only one week before the actual move because I was afraid of being obstructed by them.

My father (hereafter F) looked surprised, and told me to cancel my move. He grumbled about what I was going to do: living by myself was dangerous, and it was stupid to pay extra when I didn't have to pay as long as I stayed home.

I replied to him saying, "You, father, always grumble a lot at others, but, what you say is nonsense!" I was surprised at myself, and wondered how I could say such a thing to him. He became silent for a few seconds. It was only the most trivial revenge upon him. But, it was about time for me to take some kind of retaliation.

I insisted on moving, and told him that I had already signed a contract with a real estate company. M started crying and saying that I had had a grudge against her since I was a small child even though she hadn't done me any wrong.

F asked me why I would move. Although I wanted to say, "Because I hate two of you!" I could never say that. Instead, I told him that the floorboards of my room had loosened. That was true. A part of the floor sank as I put my foot on it.

It sounded ridiculous to attribute a move to damage of a room that could be mended. When I was with a person who used sophistry, I became a sophist, too, and it seemed to work.

F asked me an unexpected question: what had the teachers of my church said about my move? I was surprised at the question, and giggled a little in my mind. I told him they respected my will and they were not likely to advise me to do or not to do things. I think F knew nothing about me after having ignored me for years, and he didn't know what to do.

His final question was whether I could economically sustain my life. I wasn't full of confidence about the issue, but I said to him, "Yes." My move was settled.

F told me he didn't remember much about when I was a small child because he was very busy at work. I had bad memories of him ever since I was a child, but, I couldn't say anything about them to him.

F also told me he had not given me a lot while he gave my sister and her family considerable amounts of money when she got married and had children. Then, I expected him to give me some money. He gave me about an average monthly salary for a regular employee. That was much less than the cost of holding a wedding reception. I received it with mixed feelings of gladness and sorrow.

The day I moved, it was an unusually refreshing snowy day. Only M appeared in the doorway to see me off. She was waving her hand, and looked very happy. I had never seen such a joyful expression on her face.

I was convinced that her real wish was that I would just disappear from her life without her having to take any action, despite the fact that it was offensive to her that I had not become attached to her as her daughter. I am sure her tears were fake.

43) Trial and Error

After my move, I was in a small simple apartment, but was finally released from the unpleasant feelings I had borne for so long.

For about six months after the move, I was active and stayed fit, because I experienced freedom I had never had before. I started feeling some menopausal symptoms like hot flashes just before the move. However, the symptoms ceased after the move. It was surprising.

In spite of my bitter experiences, I began studying English-Japanese translation again. After having listened to a great deal of unclear Japanese language, one day I noticed I was able to comprehend bits of spoken English on the radio broadcast more clearly than before. I understood only a part of the language, but, the words sounded natural as a spoken language with modulation.

I used to try hard to catch English words while practicing dictation. Although my comprehension improved to some extent, English language spoken at a natural speed had still been an incomprehensible foreign language to me. However, as my ear had changed, I was motivated to study English-Japanese translation again.

At that time, I chose a video translation school that focused on the fields of television, movies, and the internet. It seemed very difficult to learn those skills, but, the school was not expensive. I started with the basic class held once a week.

The first six months after my move, I worked as a transcriber at home. Sometimes I also worked as a day laborer at warehouses. In addition, I started learning another kind of translation. The early days of my new life seemed to be on track.

Then, the season changed, and it got hotter and more humid. I began feeling under the weather, and had hot flashes again. Besides, noxious insects often appeared in my room. They are likely to live in older houses and made me feel more unpleasant.

In addition, I had some problems with my SOHO work. I undertook the task of making a dialogue record of the collective bargaining between a labor union and the employer at a school. The sound source was unclear. I guess that a small cassette tape deck that had no high performance was set on a part of the table which was far away from the key person of the discussion. The other attendees of the meeting sometimes became emotional. It was very difficult to catch the words.

Usually, my task was to make records of the proceedings of local governments' assemblies. In those cases, the company offered materials, like drafts, and that helped. The chairperson presided over the assembly, so overall those proceedings progressed systematically. The collective bargaining, however, took much more time to transcribe compared to the assemblies.

Meanwhile, the company had received an ISO ("the International Organization for Standardization") 9000 certification. They imposed submitting checklists on their workers. We had to write down all uncertain words according to timestamp on the checklists. It took a long time to record the many items on the lists. Besides, I had to rewrite the manuscript according to the returned paper after proofreading.

The pay was decided depending on the length of the sound source, for example 6,000 yen per hour and 3,000 yen per thirty minutes. There was no consideration for the difficulties of listening. I was a beginner at the work, so my pay rate was low.

I don't think that the other workers were willing to take that particular task. I undertook the case of the consecutive discussion of the collective bargaining because an employee of the company begged me to do it.

The quality of the sound wasn't different from the previous one. It also took a very long time to finish all the processes of the work. The hourly wage was less than 100 yen as it was calculated: it was less than one US dollar.

I worked on the task for a full month without doing any other jobs. I became fretful and cried with disappointment. Hourly wages for the easier tasks were around 900 yen. Those were almost as same as the hourly wages of part-time jobs in general. I hoped that my rate would rise in the following year, and in the third year. But, my rate did not change.

In addition, cities often merged in those days under the Special Law on the Merger of Municipalities. Because of that, the company faced a decline in orders due to the diminishing numbers of clients.

Local governments' assemblies concentrate on the particular months of March, June, September, and December. Between those months, I had had no tasks for a while. Later, the intervals between the tasks even became longer.

As for day labor, the job opportunities were limited except in busy seasons. I also was not in very good shape, and eventually gave up doing the work.

I thought that I could do transcribing for another company that did not concentrate on local governments. I took a test for another company after practicing with second-hand teaching materials issued by them, but was not successful.

Besides transcribing, I had come to an impasse over my video translation study. I made a great effort, but, my skills had not reached the professional level. Although I took some tests to improve my employment prospects, I never had job opportunities.

What I had tried to be, a transcriber or a translator, had led nowhere. I didn't know what to do. It seemed that my feelings of failure and disappointment had just been reinforced. I felt that I was stupid.

Finances were always a great issue. On the other hand, I had still had some money I had saved while working at my first office. In the past, the interest rate on a deposit was higher than it is now. Long-term savings had borne a lot of interest. It helped me some, but I had to be thrifty all the time because of my lack of earning power.

I had no other ideas but being a SOHO worker. It may have been an unreasonable assumption, but, I thought that I would be able to avoid being involved with problems between people at work. Actually, even SOHO jobs are not exempt from those kinds of problems.

I was awkward and maladjusted. It was difficult for me to broaden my horizons and to challenge myself to do what I had never done. However, I sometimes needed to try to do unfamiliar things in order to earn a living.

A while after the move, I became a short-term employee in the customer relations department in a big store in the summer gifting season in Japan. But, I was fired several days after I started. My work wasn't considered prompt or efficient enough. I was shocked and disappointed.

As I got older, I would have a few more problems like that. I was given a warning by a company whose warehouse I worked in: if I did not work more accurately and quickly, I would be fired. It happened twice at different companies.

Anytime I didn't want to work for such a company anymore, I quit. I had never had intention to skimp on the work, and I worked hard, but got complaints from those companies.

I wonder if those things happened because of my awkward behavior. Although I didn't feel good when I got warnings, for me, working for those companies had not been comfortable from the very beginning in different ways. Certain tasks, such as inventory control, just may not have been suited for me. It sounds like I am not good at doing things that require speed and efficiency. It is only a small comfort for me to be able to ascribe my maladjustment at work to my state of being an adult child.

I had never known where I should belong in society according to my aptitude, my skills, my ability, my interest, and so on. Many people may develop their self-understanding and common sense while maturing, and try to find the right place for them.

I lacked that common sense and self-understanding, and didn't know what to do. My persistence in pursuing a profession had not been successful, and I was deeply disappointed with the results.

However, I think I had had no other choices. Still now, I don't have any other ideas what I could have tried when younger. Therefore, I have no regrets. As an adult with severe arrested development, experiencing new things is well worth doing even though I couldn't earn a lot by pursuing a SOHO career. At least, my limited views had been broadened by studying many things, and it enriched me with knowledge and interest.

From a negative point of view, when I was pondering what to do with the assignments and the tasks while facing my PC monitor and keyboard, I fell into bad habits of eating snacks and drinking tea or coffee more often. The more time I consumed in thinking, the more food I ate. If I had really become a SOHO specialist, I would have developed health problems due to excessive calorie intake.

In addition, I had suffered from stiffness in my shoulders and neck. I didn't even notice it. I have heard that if a person has grown accustomed to their severe stiffness, they may not feel the pain it causes. This may be right. Because I didn't feel the pain and hadn't taken care of it.

I had just focused on working on the assignments and the tasks as much as possible. I did not have the luxury to consider my physical condition. That may have caused me to endure a prolonged period of the onset of menopause.

I still tended to blindly concentrate my efforts on whatever I aimed to accomplish without considering anything else. I am sure such an attitude had been one of the typical inclinations of a severe "adult child." Now, I objectively admire "the child" for her great efforts to try to overcome her fate. However, I finally needed to seek another way to earn income.

44) Office Work Again

I started working as a part-time office worker again. I worked for a company doing outsourced work by a telecommunications company. It was not very long after the deregulation of telecommunications businesses. The company launched a sales promotion for their new service. They hired about forty people, including me, to do paperwork for the registration of new contracts.

First, the regular employees of the company told us that our work schedule would be very busy. Actually, however, there was not always enough work for all of us. Our unoccupied time increased day by day.

Three months after the start of the project, the company told us that we had to take turns taking two or three days off each week so that the workload was matched by the number of workers. If somebody didn't want to take days off that often, the company would consider if the person could move to another section: a call center.

I applied for the move, and I became a clerk in charge of informing customers of incomplete procedures for account transfer payment, things like unclear personal seal marks that were not accepted by the registered financial institutions. Asking those customers to submit an adequate application form again was also one of my tasks.

I was not good at communicating with people, but, I tried hard. I had learned that when I have to do what I am unwilling to do, I will just do it without thinking. Thinking too much may cause me hesitation. Sometimes, I answered the phones from English-speaking customers while the person in charge of communicating with those customers was away.

Another six months passed by quickly. Then, I encountered a problem. The company abruptly told me that they would discharge me. I was confused, but, I only asked my superior if my job performance was not sufficient enough. He replied to me that my dismissal was caused by the company's situation, and was not by my fault. I was a little relieved to hear that.

Actually, some other people were also discharged, or transferred to another section at the same time. The people moved to another section would have difficulties adjusting to their new assignment because their work was very different from before. Therefore, some of those people had ended up leaving, too.

The company was downsizing. It sounded natural because the company didn't obtain enough contracts for its new service. That was around 2005. There has always been harsh competition among companies in the same industry. In addition, technological innovation has always caused changes in the products people used.

The company that I worked for offered landline phones telecommunication. In those days, most households still had landlines while cellular phones had been becoming more popular. Nowadays, smart phones widely prevail, and fewer households have landlines. As I think back to that time, I am now amazed at the transition.

A few months after leaving the company, I started working as a part-time filing clerk for an insurance company. Many temporary workers were hired to verify the documents concerning past benefits issued. It was the time when the cases of benefit payment omissions by insurance companies became an issue, and the news was widely broadcast. Those companies had to reconfirm an enormous amount of their records. That insurance company hired more than 200 temporary employees.

I belonged to the section preparing documents for another section that inspected each case. We printed out a large quantity of paper and worked as a team of about ten people.

Basically, the work was easy and stress-free. One of our tasks was moving a great number of documents from the offices into storage. It was like manual labor. Although there were a few people who I found it a little hard to get along with in our team, I somehow managed to socialize with them.

The reinspection project was supposed to last only six months, but, the term was extended for nearly two years. Later, our tasks had changed to data entry. As the project proceeded, and was drawing near to the end, we had more unoccupied time.

Each one of us was allocated a PC terminal. I used an easy graphic program to draw pictures of the solar system, houses and gardens, a cathedral, and so on when I didn't have anything to do. It was fun to draw colorful objects. Along I was just killing time, I learned how to use a PC.

The job was easier than any other ones I had experienced, and the pay was not bad, either. Actually, the hourly wage was higher than the one that I had earned at the telecommunications company. The filing work there seemed to be part-time work for students. Besides, we were qualified to receive unemployment insurance sooner than in cases of voluntary resignation, since the decision to terminate our contracts at the end of the project was made by the company, not us workers. It sounded too good to be true. Such attractive job environments never seem to last long.

While there, I still had some menopausal symptoms and was not at full strength. However, I had obtained two certifications that were supposedly advantageous when I sought another job.

I attended a short term seminar to learn practical knowledge for foreign trade. I also learned international accounting at a bookkeeping school. I took The Proficiency Test in Trading Business and Bookkeeping and Accounting Test for International Communication, and passed the rudimentary levels of those tests.

I didn't pursue SOHO jobs anymore. The economy had been picking up, and I was going to seek a regular position.

After leaving the company, I attended English conversation classes in the summertime at an English-language school before I began job hunting. There were various courses such as a cultural oriented class. The fees were reasonable. I enjoyed days like they were miniature overseas study trips here in Japan.

In early fall, I started seeking a job. I had joined a program run by the Public Employment Security Office. It helped job seekers to find work. A staff member of the office, who was in charge of particular job seekers, suggested suitable job offers to each job seeker until they obtained employment.

I applied to three or four companies that were recommended to me. One company gave me an interview. The company was near to my apartment. It was a parts manufacturer for industrial products' and they offered a position in charge of export affairs.

To my surprise, I was hired. It may have been just the right time for job seekers, including me, because the economic climate was better, then for a while. I was happy to finally find a regular job I had hoped for, but still felt anxiety about my new working life.

45) A Token of My Life

I am still not sure why the company hired me. Both, the work and working environment were difficult for me. I learned unexpected things about the company after I started. A system of overtime existed, but, nobody was supposed to do overtime.

I had no experience of foreign trade. My tasks included shipping arrangements, confirming appointed dates of delivery, replying to inquiries about quotations, technical matters from customers, and so on. It was hard for me to handle those tasks within working hours.

After I noticed the unwritten rule about overtime, I punched my time card right after closing time, and came back to work when necessary. I needed to compensate for the lack of time.

It was a family-owned and operated company, and it seemed to be extremely difficult to satisfy the executives. A section meeting was held once a month, and there were no executives present.

It was a relief, but, one day, during a meeting, I heard from another colleague that one of the executives had made a comment about me. He had said that I was reluctant to answer phones. It may have been true to some extent. I wanted to save time while working because I always needed more time for work. In those days, I gradually had felt uncomfortable at the office, and that comment struck me. I burst into tears in spite of myself.

But, I found that overall the other employees including the managerial staff members were supportive of me, and I was relieved. Then, I had pulled myself together and tried to work hard as much as possible.

Since I had been told that I didn't answer phones well enough, I tried to answer more phone calls. Then, I got a phone call for another executive who was in charge of administration. It was a sales call where I could not have anticipated the consequences that occurred because I answered their question directly. Actually, the person who called us asked me the name of the person in charge of administration at our company. That executive was out at that time. Therefore, I said the name of that executive to them. They told me that they would call him later.

When that executive came back, I told him about the phone call while he was out. Then, he harshly reprimanded me for letting such a person know his name. Since then, I had said to somebody who asked the name of the person in charge of administration on the phone, "We are sorry, but we are not able to tell you the person's name."

On another occasion, that executive harshly scolded me again. Although I don't remember the details of the situation, I think I pleaded with him to understand my limitations when he mentioned my lack of abilities. That may have sounded like back talk to him. I wept all the way home that day.

His desk was just three meters behind mine. I always became nervous while working. I couldn't even look back to confirm whether he was at his desk or not. I was afraid my slightest odd behavior may have sparked his anger toward me.

My bad relationship with my father may have affected my relationships with the executives at work. There was an executive who was relatively temperate. Still, I had difficulties opening up to him. Overall, that job was too difficult for me to cope with.

Since I started working outside the home, I hadn't attended Sunday services very often. The hall where the Reverend T's services were held was further away after my move, and I had gradually skipped going. After I became a regular worker at the manufacturer, I seldom went. Usually, I just rested on weekends. Not all Saturdays were days off. During weekdays, I couldn't sleep well, probably because of the tension from work. I needed to supplement my sleeping hours by staying home more on weekends.

Several months after I started there, I sensed that it was all I could do to keep focusing on each day's work, and that my future there was uncertain. If something bad happened, and I would not be able to work there anymore, that would be the end of it.

I had barely caught up with my daily routine, and it seemed to be difficult to make any major life changes. But, I somehow managed to move to another apartment closer to the company. Back then, my income was a little higher than that of an average part-time worker. My new room was a little larger and newer than the previous one. It gave me a sense of accomplishment.

I occasionally went window-shopping at the shopping center nearby after work on Fridays or Saturdays. Browsing around the shops relaxed me. I was curious about acai berry juice from the Amazon in South America at a fresh-juice stand. The fruit was not widely known here in Japan then. It looked good to drink.

I had the juice sometimes. The taste is plain, although the color is dark purple. It is said that acai contains a lot of polyphenol, and it seemed like the fruit had a positive impact on my health.

Somehow my working days went on. My greatest concern was about one of the executives, not the one whose desk was close to me, who mentioned my reluctant attitude to answering telephones. This executive was younger than any of the others, but, he was expected to take over the position of the president of the company after the current president retired.

One day, one of the managers was dismissed. The youngest executive told us the manager had betrayed our company, so nobody in our company would be allowed to make contact with him hereafter. I never found out what happened.

I had no particular connection to the youngest executive. My only impression of him then was that he was good at faultfinding, and for a business person, looked naïve and delicate.

Since the manager's dismissal, the young executive's presence had been growing, and it seemed his strange power sometimes exceeded that of the president. I felt he despised me, while he was kind to his favorite people.

I was afraid someday he would expell me from the company. I thought it would not be a good idea to try to stay long, and that I had better quit before I was deeply hurt.

The times changed. The economic climate became worse after the Lehman Shock. The company announced that ordinary employees, those not in managerial positions, would only be able to work three days a week henceforth.

I wondered how I could cope with my work just three days a week. I consulted my immediate boss about how to handle the work in the limited time allowed. Then, he went to the president's room along with me, and told the president that my tasks needed five or six days a week. He asked the president if I could continue to work five or six days a week.

However, the president denied the request, and the talks between the two of my superiors led me to quit. I felt the company didn't need me anymore, and that was the end of it. At the same time, however, I was relieved. In a sense, the end had just come a little earlier than expected. I worked there for eighteen months. I had reached my limit.

I had quit praying for a marriage when I realized my deep-rooted problems with men. However, I still hoped to have a decent paid job such as a regular employee of a company in order to be free from financial worries.

Although it didn't last long, my hope was once realized through that job. That may have been the mercy of God after my long period of trial and error.

I felt a little sorry about leaving, but, it was the right time for me. Afterwards, I heard some others left the company for unusual reasons.

Another manager was deprived of his position, and became like a part-time worker. He left a few months later. Even a couple of the people who were favored by the youngest executive were dismissed for minor mistakes. To my surprise, the strict executive, whose desk was close to mine, left the company a while after I did. I wonder if the youngest executive wanted to let the strict one leave the company because he was uncomfortable with the other executive.

I still have complicated feelings when I recall my days there. But, I have good memories as a regular worker, such as watching a fireworks display being held nearby along with the other people in the yard of the company, and shoveling away the snow in the yard on a rare snowy day. Everybody frolicked like children.

There was a female superior at the company who was a Christian. She supported me both publicly and privately. I was grateful to her. Later, I happened to go to the church where she went, and that would lead me to life at another church.

One significant occurrence I encountered at the company was my concept of the "extraterrestrial." It was a rather spiritual experience.

One day, for some reason, the dining room at the company was crowded with many people. Usually, the sales staff members were out of the office at lunch time. Therefore, there were some vacant seats at the table. But, on that day the people who were usually out of the office were there, and all the seats were occupied. Only the edge of the table was available to take a seat.

Although one of my colleagues told me that she would swap seats with me, I insisted on sitting on the chair at the corner of the table. I somehow liked it. Some particular words came into my mind: "This is a seat for an extraterrestrial, so, this is mine!!"

It seemed that I had gained another identity. An extraterrestrial (ET) may be unusual, and awkward at coping with the matters of "earthly everyday life." An ET may have trouble fitting into earthly society. But, I felt that it was alright if somebody like an ET exists.

There has been a series of TV commercial for a brand of canned coffee. A particular character always appears in the commercial. He is "Jones, the extraterrestrial," who has been investigating the Earth. In this case, the Earth means "Japan." American actor Tommy Lee Jones played the extraterrestrial.

Basically, Jones appears as different bungling characters, for example a worker who hits his hardhat against a steel frame on a construction site while the other workers are doing their tasks without fail. On the other hand, his superhuman strength sometimes surprises people. He may look awkward and unusual, and people tend to make fun of him. Still, he looks serious and praiseworthy.

At the end of the commercial, he drinks the canned coffee after work with joy and relief. The narration representing his inner voice says, "What a nonsensical, but wonderful world it is!!" The commercial series consisted of many episodes, and his roles varied. But, his simplicity and honesty remained.

My idea of an ET was linked to the character of Jones. I was glad to find somebody who has something in common with me even though it is an imaginary character. Since then, I have been relieved from anxiety caused by my state, the aspects of me that are likely to have many problems in society.

From time to time, I feel it is alright if there is somebody like an ET, who is awkward and has difficulties adjusting themselves to the world. I think the concept of the ET character is humorous and likable. That imaginary character has encouraged me many times, and it has improved my self-acceptance.

46) My Life at Another Church

After I quit work, I sometimes went to the Public Employment Security Office to job-hunt, and occasionally sent resumes to companies. I didn't get any favorable replies. The economy was shrinking, and it was very hard.

In one sense, my purpose in searching for a job was just to collect unemployment insurance. In order to get the insurance, we need to submit records of job applications to the office each month. I could get the unemployment insurance soon after I left the company because the reason was deemed to be the company's downsizing.

I suppose the wages I could get for part-time work, if I obtained a part-time job, would have been less than my unemployment insurance. In addition, I was entitled to get the insurance for three more months. I received my benefits for nine months all together. Many other job seekers also got the extra insurance. It showed how bad the economy was.

So it was that I had had an easy life, even considering I was out of a job, because I was receiving insurance payments. I started attending Sunday services at the church nearby because my former superior at my last company invited me. It was another Pentecostal church. It seemed the right time to return to church.

I also had another option, that of going to the Reverend T's services. However, it seemed too far by public transportation, and the travel expenses were costly. Instead of going there Sundays, I began attending once-a-month special sessions observing Rev. T's practical counseling.

Dozens of attendees sat in on his counseling sessions. Each time two or three people voluntarily became counselees. Still now I am attending the sessions, and I have learned a lot from the workshop. Even though I am not a counselee, through the exchanges between the counselor and counselee, I sometimes feel that I, myself get counseling.

It helps me find clues to cope with my problems. Question-and-answer sessions, and hearing comments from the other observers and counselees is also interesting and is worth listening to them attentively. A while after joining these special sessions, I resumed attending the counseling role-playing class I am still taking today.

As for the church that I started attending, I wondered if I fit in. I was familiar with the Pentecostal churches because my first church was one. I knew the pros and cons of those churches in my own way. Not to mention the problems I had experienced. Other than that, I sometimes feel their teachings stress idealism too much. Being serious and trying to be a model of a Christian may be a good thing, though.

However, I thought it was expedient to attend a church with familiar teachings. It was easier for me to take a certain stance regarding things that happened at the church. I think I could to some extent estimate the consequences of what happened there and decide what attitude I would take to the incidents within the church.

Visiting different churches does not always work. Each of branch church of different Christian organizations has its own atmosphere, and it seems each one of us needs to adjust to a church more or less as long as we are there.

Churches are spiritual places, not workplaces. There should not be conflicts of interest. But, I think some problems are typical in churches. Due to their beliefs in God's love, it seems there is too much dependence and expectation among people. Sometimes, it causes problems within congregations.

In Japan, there are not many Christians. So, their expectations of their fellow Christians may be greater than in other countries with more Christians.

A while after I lost the job, I privately began seeking to get a high score on the TOEIC, the Test of English for International Communication. I took a correspondence course that was organized toward getting high marks in the exam. My score slightly exceeded 900 points only once. Overall, I had an easy life getting the insurance while doing what I wanted to do.

The following year, the elderly pastor's wife of my new church started an English school for children at the church. I told her I could help to do something for the classes. I didn't have to do that, but I volunteered. I didn't work, and had nothing particular to do.

My eligibility period for collecting unemployment insurance was already over, and I needed to look for a job. Therefore, it seemed inappropriate for me to take charge of the classes as a tutor. The pastor's wife and a female church staff member became tutors.

I did the reception duties, accounting, making monthly newsletters, and sometimes performing games, like bingo, in classes. In addition, before Christmas and Easter times, we needed to prepare things for class parties. One of the hardest parts was shopping for confectionery, presents, and materials to make ornaments and tools for activities at the parties. It was a challenge to minimize the costs for those special occasions considering our limited budget. I spent a lot of time looking for items at 100-yen shops.

Running the school was not profitable. We had to pay the company offering the teaching materials relatively high royalties. The pastor's wife had started the work in order to get some extra money, however.

Besides helping the English school, I aimed at obtaining two more certifications related to English teaching. I joined a workshop for people hoping to be English learners' advisors. I also took a correspondence course to get a certification to be an elementary school English instructor. Although I got those two qualifications, I wasn't able to make much use of them.

In those days, the government heavily promoted English activities at public elementary schools. It was said that not only English native speakers but also Japanese instructors were in high demand. Actually, however, there were not many job offers for Japanese instructors. I had only one opportunity to be interviewed for a job, and was not successful.

The only thing I could do was to be a practice partner for a person aiming to pass a practical English conversation skills test. That test was the final stage of the first grade of the STEP, the Society for Testing English Proficiency. That person's English skills were better than mine, but, I agreed to be his practice partner as an "English learner's advisor." I did that for about six months, and it was interesting.

However, I have never had the opportunity to be a systematic and continuous English instructor except for the time when I had tutored children at home. I think if only I had had the English skills that I obtained in my forties or later when I was younger, the situation would have been different. Still, I am not sure if I would be suited to be an English teacher because of my weaknesses.

For about two years, my only duties were doing the tasks for the English school. The monthly reward was equivalent to an allowance for school children. I was looking for a job, but, job offers including part-time work were scarce. I failed in job-hunting.

During that time, the Great East Japan Earthquake occurred in March 2011. The economic climate even seemed to be worsening. While doing my duties for the English school at church, I recalled the time when I was doing the church accounting alone in the afternoon on Sundays at my first church. Both situations sounded very similar. I said to myself, "What are you doing? You're always exploited by others, what a shame!" But, my only recourse was to endure my state.

After two years of my doing lonely tasks related to the English school, there was an opportunity to talk about the management of the school along with the other two people, the pastor's wife and the female church staff member.

I became emotional, and complained about my circumstances including my financial state, doing the chores like making things for the Christmas and Easter events without getting sufficient help from the other two. They seemed surprised by my anger and were speechless. Nothing changed, but, I felt better after expressing my complaints.

If I was unhappy doing a task, I knew it was a bad idea to pretend to enjoy it. I had bitterly learned that at my first church. I wondered if I would hand back my tasks to the church, but, I knew nobody else would take them over. The main reason for my unhappiness with the tasks was that they opened old wounds. I didn't have any other reasons why I couldn't do the duties.

I was involved with the management of the school until the time the school finally closed. The school lasted for ten years. For those years, sometimes I had no other job, and at other times I was tired of my jobs.

The hardest of the tasks was to write small articles for the monthly newsletters. The company offering teaching materials provided us with an A4 size format to make newsletters for our own classes. Besides filling in the information about the English classes and the church, I needed to write something else to fill the form. It was not a big blank space, but, I worried about how I could fill it.

For the first couple of years, I struggled to find what I would write in the space each month. I think I barely managed to write something about current topics in society.

Later, I found a way to write the articles systematically. I chose a subject for them, and I made it a series for a year or two. For instance, the plants and animals appearing in the Bible (lions, grapes, Saint Peter's fish, frankincense, etc.), English speaking nations from A to Z (Australia, Canada, Great Britain, India, Ireland...USA, and so on), names of characters appearing in the Bible from A to Z (Abraham, Cain, David...Zechariah, and so forth).

The Japanese pronunciation of the characters' names in the Bible is different from the English. Some of them are very different and unrecognizable. For instance, John is "YOHANE" and Matthew is "MATAI." It is not widely known in Japan that such common English names come from the Bible. I thought those names would be interesting for the articles.

I somehow managed to do the tasks more efficiently and easily. For those ten years, I didn't have a lot of opportunities to do mental work other than making those newsletters. In a way, that had helped keep my thinking power alive all those years. If I had not made those articles for years, it would have been more difficult to deal with writing down all of my experiences in this memoir. Now, I think that it was a good thing I had not abandoned that work halfway through my time there.

47) Vampire

Meanwhile, a friend of mine, who was a family member of my former superior at my last company, asked me if I wanted to be a part-time after-school childcare supervisor. I was not sure if I would be an adequate supervisor, as I was aware of my difficulties coping with people, including children. But, I needed a job, and I hadn't found many opportunities during my searches.

I applied for the job. Then, I was hired as a sub-supervisor. Although all the supervisors were part-time workers, many of them worked for longer hours. They were the supervisors. The others, including me, working fewer hours and only four days a week were the sub-supervisors.

There was a "vampire" at the after-school classroom to which I was assigned. Beforehand, I had heard that there was one scary supervisor who had driven another into a corner, and that person couldn't help but quit the job. I was concerned. It didn't take long to realize that the same misfortune struck me.

There were three other supervisors in the class, all women. I nicknamed the oldest one the vampire (hereafter V). She was around ten years older than me, in her mid-sixties. She seemed very self-important.

Every day the work started a couple of hours earlier than the time the pupils got out of school. Usually, during these hours the staff members did something for their class such as preparing the events for Christmas, Children's Day, and so on. They also had meetings to talk about improving their management of the class. However, the classroom where I belonged was very different. V and the other two workers, one was middle-aged and the other was young, were often cheerfully chatting with each other. It was always gossiping, and not related to the management of the classroom.

V seemed to be offended by me because I didn't join the gossiping. She insisted on the necessity of small talk with her colleagues so that she got to know them more. She added that she was uncomfortable with me because I was quiet.

Even though their work as supervisors seemed to be very easy, they sometimes needed to clean the room and the lavatory in addition to their teaching tasks. I had already become nervous because V disapproved of me. Therefore, my behavior may have become even more awkward.

V did something like "yomeibiri" to me. In Japanese, that word means "bullying of a bride by her mother-in-law." She raised her voice at me, saying, "You should scrub the sink more powerfully, damn!" Her faultfinding toward me had lasted for a while, and the staff chatting time became interrogation time for me.

She labeled me as incompetent for a worker there, probably because I was single and didn't have experience raising children. Maybe, she also sensed that I was an easy target for venting her anger.

V insisted I would never work well there, and told me she could never imagine why I had thought to work there even though I was completely ineligible. She narrowed her eyes at me, and continuously grumbled at me.

Her speech sounded dramatic and idealistic. She stressed that the job, after-school childcare, was a noble task, and the workers had a great responsibility. She added that I could never help the children if a great earthquake hit. At that time, the Great East Japan Earthquake was fresh in our memory.

V was self-righteous like a defender of justice, and a super heroine who fought against villains. The interrogation sessions had lasted for about a month or two. I didn't talk a lot to her because I knew nothing I said got across to her.

Once, I asked if the other two workers also thought I was incompetent. Those two had not talked a lot while V was interrogating me. The two of them agreed with V's opinion, and told me I had to become a better worker. V gloated over me. The two seemed to ingratiate themselves with V.

I realized the power dynamic there. I didn't know what to do. A classroom was run by a minimum of employees. I hesitated to quit abruptly even though I was considered to be incompetent. I also worried about whether I could get another job if I quit the current one.

Summer vacation time came, and it was the busiest time of the year in the classrooms. The children came in the morning, and some of them stayed until 6 or 7 p.m. Sometimes the workers took them to a swimming pool. There were some temporary workers who were only employed during vacation time.

One of them was experienced and had good ideas for entertaining children. First, V seemed to like her. However, one day V's attitude toward her changed. V complained a lot about what she did, and treated her harshly. It was unexpected that V hated such an excellent worker, too. In the end, she soon got a better job and left the classroom.

Actually, many unusual things happened there. In summer, the children and the workers took an afternoon nap. Sometimes, the children were restless, and didn't sleep. They were chatting with each other. A few of them even romped around. V often scolded them. However, in a sense I felt that she was disparaged by them.

There was no consistency in her attitude toward the children. Chasing one another was prohibited in the classroom. But, she herself was often chasing some children. She had a few favorite boys, and she usually allowed them to come to where she was sitting and talk to her during the tea break.

However, when she got angry with one of those boys for some reason, she shouted at him, "You're naughty! You always do what you shouldn't do, like come to where I am sitting while having a break!" It was nonsense. She herself had allowed him to come.

There was also what I considered child abuse. I do not remember how the circumstances developed into a kangaroo court. There was a boy who had some problematic behavior. He sometimes became violent. One day, he was standing in the center of the room, and V raised her voice saying to everybody in the room, "Anybody who thinks so-and-so (the boy's name) is a nuisance and wants him to go to somewhere else, clap your hands!"

Claps and cheers broke out. Along with the children, the middle-aged worker who was on duty then delightedly did the same thing. It was a shame to see such a scene. The only thing I could do was bow my head and look down.

The fuss about the kangaroo court lasted for a while. In the end, V shouted at the boy, "You're a disaster, if you don't turn over a new leaf, you'll be hopeless!" He looked petrified.

There was another boy who was talkative. V often teased him. One day, she forced him to wear a girl's T-shirt and hair ornaments, and said to him, "Girls' clothes suit you 'cause you're a pipsqueak!" She let all the children there see him, and they laughed and ridiculed him. Although I don't know what he really felt about it then, he didn't look like he cared about it. He seemed to be a cut above V. Even though he didn't look hurt, I don't think such a thing is acceptable.

Both the treatment of children and the facility administration were corrupt. My work shift was fixed from 2 to 7 p.m., while the other workers' were fixed from 1 to 7 p.m. However, two of the other workers left the room earlier than 7 p.m., at 5 or 6 by turns every day, and the one remaining worker stayed there until 7 p.m.

After 5 p.m., not many children remained at the room. Therefore, V may have thought that only two workers were enough to supervise the children. Even though they finished their work earlier, they reported that they worked for six hours from 1 to 7 p.m. They embezzled money from the local government. I believe that V instructed the other two workers to follow her scheme.

The busy summer time ended, and V ignored me rather than criticize me. She constantly gave me tasks like sweeping the balcony and the external stairway while she and the other two workers were chatting with each other. It was fortunate for me that I didn't have to listen to their gossip while fearing V's sudden attacks.

When the autumn deepened, a new supervisor was unexpectedly assigned to the classroom. However, a while after her arrival, she was away from the classroom for about one month to attend a teacher training course.

V may have thought that it was perfect timing to expel me from the classroom because one more worker came. I think it sounded convenient for her to take action to remove me while the new worker was away.

One day, V criticized me for not helping the children when they were drawing pictures on the previous Saturday. That day, me and V were alone on the same shift. She never talked to me, but I was nervous.

There were two children drawing pictures. I was behind them, that was true. V told me that I was behaving eerily just staying behind them without doing anything. Actually, I couldn't do anything because I was afraid that she would criticize me if I did something for them. I was sure she would accuse me of not caring for them well.

At that time, V's two followers became more aggressive toward me than before, and criticized me, too. They said to me: I didn't help a child who fell down behind me while playing on the field, that I hadn't noticed. I didn't ask them for help when some children went into the part of the building where they were not allowed to go.

First, I didn't understand what they said. After a while I recalled a thing that had happened a few days ago: some children got into another part of the building through the corridor. I took them back to the classroom, and it didn't take long.

I had thought that I was not in a position to ask help from the other workers because I had already been labeled as incompetent, and got a lot of criticism. I was stunned, and had no words. Their words didn't touch me at all.

I was also blamed for not being able to control the children while they were making noise in the playroom. But, from my point of view, the situation had already got out of control in the first place. Before I entered the room, they had already been making a ruckus.

Usually, the children didn't calm down easily. I guess V's incoherent scolding made the children unstable, and it was part of the reason for the classroom breakdown. It seemed all the coworkers attributed these problems to me.

The young worker recommended I humbly listen to other people's advice and change my attitude. She insisted that was what a person should be like. I didn't say anything to her while wondering if this young woman knew what she was saying to a person who was thirty years older than her.

That night, I made up my mind to quit. It was impossible for me to work there anymore. It was nothing less than being ousted. It seemed that I was unconditionally regarded as a problem.

The following day, I told them I was quitting because I was not able to understand and follow what they said to me probably because lack of my ability. Still, I needed to work there for another two weeks. It was a difficult time. My stomach ached and I couldn't sleep well.

Even though I had decided to leave, V persistently picked quarrels with me. Once, she asked me if I had something to say to her. I am not sure why she asked me that. I thought about it for a while... V was similar to my father. Those two were eloquent in a sense. Their arguments sounded reasonable, and well-constructed. But, they employed sophistries. They skillfully tried to corner their counterpart. Therefore, if I didn't listen carefully and calmly, I could be tricked by them.

The two other workers, the middle-aged one and the young one, may have been tricked by what V said to them, and had sought to ingratiate themselves with her. In addition, they may have been afraid of what she would do if they made her angry.

However, her behavior was very unusual, as her classroom was often chaotic, she had informal conversations with the staff during working hours, she treated children inappropriately, pocketed money, and constantly interrogated new employees without any apparent reason.

I believe that as a professional, we have to judge whether incidents at our workplaces are appropriate or not. If we feel something is considerably wrong, I think we should try to address the issue.

I wanted to say a lot of things to V, but, I focused on one thing. Arguing back against each of her criticisms didn't seem to work for me. Her reactions were unpredictable, and I was afraid of them.

I reminded her that she had said I was a person with dangerous thoughts. It was true, she had said that. She had said those words to me when she had criticized me for being too lenient with the children. She denied saying that, and obstinately asked me when and how she had said it.

Then, I precisely recounted the situation to her. I concluded my explanation by saying, "You said, 'You're single, and have never raised children, so you're weird and a person with dangerous thoughts!'" That "dangerous thoughts" matter seemed to have been smoldering within her for some days.

She still insisted she never said that to me. I replied that the words had tightly adhered to my brain and asked if she could testify that she was 100 percent sure of not saying the words. It was my "interrogation" of her.

She answered that words like "a person having dangerous thoughts" sounded very obsolete to her, and that she didn't think those words would come easily out of her mouth. Finally, she expressed some regret. But, she retorted that the reason why those words bothered me was due to my inferiority complex about being single, while she never cared about whether a person was married or not. She added that she was happy with her single daughters. On the contrary, I heard from a friend of mine that she told somebody that she worried about her unmarried daughters.

She seemed to always want to win arguments by changing the subject, using sophistries, and so on. Arguing with such a person is meaningless and in vain.

While I was arguing with V, the young worker bent her head and looked down. She seemed to rebuke me in her mind, "How come you're talking back to the great supervisor, you're immoral!" I wondered just how much she had to show her loyalty.

During the argument, I happened to tell V that I had a feeling of being interrogated by her ever since I came to the classroom. She reacted to the word "interrogated," and gave me an angry glare. I said to her, "You ARE scary!" She contemptuously replied that even she couldn't help but become severe to someone who was incompetent. It sounded like she didn't realize how easily she became angry.

She also told me a strange thing. There was a boy, who was favored by her, who was allowed to do what he wanted while the other children were reading books. I don't remember what the situation was. But, once I told him he had to do the same as the others, and I let him read a book. He obeyed my instruction.

She brought up the incident, and said to me, "He was scared of you. So, he was obedient." It sounded like she wanted to say I was scary, too. It didn't matter whether I was scary or not, but, I believe that intimidating people isn't the only way to make them obey.

A friend who had introduced me to the job asked me if I would consult with the union leader about my problems, and I had an opportunity to talk about my circumstances with the leader and my friend.

The leader suggested I consult the advisor who supervised after-school child-care workers, and that I talk to him about what happened to me. The leader also promised she would ask the municipal office whether I would be able to work for another classroom.

I was grateful to the leader and my friend for supporting me. During the conversation, I learned that some colleagues working at other classrooms had fairly negative feelings toward V.

Later, I heard my transfer was not approved because human relationship issues in the workplace had been considered insufficient reasons.

For the next step, I made an appointment to see the advisor. I explained what happened in the classroom: about the stories from V's "yomeibiri"-like attitude toward me to the "dangerous thoughts" remark.

I knew V had said to the advisor when he visited the classroom before, "I feel sorry for a boy who has his father only, because he may hesitate to have a relationship with a woman that he likes in the future..." She was good at pretending to be gentle and tender when with her superiors, although such a remark may have sounded strange because it was something like saying, "They are pitiful because they are disadvantaged."

After my explanation, he told me he had deep sympathy for my difficulties in the classroom. There was still some uncertainty about the situation because he had not heard from other workers. But, he promised me that at an appropriate time, he would admonish the workers to treat their coworkers with respect.

He asked me if I wanted to move another classroom to work as a sub-supervisor again, although he was not sure if it would be possible or not. I hesitated to say "yes" to the question. The experience of constant abuse didn't allow me to continue, and I quit.

But, it was a relief to tell my superior my experiences. I wanted to talk about child abuse, and pocketing money issues, too. However, it would be controversial if I mentioned those issues in my position, since I was labeled incapable and did not have much experience of the job. I may have been considered to be just a complainer.

The worker employed after I started, quit a little while after me. I heard that she was bothered by the money issue. No one with good sense would stay at such a workplace.

V quit the next spring, three months after my resignation. I am not sure whether she left voluntarily or was urged to retire. The young worker also left the classroom at the same time, and changed jobs.

Later, the money issue was discovered by the city and was made known to all the after-school child-care workers. I heard the middle-aged worker—the only one who stayed in the classroom—had a difficult time because the other workers blamed her for the corruption. I also heard the city made the workers submit a written oath not to mistreat co-workers.

This is still a relatively recent story, and my seven months there is still a traumatic memory. An elderly employee, who supposed herself to be sensible and professional, strongly depended on a new worker, and vented her anger on the worker, while her "followers" blindly let her do whatever she liked.

It may seem to have been an unusual event. However, similar things can be seen everywhere in society. For me, it was like a replay of my earlier life, of being despised by my parents. Every day I had prayed that situation would get better over time. Still, through that job experience, I acquired my daily practice of prayers and learned a great deal about strange human interaction.

48) Microcosm of Society

After I left the after-school childcare classroom, I worked for some warehouses. I didn't think I would be able to work as a laborer five days a week because I didn't have much physical strength. Therefore, I chose to work only during peak periods on a temporary basis. It was easier to adjust my working hours and days as I liked.

When I worked for a warehouse that was shipping booklets, we temporary workers were encouraged to run all the time while picking up goods from the shelves. One of the warehouse foremen was always shouting at us, "Run, and be quick to pick up things!" through a megaphone.

Some of the workers ignored the directions and didn't run. It may not have been reasonable for the company to force their workers to run. So, I didn't think that I had to strictly obey the directions. But, I was afraid of being fired due to my past difficulties adjusting to jobs. I tried to run as often as possible while thinking it would have been better if the foremen had run along with us to help instead of wasting time repeatedly yelling at us and just treating us slaves.

I had mixed feelings about the work. Even though the goods were not heavy, I needed to move from the place where I took the picking lists to the shelves again and again. It seemed to take a long time for the hand of the clock to move to the next minute. I recall that found the time had only slightly passed after picking things several times. It was exhausting. At the same time, I expected that I would lose weight.

For about a year, I worked at different places. Usually, collecting goods was a task for the beginners at warehouses. There were varied kinds of commodities and pickup points. It was hard to pick up big things from huge collection points.

After having worked at some places as a temporary worker, I found a job at a warehouse that was handling daily necessities. The company had expanded its business and employed many laborers. It was fortunate for me that the goods were not big and heavy, and that the pickup areas were not large. It was easier to work there than at other workplaces where I had had to go a long distance with larger products.

There were two groups of workers. Some of them joined the company before its expansion, and the others, including me, who started working after that.

None of the workers were permanent employees except for a few supervisors. Many of them worked eight hours a day, five days a week. They were called "regular workers." The other ones like me worked eight hours a day, but just three or four days a week. We were called "spot workers." I had not been sure how long I would be able to work there because I was a spot worker. In the end I stayed there for more than three years.

There were many workers, and some of them seemed unusual. A particular woman who seemed to have delusions was also a spot worker. She behaved very strangely in many ways.

I nicknamed her the Goblin (hereafter G). G complained about a man that she claimed followed her while collecting the goods. I heard that she made a complaint about the man to a supervisor. He believed it and inquired of the man about this harassment. The man completely denied it, and added that even if he harassed somebody, he would choose a person who was attractive enough to follow. I didn't think that G was attractive.

At the same time, she made believe that she had a boyfriend at work. She pretended to be the girlfriend of her favorite man, and her convincing performance seemed to make him accommodate her advances. Although I was not sure if she played at love or it was reality for her that she had a boyfriend who also loved her. For the man, it must have been torture.

G had many problems with female colleagues, too. Still, she seemed not to cause problems for herself. G became close to another female worker, and the two of them had been wild with excitement like children. But, one day G suddenly broke off the relationship with her due to trivial matters, and started speaking extremely ill of her to some of the other workers.

G was also persistent in befriending the women that she favored. I heard a few female workers had had a difficult time when they associated with her. She didn't let them go home easily once she started talking to them after work outside the warehouse. Sometimes, we needed to work overtime, and we finished the work around 9 or 10 p.m. I heard that some people couldn't say "good bye" and get away from her until after midnight.

In addition, G repeatedly verbally abused another female worker. For instance, when they were alone in the elevator. G must not have known her very well. G, however, suddenly started attacking her when no one else was around, and that situation lasted for quite a while.

I heard that G insisted the co-worker was pursuing a few of the men at work because she was a promiscuous woman, although G didn't have any definitive reasons for making such accusations. That co-worker was deeply worried about G's attacks. It sounded like G's attacks on her would escalate into violence.

She told the supervisors about the problems with G, but, they didn't take any effective measures. Not only her but also the other affected workers told the company about the problems between them and G. However, nothing effective was done.

I didn't think G was a good worker. While we were all together picking up goods, me and the other workers noticed she disappeared from the pickup point from time to time. She may have often skipped work. The chief foreman also must have noticed because he stood fixedly observing us with his arms crossed.

Many of us hoped she would quit, but, it took a long time. Finally, she left for good. It seemed that she had been warned by the company for ignoring routine procedures for inspecting the goods, and she got angry. She stayed there for more than a year. How could such a woman cling to the job for such a long time? It was a relief for many of the workers at any rate.

G was not the only person who was a handful, there were others as well. I think I developed some ability to distinguish candidates who would become nuisances through my complicated past experiences. I stayed away from those people, including G, because I felt uneasiness when I met them for the first time. Later, I found those people to have caused problems among the workers.

A female worker, who pretended to be sensible and considerate, had newly joined as a regular worker. She behaved like an entry-level staff member, and generally behaved in a deferential way towards others.

However, she always wanted to lead the lunch time conversation. She eloquently talked about things to her co-workers, and it sometimes sounded witty and interesting. Many times, however, she spoke about her earlier life, and she seemed to try to attract attention through her stories such as one about a wealthy, but stingy man, who was once her blind date.

Later, she became estranged from some of her colleagues who had been close to her, and she began to complain about them. Her remarks about their undesirable behavior seemed reasonable, but also aggressive, one-sided, and merciless.

She may have informed the supervisors of those workers' misbehavior. Somebody once said to her, "Thanks for saying that to the company!" However, her situation was getting worse because many of her co-workers were no longer friendly with her. She left the company earlier than I expected.

There was another astonishing worker employed as an afternoon shift laborer. The company had newly introduced that shift. She was in her early twenties. We could easily recognize her coming, because she was always laughing while coming through the small elevator hall and the door of the office. She behaved like she was always the center of attention, and a show business celebrity.

Some people thought that she was odd, and I did, too. But, later those people told me she was more right-minded than she looked. I didn't agree with them, and kept my distance from her.

Soon we found that she probably joined the company to look for a boyfriend. She started making advances towards one of the sub-foremen. Those staff were also temporary workers. They earned only slightly more than us. That meant he didn't earn a lot. But, he may have looked excellent to her while he was conducting the tasks as a leader in the workplace.

At the start of break time, she would get close to him and cheerfully talked about things to him. After work, she pursued him. I couldn't believe my eyes when I saw the two of them walking along the street together. He had a distant attitude toward her, but he just allowed her to follow him. Her pursuit lasted for a while.

Sometime later, it was said that they became a couple. Since then, the directions he gave on the job site sometimes seemed to include giving her easier tasks.

There was a rumor she would move in with him soon. She quit the job abruptly even though she had become a full-time worker only a short while before. Being with close to someone at work like that may have been stressful for him.

It was totally unexpected that I saw such an incomprehensible human relationship at work. If I had encountered her when I was much younger, I would have been very envious of her because she looked like a cheerful young woman who could easily get a boyfriend—someone I could never imagine myself to be. However, now I don't think she was worth my envy.

There were other people who were difficult to deal with, and one recognized to be the ultimate one. She was similar to Vampire (hereafter V) from my former workplace, the after-school childcare class. So, I nicknamed her "VampireII" (hereafter VII).

Fortunately, I didn't become a direct target of her harassment, probably because I was older than her. I often felt displeasure with her, and she was aggressive to everyone.

She was already in her early fifties, but still seemed to behave like a conceited young woman. She was eloquent and good at attacking other people with sophisticated arguments. On the other hand, she pretended to be considerate and kind when it was necessary, just like V did.

VII always wanted to behave like a boss. She sometimes privately formed a group of workers, making her the boss of a group of her favorite people. She directed things in her way, and didn't care whether they followed the rules of the workplace.

She had two loyal "subordinates" just like V did. Once, I witnessed she and one of her subordinates being reprimanded by a sub-foreman for breaking the rules. After that, VII began deliberately complaining about his reprimands within his earshot for quite a while. Then, he could not reproach her anymore.

VII was overbearing and frightening. Even though the other workers thought her directions were unreasonable, we could not help but follow because we were afraid of her. VII wasn't a leader, and didn't have authority over the others. But, she was masterful. She severely scolded those out of her favor just like children.

Then, something occurred. Somebody informed VII that a female worker had said to the others, "Be careful about VII." Many of us said the same thing to each other, and it didn't sound extraordinary. But, VII became furious, and followed the worker into the lavatory. VII fiercely inquired of her what she meant. She couldn't say anything. VII shouted at her, "A person like you will never have any friends!!"

That worker collapsed, and she quit that day. She explained what happened to her to the supervisors. They were not able to find a solution, although they had already learned what kind of person VII was. It was not the first time VII had cornered someone into quitting.

For people like VII, "having no friends" seems lamentable. They point out that lamentable friendless state to insult others. I wondered whether the people pretending to be their friends actually liked them.

Through my experiences at warehouses, I feel like laborers tend to be treated like commodities. It seems there are only minimal permanent employees to take care of laborers' affairs, and their problem-solving power is limited.

Although VII looked strong, I saw her weak points, too. A person like V or VII seems to need at least two subordinates. After gathering their supporters, they become aggressive and gain the power to do whatever they want.

But, maintaining the relations between them and their subordinates is another thing. They always have to confirm whether their subordinates are still loyal. V's case seemed to be easier because she was the oldest at the workplace, and many times, there were only V, her two subordinates, and me.

In VII's case, it seemed harder for her to feel safe. She must have unconsciously known that there were many potential enemies at work, and she needed to keep her favorite people close to her.

Strangely, she had lunch with the other people in the warehouse, not just with her subordinates. I remember that her lunchtime companions had changed from time to time. I saw she gave presents, things like high-grade confectionery to people who had lunch with her.

She was also eager to give Christmas presents and Valentine's chocolate gifts, which are socially obligatory chocolates, to her favorite male coworkers. I suppose her strategy of giving things to her favorite people had come from her anxiety of being forsaken.

One of her subordinates moved to another section of the company. She chose her favorite sub-foreman as a substitute. She followed him around like a kindergartner who clinging to her teacher. She was so dependent on him, she became uneasy when he was out of sight. I often heard that she was shouting, "Where is he? Where has he gone?" I think that is not acceptable at work, but, he just let her do what she wanted.

Being a victim of harassment is unpleasant, and I never want to be the target of bullying anymore. However, it is also unpleasant to be someone who is treated positively by a bully. They have to be always careful about not offending their "bosses."

Many of those people seem unhappy with the situation. They don't follow their bosses because they like them. In a sense, they are forced to be obedient.

One of VII's subordinates, who moved to another section, quit. Later, I heard she was worrying about her relationship with VII. In the meantime, I also left the warehouse due to physical fatigue.

I heard VII survived at work for a couple more years, and then quit. I also heard that another subordinate who had stayed at the same section as she did broke off relations with her before then.

49) Mission

While I was working at the warehouse, I found a leaflet at a post office about a school for training industrial counselors. That intrigued me. I had seen many problems among people, including myself, at my various workplaces.

I had been learning counseling and psychology at Reverend T's school. However, I didn't think that I would be a counselor. My lack of self-confidence was one reason for that. In addition, I once heard that only people who have finished graduate school and obtained a master's degree in psychology are entitled to become counselors.

But, at that time, I learned there was still a possibility for me to get a qualification to be a kind of counselor at the new school. The applicants were not required to have any particular qualifications in order to attend. The course lasted about a year. The students needed to attend fifteen days of practical training sessions on weekends while learning theory at home.

The course fee cost more than my monthly income then, and I couldn't afford to apply for the course. About a year later, my circumstances changed, and I joined.

Around that time, my mother started showing symptoms of dementia, and it became difficult for her to manage the family finances. My sister began helping her to manage the household, and my sister gave me a fairly large sum of money. She said to me, "The money is surplus, you can use it as you like." It was fortunate for me to get an unexpected lump sum.

I was relieved I didn't have to worry about money for the time being. As a last resort, I was about to use up all the money that I had received from the cancellation of my postal life insurance. But now, I wouldn't have to touch that. In addition, I was able to apply for the industrial counselor training course.

It was physically difficult for me to work and study at the same time, and all my classmates were different from me. There was nobody like me who was a temporary worker. Many of them belonged to company human resource departments, and the others had decent jobs.

There were fourteen students and two instructors. There were a few younger students while many of them were middle-aged or older. I may have been the oldest student.

At first, I got nervous because I felt out of place. If the same situation had occurred years before, I would have left the class immediately due to humiliation. However, I was able to keep my composure, and thought that it was alright if somebody who was a little strange and like an ET (extraterrestrial) was among ordinary people.

My classmates were kind and considerate probably because they were people who intended to be counselors. All the counselors and clients were my classmates just like in the Rev. T's counseling role-playing class. It was during the time when I could not attend the Rev. T's classes because the company required me to work on Mondays when the classes were held. Therefore, it was helpful for me to talk about what was going on at my workplace to my classmates.

I had a feeling of a gap between different industries. There is a big issue that intellectual workers like system engineers become depressed, and in the worst cases, some of them quit their jobs. It is a typical mental problem at workplaces. As a matter of course, we should prevent the development of such mental problems whenever possible.

On the other hand, I think the problems occurring in labor-intensive workplaces, like warehouses, were not attracting attention. Most workers in such places are not permanent employees, and most are likely unsatisfied with their state, making just barely enough for their own livelihood, because there are only scarce opportunities for obtaining better jobs.

Due to poor administration, some workers face wanton bullying and harassment from other unusual co-workers. I related such stories to my classmates.

I somehow finished the course. I took the qualifying examination to be an industrial counselor, but failed in the written test. On the other hand, most of my classmates passed both the skills test and written test. While still having some miserable feelings, it became more and more difficult for me to endure physical labor.

At that time, we needed to carry more goods than before due to an improvement in efficiency by the company. Finally, I couldn't help but quit.

About three months later, I started at another warehouse. It was not the right choice. I endured the work for two months, and ended up quitting the job uncomfortably after getting a complaint about my work from the company. I realized that I had not fully recovered from the physical fatigue I had developed since I started working at warehouses.

Meanwhile, I needed to prepare for another industrial counselor examination to be held in five months' time. Although I was concerned about my finances, I started studying for the written test again.

I didn't want to fail the test, and I worked hard. I barely succeeded in getting a certification then. I never wanted to feel misery again, and my finances were secure. I was relieved from those anxieties.

Then, I wondered what I should do next. If I had had a strong intention to become a professional counselor, I would have sought for a job opportunity for that. But I didn't have the willpower and energy to seek such a job.

I thought that I had only limited experiences of working as a regular employee, and had never had a managerial role. I wondered if a person like me, who was without much supervisory work experience and who had almost reached the age of retirement, was able to perform supervisory tasks or not.

In the end, I looked for a job as a manual laborer again. Despite my experiences, I thought it was the only work I could do, because such jobs are easy to get. I applied to some job offers, but failed. I was discouraged with the results, and felt really useless.

A while later, however, I happened to have a new idea. Before I started working in warehouses, I joined a social networking service that gave us opportunities to have our English writing corrected. While working at warehouses, I could not often submit my writing to the SNS for correction.

However, I had continued to pay membership fees while anticipating that someday I would resume submitting my writing. I accumulated loyalty points each time I paid my membership dues, which I could exchange for English corrections.

I had the idea of writing my personal history. Once, I wrote some of my experiences in Japanese. But, years after that, my values and view of life had changed, and I had experienced additional events. I thought that I would rather write my memoir in English to utilize my loyalty points for the English correction service.

The lecturer for the New Year special seminar of the Rev. T's counseling school in that year was Professor M, who was a practical clinical psychotherapist and an expert on existential psychology. Even though he is a serious and smart person, his lectures are amusing and fascinating.

While the attendees were dancing, chatting, and shouting together as a team under Prof. M's lead, we were becoming cheerful and liberated. I felt myself becoming like a child. I believe it was a skillful way to let people understand what is important for human relations while interacting with each other.

I was impressed by his practically minded lectures, and a while after that, I had three more opportunities to attend. He repeatedly told us that each of us has a mission in life, and that if we are entering early old age, we should not hesitate to do what we believe to be one's own mission. His words encouraged me to tackle my writing.

It took almost two years to write a rough draft. My concern again was finances. But, I thought that it was better to get down to work rather than just to keeping worrying about that. During that time, my sister gave me some additional money from my mother's household again, and I could concentrate on writing.

Writing the things I didn't want to recall, it put me in an unpleasant mood. Each time after writing them, however, I felt released from some negative feelings such as anger toward individuals and the actual occurrences. It became a process of healing.

It became a tool for taking my revenge for years of unjust treatment mainly by my parents that may have led me to develop an unstable mental state. That state compelled me to stay single, and to not have any defined career. Expressing my emotions through my writing had given me ease. It may have been a kind of sublimation.

I used to think that if I wrote my story, it should be done after my parents' deaths because the details of the explanations sounded too audacious to describe people who were living. However, I started writing when both were still alive.

Although it seemed very difficult for me to write down emotional matters and complicated situations in English, I sensed it was more feasible than doing other things like becoming any kind of employee again.

Through writing, I have recognized how difficult it is for me to deal with matters occurring in my daily life, including work. My lack of self-confidence and social skills has affected me since I was a small child, and my awkward behavior has not been easily remedied.

I have tried to overcome those weaknesses as I became aware of them. But, it seems very difficult to compensate for the failure to acquire social skills we should master when younger.

While I was working or looking for a job, I didn't realize my disadvantage coping with problems related to work. But, I think I knew it unconsciously.

It was fortunate that I recognized that fact after I resigned from work, and after I started writing this memoir. If I had been aware of my disadvantage while working, I would have been less motivated to work, and become even gloomier.

50) Epilogue: Parting Parents

When I started writing a rough draft, I had not seen my parents for six years. At that time, I visited them along with my sister. The purpose of the visit was to bring some items that I left at their house back to my apartment. I didn't have enough courage to see them by myself.

My parents said to me, "Welcome home!" But, I was uncomfortable, and didn't know what to say and how I should behave towards them. My mother (hereafter M) joyfully asked me pointless questions like "Is there a convenience store near your apartment? It's good that you are conveniently located!"

My father (hereafter F) told me that I had to be getting along well with my sister, and let her take photos of me and him together. I wanted to resist it, but, I didn't. I don't know what the photos looked like. At least I can say I didn't smile. While staying there, I only said to them, "Hello," "Yes" after their silly questions, and "Good bye."

I was as nervous as I had been when I lived there. My parents seemed to be satisfied with such a fake and superficial relationship. I realized that I would never be allowed to say anything I really wanted to say to them. I made up my mind then not to meet them anymore. It was the last time I saw F.

Three years prior to the visit, F had collapsed from myocardial infarction. It was right after the time when I had resigned from the manufacturer where I worked as a regular employee. I hesitated to visit him in the hospital. But, I went there along with M, my sister, and her family. I didn't know what to do while the rest of the family were talking to him, and trying to cheer him up.

After that, I only said a few words to him. I said, "I hope you will get well soon." I was frustrated, and didn't want to say that. However, I think the circumstances didn't allow me to behave any differently.

To tell the truth, I hoped that F would die soon because if he had some assets, I may have got some money from them. But, he survived for another ten years. For those years, I was sometimes in a bad mood, and cursed him in my mind, saying, "Go to the devil, old man!" It was not a prayer, but a muttering. I was just afraid of using God's name when I grumbled about that.

I imagined the worst cases concerning F while wondering whether he would leave me property after his death. If the economic climate worsened by the time of his death and monetary value fell sharply, his assets would shrink tremendously even though he had a fortune.

I even imagined the case that I would die before he did. In the worst cases, I wouldn't get any inheritance from him, and I would end up feeling like a fool. I had been hoping that those cases would never materialize.

Finally, F died right after I had written about a crucial event that occurred between us. My sister called and told me the day after. She knew I had no need to be informed immediately.

My niece and nephew rushed to their grandparents' house where my sister had also stayed that night. F collapsed and became unconscious, and he was taken to the hospital by ambulance and died. Only my sister attended his deathbed. M became more idle as she grew older, and entrusted his care to my sister.

It was almost identical to his first collapse. My sister and her family had attachments to their father or grandfather, while I was relieved to hear about his death. At that time, it was not clear if there was money left or not.

I had complicated feelings about the relationships within my family. F was an egotist, and had some his own personal peculiarities. He often threw away other people's possessions because the sight of those things offended him. He would do so even without talking about the things to the owner. My sister knew that, but, she still had an attachment to him, and took care of him until his death. It must have been a great effort, and I appreciate it.

Everyone has their own position in a family system. I think it depends on the power of each member and how they interact with each other. Sometimes, a member is compelled to play a disadvantageous part without being aware of it.

When I saw the memorial photograph of F, I felt he had gone from the three-dimensional world to a two-dimensional one. The matters concerning F had only just concluded. I didn't have any particular feelings. I just accepted the facts.

I need to add a remark written in his will. There was a comment about me, saying, "As a father, I could not properly take care of her either mentally or materially. As compensation for that, let her have a larger portion when distributing my current assets to each member of the family."

Although I don't know his true feelings about his relationship with me,

he had regrets. Even though I have not fully forgiven him, I don't feel bad. Fortunately, I received some money from him.

I attended only his wake, not the funeral. There was a problem that occurred concerning my attendance of the ceremonies. The day before the wake, M called me out of the blue. She had rarely called me since I moved out, and when I recognized it was M who was calling me, I hung up without thinking.

I did the same thing as usual when I received M's call the day before the wake. I didn't say anything to her, and I was aware she got into a panic just before I rang off. It seemed she would inform me of her husband's death and try to make me attend the funeral. I imagined what would happen if I saw her at the ceremony. I was afraid she would be agitated if she saw me in the ceremonial hall.

I called my sister, and talked to her about what happened. My sister and I agreed not to provoke her by appearing, and I attended the wake only.

I arrived at the hall just before the ceremony started. I left right after the end of the ritual so that M didn't spot me. I didn't have the opportunity to see F's dead face and I didn't attend the dinner after the ceremony for the attendees.

It was convenient for me because I didn't know what to say and how to behave towards relatives I hadn't seen for many years. I also felt out of place at a ceremony where people were mourning for the dead person. My head wasn't in the same space as the others. I didn't go to the funeral held on the following day in order to avoid M.

I don't have many close personal relationships, but, I have experienced more than twenty workplaces. I have seen more than ten bullies or harassers. Today, power harassment has become an issue at work. But, I think it used to be dismissed as merely a trivial matter.

I witnessed harassment where a superior harshly reprimanded his subordinate, who suffered from a stomach ulcer, for his absence on the previous day due to his sickness and I was afraid that the boss's rebuke would aggravate his disease.

One more story to mention: there was a small section of a company where I worked that consisted of two men, a superior and a subordinate. While the two were in the section, the boss continued cursing and swearing at his subordinate.

It was surprising how the older man easily hit upon those disparaging remarks.

There was no partition between that section and the other section where I belonged. We directly heard the abusive language. The boss didn't seem to care about it at all, and he looked normal when with the other people.

According to a regular employee of the company, the individuals in that subordinate role had been replaced one after another every three years due to the boss' verbal abuse. In those days, there was a common idea that having at least three years' of job experience at a single workplace was necessary for a job seeker to be considered a reliable worker by future potential employers.

I witnessed several more instances of bullying by women. It felt like the magnetic field of the room was warped where somebody like the Vampires was in. Those people were not only in workplaces, but also in churches. Sometimes, I didn't even know much about them, and I was not sure if they were really bullies or not, when I felt something wrong with the air in the room due to those people's existence and I wanted to escape.

I think such people were similar to M. They may have looked very different from her. They seemed extroverted and sociable, and hoped to make other people follow them. M looked like a discreet and kind old woman to people who didn't know her very well.

However, I sensed a twisted atmosphere when I was with her just like it was with the bullies. I guess bullies who are extroverted are conspicuous in society, and they like to interact with people. They seem to make unrelated people their targets for bullying while M targeted her family members to venting her frustration due to her introversion.

Each of my family members, including my niece, became her target. But, I still think I was her primary target. She was not talkative or eloquent compared to the other bullies, but, her remarks were twisted, as she herself was distorted. She beat around the bush by saying things to me like, "You're hardly like a religious person!" Apparently, that meant I was so cruel that she didn't recognize me as the nice Christian I should have been.

She begrudged doing anything. I think she only did things she didn't want to do when she was forced to. When I was younger and doing a part-time job, I had the opportunity to join a company trip. Some people went fishing, and each of us got some of the fish to take home.

When I came home, I told M I got the fish as a souvenir. F noticed that, and told her to make fish tempura for dinner that night. Right after he left the kitchen, she became furious with me. She blamed me for bringing the fish that she was being made to fillet and fry. She cooked only a small amount of the fish, and threw away the rest. She was able to fillet a fish, but, she hated doing it.

She wanted to avoid anything that could lead her into a problem with all her strength. For such a person, having family itself must be a big problem.

I once saw M after F's death. About a month after his death, she called me again. I was about to hang up the phone as usual. However, she insisted that I listen to her because she had a very important thing to tell me, and asked me to visit her when it was convenient. After that, she seemed to burst into tears, saying, "My husband is dead!" Then, she hung up.

I reluctantly went to her house about two months after that. My sister was also there. Actually, M didn't seem to want to see me. Later, I heard M said to my sister, "Why is she coming?" before my arrival. I didn't stay long. When I left, my sister asked M whether she had something to tell me. She shook her head.

I was not surprised. I don't know what she wanted to tell me two months before. But, the two of us had never talked about serious things to each other. I think it was impossible for me to discuss matters with her.

My sister said M had been afraid her house would be seized by my sister and her husband after F's death. She might have thought that she would protect her property by conspiring with me two months earlier. She had dementia and distorted views. Whatever she was thinking is an enigma.

I was unsure if that would be the last time I ever saw her, and she died after seven months from that day without seeing me again. It was surprising for the family including me. She was relatively healthy, even as an old woman in her early nineties. The medical workers told my sister that she was likely to live to around 100.

My sister had worried about finances and other types of problems that would occur while taking care of M in the future. If those problems lasted for another ten years or so, it would have been a great burden. However, I felt M was mentally fragile, and she would only survive a few more years.

She fell down and broke a bone a few months after my last visit. While she was staying at a rehabilitation hospital, she was diagnosed with esophageal cancer. The doctor said she had six months to live, and she survived three months after the diagnosis. The state of her health had been rapidly worsening after my father died. She died just ten months after him.

Although I don't think that my parents were a harmonious couple, she seemed to depend on F very much. She entrusted matters of dealing with people in the neighborhood to him. Besides that, her everyday life that she had got used to for decades was suddenly eliminated. She may have only realized how reliable her husband was after his death. It seemed she had lost her ultimate support, and she was perplexed.

For a person like M, who had got used to their lifestyle where they eagerly try to avoid anything that may bother them, it must be extremely difficult to become psychologically independent very late in their life.

Her fretful and unreasonable behavior had become more obvious to our family members. That also surprised my sister and my aunt, my mother's sister, very much. Even considering her mild dementia, her behavior exceeded their imagination. Although they had occasionally felt something wrong with her behavior in the past, they were unsure if she had a problematic personality or not. They seemed to have just forgotten what they felt about her each time.

Before F's death, her immaturity seemed to be well camouflaged within family, except for me. I think I had learned about her since I was a small child probably because I was the youngest of all the family and was the easiest target for her bullying.

On the contrary, I heard she behaved like a nice and kind old woman towards the medical staff at the hospitals where she had stayed. She seemed to have played a "nice person" to people who weren't her relatives until her death. I don't know why she had behaved like that. I suppose that she really hated to be criticized by others. Maybe, she had to pretend to be a perfect person who didn't have any faults in order not to be blamed.

Her reality was very different from what she pretended. I think she had been afraid people would know how lazy and irresponsible she was. She succeeded in defending herself from being hurt by others' words by building her own invisible shelter to take refuge, although that shelter prohibited her from having friendly relationships with people.

I believe each one of us has our own faults. When we realize and accept them, we can be tolerant and open up to others. It must be much easier to live that way rather than hiding our faults with all our strength.

M may have not realized she abused me, because she just always wanted to dodge her obligations regardless of the circumstances. However, I felt that she was unconsciously afraid of me because she had done very bad things to me. I didn't think she wanted to see me, and I didn't visit her at a hospital.

I attended her funeral. It was during the COVID-19 pandemic. The only attendees at the ceremony were my sister, her family, and me. I didn't have to worry about what to say to the estranged relatives.

When I saw her dead face, I thought that it was the most decent she had ever looked probably because it was without any expression. Alive her face was always showing worries and anxiety.

Before the cremation, I was afraid that if I felt sad about parting from her it would be because it was true that she was the closest person to me when I was a child. I remember I had sensed what she felt when I was with her without us saying anything to each other. I didn't know what she was thinking, but, I thought I perfectly understood her emotional state. It sounded like I had become a part of her.

However, I didn't feel anything particular when I saw the bones after incineration. That was the end of the matters concerning my parents. I haven't forgiven them. But since I never formed an attachment to them, the energy of my hatred and anger towards them is limited. Therefore, I didn't get emotional when I parted from each one of them.

I met a few women who were similar to me at workplaces and churches. They seemed to have a jaundiced mind, probably because they, too, had been unfairly treated by their parents. They tended to say inappropriate things to people, and their remarks could be taken as bullying. Such a person may say to somebody who is blessed, "I'll never be successful as you are, because I'm wretched..." with a reproachful look.

I sympathize with them. But, their life will be miserable as long as they are controlled by an inferiority complex just like I used to be. I think a safe and calm place is necessary for those people along with others who support them.

I have learned a very important thing through my experiences. I don't have to take in other people's words when they are irrelevant. Even though the circumstances don't change, and I cannot escape from the people who unfairly blame me, knowing that gives me some relief. Now, all the people who treated me badly in the past have disappeared before my eyes. I can't find them anywhere.

I have no family of my own, and I have never been successful in my career. I used to be sorry for that. However, I think if I had had experiences of taking care of a family or doing demanding jobs, I would have great difficulties in coping with them due to my lack of strength. Finally, I am thankful to live peacefully as a survivor.

Postscript

I started writing my memoirs in May 2018. It seemed like it would be very difficult to complete this writing in English. But, I had the conviction that I would definitely be able to finish it. It was an inexplicable level of confidence.

It took about six years to write both the English and Japanese versions, and now I am happy with the published books.

I am very thankful to those people at Total Counseling School, at each church that I have connections with, and my friends and family. I really appreciate their support.

As I wrote the English version, I received considerable help from Dr Kit Brooks to improve my poor English composition. In order to make a published book, Jim Allen gave me numerous pieces of advice to make my writing more suitable for readers. I really appreciate their enormous help.

It seems like a miracle that this book was completed. At the same time, it seems it is a matter of course that I wrote this memoir, as I recall my life so far.

For those six years, beginning with the COVID-19 pandemic, various astonishing things have happened. Going forward, I would like to think about the meaning of my life and look up to the light leading to hope while I walk the earth.

Again, I thank all the people who supported me, all those who gave me an opportunity to publish this book, and whoever is interested in reading it.

April 2024

May Jiron

至論　明恵井（じろん　めい）　May Jiron

1958年東京生まれ。　　Born in Tokyo, Japan.

宇宙人の独り言
The Monologue of an Extraterrestrial

2024年7月23日　初版第1刷発行

著　　　者　至論明恵井
発 行 者　中 田 典 昭
発 行 所　東京図書出版
発行発売　株式会社 リフレ出版
　　　　　〒112-0001　東京都文京区白山 5-4-1-2F
　　　　　電話 (03)6772-7906　FAX 0120-41-8080
印　　　刷　株式会社 ブレイン

落丁・乱丁はお取替えいたします。
ご意見、ご感想をお寄せ下さい。